知音动漫图书 · 漫客小说绘
ZHI YIN COMIC BOOK 以梦想之名 点燃阅读
小说绘

② night owl

子夜鸮

颜凉雨◎著

中国致公出版社　知音动漫

知音动漫图书 · 漫客小说绘出品

——人生就是这样，有了方向，看什么都是光明。

颜凉雨

目录

CONTENTS

第一章 秘密盒

MI MI HE

龙王庙大水猛发，徐队长一路开挂。

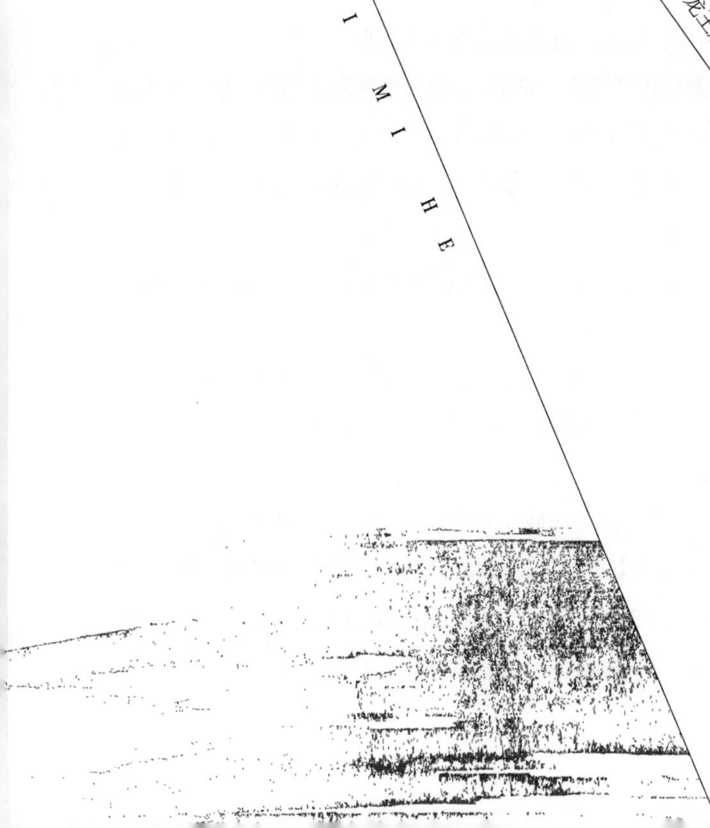

1

一方小飞毯，在树影掩映下，徐徐飘离别墅。

况金鑫松口气，坐下来，总算不用再冲着对手施展“魅力”，不过有件事他还是想不通：“队长，孔融让梨的时候，你怎么就知道该选韩步庭呢？”

“孔融让梨”的使用是况金鑫自告奋勇的，但使用后文具反馈回的信息，是必须先选定一个人，才能将这个人的文具盒列表摊开来，任君偷取。在所有文具盒内容都是未知的前提下，徐望几乎没有犹豫，就让他选了韩步庭，这才有后面“丘比特之箭”的绝杀。

“我在饭厅看见毁掉的无人机枪了。”徐望也不卖关子，“昨天的无人机枪在游乐园被我们毁了，除非他们有两个一模一样的武具，否则他们的存档点就一定是在游乐园之前。”

况金鑫完全没有接茬的意思，茫然地等着下文。

徐望一拍脑门，差点儿忘了，昨天和韩步庭文具战时，况同学已经被酒池拍晕了。

“他昨天用过这个‘丘比特之箭’？”况金鑫灵光一闪，自己推理出来了。

徐望惊喜看他：“有进步啊。”

况金鑫腼腆一笑，但心中还有疑虑：“万一他今天也早早把这个幻具用了呢？”

“我也是赌一把。”徐望说，“他对文具就和老钱对人民币一样，能用一毛绝对不用一块，像‘丘比特之箭’这种绝杀级文具，昨天用的时候，他那眼神就心疼得不行，今天失而复得，肯定会更慎重。”

钱艾远目，这真是坐着小飞毯也中枪。

况金鑫深受启发，心中的佩服又上了个层次："队长，你看人太毒了，我都想不出来还有谁能逃过你的激光眼！"

徐望："……"来自况同学的赞美，永远都是听着真情实感，脑补起来一言难尽。

"如果他们的存档点在游乐园之前，"钱艾冒出个问题，"今天怎么会比我们还快？"

"用了文具吧，"吴笙说，"传送或者其他什么。"

"也可能是忽然发现了传送 NPC（Non-Player Character，非玩家角色），"徐望放飞想象，"反正在这里遇见什么，我都不会奇怪了。"

残月当空。

夜，终是黑透。

阿拉伯风情小飞毯载着全副武装的四位伙伴，缓缓飘入医院大门。

一栋建筑若是荒废，夜色下就会自带恐怖效果，如果这建筑恰好是医院，恭喜，你获得了恐怖体验豪华套餐。四位伙伴现在就是这种感受——破碎的窗户、血迹斑驳的墙壁和狼藉的绿化带，没有任何光亮的医院门诊大楼静静伫立在惨淡月色里，连夜风的呜咽，听起来都像地府的鬼魅在笑。

徐望没敢贸然上前，而是左右环顾，最终指挥飞毯去了右手边的树下，借着月光，可依稀看见那里立着医院平面图。

飞毯刚到树下，一个黑影忽然蹿了出来，抓住飞毯一角，用力往下一扯！

徐望的飞毯最多只能保持距离地面一人多高，速度还快不起来，让丧尸这么一扯，整个毯面直接倾斜。钱艾顺势滑到毯末，凭着体重和惯性速度一脚将丧尸蹬飞。那丧尸在地上滚了几圈，再爬起来，迟疑两秒，一闪身，飞也似的融进黑暗。

钱艾蒙了："这是……跑了？"

"看着很像。"况金鑫惊魂未定，赶忙捡起掉地上的火箭筒，这一次扛得牢牢的。

"趋利避害，"吴笙看向幽暗的医院大楼，"这里的丧尸已经具备了生物本能。"

"等等，正经丧尸不就是无脑往前冲吗？"钱艾有点儿接受不能，"我还没见过有丧尸怕死怕疼的。"

吴笙看他："你也说了，那是正经丧尸。"

钱艾："……"行吧，他们接下来要打的都是臭流氓。

显然，萌萌哒小飞毯已经不适合接下来的战斗了，吴笙想让徐望收了，却发现对方正盯着医院平面图，看得那叫一个专注，难怪刚才讨论丧尸的正经度时，没听见向来话多的队长发言。

“发现什么了？”来到平面图前，吴笙问。

徐望没看他，而是抬手点了平面图上的一个地方。

这是一间综合性医院，在门诊大楼后面还有好几栋专科楼和L型的住院部楼，徐望点的这个位置，就是专科楼中的一个——感染科楼。

吴笙懂了，也同意他的判断：“接收疫苗的NPC很可能就在那里。”

丧尸病毒，妥妥的传染性病毒，再没有比感染科更对口的了。

路线确定，接下来就该极速前进，可吴笙发现徐望没半点儿要走的意思，仍定定地看着平面图，但你要说他看得多仔细，并没有，因为他的目光越来越恍惚，像要飘到不知哪段时空里。吴笙忐忑起来，撞了一下他的肩膀：“你没事吧？”

徐望愣了下，总算回神。他转过头来，可眸子里还隐约留着先前的飘忽。

“你到底怎么了？”吴笙有点儿着急了。

徐望困惑地皱起眉头：“我好像来过这里……”

吴笙怔住，怎么也没料到是这么玄幻的发展。

钱艾和况金鑫刚凑过来，就听见这么一句，前者立刻大大咧咧道：“正常，很多人都会这样，第一次到一个地方，但就觉得以前来过，其实就是一瞬间的错觉啦。”

况金鑫：“也有说法是，你前世到过这个地方，所以这一世再来，就会有前世的记忆闪回。”

钱艾：“这么阴森森的地方，你能不能不要再增加迷信气氛了……”

“我真觉得在哪里看过这个平面图。”徐望说着，又转头瞄了一眼。

钱艾：“稍微有点儿规模的医院，进门都先立个平面图。别说医院了，商场、景区全这样，有印象不稀奇。”见队长还有点儿不死心，钱艾决定去找助攻，沉迷前世的况金鑫肯定不行了，只会越描越瘆得慌，这种需要正气的时候，当然要找唯物论的军师。

吴笙：“还能想起是什么时候、在哪里见过吗？”

钱艾：“……”很好，人家已经认真讨论上了。

“想不起来，”徐望也急，但越抓头越没头绪，“算了，不想了，可能真像钱艾说的，就是个错觉。”他看向感染科楼的方向，目光重新定下来，“先交卷再说。”

低空飞毯不适合肉搏战，徐望解除文具效果，四人步行，小心翼翼绕过门诊大楼。

感染科楼是一幢三层建筑，没门诊大楼那样气派，在一排专科楼里并不出众。同这院内所有楼一样，它也没任何灯光，一扇扇窗口就像一个个黑洞，阴森、压抑、死气沉沉。正门敞开着，像一只怪兽张开吞噬一切的口。

徐望打头，吴笙紧跟，况金鑫中间，钱艾殿后，四伙伴呈一条直线，贴着楼根儿，泥鳅一样溜进感染科楼。进楼的瞬间，四合一的“叮”声响起，在不算宽敞的一层前厅引发了轻微的回音，就像有人在寂静夜里敲了一下三角铁。

小抄纸：“你已成功进入【感染科楼】，请将疫苗送至【3F- 防疫研究室】。”

四颗悬着的心踏实下来，果然是这里。

楼内构造简单，除了前厅，就是两侧狭长走廊上的各科室，目测没有电梯，只左右走廊中部各一楼梯。走廊异常安静，半个丧尸影也看不见，只清冷月光透过窗口，洒在地上。

“左还是右？”钱艾极小声地问。

“男左女右，女士优先，”徐望深吸口气，看向右侧，“走这边。”

钱艾：“……”想跟上队长的思路，太难了。

走廊很长，办公室分列左右，至少得有十几二十间，每一间都大门紧闭，从里到外透着“生人勿进”。四伙伴的脚步几乎轻得没有声音，眼看再过三间办公室，就可以抵达楼梯口。

寂静空气里，一声“咔哒”。

徐望脚下一顿，在“原地观望”还是“冲到楼梯口”之间只一瞬犹疑，那三间办公室中间的一扇门便被打开了，一个穿着白大褂、戴着眼镜的英俊男医生优雅而出。

随手带上门，男医生似乎想出楼，于是一个转身，和四人对了个正脸——皮肤白皙、脸庞洁净、头发整齐、眉目俊朗……呃，目还是不能算了，因为已经没了黑眼仁，只一片白，上面蒙层似有若无的淡红。

“四打一，有胜算吧……”钱艾咽了下口水，小声嘀咕。

徐望嗓子眼发干，看鬼片的时候，他就对这种只有白眼仁的造型有阴影：“应该有……”

钱艾：“……”队长的声音听起来好像底气更虚。

丧尸男医生打量他们两秒，便闲庭信步朝他们这边走来，那模样就像打算交朋友似的。

如果不是它舔了一下嘴唇。

钱艾认得这表情，菜上齐了准备开吃的时候，自己也这样。

“老钱。”吴笙低声提醒。

钱艾：“嗯。”

“嗞嗞——”电锯转起。

比起火箭筒、霹雳枪，他的电锯算静音款了。

这也是来之前商量好的战术——最大限度降低战斗音量，除非情况紧急。

丧尸男医生速度不减，眼看就要到几步之遥，四伙伴这边已经完成变阵，吴笙、徐望后退至两翼，钱艾打头，呈121阵型。丧尸男医生进入两米范围内，钱艾忽然启动，一电锯切过去。丧尸男医生一个后仰，竟然躲开了。但钱艾也不是吃素的，一个箭步上前，反手又是一个回切。

丧尸男医生尚未站稳，按理说根本躲不过，可它速度奇快，身体一瞬拧了个极其扭曲的角度，居然又躲开了 80% 的锯片，但终究还有 20%，切开了它脖颈的三分之一。于是它的脑袋偏向未开口的那一侧，歪成一个很滑稽的样子，汩汩冒血。

可就这样，它又继续步履蹒跚朝他们而来，脸上不知何时带上了笑。如果那算笑的话——嘴角像被线扯出一个诡异弧度，森冷、诡异。

钱艾本能后退一步，有些反胃，但更多的是惊悚。现阶段，他只适应了一锯毙命的战斗，这种半死不活的还是顶不住。

不止他，另外三个伙伴也没见过这个，一时骇然。

"咔嗒。"

"咔嗒……"

无数压下门把手的声音同时在走廊响起，不只他们选择的右侧走廊，连身后稍远的那一半走廊，也密密麻麻都是这样的开门声。四伙伴瞬间背靠背，形成一个可以看住四面八方的阵型。开门者也没和他们卖关子，纷纷从各自办公室里走出来，于门口站定，就像士兵列队。男医生、女医生，年轻医生、年老医生，一水的白大褂，一水的白眼仁。

丧尸男医生忽然停下脚步，似失去了靠近他们的兴致，艰难转动被砍开的脖子，凝望窗外月色。几秒之后，丧尸男医生发出一声哀伤轻嚎。走廊忽然一刹那进入狂暴模式，所有出来的丧尸都发了狂地往四人这边跑。

四伙伴头皮炸开，心态瞬间崩了，这位仁兄是自带粉丝团的医院男神吗？！

徐望再顾不上闹不闹的，一枪滋中丧尸男医生的侧脸。它像被烫着一样，立刻捂住腮帮子向后猛跳一大步，但随即被身后冲过来的丧尸撞倒。

况金鑫迅速朝左右各射一个火箭炮。

"砰——"炸弹球在两侧走廊炸开，崩飞了左右各四分之一的先锋军，尤其右边，连丧尸男医生都炸飞了，终于让小分队获得片刻喘息。但架不住走廊狭窄，前面的丧尸给后面的同类做了肉盾，缤纷硝烟里，还有无数丧尸正踩着同伴尸体往前来。

"炸弹球已经没了！"况金鑫端着空掉的火箭筒，心急如焚。

"这是两边围堵啊！"钱艾实在看不见胜利的希望，"我就是把电锯磨平，也切不了这么多丧尸啊！"

吴笙根本不寄希望于手里的螺丝刀，他从看见英俊丧尸医生开始，就在盘算要不要用武具。现在可用的文具只剩下三个，他自己的"隐身斗篷"和"大水冲了龙王庙"，还有钱艾的"咻咻袖里剑"。但按原定计划，这些最好是留到最后关头再用的。

疫苗交接处在三楼，现在才一楼，这里就把文具用光，楼上怎么办?

没辙，只能看着办了。

吴笙主意已定，正准备点开“文具盒”，耳边忽然传来一声巨大响动。

“咣——”未散硝烟里，徐望把身旁的一扇门踹开了。

“都进来！”徐望第一个冲进去。

吴笙、况金鑫、钱艾立刻跟上。

待最后一个伙伴进来，徐望立刻把门关上：“老钱，过来帮忙！”

门锁已经被徐望踹坏了，钱艾闻言，立刻过来贡献全身力量，跟徐望合力抵住门。这边钱艾、徐望到位，那边吴笙和况金鑫已经默契地推起了杂物柜。

金属制杂物柜共有六个，两米高，合拼起来七八米宽，吴笙和况金鑫先推过来一个，刚横着放倒，门就被外面的丧尸挤开了两拳大的缝。四人合力把门推回去，再用柜子抵死，接着况金鑫也留下帮忙挡门，吴笙独自回去推第二个、第三个、第四个……终于，六个柜子全部挡在了门前，外面丧尸依然躁动，但也无可奈何。

吴笙长舒一口气，整个人要累虚脱了，徐望、钱艾和况金鑫也没好到哪里去——不只是身体累，还有这种高强度紧张下的心累。

“关键时刻还得靠队长啊，”钱艾真情实意地感慨，“幸亏你急中生智……哎？人呢？”还以为徐望就在身边呢，结果一抬头，就见队长已经走到屋子深处去了。

这是一处杂物间，现在杂物柜都被他们推到门这边了，屋子里就显得很空。虽说是杂物间，但因收拾得很干净，地上原本没什么东西，现在也只散落了一点儿他们推柜子时从杂物箱里掉出的文件夹、锦旗什么的。徐望现在就蹲在屋子深处，看着掉在地上的一面锦旗。

钱艾刚想问，吴笙已经走过去了，他咽下到了嘴边的疑问，识相地留空间给领导层内部交流，转过头来开始骚扰况金鑫：“你没炸弹球了，怎么办？”

“不知道。”况金鑫还没喘匀气呢，小脸红扑扑的，不过神色倒淡定。

钱艾无语：“都没武器了，你怎么一点儿紧迫感没有！”

“有队长和军师啊，”况金鑫嘿嘿一笑，眉眼间是百分百的信任，“还有你。”

钱艾被这笑容闪了眼，就觉得有个小手在拿酒精棉给他那颗一遇见困境就想要逃跑的心咔咔消毒。

“拿着。”钱艾把电锯塞到况金鑫手里，不想又被塞了回来。

“给我了，你怎么办？”

钱艾翻个白眼：“我还有武具，你忘了？”

况金鑫：“……”

钱艾："不用不好意思，都是队友，我……"

况金鑫："对不起。"

钱艾："啊？"

况金鑫："我不应该找借口，其实我就是不想用电锯，太血腥了，下不了手。"

钱艾："……"

况金鑫："啊，我不是说你血腥，你用电锯特别的帅！"

钱艾："毫无说服力，伤心了，拜拜。"

况金鑫："老钱……"

每一个主播，都有一颗小公主的心。

2

这边队员"团结友爱"，那边军师却神情凝重。

他已经在徐望背后站定快两分钟了，徐望都没发现他，依然蹲在那儿，对着地上的锦旗看得出神。那就是一面再普通不过的锦旗，掉在地上，沾了些灰，红底黄字，两句颂扬之语——悬壶济世医苍生，妙手回春解疾疼。

吴笙仔仔细细观察锦旗上的每一个字，连落款都没放过，盯得那些字在眼里几乎变形，也没参透玄机。但徐望看得出神，仿佛这面锦旗是能开启某个闸门的机关。

忽然，他猛地一拍膝盖："对，就是这样！"

吴笙吓一跳，赶忙绕到他前面，就见自家队长一脸醍醐灌顶的豁然开朗。

"你想到办法了？"吴笙问。

"嗯，"徐望喜滋滋点头，"就用'大水冲了龙王庙'！"

"让丧尸群自相残杀？"大水冲了龙王庙，自家人打自家人，吴笙倒是这样想过。

"不对不对，"徐望拨浪鼓似的摇头，"你这个是武具，不是幻具。"

吴笙一怔，思路终于慢慢找回节奏。"自相残杀"属于精神控制，他们用文具至今，控制类的都是幻具，然而"大水冲了龙王庙"是武具。都怪俗语太根深蒂固，稍不留神就被带上了歧途。

知道吴笙已经转过弯了，徐望继续说："外面的丧尸怕水，用这个武具最有效。"

吴笙狐疑："你怎么知道它们怕水？"

"哪儿那么多为什么，"徐望其实也才抓住了一部分记忆碎片，没办法解释那么清，"你就说信不信我吧？"

吴笙：“……”

徐望：“很好，那我们就行动！”

吴笙：“我还没说话呢！”

完全无视他意见的队长，已经起身朝那边聊得“热火朝天”的队友部署：“老钱，小况，过来站窗台上！”

“这是什么套路……”钱艾不明所以，愣头愣脑地爬上窗台，再伸手把况金鑫拉上去。

吴笙还蹲在原地，捞起锦旗正反面各种看，也没看出通关秘籍，最后不信邪，一巴掌拍上去，陈年老灰扑面而来：“阿嚏——阿嚏——”

刚在窗台上站好的况金鑫，莫名其妙看着灰头土脸的军师：“笙哥，你怎么了？”

吴军师假装没听见，大长腿一钩，上了窗台。

“没事，”徐望安抚况同学，“你笙哥以为锦旗是感应的，一拍能拍出暗码。”

吴笙：“……”

伙伴们终于都上了窗台，徐望抓紧窗把手，进行战术说明：“等下用完武具，整个一层都会发大水，门绝对要被冲开，但不用担心，只要我们抓稳、站牢，最多两分钟水就会退，到时候丧尸也已经被冲走，一层彻底清场，我们直接上楼。”

仨伙伴：“……”

徐望：“怎么了？”

钱艾：“你这是战术还是上帝视角啊……”

徐望：“你就说信不信我吧？”

钱艾：“……”

徐望：“很好，那我们就行动！”

钱艾：“啊？啥玩意儿？我没说话啊！”

“习惯就好，”过来人吴军师拍拍老钱的肩膀，“他现在是徐 · 开挂 · 望。”

‹武›大水冲了龙王庙，使用。

惊天海浪刹那间席卷感染科楼一层！咆哮的洪水卷着奔腾急流横冲直撞，不消半秒，便“砰”的一声冲破杂物间大门。四散的杂物柜被瞬间吞没，汹涌的浪冲着四人所在的窗户扑面打过去。

“啊，我电锯还在柜子上呢！”

“换咻咻袖里唔——”徐望还没说完，就被巨浪打了个劈头盖脸。

有那么十来秒，四人是彻底泡在水里的，要不是死死抓着窗户，人就得被浪卷走。忽然一个东西撞到钱艾身上，浑浊水下根本什么都看不清，他以为是丧尸，一顿狂蹬，踹得脚差点儿骨折。

终于，浪退了下去，真实的水位也就漫过窗台几十厘米，到他们膝盖，并且随着洪水不断往楼外冲，水位还在持续下降。钱艾睁开眼，大口呼吸的同时，终于看清了刚刚缠斗的“家伙”——

一个龙头。

木制雕刻，彩粉刷就，色泽鲜艳，惟妙惟肖，正随着洪水往杂物间外漂。

路过门口的水流里还夹带着红木板、金柱等庙宇残骸。

钱艾看向吴笙，一言难尽：“你这武具……还真是，大水，冲了，龙王庙。”

吴笙同样心情复杂：“世界有时候就是这么单纯。”

洪水消退，前后果然也就两分钟，探头瞭望走廊，空空如也，哪里还有丧尸一根毛。钱艾现在相信吴笙说的了，他们队长绝对氪金（特指游戏中的充值行为）买了攻略！！！

没了丧尸群，一行人顺利爬楼梯上了二楼，不料通往三楼的楼梯只一条，既不在左，也不在右，而是在中间，和他们现在所处的右边走廊错开了一段距离。

一模一样的长走廊，一模一样的众多办公室，不过二楼没有一楼那样安静，因为一个丧尸正在走廊来回游荡。它穿着白衣，戴着白色护士帽，身材高挑，凹凸有致，手里还推着一个放满针筒的医用置物车。

四伙伴躲在楼梯口的墙头转角，观望敌情。

护士丧尸的眼睛颜色比先前那个英俊医生的还要淡，乍看几乎看不见虹膜了，像被谁直接消去了黑眼仁，瞳孔和眼底再无区分，就一片悚然的白。它的游荡区域像是被设定好的，只在一层上来的左右两个楼梯口之间这一段推着小车来回走，每每快到一层上来的楼梯口便立即转身，也不会去看楼梯口是否藏着人，就尽职尽责地走着自己的路。

这段路径的中间，正是通往三层的楼梯口。

“一楼那个是男神，这个不会又是万人迷吧……”钱艾现在瞅感染科楼里的丧尸们，哪一个都像能召唤小兵的Boss。

况金鑫：“能不能趁它转身的时候溜上去？”

吴笙：“理论上可以，但操作起来风险太大。”

每人都发表意见，就显出队长的安静了。仨伙伴看向徐望，后者正双目紧闭，眉头深锁，不断微动的嘴唇像在默念什么秘籍心法。

况金鑫疑惑，刚想问，被钱艾用口型阻止：“别打扰队长开天眼。”

吴笙不语，盯着徐望的侧脸，若有所思。

两分钟后，徐望霍地回头，眼中只剩笃定：“我绕到那边楼梯口，把它勾引住，你们趁机上楼，切记脚步一定要轻，动作一定要快。”

吴笙：“你想怎么勾引？”

况金鑫：“我们上去了，你怎么办？”

钱艾：“呃，嗯。”大家都有自己的关注点，不说点儿什么显得他好苍白。

徐望先答吴笙：“声音牵制。”再转向况金鑫，“勾住之后，我立刻从一楼再回这边，和你们一样从背后上楼。”

况金鑫眼里浮出担忧，他们上去简单，但徐望要跑这么一大段路，来得及吗？万一丧尸回头了……一堆担心还没来得及问，自家队长已一溜烟下楼，往左边楼梯口去也。

吴笙则早已进入位置，全神贯注地盯着护士丧尸的背影和徐望即将出现的左侧楼梯口。

丧尸走到距离左侧楼梯口一米左右处，照例停下，转身。

随着它的返回，背后的左边楼梯口，徐望冒头。他按兵不动，直到丧尸走远五六米，位置大约是自己这边楼梯口和通往三层的中央楼梯口之间，才把手中物件的开关推上去。

这个战术的关键，就是他必须让丧尸面朝着自己这边，背对着仨队友，这样队友们才能溜上去，同时尽可能延长“声音牵制”丧尸的时间，让自己也有机会撤退，由一楼绕回另一侧楼梯，然后循着队友们的路溜上三楼。

从始至终，必须要丧尸背对着右侧楼梯和中央楼梯才行。

随着开关推上，类似手机震动的“嗡嗡”声立刻在徐望所在的楼梯口响起，不算大，可在封闭的寂静走廊上清晰入耳。丧尸身形一顿，缓缓转回身。没等它朝噪音去，噪音的源头已经自己来了——一个马力全开的剃须刀滑到它脚边。“嗡嗡”是剃须刀的马达声，三面刀头欢快地跳跃，又给这枯燥的“嗡嗡”声增加了一丝灵动。

吴笙、况金鑫、钱艾：“……”

他们还以为徐望要用霹雳枪牵制，但霹雳枪的音效最多延迟十秒，即便他把霹雳枪放在楼梯口，自己狂奔回来，也就只有十秒跑路时间，所以从制定这个战术起，吴笙和钱艾就像况金鑫一样为徐望悬着心，结果人家拿出了神道具。

谁还记得有剃须刀啊！

徐望记得，不只记得，还一直放在身上，要命的是真派上用场了。这种让人望尘莫及的“硬实力”，队长舍他其谁！

“嗡——嗡——”

丧尸歪头，似在拾与不拾间迟疑。

吴笙却不再迟疑，朝身后一挥手：“走。”他的语速极快，声音却压得极低，几乎只剩气声。

三个身影自右边楼梯口蹿出，趁丧尸终于决定弯腰之际，神不知鬼不觉溜上了它背后的中央楼梯。

同一时间，推出剃须刀后便立刻狂奔回一楼的徐望也再次绕回二楼右边楼梯口！

此时，丧尸已经捡起剃须刀，正拿在手里观望。但徐望没观望，他从一楼冲上右侧楼梯，片刻没停，一口气冲到中央楼梯口，一个漂移转弯潇洒上楼，似料定丧尸沉迷“发声物”不会转身。

仨伙伴都在楼梯口守着，见徐望上来，立刻接应会合。阵容完整，四人松口气，这才开始打量最关键的楼层。

三楼仍是通长走廊，但仔细看就会发现，走廊两侧皆是墙壁，整个三楼只有两个房间，分别在左边和右边的尽头，相隔极远。

钱艾两边看了几个来回，果断问队长：“这回选哪边？还是男左女右？”他现在已经完全把徐望当通关 NPC 了。

可出乎意料的，徐望迟疑起来，反复看着左右走廊尽头，喃喃自语：“不对啊，怎么就剩两间了……”

“咣当——”

“咚——”

右边尽头的房间里忽然传来声响，像有人在打架。

四伙伴面面相觑，立刻奔赴现场，到门前才看清，上面挂着的牌是“化验室”。一进门，就看见一个穿白大褂的年轻女医生被丧尸扑倒在地，已经使用了“咻咻袖里剑”的钱艾立刻朝着丧尸一挥臂。可撸起的袖子里，并没有什么暗器发射的动静。

这厢钱艾蒙了，那厢吴笙和徐望已经上前，一个拿螺丝刀径直捅进丧尸后脖颈，一个抓住丧尸衣领，配合对方将其从女医生身上薅起来。年轻女医生立刻逃到一旁，捂着胸口惊魂未定。

终于和文具建立起紧密联系的钱艾，再次向被队长和军师拽起来的丧尸猛一挥臂，同时气运丹田，一声大喝：“咻——”

犀利短剑自袖口飞速而出，稳准狠地钉入丧尸右眼。丧尸倒地，徐望和吴笙叹为观止。

“果然是‘咻咻’袖里剑。”徐望说。

吴笙一个劲儿地点头：“相当有气势啊。”

况金鑫意犹未尽：“能再‘咻’一下吗？”

钱艾：“不能！”

下次再有这种文具，“小抄纸”就不能给个“中二、羞耻、慎用”的提示吗？！

“你们是……”年轻女医生弱弱开口。

“疫苗，”徐望说，“我们来送疫苗。”

女医生眼底一下子涌起水汽：“终于等到你们了！”

四人在年轻女医生的带领下穿过走廊，抵达另外一端的房门前，门牌上清晰写着“防疫研究室”。女医生掏出钥匙，打开门锁，然而进去之后又有第二道门、第三道门，都需要女医生的钥匙才能打开。如果他们最开始就选择来这边，怕也要再折回去“救女医生”。

很明显，这是个必做的任务线。

一行五人进入防疫研究室的最深处，终于看见了站在仪器前的老医生——六十岁左右，戴着方框眼镜，头发灰白，正对着黯淡的仪器发呆。

“余主任，”那女医生轻轻呼唤，声音却激动得有些抖，“他们来了。”

老医生身体一震，不可置信地转过头来，看见吴笙手中的疫苗箱，他似想说话，可半天没张开嘴，最后摘下眼镜，擦了擦湿润的眼角。

吴笙把疫苗箱交给徐望。徐队长上前，递出疫苗箱，郑重得像某种交接仪式。

老医生重新戴好眼镜，双手微颤地接过去，深深朝四人鞠了个躬：“谢谢你们，给这座城市带来希望。”

徐望其实就想速战速决，可看着老医生的白发，又禁不住心里动容，愣愣回了句：“应该的。”

交接完成，四伙伴不再言语，安静等待交卷的提示音。

一秒。

两秒。

并没有动静。

“什么情况？”钱艾纳闷起来，“还不交卷吗……”

况金鑫傻乎乎地按按耳朵，像是那里该有个内置耳机似的。

吴笙看徐望，总觉得对方应该知道点儿什么。

徐望也茫然，看看老医生，看看满屋设备，再看看年轻女医生，没问题了啊。当年他看那帮人也是送疫苗到这里，也是个老医生和年轻医生，不过当时打下手的好像是个年轻男医生……那也没问题啊，当时的三楼还不止两间办公室呢。

关卡内容会微调，他在进这间屋子的时候，就想明白差异原因了。所以，为什么还不交卷呢？

等等，徐望用手掌抵住额头。有了支撑，那些杂糅在一起的混乱记忆似乎能更清晰、更容易拼凑……当年的那支队伍，没交卷！徐望霍地睁大眼睛，终于抓住了那失落的最后一小块记忆碎片。

交卷成功的是最后闯进来的队伍，而他一路跟着的那队交卷失败了。因为那一队和现在的他们一样，以为进了防疫研究室就尘埃落定……

“老钱！”徐望猛然拔出腰间的霹雳枪，一水柱直冲年轻女医生眼眶，同时朝钱艾大喊，“袖里剑——”

年轻女医生在高压水枪下“啊”的一声惨叫，立刻双手捂眼，狼狈闪躲，大呼救命。

钱艾蒙了。袖里剑该招呼谁，队长已经做了示范，但女医生根本看不出半点儿异常啊！

“老钱——”徐望声嘶力竭，急得声音都已变调。他的水枪没办法在女医生变异前击穿眼球，而一旦对方变异，将是整个关卡里最凶残的丧尸王！

钱艾心一横，不管了，盯住水枪下逃窜的年轻女医生，集中冥神，挥臂大喝：“咻咻咻咻——”

无数袖里剑疾驰而出，如剑雨！

年轻女医生猛然蹲了下去，袖里剑自她头顶飞过，竟悉数戳到了地上。最后一柄剑落地，年轻女医生缓缓抬眼，瞳孔忽地一缩，黑色以肉眼可见的速度飞快褪去。

钱艾头皮一麻，用几乎要把整条胳膊甩出去的力气狂暴而喝：“咻——”

这一次，只一柄短剑，势如闪电，力若千钧，正中年轻女医生眉心，剑刃全部没入。

年轻女医生瘫倒在地，却并没有像普通丧尸那样立即死亡，而是抽搐号叫了快一分钟才彻底不动，仍大张着的双眼一半黑眼仁已经变白，还有一半黑着，像是变异到中途，病毒才接到大脑已被破坏的信号，于是带着不甘戛然而止。她的耳后，拂开发丝，一圈血色牙印清晰可见。

老医生走过来，脱下白大褂，盖住女医生的尸体。从头到尾，他没说一句话。

疫苗被取出，放入仪器，设备的灯光亮起，就像希望的火种，终将燎原成勃勃生机。

鸮：“恭喜过关，3/23 顺利交卷！亲，明天见哟。”

黄河入海口，夜正深沉。

四伙伴落在一片草丛里，几百米外，依稀有咒骂之声。

他们交卷成功，所有第三关里的同行们都会被强制弹出，但能距离近到“咒骂声入耳”的，不是在别墅，就是在医院门口了。四伙伴交换个眼神，达成默契——这种时候，一定要低调，让同行们先走，可极大降低被围殴的概率。

“疯了，退完三关又三关，我们这辈子是不是就前六关的命了……”

“别让我知道是哪帮孙子交的卷……”

“交卷凭本事，我没意见，可别墅后面那疯子谁家的！！！”

“鬼知道，队友都让他咬死了吧……”

同行们陆续走近，再慢慢走远，很快，周围便没什么声音了。十一月的夜风又冷又硬，没人愿意吹太久。

伙伴们松了口气，这才看向今天顺利交卷的最大功臣。

钱艾：“这挂可开大了，到底什么情况啊？”

况金鑫：“队长，你怎么知道她会变异？”

吴笙没什么可问的，静静凝望，直接等说明。

“我真的来过这一关。”徐望抬眼，语气里再无犹疑，“这很不可思议，我知道，但我有证据。”

钱艾、况金鑫彻底蒙了。

吴笙有大胆想过，徐望说的“好像来过这里”不是一时错觉，却怎么也没想到，他还能证明？

“我要回一趟北京。”深思熟虑后，徐望说出了自己的决定。

3

“我就住北四环，要知道咱们离这么近，早联系啊。”钱艾喝着况金鑫泡的茶，打量着徐望家的客厅，再和吴笙就“老同学早该重逢”的问题发表自己的感慨，忙得不亦乐乎。

吴笙没他这份闲心。从第一时间买机票到下午回了北京，再到徐望进门就一头扎进卧室，他的心就没定过，脑袋里更是信息爆炸，各种设想层出不穷，无限循环、记忆消除、高维空间、平行空间、异域虫洞、时空跳跃、意识游离、重生幻影……简直能出一本《徐望探“鸮”的一千种可能》。

见吴笙望着紧闭的卧室门出神，根本没聊天的意思，钱艾悻悻止住话头，佛系喝茶。他不是真那么心大，徐望曾经进入过“鸮”，这么匪夷所思、甚至可能牵扯到他们今后命运的事，他也焦灼，想立刻知道内情。但徐望从回来就把自己关进卧室，他们再急，也只有等。

等待是最考验人的，不说点儿话分散一下注意力，那就是度秒如年。

“我原来实习的茶楼就在旁边，”没人搭理的钱艾看着可怜巴巴的，况金鑫便主动揽过“陪聊”重任，“不过宿舍离笙哥公司更近，两个楼背靠背，所以一进‘鸮’，我们抬头就遇见了。”

总算有了个能说话的人，钱艾立刻放下茶杯："遇见也没用，"他深有体会，"第一天都是蒙的。"

"不是，"况金鑫斩钉截铁地摇头，"笙哥特别冷静，他让我别慌，说可能是梦，也可能是神秘磁场干扰了大脑，将我们的意识带到了新的空间，总之，要先搜集信息。"

钱艾艰难地咽了下口水，看一眼自家军师的背影，再看回况金鑫："然后呢？"

"然后我们就开始研究猫头鹰图案，"况金鑫说，"点开'花名册'，发现队伍里还有两个伙伴，笙哥一下子就高兴了。"

"……你那时候不应该马上跑吗？"钱艾听不下去了，简直想给况金鑫身上绑个警钟，"哪个正常人被卷进去了，第一反应是讨论梦境和意识啊！"

"笙哥说崩溃解决不了问题。"况金鑫到现在都记得，吴笙说这话时眼中镇定的理性之光，那一刻，所有魔幻诡谲皆成尘埃。

钱艾无力地叹口气，扳正况金鑫的肩膀，鼻对鼻，眼对眼，苦口婆心："恐惧是人的本能，一个人如果时刻都保持高度冷静，可能是理性光辉照人间，也可能是反社会人格。所以安全起见，下次遇见这种情况，先跑，保持好安全距离，再观察，懂？"

况金鑫拧眉苦思，消化吸收得很艰辛。

钱艾见状，索性拉过来一位典型进行针对性讲解："池映雪。"

"嗯？"况金鑫一愣，完全没想到钱艾会提这个人。

钱艾："我们遇到他两次，一次翻船坠海，一次掉下摩天轮，都和死差不多，你见过他害怕吗？"

况金鑫沉默，他不知道该怎么说。无尽海上，池映雪掉下桅杆的时候，朝望远镜挥手；摩天轮上的事情，他也和队友们说了，池映雪当时特别平静，与其说是送他回家，更像自杀。这样看来，那人好像的确不懂什么是害怕，可是……

"所以，这种不知道恐惧的人最可怕。"钱艾不知道况金鑫内心的百转千回，依然坚持安全教育，而且教育得不到位、不深刻还不行，"下次再遇见，除非那人像吴笙一样，浑身散发智慧的光，看一眼就能考满分那种，否则一概保持安全距离，听见没？"

不，他不是不知道恐惧。况金鑫相信自己的直觉，那人对他亮出划伤了的手掌时，嘴上虽硬，眸子深处分明都是疼。

钱艾迟迟没等来回应，挑眉："还有问题？"

况金鑫："他为什么想自杀呢？"

钱艾："举例是为了让教训更深刻，不是为了激发你的探索精神……"

况金鑫："但我真的很好奇啊！"

钱艾："好奇是魔鬼。"

况金鑫："不是'冲动是魔鬼'吗……"

钱艾："双鬼拍门。"

况金鑫："……"

十五分钟前，卧室。

徐望一进来，就把门严严实实关上了。证据当然是要给队友看的，但藏证据的地方实在信息量太大，不宜公开。

确定卧室门锁好，他才打开衣柜，伸手到最深处摸索半天，摸出个盒子。那是一个长方形的饼干铁盒，约 A4 纸大小，厚三寸左右，色彩斑斓的盒盖上一长串花体英文，像极了跳跃的音符。徐望小心翼翼地打开盒子，慎重的模样就像那里面藏着最珍贵的宝贝。当然并没有宝贝，但也不是饼干，否则根据盒上的印码它该过期十年了。

盒子里就是一本书、几封信和一个钥匙扣。

书是全英文版的《瓦尔登湖》，吴笙送给他的毕业礼物，也是他们相处三年，对方唯一送过他的东西，翻开扉页，就能看见班长赠言——愿你能读完这本书。

整本书就这么一行中文字，每每在夜深人静时翻开，徐望都想把这些字一个个抠下来，再乘坐时光机回到分别那天，扔吴笙脸上。

可惜没时光机。

有，他也舍不得。

信一共五封，都是吴笙刚出国那阵他们之间通的信。明明已经是科技时代了，发个信息就能跨越半球无缝对接，吴笙偏在网上问完他地址，再用国际快递给他邮信，简直不可理喻。好吧，收到信的时候他还是有点儿……呃，有那么些……咳，兴奋得满宿舍蹦的，差点儿把大学室友吓着。

结果吴笙的来信里，就是非常亲切友好地问询了他的近况，简直一丝让人遐想的空间都没留。他也只好有样学样，写了一封"挚友回函"。就这么不咸不淡地交流了五个来回，在他已经适应了"白月光"变成"笔友"之后，吴笙不回信了。

起初他以为是快递寄丢了，还试探性地在网上戳过对方，但对方毫无反应。后来随着时间推移，这一理由再也站不住脚。因为不管是对方的来信寄丢了，还是自己的回信寄丢了，总之如果对方期待回应，那迟迟没收到自己的回信也该问的。所以就一个结论，吴笙不想和他联系了。

勾起了别人的念想再断，比一毕业就不联系还让人难接受。

眼底的微微发热让徐望惊了一下，瞬间回过神。他现在是揍完人都能微微一笑，绝对控场，早从青铜走向王者了，突然怀念青春什么鬼！用力捏了捏自己的脸，徐望很认真地训自己："你现在二十九岁，不是十九岁，早过完花季雨季了，能不能心里有点儿数？"

扪心自训完，徐队长心情舒畅，然后一低头，又看见了缝隙里的钥匙扣。一个三花猫的钥匙扣，猫是小奶猫，一张白净小脸，头顶黑、橘双色小刘海，蜷成一团，睡得香甜，像个甜甜圈。

这么多年，他一直以为这钥匙扣是吴笙的。那时还没毕业，他也不知道不久的将来会收到那本拉仇恨的全英文原版书，上了大学还能通几封问候信，于是一私心就把这东西留下了。朝夕相处三年，他不希望像风过水面涟漪一散，什么痕迹都不剩。

现在好了，他保存了十年的"涟漪"根本不是吴笙那股风，而是另外一阵妖风吹出来的。

钥匙扣上的小猫仍在沉睡，但如果它睁眼，徐望相信，那该是一双蓝绿异瞳，蓝的像天、像海洋，绿的像玉、像森林……

4

十年前。

清晨的阳光透过窗户，照在某校高三年级的走廊上，明亮了走廊墙壁上的科学家肖像，也明亮了教室内一张张稚气的脸。

三年七班是理科班，班风活泼，成绩稳健，大部分时候还是比较让老师们省心的，此刻正一派"欣欣向荣"的早自习景象，有做题的，有背单词的，有和同桌研究解题思路的，当然也有趁老师不在放松一刻、传播新鲜八卦的——

"徐望今天回来上课？"

"我亲耳听见的。刚才送作业去办公室，老章正和他爸打电话呢。"

"老章也太变态了吧！"

"唉，升学率比天大。"

"妈都没了，谁还有心思高考啊。"

"不是，我听老章讲电话那个意思，好像是徐望他爸想让徐望回来，老章还劝呢，说什么孩子心思重，回来了学不进去，不如在家里多休息几天……"

"嘶嘶——"

"咋了？"

"什么情况？"

“和你们说个事儿，保密啊。”

“快说吧。”

“徐望他爸妈早离了。”

“真的假的？”

“我和他初中一个班的，当时全班都知道，他爸娶了小三儿，不要他和他妈……哎？什么玩意儿？”爆料的男同学捂着后脑勺猛回头，对上了班长的眼。

“帮我捡一下橡皮。”吴班长一脸无辜。

爆料男同学蒙了：“你这是下多大力气，能把橡皮擦飞？”

“不是擦飞的，”吴班长坦荡诚信，“瞄准扔的。”

爆料男同学连生气都忘了，傻乎乎地问：“扔我干什么？”

吴班长不语，只瞟一眼斜上方的监控器。

每个教室都有这样一个监控器，监控，不，监督同学们的学习。而现在才早自习，监控器已经亮着小红点咔咔转起来了，比平时提前得不是一星半点儿，估计是为庆祝今天这个伟大日子——高考倒计时五十天。

爆料男同学给了班长一个“感谢提醒”的眼神，弯腰在地上摸了一手灰，才艰难拾起橡皮，还给中国好班长。

教室重归安静。

吴笙继续做题，可刚写一笔，自动铅笔就断了。他按出一截继续，一个公式没写完，又断了。自动铅笔像是感觉到了使用者的心不在焉，以此发出抗议。

吴笙以为最快也要明天才能看见徐望，然而下午第一节课的上课铃刚响，老师从前门进来，徐望从后门进来——徐望在走廊转角等了几分钟，特意等到上课铃响、老师进门上讲台，才踩着一样频率从教室后门溜进去。

老师没管他。

可惜，还是有百分之八十的同学突然在这一刻和他心有灵犀，整齐划一回头看。那一双双眼睛里倒没恶意，平日玩得近的，关心、担忧；平日关系远的，同情或是单纯好奇。

妈妈去世，比天塌下来还要大的事了。

幸好，徐望想，他们还不知道他只在亲爸家住了不到一周就被赶回来的事，不然生活委员在今天放学之前，就能做好捐款箱，替他募集爱心。

无视掉所有目光，他一溜烟坐进自己座位，放书包，拿书，看黑板。神情自然，身体放松，就像这是个再平常不过的下午，他照例回宿舍睡午觉，照例第一节课踩点到，照例从后门溜回座位——轻车熟路的敏捷，习以为常的平淡。

老师敲敲黑板，或回头或侧目的同学们纷纷收回注意力。那些撤走的目光中，心疼和同情都淡了，更多的是疑惑、茫然、不认同和欲言又止，但最终都归于黑板。

徐望很满意。太温暖的善意会让人脆弱，冷漠一点儿，刚刚好。

“第 86 页……”英语老师带领大家开始今天的重点复习。

徐望低头翻书，趁机用力眨了下眼，生生把混着热气的酸胀感压了回去。

最后一排，只隔个过道，吴笙紧紧盯着他，但又说不清自己想在对方脸上看见什么表情。

旁边有人在看他，徐望对这视线再敏感不过，平日里要是被这么看，他能乐得瞎编一篇《我的班长好像暗恋我》的议论文，今天实在是没那么飞扬的文采了，只能老老实实看过去，厚着脸皮没心没肺地一笑，一如既往，吊儿郎当。

“想我没？”他用嘴型问，满是星星眼的期待。

可能是他笑得太灿烂，吴笙的眼神不是很美好。

隔几秒，一摞订好的卷子扔过来，还附赠一个亲吻额头的纸团。纸团展开，自然是班长的俊逸字体——上周模拟考试卷。

徐望一张张翻，都是空白卷，答案单独写好放在每科卷末，重点题还附带讲解，显然是让他先自己做一遍，再对照答案看，细心得……等一下，数学、英语、理综……徐望抬头，给了挚友一个捂着小心心的疑惑挑眉——我最爱的语文呢？

吴班长低头唰唰又写了一张纸条，团成团，灵巧一弹。

徐望哪能吃两次亏，眼疾手快地稳稳接住，摊开来——人心不足蛇吞象。

徐望没忍住，乐了。这一回是真乐。

吴笙是公认的总成绩年级第一，单科成绩也都是第一，从无失手，除了语文。

徐望是公认的偏科，数学、英语、理综都泯然众人，就语文永远单科魁首，是教语文的班主任老章心中最亮的星。要不是理科的大学专业选择面更宽，加上还想和吴笙同班，文理分科的时候徐望就报文科了。

见徐望有了笑模样，吴笙心弦一松，就听见了英语老师铿锵有力的点名：“吴笙！”

从语气上判断，应该呼唤不止一次了。

吴笙连忙起立，迎上老师“来吧”的目光。

来什么？吴班长一脸茫然，再看周围，已经站起好几名同学，蔫头耷脑的。显然，老师提了个颇有难度的问题，以至于点到名字的都不幸中招。

大部分同学都等着看热闹，毕竟老师叫吴笙起来，就是为了树正面典型，这要是被打脸，老师心态必须崩。千钧一发之际，坐第一排的钱艾立书挡脸，迅速回头，极夸张地做口型，肉滚滚的脸蛋丝毫不影响信息的精准传递：“背——课——文——”

吴笙恍然。昨天英语老师布置的作业就是背那篇重点课文，说是必考的几个语法都在这一篇课文里了，背了就能拿分，反正是白送的分，爱要不要。眼下站着的这几位，用实际行动选择了“不爱”。

吴笙敛起心绪，集中精神，课文如行云流水而出，发音标准，语感自然。

看热闹的同学失望而归。吴笙答不上才好玩，对答如流是常态，有什么新鲜。

一篇课文背完，老师满意点头，所有站着的同学终于得以落座。吴笙再想起去看徐望，后者已经立起教科书，趴桌上补眠了。

真睡假睡，吴笙也不知道。脑海里的画面还停留在徐望被纸团逗笑的那一刻，如果他是真睡，吴笙希望他梦里还能收到纸团。

徐望上课睡觉，下课就去厕所，跑得比谁都快，可吴笙跟着去了厕所，又找不见人。整个下午，徐望愣是没给任何同学“关心慰问”的机会。

终于挨到晚自习结束，全班同学如获大赦，走读的急着回家，住宿的也急着回寝，稀里哗啦的收拾声不绝于耳。徐望这时候倒精神了，三两下收拾好，书包往肩上一甩，回首一个干净利落的手势：“Bye。”

吴笙诧异地问：“不回宿舍？”

“我爸不放心，非让我回家。”徐望耸耸肩，一脸“我也很无奈啊”。

“哦。”对视半天，吴笙总觉得自己还有话想说，但又乱糟糟地组织不好语言，末了憋出一句干巴巴的“路上小心”。

徐望怔了怔，笑：“劫财的遇上我，破产；劫色的遇上我……”他煞有介事地考虑了一下，帅气挑眉，“眼光这么好，可以谈谈。”

吴笙：“……”

怎么回的寝室，吴笙已经没印象了，等反应过来不对，已是夜里十一点。宿舍熄灯，各床小台灯开始工作，室友都在题海里奋战，只自己下铺那张床空得冷清。

回家？以徐望那个死倔的性格，要不是妈妈去世，他根本不可能去他爸家里，如今去了，刚待几天又被急忙送回学校，他再迟钝也该看懂一二。何况他根本不迟钝——在人情冷暖上，他比所有人都敏感。

一道闪电映亮宿舍的窗，远处传来轰隆隆的雷声。

四月的雨总是格外多。

吴笙翻身下床，去到走廊角落，拿手机拨通了徐望的电话号码。学校不让带手机，但同学总有千百种应对法。

电话响了很久，没人接。吴笙再打。

打到第三遍，电话终于被接起，没等他说话，那头已经抢先控诉："有你这样的班长吗？大半夜不睡觉，骚扰同学！"控诉得情真意切，就是嗓子哑得厉害，还有一丝鼻音。

吴笙不准备装傻："声音怎么了？"

"你试试睡得正香呢被吵醒。"电话那头说着，大大打了个哈欠，真事儿似的。

吴笙眯起眼，问："在哪儿呢？"

听筒里顿了一下："我爸这儿啊。"

"轰隆隆——"

电话两端，响起同一道雷。

"我再问你一遍，"吴笙声音冷下来，"哪儿呢？"

电话那头没动静了。

"你要敢挂我电话，我现在就去找值班老师，说同学丢了，发动全校住宿生去找。"

"用不用这么狠……"

"对手太狡猾。"

"你能不能不管我？"

"能，你回来把宿舍换了，换一个不影响室友睡眠休息的好同学过来。"

"我都不在怎么影响你？！"

"下铺没人挡风，凉。"

"……"

五分钟后，吴笙穿好衣服，溜出宿舍，化作雨夜里的一道黑影，向教学楼潜行。

如果在初三的时候，有人和他说"吴笙，你到高中之后会交到一个特别不靠谱的哥们儿，一天到晚被冲动的魔鬼附身，路见不平就想吼一吼，一片祥和里还想挑挑事儿，并且听不进去劝，你怼他一句，他必须回你一句，你扔他个纸团，他绝对丢你一个笔帽，就这样，你还是特宝贝这个朋友，换谁都不行，就非得是他，一天看不见，心里都别扭"，他会觉得这是诅咒，而且还诅咒得特别不走心。因为每一句都槽点满满，实在想不出实现可能。

现在，他高三了，已经彻底认清了世界的本质——"绝对"是不存在的。

他小学时总搬家，没长久朋友；初中时醉心于学习，没深交的朋友；高中时当了班长，在同学眼中的意义就是"移动习题库"，找他"讲题"的比找他"闲聊"的多得多，在宿舍里也是，嬉戏打闹默认屏蔽他，偶尔撞着床了，还要为耽误他学习不好意思一下。

他虽然对幼稚打闹没什么向往，但他参与不参与是一回事，别人带不带他玩是另外一回事。

徐望是晚一个月搬进来的，高一上学期的四月。吴笙记得特别清楚，那天也下雨，下得极大，窗缝灌进水，流了一窗台，宿舍里谁都没在意，就徐望拿抹布擦半天，末了巡视全宿舍，目光定在了他脸上："还有多余抹布吗？"

吴笙当时正在听英语，摘下耳机问："什么？"

"还有多余抹布吗？"徐望又大声重复一遍，并进一步解释，"放窗台上吸水，不然一会儿又流一地。"

吴笙茫然摇头。打扫卫生这件事，在他们宿舍一直属于幽灵般的存在，徐望用的这块抹布还是某同学没来得及扔的旧毛巾。

徐望皱眉，一脸失望地叹息："白长了一张热爱劳动的脸。"

吴笙："……"

不止吴笙无语，其他室友也不乐意了："我们长得差哪儿了！"

于是为了证明自己长得合格，室友们齐心协力把窗台连同地面收拾得亮亮堂堂，第二天还找宿管报修了窗台漏雨的情况。当然，劳动大军里也有吴笙。

这是徐望的初登场。

再次"交心"是后来的一个周末，宿舍里就剩他俩，他在上铺做题，徐望在下铺看闲书。气氛正温馨，徐望冷不丁一脚踹他床板上："你总这么做题，迟早有一天做傻了。"

吴笙也是闲得慌，放下笔，探出头问下铺同学："你在和我说话？"

徐望一下子坐起来，抓到证据似的："你看，屋里就咱俩，你还问我这话，不是学傻了是什么，悬崖勒马啊班长！"

"行，"吴笙难得听人劝，"我不学习了，该干点儿什么？"

"什么都行啊，"徐望语重心长，"生活要丰富多彩。"

吴笙很认真地想了想："我小学学的钢琴和奥数，初中学的围棋和滑冰，高中时间少，自学绘画发现没天分，现在改成计算机方向，课外阅读量是有些少，一周也就一到两本书。这么一看，我的生活的确挺苍白，关于丰富多彩，你能不能给些具体的建议？"

徐望："……我要和你绝交！"

吴笙到现在都记得徐望说这话时瞪大的眼睛和气鼓鼓的表情，像个披着小老虎皮的喵星人，比最难的数学题都可爱。也是那个时候他才知道，哦，他们已经是朋友了啊。

三年七班。

吴笙站在教室后门口，头发被雨打湿，水珠顺着脸颊往下滴。徐望歪头趴在课桌上，看见他，像是笑了下，可没有月光，一切都在阴影里。

"你没带伞？"他特别认真地问。

吴笙磨磨牙，走进来坐在他旁边："再给你一次机会。"

徐望直起身，一本正经："这么大雨，你不带伞，我们怎么回宿舍？"

吴笙看了他两秒，忽然伸手拿起了徐望放在课桌上的手机。

徐望莫名其妙："你干吗？"

"给你妈打电话，"吴笙翻通讯录，"说你夜不归宿，在教室里瞎闹。"

"你有病吧！"徐望疯了似的去抢手机，"我妈死了，死了——"沙哑的声音里，哭腔再藏不住。

吴笙一把抱住他，牢牢的。徐望拼了命的挣扎，却怎么也挣脱不开，他从来不知道吴笙有这么大的力气。雨更大了，雷声和雨声混在一起，铺天盖地。徐望终于哭了出来，抱着吴笙号啕大哭，像个被欺负狠了的孩子。

"他俩离婚的时候……我妈和我说……是她把我从我爸那边抢过来的……其实我爸根本就不想要我……我高一的时候要住宿舍……她不让，我就和她闹……那时候她就已经病了，可她不告诉我，我还那么气她……我一点儿都不想在我爸那边住……可我也不敢回家……我总觉得我妈还在家里，等着训我考试没考好呢……我怕一回去，梦就醒了……吴笙，为什么坏人都活得好好的，好人就这么苦呢……"

徐望把一切悲伤、后悔、愤怒毫无保留地宣泄。吴笙不说话，只一下下摸着他的头，安静陪着。雨越下越大，雷声也越来越响，不太像四月的雨了，恍惚总让人以为是暴风雨的盛夏。

徐望哭累了，嗓子也彻底哑了，奇异地心里平静了许多，悲伤仍在，但不会疼得一张嘴就想哭。

吴笙的整个校服上衣都湿了，徐望也分不清哪里是雨浇的，哪里是自己的成就。他悄悄抬头，吴笙也在低头看他。或许，徐望想，对方自始至终都这样低头看着自己，安静、温柔，都不像吴笙了。

夜很黑，没一丝月光。

徐望忽然收紧胳膊，想将人抱得更牢。吴笙却更快，几乎是本能地把人推开，情急之下，根本一点儿力气没留。

"咣当——"徐望被直接推到了地上，后背撞斜桌椅，屁股摔在硬地。可他一点儿没觉得疼，前半分钟都是蒙的，茫然呆愣，大脑一片空白。

吴笙也不知道该怎么办了，心如擂鼓，要不是雨，恐怕就能听见"咚咚"声。他想说对不起，却说不出口，想拉人起来，却不敢伸手。他怕徐望问为什么，他这辈子第一次这么害怕被人提问！

徐望渐渐缓过神，知道疼了，后背疼、屁股疼、眼睛疼，哪儿哪儿都疼得厉害，心里更要命，又疼又酸楚，憋闷得厉害。他试着深呼吸，一次不行，两次，两次不行，三次……终于在不知道第几次里，他成功了，就像千辛万苦爬上岸的人，总算求到了一口氧气。

吴笙还傻愣着。这比温柔的吴笙还罕见。

徐望好整以暇地看了他半天，“噗”地乐了，靠住桌子腿儿，懒洋洋地朝他伸手，天经地义似的：“别自个儿忏悔了，赶紧给我扶起来。”

吴笙如释重负地松了口气，赶忙起身。

徐望握住他伸过来的手，微凉、潮湿，都是汗。

雨，下疯了。

走在走廊里，看着雨打在玻璃上的水花，甚至会生出被水珠溅到的错觉。吴笙和徐望一前一后安静走着，从离开教室，两个人就再没说过话。

长长的走廊仿佛看不见尽头，时间一久，吴笙开始没底，总担心人已经不在身后了。脚步一顿，他毫无预警地回头。徐望似乎吓了一跳，猛地看向窗外，坚定、执着、持之以恒，就像那哗哗淌雨的玻璃能看出花儿来。

吴笙呼吸一滞。即便只是侧脸，他也看得清楚，徐望脸上挂着泪。

先前号啕的眼泪都在自己校服上呢，吴笙能确定，直到离开教室，徐望都没再哭。敛下眸子，他装作什么都没看到，继续前行，可心里已经彻底乱了。

哭得安静的徐望比先前更让人心疼，但他不敢问为什么。就像教室里，徐望半开玩笑说的“忏悔”。

忏悔什么？

一个语焉不详，一个不敢深究，似乎心照不宣，却又模棱两可。

闪电在窗外划过，近得就像贴着玻璃，刹那间，将走廊映得恍如白昼。许是太近，雷声几乎是同时响起，“轰隆”一声，震得人耳朵疼。

吴笙在强光中眯了眼，好不容易等到雷声过去，他左思右想，还是觉得不妥，便回头道：“这么频繁打雷太危险，要不我们再等……”话没说完，便停住了。

身后哪里还有徐望的影子，只剩空旷走廊，幽深、阴冷，像能通到黑暗尽头。

5

徐望发誓，他是紧跟在吴笙身后的，可走着走着，周围就开始变得模糊，两边墙壁上挂着的名人画像开始在电闪雷鸣里变形，就像老电视信号不稳时的图像，闪得人眼花、头疼。

他害怕起来。

吴笙恰好在这时回头，嘴巴一开一合，似乎在和他说……打雷还是别的什么。他想问清楚，加上心里发慌，于是特别大声地喊："我听不清——"

吴笙像没听见一样，目光也和他对不上，就像……就像看不见他。

又一道闪电划过，连吴笙的身影都开始虚化了。

徐望看过无数恐怖电影，都不及这一刻的万分之一。他拼命向吴笙扑过去，既然说的不行、看的不行，他就实实在在抓住。可最终，他扑了空！

雨停了。

整个世界重新清晰，却不再是徐望认得的那个世界。

没有走廊，没有学校，没有吴笙。

依然是夜，但晴空万里，月明星稀。

他站在一间医院的大门前，茫然抬眼，"中心医院"四个大字红得像血。

幽蓝色的夜空下，穿校服的少年呆立在一片死寂的医院大门口。他脸上泪痕未干，似乎上一秒还哭着，可现在，未知的恐惧正一点点侵蚀着他的心。

哭得太累，精神恍惚，以至于出现了幻觉？跟在吴笙身后，走着走着体力不支，晕了，于是开始做梦？他试图给这惊悚异象一个合理解释，却都没办法说服自己。他也冷静不下来去深入分析这些，他就想回学校，想见到熟悉的一切。

"吴笙……"带着最后一丝期待，他轻喊了一声。

无人回应，陌生的夜空底下，只有这间医院、他和树影深处的窸窸窣窣。那窸窣声有些诡异，不像鸟叫虫鸣，也不像风吹树叶，倒像某种小动物在阴影深处蹿。

路的尽头，一辆汽车正缓缓驶来。

徐望听见声音，本能回头。月色下的马路上，行驶中的汽车没开晃眼的车灯，反而让车身隐约可见——一辆五颜六色的出租车。

徐望还从没见过这么花哨的出租车，像被人用各色颜料泼了个遍，艳红、明黄、碧蓝、翠绿、亮紫，斑斓色彩在车身上纵横交错，乍看乱花眼，看久了又有一种奇异的和谐与活泼。唯一能确定它出租车身份的，是车顶灯上的"TAXI"。

一瞬的视觉冲击后，便是接踵而来的慌乱。躲起来还是呼救？车上是好人还是坏人？无数个念头在徐望心中同时涌起，却又难以抉择。

这一犹豫，车已到了医院门前，然而司机完全没有刹车的意思！

徐望浑身一激灵，连忙往旁边躲，结果动作太猛，脚下一绊，整个人直接朝路边扑了过去。

万幸，这一扑倒让开了路。汽车徐徐而过，驶进医院，就像根本没看见曾有这么个挡路者。

徐望狼狈地爬起来，狂跳的心快蹦出胸膛。和死神擦肩的极度恐惧，反倒把先前置身陌生之地的恐惧冲得不成形状。

根本没把他放在眼里的车，进院之后却停下了，就停在一块立板旁。车上下来三个男人，背着包，来到立板前像在研究什么。很快，其中一个男人低沉开口："感染科楼。"另外两个人"嗯"了声，显然并无异议。

像是听见他们已达成一致，出租车里飘出第四道声音，催促："上车。"三人立刻转身，回归出租车。

眼看他们要走，徐望急了，豁出去怯怯地喊了声："你好。"

一人已经灵巧进了车后座，另外两人也在弯腰进车门，没人对他的呼唤有反应。

徐望一怔，直接从树后面跑出来，朝对方喊了第二遍，更大声："你好——"

这回就是隔着几十米也该听见了。然而还是没有回应。

他们看不见他，也听不见？突如其来的恐慌让徐望手脚冰凉，他再管不了那么多，一个箭步冲到彩色出租车后面，用力一拍后备厢盖，手都拍麻了。

"咣——"脆弱的后备厢盖在重击下发出巨大声响。

唯一还没上车的人身形一顿，目光警惕起来。

徐望大喜，立刻又"咣咣"拍了两下后备厢盖。可那人毫无反应，仍防备地四下环顾。徐望直接绕到车旁，用力一拍他的后背。手拍了个空，确切地说，是从对方身体里穿过去了。徐望愣住，不可置信地又试了几次，自己的手真的就像幽灵一样，根本碰不到对方的身体。

可他明明拍得到车啊！

徐望要疯了，不知道该怎么做才能让他们看见他、听见他，知道他的存在！

忽然有风从背后袭来，徐望条件反射地回头，就见一个满脸污血的"人"朝他冲了过来！徐望吓傻了，别说反应，连尖叫都堵在了嗓子眼里。

"砰"的一声，他和"血人"撞了个实实在在。失去平衡的他穿过那唯一没上车的人的身体扑倒在地，摔得生疼。然而"血人"没有一起扑下来，他撞在了那人身上。那人仿佛等的就是这一刻，抬手"噗噗"两下，"血人"便从他身上滑了下去，瘫倒在地。

徐望忽然明白过来，那人刚刚的警惕不是因为自己拍车，而是因为听见了"血人"靠近的动静。

"怎么了？"见杀掉"血人"的男人不上车，出租车里传来询问，"有问题？"

男人盯着地上的"尸体"，喃喃自语："丧尸扑过来的时候，好像撞着了什么东西……"

“丧尸”两个字，让徐望心里一颤。

车内人没听清：“什么？”

“没事。”男人摇摇头，坐进车里。

出租车重新发动，继续前行，逐渐消失在医院楼群的深处。

徐望低头，第一次真真切切看清了“血人”——“死不瞑目”的尸体满脸狰狞，大张的眼睛里没有黑色眼瞳，只一片蒙着淡红的白。

他站在原地，浑身僵硬。只在电视里见过的丧尸成真了！猛地一阵反胃，他扶着立板弯下腰干呕起来。这一刻，他忽然很庆幸，午饭之后再没吃任何东西。

陌生的地方，看不见、听不见他的人，幽灵般的自己，凶残的丧尸……被吴笙推开的时候，他以为这一天不可能更糟了。

现在，他宁愿让吴笙再推自己一次。

至少，他还能拉自己起来。

“嗷——”

医院深处，不知哪栋楼隐约传来凄厉号叫，不甚清晰，却扯得人头皮发麻。

同一时间，四周的窸窣声更响，没等徐望反应过来，无数黑影竟如平地冒出来般鬼魅而出，潮水一样向着号叫传来的方向狂奔。

徐望躲闪不及，被好几个擦肩而过的丧尸撞得踉跄。但是撞归撞，那些丧尸连一眼都不多看他，仿佛撞的只是一堵透明墙，撞完继续跑就好了。持续不断的冲撞让恐惧感变得麻木、淡薄，与之相对的，诡异感却越发浓重。

随着尸群跑远，夜重新安静下来。

徐望抬头，第一次认真看立板，那是医院的平面图，从门诊到急诊，到专科楼，再到住院部，一目了然。

感染科楼。

徐望认真记住它的位置，转身也朝医院深处快步而去。

丧尸属于这个诡异世界，但那四个人，无论是样貌还是说话都与常人无异。

跟上他们！

徐望直觉，这是自己回家的唯一希望。

第二章 新目标

XIN MU BIAO

十年驹迷雾微散，四人组整装重发。

1

感染科楼，一层。

密密麻麻的丧尸几乎挤满大半个走廊，它们一往无前地狂奔，就像被摘了蜂巢的蜂群，穷凶极恶地追逐着罪魁祸首。

“我都说了别动它！”

“它扑过来了难道我还温柔接着吗？！”

“现在怎么办？”

“找地方躲啊——”

徐望一进楼，看见的就是这壮观景象——没了出租车遮挡的四人慌不择路地往前逃，愤怒的丧尸大军在后面山呼海啸般地追。他正好站在走廊仅剩的四分之一段空荡处，逃命的四人迎面而来，他毫不费劲混入其中，和他们一起跑。

在即将穷途末路之际，四人寻到一处杂物间，仓皇躲入。徐望也同他们一起冲进去，生怕慢了被关在门外——赶过来这一路上，他已经无数次验证过了，他不能穿墙，不能过门，不能飞天遁地，明确地说，除了眼前的四个人可以任他随意穿过之外，这个诡异世界里的一切对于他来说都是实体，即便丧尸对他没有反应，他们之间还是会相撞、阻挡。

“柜子，快点儿！”

他们想用杂物柜挡门，于是两个人抵门，两个人去推柜子。奈何柜子很重，两个人连推带搬，弄得柜子东倒西歪，里面的杂物噼里啪啦往下掉。

徐望左闪右躲，还是让一个东西不偏不倚正砸在脑袋上。好在那东西不太重，砸完他落到地上，卷轴骨碌碌向前滚，摊开，露出全貌。

一面锦旗。

红绒底，明黄色的两列字——悬壶济世医苍生，妙手回春解疾疼。

“火焰山还是大水冲了龙王庙？”

“龙王庙。”

“确定？”

“发水了还能游，着火了怎么跑！”

电光石火间，那四人似已做了什么决定，其中一个人抬起手臂，坚定点了下去。徐望想凑过去看看他手臂上有什么东西，刚动一步，就听见了水声。

水？

转眼间，那四人已悉数上了窗台，牢牢抓着窗把手，如临大敌。徐望心里一紧，连忙也跟着跳上去，和其中一个人抓住了同样的把手。这是一件很奇怪的事，明明他和对方可以抓住同一件东西，却像重叠在两个不同空间。

洪水冲开了杂物间大门，泡了他们十几秒，又慢慢退去，大约两分钟就彻底退了个干净。

四人跳下窗台，探头出去瞭望，末了一片惊讶。

“都没了？”

“别是这一层丧尸都怕水吧……”

没聊两句，四人便敏捷而出，徐望连忙跟上，随他们上了二楼。二楼只有一个丧尸来回走动，像护着中间楼梯似的。

四人商量之后，其中一个再次点了胳膊。这回徐望看清楚了，他胳膊上是一个猫头鹰图案，点开之后还有选项，十分神奇。

随着再次点击，一个竹蜻蜓飞入二楼走廊。推着车的女护士停下脚步，走近竹蜻蜓，歪头欣赏。四人趁机从她身后上了三楼。

三楼和一、二楼一样，仍是许多间办公室，分布在走廊两侧，四人言语间似要找什么防疫研究室。徐望听不懂，但越看越觉得他们像在玩一场真人游戏——抵达指定地点，完成对应任务，还有道具可以使用。可他们的表情又认真得可怕，仿佛这是一场生死战。

最终，他们圈定了两间“可疑办公室”，两个都是厚厚铁门，门口都有红色按铃。

“50% 的概率。”

“选对，我们交卷；选错，我们回家。”

“抛硬币？”

“别急，知己知彼，百战百胜。”

三人不解地看向最后发言者。徐望也凑到他身边，就见他抬起胳膊，点掉“文具盒”里的一个图标——‹幻›灵魂画手。

顷刻间，四人面前出现一只三花小奶猫，目测也就两个月大，小脸白净，黑色和橘色均匀分布在额头，像两片小刘海，眼睛一个蓝一个绿，美极了。

徐望情不自禁想伸手摸摸它，刚碰到耳朵，小奶猫就敏捷转身，一溜烟钻进了二选一的其中一个铁门。那铁门根本没一丝缝隙，可三花小奶猫就这样穿过去了！

不消一分钟，小三花返回，小爪子在地上“啪啪”拍了好几下，拍出一堆灰突突的爪印。四人聚到一起，研究得全神贯注，仿佛一个科研攻关小组。最后，还是那个使用者先放弃，闭上眼再次冥想。

灵魂画手小三花立刻尾巴一晃，又钻进了另外一个铁门。这一次它回来得更快，顶多十几秒，而且连灵魂画作都没了，就歪头一眨不眨地看四个人，小模样又美又萌。

四人一猫对视半晌，使用者心领神会：“第一间办公室。”

另外三人不是很有底：“你确定看出来了？”

“不用看它画了什么，就看它画了哪个。”使用者说，“第一间办公室里有东西，所以它可以画出看到的内部图，第二间里面什么都没有，可能第二间办公室就不存在，所以它才什么都没画。”

三人恍然大悟。

小三花似乎看出难题解决了，歪头轻轻蹭了下使用者的腿，撒娇讨奖励似的。可惜它太小了，动作又轻，使用者毫无察觉，已和伙伴一同起身，大步来到第一间办公室前，按下红色按钮。

铁门应声而开。

四人立刻进入，小三花耷拉下脑袋，乖巧跟上。徐望自然也跟了进去。

这就是四人要找的防疫研究室，里面有一位老医生和一位年轻的男医生，见他们到来，眼圈泛红。研究室里还有许多设备，摆放的位置和小三花先前拍的那些爪印倒十分吻合。

四人拿出金属箱，交给老医生。

听完双方对话，徐望才清楚，原来他们是在护送疫苗。

变故就在这时发生。

年轻男医生忽然扑倒了距离最近的一个人。另外三人愣了好一会儿才反应过来怎么回事，立刻加入战斗。然而四人合力，竟制不住那男医生！

“啊，这是丧尸王啊——”

不知谁喊了这么一句，男医生忽然一个用力掀开身上所有人，并以闪电般的速度抓住距离最近的一个，一口咬上了对方的胳膊。几分钟后，被咬者感染发狂。

徐望大脑一片空白，忽然分不清这是现实，是虚幻，是游戏，还是厮杀。

战斗以丧尸王的胜利告终。四人队伍里只剩下两人，一个被咬胳膊成了丧尸，一个小三花的使用者成功逃出研究室。另外两个，徐望眼睁睁看着丧尸王咬上他们的脖子，然后一闪，他们就凭空消失了。

徐望的脑子已经彻底乱了，可铁门忽然又被人打开，进来全然陌生的四个人。他们一进来，三下五除二就解决了体力消耗大半的丧尸王和被咬了胳膊的感染者。

徐望就站在战场中央，可除了被丧尸王时不时撞两下，再无其他。新来的四人同样看不见、听不着、摸不到他。

徐望心灰意冷，不经意间看到角落里的小三花。它的使用者已经不知道跑哪里去了，它似乎没跟上，缩在角落里，怯生生看着防疫室内的一切，像个无家可归的小流浪儿，再无先前拍爪印时的元气满满。

徐望走过去，轻轻把它抱到怀里。小三花猛地抬起脑袋，警惕地左右看，似在寻找突然腾空的原因——它和那些丧尸一样，能碰到徐望，却看不见他。

徐望抬手，轻轻挠它额头。小三花先是害怕地抖了一下，接着似乎感觉到了善意和舒服，慢慢放松下来，在看不见的怀抱里窝着，发出“咕噜噜”的声音。

随着新来四人将自己的金属箱交给老医生，先前的疫苗已经没人关心。

老医生将后来者的疫苗取出，放进设备。机器灯亮起，徐望清晰地听见一道声音说：“恭喜过关，3/23 顺利交卷！亲，明天见哟。”

声音落下，新来那四人消失。防疫研究室里只剩下老医生、徐望，还有他怀里的小三花。

空气突然安静下来，静得有些冷。

徐望抱紧小三花，一时茫然。

老医生对此好像已经司空见惯，他先是把第一组人带来的金属箱丢进垃圾桶，然后关掉运行中的设备，打开机器，将先前放进去的疫苗取出，同样扔进垃圾桶。

徐望震惊地瞪大眼睛，不敢相信自己看到的。那不是疫苗吗？不是这座城市的希望吗？先前那个闪着泪光说“感谢你们带来希望”的老医生，和眼前这个扔掉疫苗、若无其事擦实验台的老医生是一个人？

是的，一个人。

这才是最可怕的。

徐望觉得这一晚上的所见所闻，都没有这一刻来得惊悚。

“你……是谁……”

凉气浸透四肢百骸时，徐望听见了耳内断断续续的声音。那声音仿佛来自极遥远的某处，微弱、断续，还夹着隐约的细碎嘈杂，就像没调准频率的老式收音机，吃力传播着勉强收来的只言片语。

徐望克制不住地发抖。怀里的小三花抬起脑袋，用头顶轻轻蹭了蹭他的下巴。老医生还在忙活自己的清洁工作，认认真真，头也不抬。

“你……是谁……”

没等来回答，那声音锲而不舍地问了第二遍。

“你、你又是谁？”徐望用尽全身力气，终于反问出这么一句。

“鸮……”

徐望有一瞬的茫然，但很快想起来，那四人手臂上的图案里，猫头鹰下方就是一个“鸮”字。

鸮：“不……不对的……你不应该在这里……”

徐望无语，他还没说自己是谁呢，就不应该在这里了？何况又不是他想来的！

“对，我不该在这里，所以快点儿放我回去吧。”

鸮：“二十三……交卷……重获自由……”

“交卷？交什么卷？这是考试？”徐望真的跟不上对方的思路，二十三是什么科目？

鸮：“不行……你不是被选中的……不能交卷……”

“你别自言自语啊，”徐望想抓狂，“我学习不差的，你都不用给我划范围，就告诉我二十三是什么，我自己去学，肯定能交卷！”

鸮：“不是被选中的……不可以……”

“……”徐望心累，这人根本说不通。

鸮：“不是被选中的……为什么……会在这里……你……是谁……”

得，莫名其妙自说自话了一堆，又绕回原点。

“你赢了，”徐望投降，老老实实递上姓名，“徐望，双人徐，希望的望。”

鸮：“双人徐……希望的望……”

“我已经告诉你我是谁了，你能不能告诉我该怎么回家？”

鸮：“第一次……有人……能听见我说话……”

很好，又进入“我不听我不听我只说自己想说的”模式了。

鸮：“帮帮我……帮……帮我……”

突来的恳求让徐望措手不及："什么？"

鸮："不……没有用……你会忘的……"

"你不要总是随便下结论啊！"徐望真是受够了，"我不会忘的！你到底要我帮你什么？"

没回应，怀里却忽然一轻。徐望下意识低头，抱着的小三花不知何时消失了，只剩一个蜷成团的小奶猫钥匙扣静静躺在掌心。

蓦地，手掌连同钥匙扣一起快速闪动两下，晃出虚影。可徐望明明一动没动。他慌乱地抬头，发现周围的景物开始扭曲变形，一如先前走廊里。

要……回家了？

要回家了！

许是和来时的感觉太像，他的直觉近乎笃定！

鸮："不要……忘记……我……"

这是徐望听见的最后一句话。

三年七班。

回头发现身后没人，吴笙有半分钟是蒙的。他的人生里从没有过大脑一片空白的时刻，直到今天晚上，接连体验两次。

推开徐望时，一次，大概五六秒。

发现徐望不见了，第二次，足足三十秒。

半分钟后，他开始找人，第一站就是他们刚刚离开的教室。

一点儿冤枉路没走，徐望就站在他自己的课桌旁。

看见对方身影的那一刻，吴笙轻轻靠住门框，整个人近乎脱力。悬心半分钟，长跑一万米，他苦中作乐地想，原来这就是心和身体的损耗比。

深吸口气，心跳渐渐平复，吴笙走进教室，来到徐望身后。他没刻意放轻脚步，按理不具备隐蔽性，可他都快贴上徐望的后背了，那人竟还一动不动。

"徐望？"吴笙终于感到一丝不对劲。

雷声将他的声音盖住大半，但距离足够近，徐望还是缓缓回了头，只是目光茫然，好半天才定到他脸上："嗯？"

吴笙无语，该"嗯"的是自己吧，莫名其妙溜回教室的人一脸茫然无辜是什么解题思路？

"哦，"像终于读懂了他一言难尽的眼神，徐望伸手拿起课桌上的手机，晃给他看，"手机忘拿了。"

吴笙就知道，他肯定是把什么东西落下了。至于一声不吭就跑掉……放在平时，他还能批评，放今天，实在没办法理直气壮。

“雨停了。”徐望看向窗外。

吴笙抬头，果然雷收雨住，黑夜仿佛一下子静谧了。

“赶紧回吧。”他担心一会儿还要下。

“嗯。”徐望把手机揣进衣兜。

吴笙先一步转身，朝门口走去。徐望跟上，可刚迈一步，脚尖便踢到一个东西。他弯腰把东西捡起来——一个小猫的钥匙扣。

这是他的座位，放学之后他又溜回来坐了半晚上，可以肯定地上没这东西，之后来过这里的就只剩吴笙了。

钥匙扣还是崭新的，即便掉在地上，仍闪闪发亮。

“怎么了？”发现徐望没跟上来，吴笙警惕回头，生怕又把人带丢了。

“没什么。”徐望悄悄把钥匙扣放进裤子口袋。

2

十年后，北京，徐望家卧室。

对着钥匙扣，记忆便如潮水席卷而来，再挡不住。

鸮说得没错，他一出来便把鸮里的一切全忘了，记忆就像被剪辑再拼接，前一秒还是和吴笙在走廊里，后一秒便是吴笙折回来找自己，最后在拼接处放了个“回来取手机”的由头，合情合理，毫无痕迹。

还在东营时，3/23 里的那面锦旗只是让他想起了跟随那支队伍闯感染科楼的部分，直到现在看着钥匙扣，后面更匪夷所思的那一段才浮出脑海。

再没办法淡定，徐望起身回到客厅，将梳理完整的这段“十年前奇遇”原原本本告诉了三位队友。涉及现实生活的部分，除了“雨夜中的教室”实在没任何讨论价值被他跳过之外，其余一并坦然相告，毫无保留。

不仅是因为他想对伙伴坦诚，也是因为这里面还涉及鸮与现实的坐标对应、时间对应等等问题，不联系现实，根本没办法研究。

仨伙伴从头听到尾。整个过程里，吴笙的表情各种变幻，却坚持沉默；钱艾在前半段频繁地想要发问，待到后面就彻底蒙了，怎么讲怎么听了；况金鑫则完全就是听故事，且越听越入迷，眼睛亮得让人都不好意思讲得枯燥，非绘声绘色才能安心。

一口气讲完，徐望嗓子冒烟，拿过水杯咕咚咕咚喝下两大杯，坐等队友发问。

吴笙肯定是理解最快、整理问题最迅速全面的，可徐望看了他好几次，这位队友都垂着眼睛，既不提问，也不给人看心灵的窗户，安静到神秘。

“不行了，”钱艾拍案而起，一肚子疑问要爆炸了，满屋瞎溜达，“鸮和你说话？让你帮它？帮什么还不说？这是要把人急死啊！还有那个老大夫，怎么就把疫苗扔了？那我们拼死拼活图啥啊？！不对，如果鸮能篡改记忆，那你怎么确定你现在这段记忆是真的呢？我知道有钥匙扣，你说它是幻具，但我看就是个钥匙扣……”

几不可闻地叹了口气，吴笙终于抬眼：“老钱，冷静。”

“班长，你不能拿你的定力来要求我们普通人类……”钱艾还纠缠在“十年前”，连称呼一并返回青春。

“我倾向于相信徐望，”吴笙看着钱艾，说，“否则没办法解释昨晚闯关的突然开挂。”

徐望瞪着吴笙。信就信，不信就不信，“倾向于”这种拿腔拿调的语气说法真是无敌欠揍啊……

重逢的时候，徐望觉得吴笙没变，如今翻完回忆才发现，高中时候的青葱吴可爱多了！知道他倔，大半夜也要拆穿他的谎言，再冒雨跑教学楼里找他……虽然也有遗憾，但时过境迁再想，也是甜多于苦的。

“等一下，”钱艾在和自家军师的对视中，揪住了“十年迷雾森林”里最明显的那根树杈，“你当时看着徐望消失，就没什么反应吗？还是说你的记忆也被消除了？”

“我不能保证我的记忆没有经过篡改，”吴笙严谨道，“但以我现有的存储数据，我没有看见他消失，而是第一次回头，看见他在……”一丝疼在心尖上扎了一下，吴笙敛起眸子，“在看雨，第二次回头他就没了，中间大约隔了一分钟，足够他不声不响回教室。”

徐望低下头，假装摆弄钥匙扣。

他不是在看雨。他在哭。

原来吴笙一直都知道。

“就算回去取手机说得通，那也该打个招呼，说一下手机落教室了吧？”钱艾还是不懂，“就这么‘咻’一下跑回去了，你不觉得奇怪？”

“什么声音都没有。”况金鑫友情提示，“要真这么‘咻’一下，再迟钝也会马上回头的！”

钱艾满头黑线：“我就是打个比方……”

“因为那一天发生了太多的事，”吴笙斟酌着用词，“他不想和我说话再正常不过。”

钱艾和况金鑫很自然地认为吴笙说的是“徐妈妈去世”这件事。于是前者怨他不够机警：“换成我，当时就问了，说不定能早十年发现鸮的秘密！”后者委婉对他进行劝诫：“笙哥，其实有时候也不用非自己脑补，把逻辑补圆……”

钱艾重新坐回沙发，标志着最初的“冲击阶段”基本度过。

“要是再没其他迫切问题，我们就从头开始研究。”徐望定了定心神，沉声道，“这里面太多奇怪的地方了。”

钱艾和况金鑫一致同意。

徐望点点头，看向吴笙：“请开始你的分析。”

突然被翻牌子，吴军师猝不及防，一脸呆萌。

徐望嘴角上扬，有点儿偷袭得逞的得意，但眼里的信任也是实实在在：“你肯定都想得差不多了，你说，我们听。”

吴笙终于回过味来，心情复杂地瞥他一眼，之后调整情绪，欣然开启吴军师小课堂。

“第一，坐标。3/23 的坐标在东营，和我们学校连省份都不同，所以有两种可能，十年前的 3/23 坐标就在我们学校，或者鸮出了问题，误把徐望吸进了第三关。第二，时间。徐望进入鸮的时候是北京时间零点，按照 3/23 的设定，里面应该是傍晚六点，但实际情况却是深夜。当然，这个可能是关卡内容的正常变更和调整。然而徐望在里面至少待了四十分钟到一个小时，可现实里，从我发现他不见到我回到教室看见他，中间只有一分钟。我们现在闯关，鸮里的时间和现实中的时间是同步流逝的，所以我们才能用手机看时间。”

钱同学举手要发言。

吴军师摆摆手，示意他懂：“鸮可以篡改我对时间的记忆，这是第一种可能，但也有可能是鸮自己出了问题。”

“第三，徐望本身的状态。”这也是吴笙最关心的，“对于闯关者，他是‘不存在’，对于鸮里的建筑、物品和 NPC，他是‘存在但被无视的’……”

徐望听得心急，直接搭下茬：“这里也两种可能，来吧。”

不料吴军师换套路了：“没两种，就一种，鸮的世界把你错认成了自己人，因此你不会收到象征闯关者身份的猫头鹰图案。换句话说，如果你可以被看见，那你就是 NPC。”

徐望：“但他们看不见啊，闯关者和 NPC 都看不见我。”

吴笙：“所以你是 Bug（漏洞）。”

徐望：“……”

吴笙：“接下来我就重点讲一下，Bug 的出现条件和未来的发展前景。”

徐望：“……”

钱艾：“……”

况金鑫：“笙哥你慢点儿说，我记一下课堂笔记。”

自进入鸮的第一天起，吴笙就在思考鸮是怎样形式的存在。稳定的平行宇宙？不稳定的时空扭曲？思维具象化的意识空间？目前掌握的信息还不能支撑他做出任何结论，所以他从来没和伙伴们讲过这些。

一道难题，如果他正在解，并认为自己有解开的可能，那他就永远不会解到半路，拿模棱两可的半成品出来展示。但凡他要给，就一定是确实、清晰的正解。

吴笙自认为这是严谨的科学精神，然而高中时候徐望就指出来了，说这是自信到自负、自负到自大、自大到偏执，欠揍一条龙。吴笙当年没虚心接受指正，不，十年后他还是这个德行，直到徐望“记忆回笼”。

一个存在至少十年，玩弄“被选中者”于股掌之中的世界——当意识到对手碾压性的强大，吴笙才忽然庆幸自己不是一个人在战斗。

“以下都是我的假设和猜想，”吴笙清了清嗓子，终于开口，“欢迎随时打断，互动讨论……”

徐望：“为什么突然谦虚起来……”

“Bug 的出现，意味着程序本身的运行出了问题，”吴笙看向徐望，“同理到鸮，也一样。”

徐望有点儿明白了：“你的意思是，那天晚上鸮出了故障？”

“那坐标和时间对不上就说得通了，”钱艾全联系上了，“出毛病了，肯定什么都乱套。”

“但是不对啊，”况金鑫说，“队长看见的闯关者，还是在正常闯关交卷。”

吴笙点头：“所以不是鸮内部故障，而是它和现实连接的‘通路’出了问题。”

况金鑫：“……”

钱艾：“……”

翻译徐登场：“我被吸入的那一刻，传输路径跑偏了。”

“哦——”况金鑫和钱艾豁然开朗。

“那时候是零点，鸮和现实世界间的通路开启，”吴笙继续道，“徐望应该不在选中列，但因为某种原因，他误入一条密道，以非常规方式进去了。”

徐望满头黑线：“我是被迫的好吗，为什么让你说得像暗中潜入……”

“笙哥，你这么说我就都懂了！”况金鑫举手，但没等被点名，就按捺不住直接发言，“鸮就像一个房间，我们是房客，NPC 啊感染科楼啊那些就是房间里的家具，但我们和家具都不知道墙壁里还有夹层，队长进的就是这个夹层，然后从墙壁后面看着我们！”

钱艾：“你还能再恐怖点儿不……”

吴笙：“夹层里还有鸮。”

钱艾：“……”他那句是吐槽，不是真的想要更恐怖的啊！

徐望却忽然明朗了，况金鑫的比喻和吴笙的补充让十年前的那段“幻游”从云雾里落了地，脉络清晰起来：“我进了只属于鸮的空间，所以才能和它对话……”

“问题是鸮就是鸮，关卡就是鸮的世界，”钱艾刚清晰一点儿的脑袋又乱了，“难道空间里面还套着空间？”

“理论上，多元宇宙是存在的，”吴笙说，“否则我们被吸入鸮，从根本上就没办法解释了。”

“那有没有可能，我们只是意识被吸进去了，”况金鑫歪头想，“实际上身体还在现实中的某个地方？”

徐望、钱艾：“……”不要一脸天真无邪地提这种惊悚猜想啊！

吴笙：“有可能。闯关也好，受伤带回现实也好，都是意识层面给出的仿真幻影，实际的我们现在可能躺在实验舱……”

你居然还认真讨论！！！

“但，”吴笙话锋一转，坚定抬眼看过每一位伙伴，“意识从来都不该受困于躯壳，大脑深处的领域更值得我们为之奋斗和努力。”

仨伙伴：“……”

他们在吴笙眼里真真切切看到了一个人对探索未知的无尽向往和执着，但——

钱艾：“要不我们继续讨论一下，为什么队长的穿越路径会跑偏？”

徐望、况金鑫：“完全同意！”

雨夜、打雷闪电、磁场混乱、空间扭曲、徐望本身的情绪波动……小伙伴们讨论了半天，也就归纳出这些“可疑点”。尤其变故发生时，吴笙回头，只见空荡走廊，但那一刻的徐望却清楚看见吴笙回头，甚至通过嘴型分辨出他在说“打雷”，这一点成了“时空错位论”的重要依据。

可这终归只是猜测。这些条件里，哪一个是关键？还是所有条件都必要？再或者，他们完全想错了方向，真实情况和他们所想的风马牛不相及？谁也没有答案。

最后，也是最重要的——鸮说的那些话。

况金鑫：“队长，你确定后来和你说话的鸮，跟平时我们听见的提示音是同一个？”

徐望：“绝对没错。”

况金鑫：“那它为什么要说第一次有人听见它说话？”

“不会真是什么人被困里面了吧？”钱艾越想，后脖颈越凉，“平时只能念规定台词？一想说真话就被毒打？”

徐望：“你就不能想一个高科技的惩罚方式吗……”

况金鑫："我还是觉得像人工智能。每天，每一关，都有队伍在闯，如果是人，兼顾不过来吧……"

讨论无果，仨伙伴很自然地看向军师。

吴笙沉吟片刻，缓缓抬头："为什么不是'救救我'，而是'帮帮我'？"

况金鑫："……"

钱艾："……"

徐望："你关注的这个点……"

虽然吴军师的视角很别致，但最终也没讲出个所以然。

头脑风暴是很消耗能量的，实在头晕眼花的小伙伴们也懒得动了，点了外卖，直接在客厅解决晚饭。"老钱吃神州"今天也不直播了，按照钱艾的说法，今天接收信息超负荷了，万一播着播着情不自禁和粉丝聊起平行宇宙，容易掉粉。

吃完饭，已经是晚上九点多。毕竟在别人家里，不是酒店，尽管徐望说卧室随便躺，况金鑫和钱艾还是坚持窝在客厅的沙发里。徐望也没强求，回卧室，直接和衣躺在床上。

盒子已经被重新收回衣柜，但记忆的闸门一开，却再难关上。徐望将手臂放到额头上，挡着头顶多余的灯光，却又要看着天花板上昏黄的灯。

明知道看久了会眼花，还要千方百计看得久一点儿，这就是十年前的他。

他其实很感谢吴笙推那一下。

有时候，人的念想，靠自己是断不掉的。

"沙发没地方了，"门口传来吴笙可怜巴巴的叹气声，"虽然你没邀请我，我也自告奋勇过来了。"

"你是在委婉控诉吗……"徐望又好气又好笑，往旁边一滚，一米八大床立刻留出宽敞空间。

吴笙躺下，规规矩矩守着徐望让出的一亩三分地，身体放松下来，望着天花板舒了口气。

一时间，两个人都没说话，都一动不动，都望天花板。这就比较诡异了。

徐望挨不住，主动伸出橄榄枝："你是不是一开始就怀疑平行宇宙了？"

吴笙："嗯？"

徐望："我们刚组队、你第一次住在这里那天，我看见你笔记本电脑上的网页了。"

吴笙："哦。"

徐望："那时候为什么不和我们说？"

吴笙："只是猜想，理论还不成熟。"

徐望："现在理论成熟了？"

吴笙："我成熟了。"

"……"徐望翻身侧躺，背对吴笙，很辛苦才忍住一脚把对方踹下床的冲动。

吴笙不用看都知道徐望现在什么表情，肯定眯眼、磨牙，在心里把他踹八百脚。嘴角不自觉上扬，吴笙看着那昏黄灯光，像琥珀。

他从来没忘那天晚上的事，每个画面、每句话，甚至当时雨下多大，他都记得一清二楚。可徐望在第二天就没事人一样了，甚至比从前更专心、更投入地学习。那是他第一次发现，猜人心比做题难多了。

徐望要高考，他家里在忙着给他办出国，两个人的轨迹正以清晰可见的速度延伸到截然不同的方向。他没再打扰对方复习，一直等到高考结束那天才送了那本书。

后来，就没有后来了。几番通信，道歉被拒，友谊走到尽头，干净利落。

他也曾想过，如果那晚没推开徐望……

不知道。

世上没有如果，更没有如果之后的答案。

他只知道，那天晚上他做了这辈子最蠢的一件事。

3

零点鸮叫，1/23，雪原。

偌大的天地里只他们一队，再无残酷竞争，再无尔虞我诈，久违的惬意。

一进来，他们最先收到的便是 3/23 的交卷奖励和 4/23 的坐标。奖励一如既往，一个文具加一个武具。

不过眼下，他们还有更重要的事。

由于不是当前要闯的关卡，所以也无黑熊等危机，四伙伴从容寻到一处洞穴，避了冷风，这才围成一圈站定，等待见证奇迹的时刻。

徐望拿着钥匙扣，双手合十，闭目凝神。说了那么多，分析了那么多，若没有这唯一的证据，一切都是空谈。

三分钟后。

钱艾："那个，你确定是这么召唤？"

况金鑫："要不换个姿势？"

吴笙："或者扔地上看看。"

钱艾："你有没有人性，那是喵……"

“啪——”钥匙扣应声落地，顷刻腾起黑、橘、白三色雾，而后浓雾消散，一只三花小奶猫舔舔爪子，勤劳地给自己擦脸。

钱艾：“你怎么知道用扔的……”

吴笙：“魔幻儿童剧里都这么演。”

钱艾：“你的涉猎太广泛了……”

“这是什么神仙文具啊，也太可爱了吧！！！”况金鑫受不了了，心头一酥，伸胳膊就把小三花抱到怀里。

“可爱吧？那帮人刚用它的时候我就想揉，没揉到，后来他们跑的跑、回家的回家，留它一个人在原地，别提多可怜了。”徐望凑过去，又是摸耳朵又是搔下巴，给小三花伺候得舒舒服服的，他一边撸猫，还一边特认真地问对方，“你怎么十年了还没长大啊？”

“猫果然都是魔鬼……”钱艾看着两个“撸猫重症患者”一时感慨，结果看见那小脑袋一歪，蓝绿眸子特无辜地望他，鬼使神差也走了过去。

五分钟后。

钱艾：“这也是一次性的文具吗？下回就没了吗？”

徐望：“不知道，看看到了五点能不能带回现实吧。”

钱艾：“如果带不回去，我要去无尽海再开宝箱弄一窝！”

“对了，它有名字吗？”况金鑫问。

已经转移到钱艾怀里的小三花忽然抬头，小耳朵竖得高高的，像知道在说它的事。

徐望愣了，摇头。

“那我们现在给它起一个吧。”况金鑫笑得灿烂。

“起名了就有感情了，”钱艾心里已经开始泛酸，“万一带不回去，下次进来就没了呢？”

况金鑫：“这是鸮特意留给队长的，肯定和普通幻具不一样！”

“汪汪。”吴笙不知何时已拿石子在地上写了两个潇洒大字，“队长叫旺旺，队长的猫叫汪汪，完美。”

钱艾：“理由充分。”

况金鑫：“朗朗上口！”

徐望满头黑线：“你们给一只猫起名叫‘汪汪’，良心不会痛吗？！”

吴笙起身，来到钱艾面前，特别尊重地询问小三花的意见：“汪汪，喜欢吗？”

小三花定定地看了他半晌，小眼睛一眨，小耳朵一动，开心地发出第一声叫唤：“吱。”

吴笙、钱艾、况金鑫、徐望：“……”

‹幻›灵魂画手，本体是一只叫“汪汪”的三花小奶猫，叫声是“吱”。

凌晨五点，四伙伴回到现实，汪汪又成了钥匙扣，落于徐望掌心。

钱艾踏实下来："不用再去打海怪了……"

"恐怕不行。"吴笙说。

钱艾没懂，徐望也一头雾水："什么意思？"

吴笙说："如果我们想知道鸮究竟是什么，到底要我们帮什么，就只能继续向前闯关，更深入地搜集信息。"

"对啊，"徐望更迷糊了，"我们不就是这么定的吗？"

"文具不够，"吴笙说，"想想第三关我们用了多少文具，现在这点儿奖励，别说以后，单闯第四关都不可能。"

徐望懂了，一颗心慢慢落下——不是没了热血和冲动，而是目标越远越难，越要沉得住气，让头脑更清晰。

"再去无尽海。"

吴笙看向东方天际，那里正泛着新晨第一抹白。

无尽海上，各处风光不尽相同，有阳光照耀海浪、微风吹拂甲板，也有惊涛卷着战船、炮火连声震天。

同样一片汪洋，承载着形形色色的人，但航海理想归纳起来，大体也就三个方向：一，安稳度夜；二，钱；三，登塔。二和三有少部分交集——一门心思赚钱的人，众多发财途径里，登塔也算一条；一门心思登塔的人，偶尔也会从宝箱里开出小钱钱。

此时，河北境内的无尽海上，通往"南飞行岛"的航线里就有这样两艘船相遇了。

"萌萌哒无尽海全貌……给你规划最具性价比的线路哟……怎么才能打败守塔人呢……"徐望拿着邻船递过来的清单，一条条往下读，没过三条已身心俱疲，他叹口气，把清单递回去，"抱歉，实在没有我们想要的。"

这一个月里，他们被"生意人们"搭讪了十几次，有单枪匹马坐漂浮球的，也有眼前这样四人一组乘着大船的。每一次，徐望他们都满怀期待地接过清单，再被现实浇一盆冷水——这些队伍的清单合起来，还没茅七平曾经给过的那张内容丰富。今天这个更要命，清单印得花里胡哨，正经项目没几个，怎么看怎么像小旅行社的传单，去了就会被强制购物的那种。

"一条想要的都没有？"负责接洽的沮丧了，站在自家船栏杆后面，吹一下额前挑染的绿毛，"真的不再看看？"

"不了。"徐望叹口气，给了对方一个歉意眼神。

站在队长身后助阵的仨队友已十分熟悉流程，立刻各归各位——吴笙船舱掌舵，况金鑫望远镜瞭望，钱艾甲板驻守。

没两分钟，帆船重新起航。

徐望离开栏杆，回到甲板中央，正对上钱艾愁眉不展的脸。

“嗯？”徐队长关切地问。

钱艾望天，一声长叹：“想买个第四关攻略咋就这么难！”

“正常。”徐望倒看得开，“这里离北京近，基本都是只闯了第一关就过来浑水摸鱼的。”别说清单里见不到第四关，连卖第三关内容的都少，大多是鸮的基本规则和无尽海的各项情报，还不一定全是准确信息。

“早知道这样，当初就该一咬牙去陕西，”钱艾十分后悔，“多花点儿交通费呗，至少茅七平那儿还有点儿干货。”

“陕西那么大一片无尽海，也不是去了就能找到茅七平。”徐望早琢磨过这些了，“再说，那是多花‘点’交通费吗？四个人，连火车带一个月住宿，你算算有多少。”

他们现在进的虽然是河北无尽海，但仍住在北京，每晚只需要拼车到两地交界处，相当于天天“走读”，堪称最高性价比。钱艾没想那么多，听徐望这么一分析，立刻打消念头：“还是省钱重要。反正我们攒这么多文具了，管他第四关什么妖魔鬼怪，随便来！”

“来”字淹没在滔天巨浪里。十几颗炮弹从天而降，悉数砸在帆船周围，极近的海里，海浪骤然汹涌，帆船随之剧烈颠簸。

钱艾无语，他说的是第四关随便来，不是这里啊！

吐槽归吐槽，连日战斗的经验让小伙伴们反应迅速，吴笙立即稳住船速，况金鑫则同一时间报来战况：“队长，就是刚才那队卖情报的。”

徐望和钱艾面面相觑，卖不成情报改打劫了？这套路新鲜。

二人跑到船尾，不用望远镜也看见了浪里那个刚分开没多久的熟悉船影。吴笙稳定住舵轮，也出舱过来，瞥一眼不远处的袭击者，直截了当问自家队长：“动手吗？”

“等一下，”徐望皱眉，“总得知道开战原因啊。”

吴笙耸耸肩，不置可否。三十天的无尽海之旅让吴军师坚定了一个信念，能用智商和文具解决的问题都不是问题。但自家队长总喜欢搞外联，跟这个也聊，跟那个也聊，非得聊崩了才动手。

“小绿……呃，帅哥——”海浪缓了些，炮弹也没继续来，徐望便开启了“社交”，“你们做你们的生意，我们去飞行岛，你们打我们干吗？”

钱艾和况金鑫交换一个眼神，队长刚才差点儿脱口而出的绝对是“小绿毛”。

“我们也要去登塔，”那边传来回应，“大家公平竞争——”

钱艾满头黑线：“这是去飞行岛的航线，你们一个做买卖的去飞行岛有啥用啊？”

“那就不用你操心了——”对面爱谁谁，反正死磕就对了。

徐望大概明白怎么回事了，开门见山地问：“如果我们给钱，你们是不是就不捣乱了？”

对面安静了十来秒，好歹有了个矜持的姿态，这才传来回应：“要是这样嘛，还是可以商量的——”

果然。徐望再没问题了，直接转头和吴笙说：“打吧。”

三十天下来，吴笙攒的武具最多，所以每次都打先锋。但情势变换太快，吴笙有点儿猝不及防：“聊完了？”

正准备劝自家队长别轻易掏钱的钱艾也愣住：“还是要打？”

徐队长一起回复：“嗯，聊完了，打。”

钱艾：“……那你刚才问给钱行不行，有什么意义啊！”

吴笙：“他就是好奇。”

徐望：“我就是好奇。”

二人异口同声，又同时愣住，看对方。

钱艾捂住隐隐作痛的胸口，他就是一个多余的人！

“哗啦——”

一条巨大鲸尾忽然出水，不偏不倚正拍向绿毛的船。那艘规模尚可的帆船在巨鲸尾巴面前不堪一击，直接倾覆，倒扣在了海面上。绿毛四人都在甲板上呢，这一扣，想游都游不出来了。

巨鲸似痛快了，直入深海，再无踪迹。没一会儿，倒扣的帆船成了一抹船形海雾，渐渐散在海风里——若全员回家，所乘工具便同样消失。

海面重归平静，四伙伴面面相觑，其中当属吴笙最蒙：“我还一个文具没用呢。”

“我用的！”船下方传来似曾相识的声音。

四伙伴往栏杆外的船下看，一个不起眼的漂浮球正随着波浪一下下轻碰船身，那打开一半的球里，坐着的不是岳帅队长，还能是谁？

“不用太感谢我。”船身太高，岳帅吃力地仰着头，“当然如果你们非要感谢，我也不好太拒绝……”

“你都这么说了，我们哪儿好意思不谢啊，”徐望探出半个身子，郑重鞠了一躬，“谢谢。”

岳帅：“……就口头感谢啊！！！”

徐望乐，刚想再欺负欺负，忽然觉得不对：“你怎么坐漂浮球？”

“五人队变四人队，踢谁不踢谁啊，”岳帅一脸慷慨大义，“只能我这个队长出来流浪了。”

第六关开始，队伍就需要五个人了，如果再后退，又变回四人队，有些队伍会直接投票踢人，有些关系好的则一个人自愿退出，待到两边重新回到五人关卡再行会合——这是徐望他们在无尽海上唯一获得的有用信息。

距离在第三关相遇已经过去一个月，岳帅他们如果开足马力闯关，一口气突破第六关，甚至到更后面的关卡都有可能。但如今五人变四人……

“你们又交卷失败了？”徐望都有点儿心疼这队同行了。

岳帅眯眼睛斜他：“什么叫又……”

徐望欲言又止，不忍伤口撒盐。队友们没看出个中微妙，诚实相告——

况金鑫：“其实我们刚进鸮的时候，就收到过你们的交卷信息，那时候你们交的就是3/23。上一次我们在3/23遇见，嘴上没说，但心里也知道你们是退回来的……”

钱艾：“这次你说你们队从五人变回四人，不用想也知道，又是到了前面五人关卡，再次交卷失败……”

吴笙：“这里是河北无尽海……你们该不会节节败退到第一关了吧？”

一刀见血，两刀毙命，三刀无间地狱。

岳帅：“徐队，见到你们很开心，再见！”

“哎，你一个球能漂多快，”徐望赶忙拦住，“上来，咱们一起。”

突如其来的邀请让岳帅措手不及，他下意识提醒：“那个，我也去飞行岛，我过完第一关了，打算从这里去陕西的。”

“这里就是飞行岛航道，”徐望翻白眼，“你要想去宝藏滩，我们还不带了呢。”

岳帅更不懂了：“那我们就是竞争关系了啊，现在已有两队登塔，就剩一个名额，你们怎么带我？”

徐望叹口气，要不说呢，隔队如隔山，就是没默契：“不是我们带你去，是我们送你去，我们今天不飞了！”

岳帅在海风里彻底蒙了，心口莫名发热，像被贴了个暖宝宝。

趁岳队呆滞，徐望后知后觉地回头，征求伙伴们的意见：“咱们晚一天再启程，行吗？”

“无所谓，都漂一个月了，不差多漂一天，而且……”钱艾瞄船下一眼，叹口气，“看着是挺心酸，能帮一把帮一把吧。”

况金鑫也双手赞成：“他们队不要他了，我们不能落井下石，要雪中送炭！”

吴笙耸耸肩：“没意见，反正他们队也构不成威胁。”

徐望心里满满登登的，他就知道他的队友都是小天使！

他重新低头看向岳帅："赶紧上来吧——"

岳帅："……"他忽然不想上了，他怕上去忍不住和那帮家伙同归于尽！！！

十分钟后。

"我给你们说，前五关交卷失败我都能忍，毕竟每回遇见的队伍不一样，情况和运气也不一样。但就这个6/23，我们两次冲击，两次失败，还都是被同一队虐的，血虐啊——"岳队长不仅上船了，还终于寻到了倾诉心酸的机会。

于是接下来的航程，四伙伴被迫围听了岳家军的悲惨轮回史……

4

七天前，6/23，古堡酒店，北京时间00：03。

看不见尽头的走廊铺着暗色的花纹地毯，两侧墙壁上，隔一段距离便燃着一个烛台，照亮了一扇又一扇的木质房门。房门都长得一样，只上面的号码牌不同，一眼望过去，像密密麻麻都是同一扇门，越来越远，无穷无尽。

静谧里，1009房的房门悄然开了一道缝隙，门后，五双眼睛窥伺走廊动静。

岳帅："第一要务？"

季一鸣："找密道。"

陶阿南："或者存档点。"

蔚天杭："关键时刻，安全第一。"

苏明展："那我就放心了。"

岳帅："……不要抢队长台词。"

确认安全，五人自门缝溜出，离开初始地点，开启闯关之旅。

第一站，隔壁，1008房。上一次他们就是在这里找到密道的，要不是后面遇见那帮……算了，往事不堪回首。总之，虽然关卡内容会有调整，但离这么近，再去一次两步路的事，万一有意外收获呢。

1008房没上锁，然而打开之后一片漆黑。五人借着手机光亮把屋里翻了个遍，也没任何发现，只得死心，继续奔赴1007房——在没有任何线索时，只能地毯式搜索。

1007房也没上锁，但当岳帅小心翼翼把门推开，霎时，金光倾泻而出。装潢得像教堂一样的房间里，圣母画像浮在空中，一颦一笑仿佛有了生命，正慈爱地注视着空荡荡的两排长椅，似在等待人坐进来，沐浴圣光。

只有存档点才会发出这么温暖的光芒啊！

岳帅不敢相信自己的运气，立刻带领伙伴进入，小心翼翼地锁好房门，迫不及待地步入圣光中的长椅，虔诚而坐。画像中的圣母缓缓抬头，似与他们对上了目光……

“咚，咚。”

两下敲门声，突然却不急促，力道不大，带着拜访般的礼貌。

圣母重新垂下头，屋内金光也缓缓消失——存档需要绝对的安静，一旦被打扰，即刻中断，除非再次安静下来。

五人屏住呼吸，假装自己是空气，以期能骗过门外的竞争对手。然而敲门者好似断定屋内有人，又敲了两下。

蔚天杭在屏息凝神里大脑忽然来了一道灵光，极小声道：“会不会是 NPC？”

这一句提醒了岳帅，他用眼神征求伙伴意见，在得到肯定答复后起身过去，小心翼翼地开了一掌宽的门缝。

门外五个人一水黑色系，敲门者是这里面看着最和蔼的，眉目温柔。见到岳帅，他眼里掠过一丝讶异，但很快友善微笑：“这个存档点只能存一队，可以把机会让给我们吗？”

岳帅也回以微笑：“我考虑一下。”然后“砰”地关门，飞快回头，就喊了三个字——“五黑党！”

四伙伴刹那变色。

蔚天杭：“……KAO！”

陶阿南：“怎么又是他们呢？”

季一鸣：“我好不容易跟野队回到这一关的，不想再退队了啊……”

苏明展：“啧，凶多吉少。”

虽然心情各异，但四个人的动作无比一致，都以最快速度弹起，飞奔向门口，支援队长！短短几秒，五人齐聚门口，岳帅一个大力猛然拉开门，四伙伴一人一个武具齐齐丢向走廊。

黑衣五人不闪不躲，就安稳站着，所有武具却在冲向他们的一瞬间化成了点点雨露。岳家军惊骇，然而还没等他们弄清对方究竟用了什么防具，耳内就先响起了鸮的声音。

鸮：“有人对你使用了 < 幻 > 死亡唱诗班哟。”

世界忽然安静下来。

五人一动不能动，耳朵被隔音膜覆盖住了似的，再听不到任何声音，而后一道极细的耳鸣划着神经而过，然后耳畔响起了天籁一般的童声唱诗……五人眼中看到的景物，走廊也好，五黑党也好，烛火也好，都慢慢褪色，及至彻底变成一片纯白。

鸮：“宝贝儿，提前放假，送你回家。”

屋内五人消失，先前敲门的温柔男人第一个进来，身后则是另外四人。走在最后的是一个五官深邃的男人，他的神情很淡，眉宇间有一种极冷的感觉，与生俱来一种“生人勿近”的压迫感。他最后一个进门，但走在他前面的四人很自然左右分开，让出一条通往圣母画像的路。

来到画像前的男人却好像没什么欣赏的兴致，于长椅中央坐下。

温柔男和另外三人陆续进入他的后排落座。

忽然想起什么似的，男人回头问敲门的温柔男：“五黑党……是什么？”

敲门的温柔男想了想，莞尔：“可能是在夸我们的制服。”

男人微微皱眉，似不太满意这个回答。

温柔男正色起来，不再玩笑：“上一次就在这关遇见过他们，应该是那一次之后给我们起了这个代号。”

男人对此毫无印象，但还是给了指示：“下次再遇见，先把你的名字告诉他们，再进行其他。”

“收到。”温柔男明白，这是老板不喜欢对方起的代号，非让他用自己的名字替换。

但五黑党明明很有气势，老板到底哪里不满意！

6/23，古堡酒店，北京时间 03：44。

鸮：“恭喜寻获 6/23 古堡徽章一枚！”

郑落竹在道喜声里轻轻舒口气，抬手点开“文具盒”里的隐藏物品栏，仅剩的一格空白已然变成一枚“古堡徽章”。至此，13 格隐藏物品栏全满。

他很高兴，毕竟辛苦了这么多天，既有如释重负的轻松，也有大功告成的成就感。但他不能表现出来，因为范佩阳脸上还见不到一丝欣然。

“老板，”郑落竹决定提醒一下，“1-13 的徽章，我们搜集齐了。”

“嗯。”范佩阳随意应了声，显然他是清楚的。但他的眼神仍旧很冷，就像一片初冬的荒原，所有生动的、活泼的都被压在了冰雪之下，触目所及只剩无尽萧瑟、无尽漠然。

郑落竹安静下来，不再多言。

“还有几天开榜？”范佩阳忽然问，声音稍沉一些。

一旦谈及正事，郑落竹从不敢怠慢，立刻毕恭毕敬地答：“三天。”

范佩阳微微偏头，看墙壁上的油画，似在欣赏，又似在思索。

“三天之后，我们的成绩是 9/23，”郑落竹大约猜得到老板关心的事，“进入榜单前五绝对没问题，虽然奖励会比第一名少些，但……”

“你们准备一下，”范佩阳淡淡打断，“后天和大后天，刷两次记录。”他仍看着油画出神，声音无一丝波澜，就像在说一件极平常的事。

郑落竹愣了下，不确定自己想得对不对：“您的意思是……”

范佩阳收回目光，第一次真正看向郑落竹和他身后的三个人：“开榜之前，我要重回榜首。”一字一句，不容置疑。

郑落竹也不会唱反调，毕竟他们拿的就是这份工钱：“明白。”

不过金钱可以买他的战斗力，却腐蚀不了他的灵魂……

范佩阳：“收卷人……”

郑落竹：“已锁定。您如果嫌烦，我们可以先过去清场，保证让您交卷清清静静。”

嗯，一点儿都没腐蚀他的灵魂！

北京时间 04：27。

鸮：“恭喜过关，6/23 顺利交卷！亲，明天见哟。”

这么多天以来，郑落竹第一次对这声恭喜感觉到了发自肺腑的喜悦。他们再不用故意反复进退、刷关，终于可以心无旁骛向前冲。13/23 后面是什么谁也不知道，正因如此，才让人期待。

范佩阳一通电话不过五分钟，接他们的车就抵达了他们弹出的地点。两辆黑色宾利平稳停在了他们面前，低调而优雅。

第二辆宾利的驾驶位下来一个戴眼镜的斯文男子，他头发梳得一丝不苟，西装笔挺得没一道褶皱，见到范佩阳也不多话，先将车钥匙交给郑落竹，然后回身帮范佩阳打开第一辆车的后排车门。

范佩阳坐进去，斯文男子没再上第二辆车，而是同样坐进第一辆车的副驾驶位。

车窗慢慢往上升的时候，郑落竹听见他回头向范佩阳报告：“唐总身体状况稳定。”

范佩阳点点头，车窗也在这时完全合上。但郑落竹还是在仅剩最后一道缝隙时，捕捉到了范佩阳眼里一闪而过的温度——就在听见“唐总”两个字时。

郑落竹和剩下三人坐进了第二辆宾利，不用看也知道，自己的行李肯定被好好装进后备厢了。

见前车开走，郑落竹才发动引擎，稳稳跟上。压抑了一晚上的三人终于垮下挺得笔直的腰板，一个在副驾驶位，两个在后排，整齐划一地瘫成三根柔软面条。

“这年头，挣点儿钱太难了……”

“姓唐的到底何方神圣啊，每回都先汇报这个……”

“郑哥，你知道内幕吗？”

“拿着夜班的钱，就别操心人家白班的事儿。”郑落竹看一眼车上的时间，“这里到北京要六个小时，到了也得十一点了，午饭想吃什么，我请。”

仨手下向来“以食为天”，这一次却顾不上点菜了，闻言三脸惊讶。

“又回北京？难怪他刚才说，后天才开始刷记录……”

“得，今天又得在第一关睡一晚上……”

“怎么每次关卡离北京近点儿就得折回去一天啊，他不是没爹妈没媳妇没孩子吗？”

郑落竹心累，本能地纠正准确表述：“父母早逝，至今单身。”

“反正都一个意思嘛。”

“不过换个角度想，要是我有那么大一个公司在北京，我也不放心交给别人啊，肯定时不时就得回去看看。”

“也对，不然哪儿有那么多钱给我们发工资。”

“……”郑落竹到现在都没想明白怎么摊上这么三位小弟，天赋技能全点在武力值上了，脑袋简直是三座杂草园。不过他们愿意怎么理解就怎么理解吧，本来这也是说不清的事。况且，范佩阳究竟是为某个人还是为公司回北京，和他们都没关系。就像他刚刚说的，他们拿夜班的钱，只办鸮里的事，他顶多算范佩阳的夜间秘书，至于范佩阳的现实生活，那是刚刚过来接人的白班秘书的事。

那位斯文眼镜秘书叫什么来着？

哦对，单云松。

5

“直接去医院。”

车刚进北京市，范佩阳就简单明了下达指令。

单云松一句多余的话不说，只道：“好的，范总。”

范佩阳继续闭目养神。

单云松给了司机一个眼神，司机这才定下心，将路线从回公司改成去医院。

临近正午的北京，路上堵得不算厉害，车基本可以开起来，当然，不能指望速度有多快。单云松看着窗外，内心很平静，即便在想很多事情的时候，他也少有烦躁和不耐。这是多年秘书生涯养成的习惯。

单云松有两个老板，一个叫唐凛，一个叫范佩阳。他们合伙创业的时候，单云松就跟着，当初还觉得奇怪，名字听着冷的，反而暖得像太阳，名字听着温柔的，倒是一个眼神就能把人冻着。结果这疑问一直到今天都没解。

十几年光景，公司从十几个人发展到了 A 股上市，单云松却忽然有些怀念从前。从前的唐凛还是健康的，不像现在，看个午夜场还要偷偷溜出医院。从前的范佩阳还是兢兢业业的，不像现在，十天半月找不见人。

单云松不知道刚刚那四个人是谁,也不知道范佩阳整日和他们在外地做什么。他会想，但不会问，他的薪水里包含了沉默。

汽车抵达医院，下车后的范佩阳明显加快了脚步，单云松跟上，二人一前一后，很快来到病房。

单人病房里，唐凛正在看书，阳光很好，照在他身上，像打了一层柔光。

每次看见唐凛，即便是坐着轮椅的唐凛，单云松都很难相信他只剩三年寿命。这还是范佩阳寻遍了国内外最权威的医生，得到的最乐观结论。

唐凛得的是脑瘤，但长的位置不好，没办法手术，并且一天天压迫神经。最初，唐凛只是腿经常性地发麻，现在已经没办法走路了。肿瘤随时都有破裂可能，即便保守治疗配合得好，以肿瘤现在的生长速度也最多维持三年，就是身体极限了——这就是命运给唐凛下的判决书。

隔着玻璃静静看了一分钟，范佩阳推门进去，单云松留在门外。他没故意偷听，只是医院的门实在不隔音，三不五时便有对话传出来——

"公司那么忙，你总往医院跑什么，我这不是活蹦乱跳的嘛。"

生机勃勃的，是唐凛。

"你跳一个我看看。"

淡淡一句就能把人噎死的，是范佩阳。

有时候单云松会想，范佩阳可能不是过来探病的，而是过来报仇的。

果然，唐凛的声音低下去，嘀嘀咕咕什么，也听不真切。

单云松其实很想告诉唐凛，公司是很忙，但和范总没关系，至于范总在忙什么，谁也不知道。

病房内安静了一会儿，应该是范总在削苹果。唐凛爱吃苹果，而且每次吃的时候，一定会仔细削皮，并以果皮不断为刀功精湛的标准，对于自己这项技能甚是骄傲。

单云松记得很清楚，当年的范佩阳对此嗤之以鼻，认为把有限的时间浪费在这些过于琐碎的事情上毫无意义，即便苹果皮不断又如何，能让公司盈利吗？唐凛被这理论弄得无语，后来越发喜欢吃苹果，而且必须当着范佩阳的面削皮。范佩阳毫无办法，只能装看不见。

那时如果有人和单云松说，范总有一天会亲自削苹果，而且为了果皮不断，还会在办公室里苦练，他绝对会当那人疯了。可见，这世上没什么不可能。

“上礼拜刚去过，今天晚上又去？”范佩阳微微上扬的尾音，代表他老人家不悦了。

这吓唬吓唬公司员工行，对唐凛，基本等于清风拂面。

“这个月大片扎堆，我有什么办法，难道你今天吃了红苹果，明天就要放弃黄苹果吗？”

“……”

房内，范佩阳无可奈何。

门外，单云松也不知道该说什么。

唐凛对于午夜场和苹果的执着，他和范总一样无法理解，但是苹果吃了就吃了，没坏处。可那午夜场，对于需要作息规律的病人就不是什么好习惯了。偏偏唐凛就喜欢这个，只要觉得这部电影他想看，就必须去追上映第一天的零点场。当年就如此，哪怕公司再忙，他也要去，现在亦然。

唐凛：“我清楚我自己的情况。是，坐轮椅还非要去电影院，画面是有点儿心酸，但我就这一个爱好。而且我已经尽量减少了次数，很多可看可不看的我都筛掉了，这个爱好你总得让我保留吧，我还能活几天……”

范佩阳：“去。”

唐凛：“早答应不就行了，非让我卖惨。”

范佩阳：“我陪你去。”

唐凛：“啊？”

范佩阳：“我陪你去看。”

唐凛：“外面下红雨了吗……”

范佩阳：“我反悔了。”

唐凛：“别，我们认识这么久，你这可是第一次答应陪我看午夜场，敢反悔，朋友没得做！”

北京时间 00：00，电影院。

范佩阳包场，偌大的放映厅里只他和唐凛。

灯光全灭，大银幕上已开始播放电影片头。

“咕咕——”

范佩阳轻轻收回搭在轮椅上的手，静静等待两分钟后失重感的来临。

唐凛仍目不转睛盯着前方，银幕的光映着他脸的轮廓，柔和，美好。

北京时间06：00，医院。

单云松坐在走廊的长椅上打盹儿，听见脚步声，条件反射地睁开眼睛。

果然是老板。

“范总，早。”单云松立刻起身。

范佩阳走到病房门前，看着里面正专心给自己削大苹果的唐凛，微微皱眉：“他没睡吗？”

“回来之后睡了两个多小时。”单云松如实汇报，“每次看完午夜场，唐总都睡得少。”

范佩阳点点头：“你去车里等我吧。”

明摆着不乐意让他听墙根。

单云松立刻识相离开，下楼找老板的车去了。

陪唐凛看了个午夜场，还要送他回来，之后一直守到现在，基本等于值了一个夜班，单云松现在同样急需补眠。

这边单云松下楼，那边范佩阳进了病房。

“你怎么又来了？”唐凛比昨天更惊讶，“不是今天要去外地吗？”

范佩阳坐下来，接过他手里的苹果，很自然地继续削，仿佛这就是他来这间病房的使命：“下午的飞机。”

“你也别太拼了。”唐凛真心道。现在公司只有范佩阳一个人支撑，他比他这个病人瘦得还厉害。

“对了，”范佩阳仍低着头，不经意提一嘴似的，“下次回来，陪你看午夜场。”

“真的？”唐凛又惊喜又惋惜，“你怎么不早说，早说昨天我就不约小单去看了，他全程生无可恋脸。”

范佩阳淡淡道：“也才想起来。”

“这可是你第一次答应陪我看午夜场，”唐凛很认真地谋划展望，“我得挑一部值回票价的好片，千万不能选到烂片，容易给你留下心理阴影……”

范佩阳很认可地点点头：“嗯，一定要挑仔细了。”

上午九点，范佩阳回到公司，给高层开了个短会，简单听完汇报之后，关上办公室的门，静静坐到椅子里。

为什么进鸮之前从没有想过要陪唐凛看一个午夜场呢？

范佩阳想，可能那时候总觉得以后有的是机会。

很多事情，就是在这样的以后里成了悔。

从口袋里掏出昨夜的电影票，范佩阳按开唯一带着指纹锁的抽屉，将之轻轻放了进去。抽屉不大，已被电影票铺满了底，都是检过票的，都是午夜场。

第二章 迷宫

MI GONG

月光迷宫拔地起，闯关队伍脚步急。

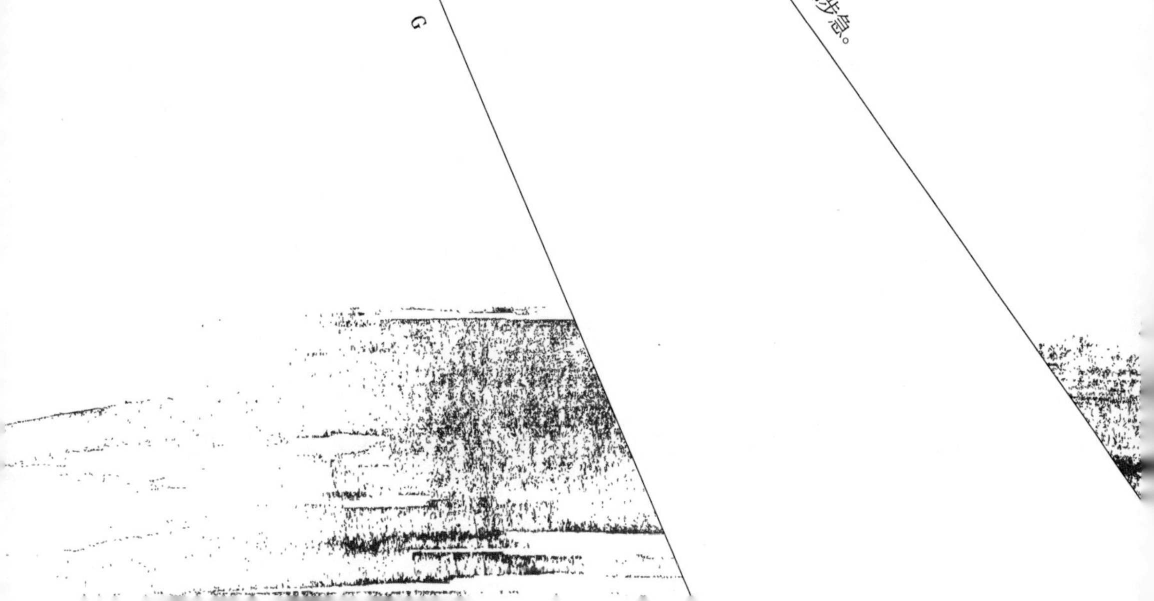

1

天空海一样的蓝，海一样的广阔，却没有海上的惊涛骇浪。清风拂面而来，偶尔还会飘过一朵云，洁白柔软，近得像是伸手就能碰到。

徐望趴在飞船栏杆上，惬意地欣赏着云中美景，偶尔觉得单调了，便又低头看底下的海。船飞得很高，俯瞰下去，海面就像一块浅蓝色的水晶玻璃，在阳光照耀下，闪着细碎的光。

半小时前，他们登上了飞行岛的灯塔，因先前的经验，这一次他们再没带大件行李，就一人一个双肩包，轻装上阵。迎接他们的是一艘复古华丽的飞船，输入坐标，便开启了梦幻的飞行之旅。

“钱哥你过来看，真是随便怎么拍都是壁纸啊。”另一边栏杆传来况金鑫的赞叹。这位同学是快乐得最长久的，从飞船起飞就开始激动，一路兴奋到现在，完全没有偃旗息鼓的意思。

钱艾看他拍半天了，听见召唤，立刻好奇地凑上去，接过对方的手机，欣赏那一张张作品：“你拍的这几十张……”酝酿半天，实在没办法违背自己的良心，“还不都是一片蓝！”

“你仔细看，有的是湛蓝，有的是水蓝，有的是浅蓝，有的是碧蓝……”

“……”

徐望本来想让况金鑫离栏杆远点儿，害怕他蹦蹦跶跶，再把自己翻出去。这会儿见他和钱艾凑一起了，注意力也从飞船外转移到了手机上，便没打扰队友“团结友爱”。

手机可以带进鸮，但鸮里拍的照片，一回现实就消失得无影无踪，再进入鸮，也不会重新出现，所以他们在试过几次之后就不愿意在鸮里拍照了，反正都是徒劳，唯独况金鑫热情依旧。

徐望想继续看天，却在转回头时不经意瞥到了吴笙。吴笙正倚靠在飞船一角，不看天，也不看海，就凝望半空，目光里像有无数公式在闪烁。

“你干吗呢？”徐望实在好奇，走过去问。

“组合。”吴笙言简意赅。

这回徐望也翻译不出来了：“求解释。”

“我们现有文具总计 49 个，有同质的，也有相克的，如果把一些文具组合起来使用，杀伤力会比单独使用呈几何式递增。”吴笙说，“我刚刚就在模拟对战，测试不同组合的效果。”

徐望：“……”

没草稿，没演算，没组合列项，冥想着就“模拟”了？最强大脑不只令人惊叹，还低碳环保啊！

“第四关是一座迷宫，最先抵达终点开启宝箱的队伍交卷成功。可以选择的路线有 1-100 号门，但没人能确定门后面是近路、远路、活路，还是死路，所以在碰运气的同时，要重点记着三件事。一，速度必须快，发现路不对，可以返回再重新选门，当然也可以凭本事闯过去，总之不要在原地耽误时间；二，不要心疼文具，这一场就是文具战，能五个文具一分钟解决的战斗就不要用一个文具磨五分钟；三，遇见所有的队伍和 NPC 都可以硬抗，唯独一个穿黑斗篷的小萝莉，遇见了，立、刻、逃。”

——昨天被他们护送到飞行岛的岳队长分享了 4/23 和 5/23 的全部心得，以上就是 4/23 的部分。

什么？6/23？不好意思，两次进入时长总计不超过十五分钟的岳队长表示不想谈论，无可奉告。

至于 4/23 的心得分享，能让人提前准备的也就“文具战”了。不过徐望以为只是大家各自熟悉一下自己的文具，想想什么情况下该用哪个，结果人家吴军师已经开始布局“全盘组合技”了。

吴笙开始阐述自己的战术研究思路，眼里透着自信和笃定的智慧之光：“所有文具的效果，都只能依照武、防、幻的类别和文具名进行推断，最终杀伤力可能会和设想有偏差，但大方向应该不会错。等全部测试完成，我会把最优组合列出清单，至于能不能把组合技发挥到 100%，就得看我们用这些战术的时机和配合的默契度了。”

徐望点头："行，你列好组合清单，我们全篇背诵。"

吴笙微微皱眉："怎么听着像考前划重点……"

徐望给了他一个"你才发现吗"的眼神："自从你当上军师，我们队的模式就已经走上了一条科研不归路。"

"不过，幸亏遇见岳帅了啊，"徐望挨着自家军师坐下来，"要是没他的情报，我们裸闯第四关，怎么想都只有一个惨字。"

吴笙眯眼看自家队长，第一次认真思考这个问题："你昨天那么快就决定送他去飞行岛，不会就是为了套情报吧？"

"怎么可能，"徐队长义正词严，"我完全是出于人道主义的关怀精神！"

吴笙："……"

"你仔细回忆一下，昨天我从头到尾问过一句吗？"徐队长向来以事实服人。

吴笙："……"没有。不仅没有，岳帅走到灯塔门又折回来说要给他们情报的时候，自家队长还委婉拒绝了好几次，生生让岳帅愧疚得从"我可以告诉你们"变成"我不管我不管我必须说"。

"其实我都不想听的，"徐队长还挺委屈，"他非要告诉我！"

吴笙："……"

高中的时候，徐望遇事就往前冲，吴笙总劝他智取。现在，吴笙为自己当年的无知道歉——在"智取"这件事上，徐望的天赋技能树绝对是枝繁叶茂还挂五颜六色小彩灯的。

4/23 的坐标点在安徽省淮南市，从河北到安徽，坐飞机也要近两个小时。可飞船就这么优哉游哉地飘，竟只飘了一个小时就徐徐降落。

与此同时，四伙伴收到提示："叮——"

小抄纸："欢迎来到【飞行贵宾休息室】。"

四人下了飞船，眼前是一座英式庄园。高耸的庄园大门徐徐敞开，一片广阔的前庭草坪被修剪成了充满童趣的图案，正中央的喷泉水花跳动，伴随着不知何处传来的竖琴声，悠扬欢快。

喷泉后面有一幢复古英式建筑，约三层高，楼顶中央额外高出两层，像是瞭望的塔楼。虽造型复古，但整栋建筑没有任何陈旧和沧桑感，外墙是干净的石白色，窗扇明亮，加上喷泉和草坪，处处透着清新生机。

"这是……休息室？"钱艾站在大门口，迟迟没敢进。

况金鑫也有同感："太贵宾了……"然后，他风一样冲进草坪，和喷泉合了个影。

有了打头阵的同学，另外三位伙伴也就入乡随俗。待四人全部进入庄园，“小抄纸”再次更新：“客人您好，我是这里的管家小飞岛！下面由我为您带路，一定让您在下次午夜到来之前元气满满哟。”

钱艾：“飞行岛的休息室，所以就叫小飞岛吗……还能不能再敷衍一点儿！”

徐望：“那个‘哟’出卖了它。”

况金鑫：“小飞岛也是鸮？”

吴笙：“下次午夜到来之前？”

徐望、钱艾、况金鑫：“……”

自家军师的关注点为什么永远这么优秀？

2

北京时间 04：12，飞船降落，四人进入飞行贵宾休息室，一人一间低调奢华大床房，睡了个昏天黑地。

北京时间 14：00，小飞岛自动报时，唤贵宾起床，去餐厅开启豪华下午茶时刻。

北京时间 16：00-21：00，自由活动，小飞岛友情提示贵宾可进行交卷方案商讨。小伙伴们当然没浪费，全力记忆吴军师在下午茶时刻写出的战术清单，并彼此互考，一时间，学习氛围热火朝天。

北京时间 21：00，小飞岛再次报时，提醒贵宾去餐厅享受更豪华浪漫的烛光晚餐。

北京时间 22：30，按摩浴缸内洗澡，而后喷幸运古龙水。

北京时间 23：50，四人齐聚大厅，人手一杯英伦红茶，等待午夜来临。

一开始，四伙伴都觉得别扭，现在，仨伙伴都已经不舍了——

钱艾：“以后再去坐标点，能不能都走飞行岛……”

徐望：“说不定这是新用户的福利，下次来就没这么好的待遇了。”

况金鑫：“但是不再试一下怎么知道呢？”

徐望：“很有道理。”

仨伙伴在彼此的微笑中达成了灵魂的默契，然后齐齐看向吴笙。吴军师端着红茶，看着茶杯里微微映着的自己的脸庞出神，过了会儿，终于抬头，朝队友比了个“V”。

徐望第一个反应过来，立刻回了同样的剪刀手：“必胜！”

况金鑫和钱艾后知后觉，也跟着补上：“耶！”

吴笙：“……我是说，别忘了那两点！”

被奢华式备战腐蚀了默契的徐望小分队，终于在午夜前的最后一刻达成了思想的统一。

两个要点——速度，还有黑萝莉。

落地钟走完了零点前的最后一分钟，时针和分针重合，钟摆发出洪亮的整点声响。

没有猫头鹰叫。

四伙伴只觉得眼前强光一闪，再睁眼，已是月光森林。静谧的夜色里，不知名的昆虫叫着，像是刚下过雨，草尖上还挂着水珠。但四伙伴没办法欣赏这些，因为和他们一起出现在这里的，还有一二三四五六七八九……九支队伍。

其中一支队伍和他们几乎是肩并肩刷出来的，另外八支队伍分散在四周不远处的树下，每一队之间都隔着一些距离，彼此偶有眼神交汇，但没有哪队主动寒暄。不过这些队伍，都隐隐带着诱人的……夜宵味。尤其挨着他们的这支队伍，一共四个人，两人拿着一次性塑料啤酒杯，两人拿着没撸完的串儿。

徐望小分队看他们，他们也在打量"邻居"，并且在红茶的香气和古龙水的芬芳里，按捺不住先发了话："你们这人手一个 Cup of tea 的造型，会不会有点儿太做作了……"

4/23 的现实坐标点是一个夜市大排档。九支在此等待午夜的队伍，八支都为了战斗隐忍蛰伏，扛过了肉串、淮南牛肉汤、旋风薯片、铁板鱿鱼等一系列邪恶诱惑，随身携带的夜宵香不过是等待中沾染的。只徐望他们身边这支队伍从街头吃到街尾，快乐得像四只采蜜的小工蜂。

撸串小分队并没有报姓名的意思，但徐望还是一眼就把他们记住了——四个人，四种画风，就没有谁和谁站一起是搭调的。

主动搭话、嫌弃他们人手一杯红茶的男子，看起来像队里的大哥，三十二三岁，光头，黑 T，肌肉偾张，不说话还以为是收保护费的，简直比钱艾还像威猛先生。

另外三人都是二十七八岁的模样。

一个丹凤眼，有种坏坏的帅，夹克搭配马丁靴，朋克风里透着一股纨绔子弟的气息，他拿着一次性透明塑料杯，愣是端出了品 82 年拉菲的范儿。

一个纸片人，五官清秀，应该是练舞蹈的，因为他瘦归瘦，身材线条却特别飘逸，气质也不俗，穿着一件很随意的针织衫，但就是赏心悦目，连手里的肉串儿看着都像懂艺术的串儿。

最后一个就是普通的小青年，五官端正，衣着休闲，身材匀称，不高不矮不胖不瘦，和城市里每天朝九晚五为生活打拼的许多年轻人一样，眼底挂着俩淡淡的黑眼圈。这样的青年扔在街头就能消失在人海，但当队友是威猛汉、丹凤眼和纸片人时，就显出了独一无二的"亲切感"。

徐望正犹豫要不要解释“红茶和古龙水”,因为一旦解释,势必就要透露飞行岛的信息。不料威猛汉没等他回答，又开了口：“第一次去飞行岛吧？”

徐望错愕，然后意识到自己陷入了一个思维误区——他们是第一次登飞行岛，就以为别人和他们一样初来乍到。

原本只是围听队长社交的吴笙、况金鑫和钱艾闻言警惕起来。

威猛汉看见了，却不以为意，反而大咧咧道：“周围这些队伍基本都是前面退下来的，谁看了你们这个造型，都知道你们是新人。”

徐望听出了弦外之音：“你的意思是，我们现在成靶子了？”

威猛汉叹口气：“至少给人一种‘我们很好欺负’的信号……”

“魏老师，”丹凤眼喝掉最后一口啤酒，受不了道，“你这个一看新人就想指导两句的毛病，什么时候能改？”

威猛汉回头，正气凛然：“指点迷津，园丁之本分也。”

丹凤眼满头黑线，白眼快把单眼皮翻成双眼皮了。纸片人倚着树，从头到尾都在欣赏月光。黑眼圈懒得理两位队友，似乎困了，打个哈欠，一屁股坐到地上，结果像坐到弹簧似的啪又跳起来：“我去，草是湿的——”

徐望、吴笙、钱艾、况金鑫：“……”

正一言难尽着，地面忽然传来震动，四人抬头，就见前方原本是树林的地方，地面拱起，树木倒塌，一座巨石迷宫正缓缓升起。

一分钟后，尘埃落定。月光下，灰白色的巨石蒙上一层清幽的光。

与此同时，在场四十人同时收到了一声“叮”。

小抄纸：“距离【月光迷宫】开启，还有59秒。”

数字持续在变，与其说是提示，不如说是倒计时。

这时，徐望才发现只有他们一队抬胳膊看了信息，其他队伍显然不看也知道这是什么，此刻已纷纷动身，向迷宫入口靠近。四伙伴交换一个眼神，立刻跟上大部队。

十几秒后，所有队伍聚到迷宫入口的石板前，都想抢个好的起跑位置，但又都不想在闯关开始前就先起冲突，于是尽管你推我挤，却不言语，只暗暗较劲。

徐望带领三位队友挤在其中，不冒进向前，但也不让别人把自己挤到边缘。

远处依稀传来脚步声，像是还有队伍正往这边赶。徐望有些许安慰，这些脚步声至少证明新队伍不止他们一支。

如果是经验丰富的队伍，清楚关卡内容，不可能会选择距离坐标点这么远的位置进入鸮，只可能是新队伍，凭2/23红眼航班和3/23末日都市的经验，以为这一关也是同样的开阔地图，想着进入位置稍偏些，差别不大，还能避开集中的同行们，才会故意错开坐标点。

倒计时一分钟结束，四十人都听见了闯关前的最后一句提醒——

鸮："可以欣赏月光，但不能爬墙哟。"

遮挡迷宫入口的石板缓缓降下。

往这边赶的"新队伍"尚未抵达，聚在门口的十支队伍已一哄而入，抢了先机。

迷宫一进来就是一条四人宽的笔直大道，约五十米长，抬眼可以直接看到底，尽头没有路，就一堵墙，妥妥的死胡同。但这条路的两边每隔一米便有一扇门，每扇门上都标着编号，从入口到尽头，左右各五十，一共一百扇门。

这些门，才是迷宫真正的入口。

迷宫只有一座，终点也只有一个，但路却要自己选择。四十人的狂奔队伍正以肉眼可见的速度迅速减员，开关门的声音此起彼伏。

"哗啦——"

"啊——"

身后传来嘈杂和咒骂，也不知道哪个队伍这么心急，刚进来就动手了。

徐望他们终于来到心仪的门前，不再耽搁，直接一个急刹车右转，冲入白天况金鑫选的吉祥门——44号！

门内道路变窄，只剩三人宽，有直路，有岔路，才真是迷宫的模样。

徐望稍缓下速度，一边跑一边叮嘱："调整呼吸，从现在开始保持匀速跑动，别冲太快，以防后劲不足。"

小伙伴们还没说话，四人身后倒传来另外一个人的声音："有道理。听见没，都给我调整呼吸！"

四伙伴脚下一顿，一起回头，就见44号门不知何时跑进来另外一支队伍。用徐望的话训自己队员的显然是队长，一身运动服，配色跟校服似的，另外三人也都穿着运动装、跑步鞋，摆明了有备而来。

"不好意思，"见徐望他们回头，运动服队长快跑几步来到徐望身边，歉意解释，"大家都选了一个吉祥号，只好公平竞争了。"

徐望无语地看他："44是有多吉祥……"

运动服队长笑而不语。

"别客气了，"徐望不乐意在快跑缺氧的时候还虚与委蛇，"你直接说柿子想挑软的捏，然后大家PK（Playkilling。引申为对决）一下就……"

话没说完，他就愣住了，因为运动服队长的头上缓缓出现了一个木盆。没等他看明白这是什么文具，身后忽然起了疾风。他下意识回头，就见无数片树叶铺天盖地朝他们袭来。片片树叶都如蝉翼之刃，共同织成一张巨大的夺命绿网，根本避无可避！

鸮："有人对你使用了 < 武 > 摘叶飞花哟。"

四伙伴耳内响起同一个声音。

同一时刻，树叶偏偏绕开他走的运动服队长停下脚步，站定，微笑着给他们送行。

然而让他失望了，"树叶雨"在刺向四人面门的最后一刻仿佛撞上了一堵无形的墙。

"当啷，当啷啷啷啷啷啷啷啷——"

清脆撞击声里，夺命之叶悉数落在四人脚边，层层叠叠，倒有了一点儿落叶的本意。

运动服队长连同后方伙伴一霎错愕。

就这一霎，运动服的伙伴们也发现了自家队长头顶上的木盆，刚要提醒，就觉得自己这里光线阴影也好像不太对，不约而同抬头……果然，木盆是公平的，一共四个，谁也没落下。就在他们抬起头的时候，木盆正好缓缓倾斜，盆中液体倾泻而下。

鸮："有人对你使用了 < 武 > 狗血淋头哟。"

四盆狗血，一人一盆，从头淋到脚，一点儿没浪费。运动服队长连同其队员，在令人窒息的血腥味里，受到了不可逆转的心灵伤害。

终于，运动服队长回过神，用力蹭掉脸上的血，让被血糊住的眼睛重新睁开，然而始作俑者早没影了，鬼知道拐进了哪条岔路。

"追！"顾不得湿答答的头发和黏腻的血衣，运动服队长一声暴喝。

其实不用队长喊，另外仨伙伴也已经群情激奋。偷袭是他们不对，但用狗血……还有没有人性！

前方左右各一个拐弯，运动服队长纠结两秒，赌一把，往左！

狂奔一分钟后，他们没追上罪魁祸首，倒遇上另外一队同行。那队正在快乐奔跑的小伙伴，被四个血人吓得差点儿崩溃，还以为是新增的恐怖 NPC，抬手就是"武具 + 幻具"的双重攻击。

运动服队长哪能示弱，立刻带领队员还以颜色。奈何凝重的狗血极大地限制了他们的发挥，一番缠斗后，运动服队还是被送回了家。

另一边，选择了右的徐望小分队又一连拐了好几个路口，确认身后没追兵才缓下速度，长舒口气。

钱艾终于可以叹上一句："幸亏提前用了'防火防盗防偷袭'。"

‹防›防火防盗防偷袭，使用后可防火攻击一次、防盗窃一次、防偷袭（不限手段）一次。

入口开启的时候，徐望就让钱艾把这个防具用了——从被威猛汉看出是新人开始，他就料到会遇见这样专挑弱旅下手的队伍。

但吴笙那个狗血淋头的武具不在计划之内，而且分明在摘叶飞花之前木盆就出来了。

徐望正想聊这事儿，不料况金鑫比他快一步：“笙哥，你的狗血淋头是不是在摘叶飞花之前就用了？”

吴笙大方承认：“嗯。”

况金鑫：“那你怎么知道他们会偷袭呢？”

因为那人对着徐望笑而不语，眼神非常油腻，十分不讨喜。吴笙把那个画面重在脑海里回放一遍，再次认定：“我透过他们虚伪的笑容，看见了他们不怀好意的本质。”

徐望：“这是你的台词吗……”

况金鑫：“笙哥，队长以后再说你不会看人，只会战术和理论，我第一个不同意！”

吴笙：“很好。”

徐望：“……”

眼前再次出现岔路，一行人停下脚步。左边，一条路，继续通往迷宫深处；右边，一条路，尽头拐角，一个靠墙站着的黄头发青年原本悠闲地吹着口哨，见他们望过去，微笑地抬起手，挥啊挥：“过来呀。”

四伙伴的耳畔，不约而同地回荡起了岳队长的声音：“迷宫里的 NPC，既是拦路虎，又是幸运星。遇见他们，说明路是对的，打败他们，还能得到下一段的路线提示，如果能一路打败 NPC，终点就是你的。但他们既有战斗力，又会使用文具，所以一旦遇上，千万小心。”

NPC，才是真正的迷宫钥匙。

3

黄发青年穿着涂鸦 T 恤、短裤，墙边立着一个滑板，见他们望过来，立刻精神一振，更热情地招手：“对，就喊你们呢，过来一起玩嘛。”

“A 计划，”徐望第一个进入岔路，脚步很稳，心神沉定，“速战速决。”

钱艾、况金鑫：“收到。”

吴笙没说话，因为他已经用实际行动，开启了 A 计划第一步——

鸦：“有人对你使用了 < 防 > 真爱保护圈哟。”

随着四人全部进入岔路，一圈粉红色心形气球从天而降，像个保护环似的将四人围住，却不近身，而是随着这支队伍的前行一同向前移动，仿佛土星环。

这条岔路也就十米，四人走到中部便站定，和路尽头的黄发青年隔着五米，正面相对。这是一个适合对峙和战斗的距离，但黄发青年不太高兴，抓抓头发："离这么远就算过来啦？好生疏哟。"明明看着挺有范儿，偏偏一开口就是"嘤嘤嘤嘤"的微妙气质。

"算了，进来就好。"黄发青年把滑板放下来，轻盈跃上，看向四人，一脸"终于可以运动一下了"的跃跃欲试，"我叫小黄，你们叫什么？"

遇上一个讲礼貌的NPC怎么办？

当然是礼尚往来了……

"况金鑫。"

"钱艾。"

"吴笙。"

"徐望。你会游泳吗？恐高吗？怕火吗？爱看恐怖片吗……"

"够了！"小黄脸色微变，十分不爽地打断，"别以为我不知道你们在打什么主意，不就是想针对性地用文具吗？切，谁会蠢到告诉你们自己的弱点啊！"

徐望了然，转头看仨队友，用口型示意："怕……鬼……"

仨队友默契点头。

每个字都听得真真切切的小黄彻底黑线："你都说出来了还用什么口型！"

鸮："有人对你使用了 <武> 愤怒的火箭哟。"

滑板青年黄同学，生气了。

提示音响起的同时，一个底部冒着烟的火箭正面朝四人直线冲来。小黄则趁机加速滑板，却不是朝着四人，而是往斜侧上方冲去，将迷宫墙壁当成了U型池，一个潇洒飘逸的腾空，竟稳稳落到迷宫墙壁上。

吴笙无暇顾及小黄，集中精神操纵"真爱保护圈"。另外三人则完全信任吴笙，看也不看火箭，全程紧盯小黄，防备他的一举一动。

火箭撞到了心形气球，就像口红撞上了橡皮糖，几秒钟的僵持后一个反弹，被气球生生弹回了岔路尽头，最终撞到迷宫墙壁，被一下子吞没，连个溅火星的机会都没有。

"防御力不错，但是我不喜欢你们这个防具的形状。"小黄居高临下地点评，"而且如果我没猜错，这个只能防横向攻击吧？"

鸮："有人对你使用了 <武> 抬头见喜哟。"

四人根本没看见小黄是什么时候使用的文具，又或者，NPC使用文具根本不像他们这样麻烦，还要点胳膊。

抬头，见喜，见的是红彤彤的染血刀！

小黄好整以暇地等着目送四人回家，却见刀雨降下的瞬间，四人头顶霍地撑开一把大油纸伞，伞面和迷宫通道一样宽，防住所有刀子的同时也彻底阻隔了他的视线。

鸦：“有人对你使用了 < 防 > 西湖送伞哟。”

这是四人耳内的提示音，小黄听不到，但他看也看明白了，对方又用了新的防具。

黄发青年不甘心地踩了一脚滑板，开始在“文具盒”里搜寻能够破阵的武具，刚有点儿眉目，耳内忽然听见了提示音——

鸦：“有人对你使用了 < 幻 > 恐怖电影院哟。”

小黄一怔，脸色铁青下来，仰天磨牙：“算、你、们、狠……”

隔着伞，四伙伴看不见 NPC 同学的表情，只能听见“啊啊啊”“不要过来”“鬼啊”的尖叫和咆哮……

“你是白痴吗？明知道有鬼还往里面去！”

呃，还有投入剧情的咆哮。

徐望看得很准，在说“恐怖片”的那一刻，黄发青年的目光明显颤了一下。但纵是徐队长火眼金睛，也没看出来黄同学对恐怖片的感情，除了怕，还有爱。

第一个防具“真爱保护圈”是吴笙的，第二个防具“西湖送伞”是况金鑫的，第三个幻具“恐怖电影院”是徐望的。现在，A 计划只剩最后一步。

一分半钟后。

小黄终于用“‹幻›一语惊醒梦中人”让自己从恐怖电影里解脱出来，料定四人已经跑了，正懊恼得想踹墙，低头一扫，四双眼睛还巴巴看着他呢。

“你们怎么不跑？”小黄想不通，不仅没跑，还把“西湖送伞”卸掉了，现在的防具只剩一圈小心心，刺激着他这个孤家寡人的灵魂。

徐望理直气壮：“你还没告诉我们路呢。”

突破 NPC 有无数种方法，只要跑出 NPC 范围，他就不会再追，但想从 NPC 口中获得正确路线，就只有“让对方心甘情愿认输”这一条路。

小黄不知道该气还是该笑了，差点儿没站稳：“只有打败我的人才有资格获得指路，你该不会以为一个破电影院，就真把我吓破胆了吧？”

“会不会吓破胆，再试一次就知道了。”钱艾作势抬起手臂，“反正这个幻具，我正好有俩。”

小黄的目光沉下来：“电影院是你的？”他一字一字地问，声音里染上一丝冷。

钱艾没理他，指尖眼看就要点到“文具盒”了。小黄的眸子极快地眯了一下，脚下一动，滑板突然腾空，带着他高高跃起，而后从半空中朝钱艾俯冲而下。徐望、吴笙、况金鑫一下子散开，恨不能离自家队友八百米远。

小黄做好了一打四的准备，忽然变成一对一，直觉哪里不对，可“以身体为炮弹”的攻击已经停不下来。

“砰——”他结结实实撞到钱艾身上，钱艾却在相撞的一瞬间用力抱住他。巨大的惯性让两个人一起直接飞出去，钱艾的后背重重撞到了迷宫墙壁，小黄有了个人肉垫，并没受太大伤害。钱艾顺着墙壁滑落下来，圈住小黄的手臂却一点儿不松。

小黄心头掠过一丝疑惑，还没来得及细想，就见钱艾忽然睁开眼睛，忍着疼，深吸一口气，朝搂住的 NPC 用力大喝：“你打我呀！”

禁锢着小黄的手臂赫然一松，被吼得七荤八素的 NPC 还蒙着，就已经弹飞了出去，转瞬“咣”的一声，后背重重撞上对面的迷宫墙壁，切切实实体会到了钱艾的疼。但钱艾同学肌肉够健硕，天然防御力高，于是两个瘫软在迷宫墙根底下的小伙伴，你看我，我看你，最终还是钱同学颤巍巍爬起来，归队。

另外三个伙伴赶忙搀扶最大功臣，纷纷用眼神点赞。

钱艾不需要点赞，他就想弄明白一件事：“小况……”

况金鑫：“嗯？”

钱艾：“你之前在无尽海上用的也是这个武具吧？”

况金鑫：“对啊，‘你打我呀’，就是这个。”

钱艾：“那为什么你在挨打之前就能反弹伤害，我必须要等到挨完打才能发功？”

况金鑫：“……”

钱艾：“……”

吴笙：“老钱，我要是你就不会问这个问题。”

徐望：“一件衣服，穿你身上和穿超模身上肯定有区别呀，不要在意这些细节了。”

钱艾：“队长，你真的是在安慰我吗……”

小黄听到这里，才终于明白过来，为什么在他攻击的时候那三人会闪开：“‘恐怖电影院’不是你用的，也根本没有什么再用第二个的事儿……你那么做，是故意引我打你，就为了用反伤武具！”怒从心中起，小黄的目光简直能把人烧死。

钱艾连忙自证清白：“所有战术都是队长和军师琢磨的，我就是个恰好拿了反伤武具的无辜群众！”

“行了，”徐望走近小黄，蹲下来，好言好语地商量，“胜负已分，把路告诉我们吧。”

小黄“哼”了一声，别过头。

一别头，他就看见况金鑫一手搂着自己刚刚遗落的滑板，一手拿着不知什么地方弄来的铁签子，眼神特别天真无邪，语气特别淳朴善良：“队长说了，你再不告诉路，就把你的滑板刮花。”

禽兽！

“左-右-左-左-左……唔——”小黄豁出去给指路了，结果没喊完，就让人生生捂住了嘴。

徐望：“不用喊那么大声，又不是昭告天下。来，悄悄告诉我们就行。”

小黄：“唔唔唔唔唔……”

徐望：“左右左左左？”

小黄：“唔！”

徐望：“爱你哟。”

这是一支恶魔队，恶魔！！！

鸮：“有人对你使用了 <幻> 元气满满哟。”

疼痛和疲惫忽然消失，一股温暖的力量源源不断注入身体，小黄听着耳内的提示音，愣愣地看着眼前的恶魔队长。恶魔队长笑了，笑起来还挺好看的。

“再有队伍过来，一定要全力帮我们拦住，听见没？”

“……”你们快走吧！

可能是听见了他的呐喊，恶魔队长开始整队了，什么稍息、立正、跑步向前……

“再给我十秒。”队内看起来最有头脑的男人忽然出列，朝他走来。

小黄迅速抱着失而复得的滑板站起来，元气满满之后又有了底气：“干吗，舍不得我啦？”

男人从口袋里掏出一张小卡片，塞到他手里，语重心长：“闲着也是闲着，等不到人的时候就看看这些问题，思考一下人生。”语毕，潇洒转身。

恶魔队长带领他们直视前方，向着正确的路全速前进。争分夺秒的狂奔，让这支队伍转瞬就消失在了迷宫深处，只风里还留着他们的闲言碎语——

“笙哥，万一他不识字怎么办……”

“我还标了拼音。”

“你这个回答……真是槽多无口……”

“队长，先别吐槽了，能不能给我也用个疗伤文具啊……”

“有人对你使用了‹幻›队长的爱心痊愈术哟。”

“……不是让你伪造提示音！”

最后一丝声响，也随着远去的尘土散在夜空下。

小黄仰望月光，祈求月光女神再不要让他碰见这队人。良久，心情稍平复的NPC才低头去看小卡片，上面密密麻麻都是字，但一条条列得倒清楚。

你才不识字呢！小黄一边腹诽，一边默念卡片——

1. 你为什么会在这里？

2. 在这里是你的工作还是你的使命？

3. 你有想过外面的世界是什么样的吗……

什么鬼问题？小黄翻个白眼，再无兴趣，随手把卡片塞进短裤口袋。

4

徐望带领小伙伴们，以百米冲刺的速度一路跑过了“左 - 右 - 左 - 左”，却在第五个左转处忽然一个急刹车。

跟在后面的吴笙反应极快，一脚顿住，随后的钱艾和况金鑫可就没这默契了，纷纷撞到他身上。吴笙愣是扶住迷宫墙壁，扛住了两个人的冲击，一点儿没影响前面偷摸打探拐角敌情的自家队长。

气喘吁吁里，不明所以的钱艾和况金鑫渐渐听见了拐角深处的咒骂声，顿时了然。

这是小黄给的路线里最后一段路，按岳帅所说，下一个NPC通常等在上一个NPC指路的末尾。他们做好了转过这个弯再战第二个NPC的准备，却没想到有队伍比他们先到了。

很快，探出转角的脑袋变成四个，从下到上，以徐队长为首一列排开，后加入的六只小眼睛在看到岔路尽头的“战局”时，和自家队长一样咻地瞪大。

岔路尽头，一片植物的海洋。巨大的几乎漫过迷宫墙壁的绿植们形态各异，有贝壳形状，边缘带着齿须的；有开口阔下端窄，像拉长、染绿的马蹄莲的；有圆筒形像个小灯笼的。它们从迷宫地底生长出来，盘根错节，纠缠成一片“绿色地狱”。

“捕蝇草、瓶子草、猪笼草……”吴笙翻阅头脑百科，迅速调出植物档案，“都是食肉植物。”

“你这知识储备……”钱艾的脑袋在吴笙上头，说话就要往下看，“不算鸮，这世上还有能难住你的事儿吗？”

吴笙的脑袋在徐望上面，尽管回答的是钱艾，眼睛却也看下方，半晌，一声轻叹：“有。”

徐望听着头顶上的交谈，觉得吴笙这声回答罕见的“谦虚”，且带着莫名的“意味深长”，但前方战况太激烈，疑惑只一闪就散了。

岔路尽头，不幸中招的队伍里，三人已被恐怖植物卷至半空，有的被夹在巨大捕蝇草的两片贝壳状肉叶里，有的被困在猪笼草的叶筒里，都在挣扎，却都是徒劳。还有一人站在地上，神情狼狈，脚边是一些枯萎的茎叶，应该是用了文具挡住了植物攻击，成了唯一的幸存者。

站在他面前的是一个穿纯白公主裙的少女，打着一把白色蕾丝洋伞，从头到脚一尘不染，悠然得仿佛她和这场战斗无关，只是恰好路过，好奇地多看了几眼。

“你还愣着干什么，攻击啊！”

“不敢打就帮我们下来，我们上！”

“你倒是吭个声啊！”

落于“植物口”的三人脱不了困，喷起自家队友来却一个比一个有气势。

公主裙少女歪着头，懵懂的大眼睛忽闪忽闪，像是不懂三人在咒骂什么。

徐望总算明白，为什么只有“咒骂声”而没有“打斗响”了。这不算战斗，顶多算公主裙少女的玩耍——召唤几株植物，逗逗闯关队伍。

突然，少女后方出现一颗子弹。月色下，金属弹身反射出银光，径直朝少女后脑而去。

速度太快，子弹飞行的残影在徐望他们眼里连成一道银线。

避无可避。

作为围观者，四伙伴也只来得及闪过这一个念头，子弹就已穿透洋伞，裹挟的疾风甚至吹动了少女后脑的发丝。可就在这致命一刻，少女脚下忽然生出一簇巨大藤蔓，直接将少女托起。子弹最终射中其中一根藤蔓，藤蔓骤然一弯，将子弹缠绕其中，再无自由可能。

少女仍坐在另外几根藤蔓搭成的“空中椅子”上，随手一扔，被灼烧出一个洞的洋伞飘飘然落地。

“你弄坏了我的伞。”少女闷闷不乐，眉心皱起，嘴角往下，眼里满是怨念。可她生着一张天真无邪的娃娃脸，再怨念，也像小孩子在赌气。

然而她接下来做的事情一点儿都不“小孩子”。她朝仍站在地上的第四人伸出手，掌心面向对方，嘴唇微动，似在默念文具名字。

地上那人却不闪不躲，闭目冥神，身体立刻燃起火焰，一瞬便成了个人形火球！

“无敌风火轮！”钱艾一眼就认出了自己的“老朋友”。

徐望终于明白那人脚边烧焦的植物怎么来的了。想得到用武具当防具，这一队不应该这么弱，可现在看着的确不堪一击，那就只有一个原因——NPC 太强。

“你的文具都是植物系，对吧？”第四人显然从先前的战斗中收获了经验和底气，“那就拿出一个能喷水的吧，否则都是白费。”

少女压根儿没理他，默念完文具名字，手掌一翻，又一把新洋伞出现，蕾丝没有先前的繁复华丽，仍是纯白，手柄正在掌心上。轻轻一握，少女重新打起洋伞，好整以暇地看下面。

第四人脚下的地面忽然开出一朵巨大的、艳红色的食人花。它不需要先剿灭火焰再和第四人缠斗，大嘴一张，直接将人和火焰一起吞没。

少女打个哈欠，似乏了，兴致缺缺地看向半空中的三人，眨一下眼，植物悉数合拢入口，三人尽没，前一秒还此起彼伏的咒骂也一并消失了。

藤蔓将少女缓缓放回地面，所有绿植一霎消失。少女打着洋伞，静静伫立在岔路尽头，仰望月光，美丽恬静。

不远处，围观全程的四伙伴感受复杂。

钱艾同学的心情足以代表全队：“岳帅说的那个黑萝莉，今天是不是换了白裙子……”

岳帅提供的经验里，并没有这个穿纯白公主裙的少女，可能是他们的路线总和这位少女错开，也可能真的就是人家少女天天换裙子，只是恰好遇见岳家军的时候都是黑色系。但不管哪种，岳队有一条小贴士很适合眼下的情况——觉得苗头不对，宁可换条路也别硬闯，一旦踩进 NPC 所在的路，就不能回头了。

徐望举棋不定，但时间不能这样浪费，要么进，要么退，他必须迅速决断。

“队长，”况金鑫第一个表态，“我觉得我们能行。”

“算了，我也豁出去了。”钱艾压下保命第一的心，“我弃权。”

徐望：“……豁出去不是应该同意战斗吗？！”

钱艾：“弃权票已经耗尽我的勇气之火了。”

一票前进，一票弃权，徐望最后看向吴笙。

吴笙没投票，却问：“你想进吗？”

徐望看了他两秒，点头。

吴笙抬手点掉一个“‹防›铜墙铁壁”，四人前后左右很快升起四面透明防御墙。

“那你就尽管往前冲。”这是他的回答。

防具围在四人身上，也围在了徐望心上。踌躇犹豫一下子散了个干净，他的目光坚定下来，直视前方：“上。”

队长一声令下，军心再无动摇，四伙伴大步流星踏入岔路，气势汹汹，颇有点儿人挡杀人佛挡杀佛的气势。

“B 计划。”徐望目光锁定公主裙少女，给这场战役定了基调。

他们没刻意隐藏脚步声，很快，洋伞中的侧脸徐徐转过来，眼眸里仍是天真懵懂。四伙伴可是见过“绿色地狱”的，这张脸再无辜，也不会掉以轻心。

突然，奔跑的脚步声从前方传来。

这是一条只能左转的路，徐望他们的目标是打败少女，左转前行，可现在，左转进去的那条路里，奔跑的脚步声正在接近。有一队在往他们这边跑？走回头路？

少女也听见了，她转过身来，看看徐望这边，再看看脚步声传来的另一边——从她的角度，显然是可以清楚看见来者的。

植物生长的声音自背后而起。四伙伴愣了下，本能回头，就见一面巨大的爬山虎墙壁从地下升起，将他们背后的路封死。与此同时，前方左转路里也传来相同的声音。

四伙伴互看一眼，难道公主裙少女也把对方的后路给封了？这是要把他们两队困在这里，一打八？

“都听好了，”少女开口，声音清凉凉的，像月光下的森林泉水，“小白只给一支队伍指路，你们谁赢了，谁再过来挑战我。”说完，她脚下生出一株双叶嫩芽，茎越长越高，叶片越长越大，她跳坐到一片叶子上，稳稳跟着重回高空，坐“叶”观虎斗。

徐望终于意识到情况有变，他快跑几步冲到路尽头，往左一看，不远处的另一队也满是始料未及的错愕。

“哎！”那是聚集在迷宫门口的十队之一，一眼就把徐望认出来了，“你们没头苍蝇似的乱蹿什么啊，怎么就拐这儿来了？”

——“一旦有两支或更多的队伍同时出现在NPC所在的路，NPC会封住所有队伍的后路，要求各队之间先决出胜者，再同他战斗。”

这是岳帅重点提及的规则，并一直提醒他们尽量不要和其他队伍抢一个NPC，除非有快速制胜的把握，否则一旦抢，就意味着至少要进行两场战斗，耗时耗力不说，回家的风险也更高。

徐望他们刚才在转角观望，除了想摸清NPC的实力，也是不想过早踏入战局，因为一旦提前进来，就相当于给那支队伍解围，到时候公主裙少女会立刻停手，要求他们两队先打，再和她PK。

就像现在这样。

“我还想问你们怎么过来的呢，”对阵这事上，徐队长从来不示弱，排行榜第一的队伍来了他照样叫板，“这边是回头路，你们不去找终点，走回头路干吗？”

那四人一脸莫名其妙：“你们走的才是回头路吧！”

徐望忽然明白过来，迷宫里根本就没有所谓回头路，每个队都在绕，都可能从任何一条路绕到同一个点，尔后狭路相逢。

“你和他们废什么话啊，”四人中站在最旁边的有些不耐烦了，和正在跟徐望叫板的队友说，“几个屁都不懂的新手，赶紧解决，别耽误时间。”

徐望挑眉，不想再和他们浪费口水。谁是新手，谁是弱鸡，文具战上见真章。

“你说什么？”高处绿叶上，忽然传来少女骤然提高的声音。

正准备点文具发动攻击的徐队长被吓得差点儿手滑，连忙回头。钱艾也闻声回头，另一队则直接抬眼，看对手身后就好。只吴军师一人目光仍锁定在对手身上，以防被偷袭，但耳朵是竖着的，一个语气助词都不错过的那种。

声音传来的方向是后方绿叶上，但绿叶上的少女看的是下面站着的况金鑫。

况金鑫也一脸蒙，他就是看地上那把破了洞的伞占地方，怕影响等下战斗，想收起来放一边，可绿叶上的少女盯着他的一举一动，目光有点儿凶，所以他才解释一句。

空气突然安静，大家都等着呢。

况同学咽了下口水，只好又重复一遍：“我说，你的新伞更好看，这个旧的我收起来放旁边了。”

少女嘟起嘴：“不对！”

“……你的新伞更可爱！”况金鑫总算找到偏差的词。

少女挑眉，忽然带了点儿娇羞：“真的更可爱吗？”

况金鑫看不出眉眼神态的微妙变化，就实话实说：“真的，你原先那把装饰有点儿多，其实有点儿累赘了，现在这把正好，又可爱又清爽，和你一样。”

徐望、吴笙、钱艾：“……”

对手四人：“……”

能不能严肃点儿，这一群单身狗打架呢，为什么就你这么优秀，还能撩 NPC！

“你们别打了，”少女忽然看向另外七人，嫣然一笑，“小白心情好，我们来玩游戏。”

话音刚落，八人只觉得眼前一闪，等再看清四周，迷宫已经没了，他们正身处一间满是洋娃娃的少女卧室。地上堆着娃娃，墙壁上打了架子，摆满了娃娃，桌子上、床上同样被娃娃坐满。大娃娃、小娃娃、男娃娃、女娃娃、异域风情的娃娃、化装舞会的娃娃……成百上千个娃娃，每一个单看都精美可爱、娇俏可人，但这么铺天盖地放一起，看久了，就有一丝诡异的惊悚。要是密集恐惧症来了，都不用看久，瞬间崩溃。

“欢迎来到小白的房间。”不知何处传来少女欢喜的声音，“喜欢小白的娃娃吗？”

徐望、吴笙、钱艾：“……”

对手四人：“……”

况金鑫：“都是你的娃娃吗？”

确认过眼神，你俩是投缘的人！

“嗯！”小白非常自豪地应，“所以你们要看仔细哦——”拖长的尾音渐渐消失，娃娃卧室陷入安静。

八人一脸莫名其妙，但既然NPC说要看仔细了，那就看吧。

一分钟后。

徐望："吴笙，这个娃娃的条纹衣和你进鸮那天穿的好像！"

吴笙："这儿有一个只穿一条短裤的，原型可能是你。"

徐望："……"

两分钟后。

况金鑫："啊，队长，笙哥，你们过来看，这个是不是池映雪？"

钱艾："他哪有这么帅……"

三分钟后。

钱艾："快过来快过来，我发现岳帅了哈哈哈！"

对手四人："……你们就这么快乐吗！！！"

"啪"，娃娃卧室的灯忽然熄灭，打断了徐望小分队兴致勃勃的"找熟脸"，也挽救了对手四人濒临崩溃的斗志。

黑暗持续了约十秒，灯再度亮起，依旧是娃娃卧室，环顾四周，无任何变化，就连被钱艾拿出来硬安在岳队长身上的娃娃都仍在他的手里握着。

"看仔细了吗？"小白欢快的声音重新飘来，"看仔细了就听我说哦。刚刚关灯之后，我又偷偷往房间里塞了一个新娃娃，谁能第一个把它找出来，他所在的队伍就是这场游戏的获胜方！"

四对手面面相觑，再看密密麻麻、眼花缭乱的房间，要疯："这不是大海捞针吗？！"

不。

徐望、钱艾、况金鑫看向吴笙，大海捞针那是愚蠢的凡人，自家吴·最强大脑·军师分分钟就给你脑内对比出前后卧室景象细之毫厘的差异……

吴笙："红架子上第二排第四个。"

大脑动起来了！

徐队长带领两队友冲向红架子，七手八脚把那个藏在两个舞会娃娃后面、只露出一点儿裙边的白色公主裙娃娃拿出来，三脸期待地看自家军师："这个？"

吴笙点头："对。"

小白："Bingo！答对了！"

对手四脸茫然，八只眼睛写满了"你们是谁，你们先等一下，你们在干啥"……

"不是，你们是不是串通好了？你们这也太假了啊啊啊——"

四人就这样带着对世界的怀疑缓缓不见，连同声嘶力竭的呐喊一同飞往遥远的迷宫入口——对战 NPC 失败，要么战斗中直接死亡回家，要么认输或被 NPC 认定失败，回到迷宫起始点，从头再来。

娃娃卧室一霎消失。

徐望等人重回迷宫拐角，又或者他们自始至终都在这里，只是 NPC 给他们造了幻象。

小白仍是那个打着新伞的公主裙少女，不过不再阻拦，反而干净利落地解除爬山虎墙壁，给他们让开一条路，笑盈盈挥手："左 - 右 - 右 - 左 - 右。记得常回来找小白玩。"

徐望怔住："你不和我们打了？"

少女歪头，目光里满是惹人怜爱的无辜："你们和小白玩了游戏，就是小白的朋友了，为什么还要打架？"

吴笙："既然是朋友了，请收下这份小礼物。"

钱艾、况金鑫："……"

徐望："你到底印了多少张！"

5

北京时间 01：00，月光森林，巨石迷宫。

一小时，甩掉一支偷袭队伍，突破两个 NPC，目送 NPC 送一队回家，又通过玩游戏亲手送了另外一队回迷宫入口。闯关前通过岳队长的分享建立起的"无数困难准备"，一个都没用上。

超乎想象的顺利进程，让小伙伴们心里越发没底。

还有，眼前这条路，他们已经跑了十分钟了。

十分钟前，他们跑完了小白指的所有路口，可就在最后一个转弯之后，再没遇见岔路。累还在其次，一条直路看不见尽头才是最可怕的。迷宫要有多大，才容得下这样一条近两千米的直路？他们宁可七拐八拐，宁可闯进死胡同，至少还有"在迷宫里"的真实感。

"队长！"跑在最末的况金鑫忽然停下脚步，弯腰捂着胸口喘，目光却锁定在左侧迷宫墙壁上，"这里好像有扇门……"

冲在前面的三人闻言立刻停下，没半点儿怀疑地凑过来，甚至潜意识里已经带上"谢天谢地"的庆幸。毕竟他们已从灵魂深处信任了自己队伍的四个"绑定技能"——吴军师的"最强大脑"、徐队长的"能说会道"、况金鑫的"触发奇遇"和钱艾的"吃最大的苦，享最少的福"。

那是一扇颜色和迷宫墙壁完全相同的门，门扇边缘和迷宫墙壁之间留有些许缝隙，想发现并不难，但奔跑中累得精神难以集中，仅剩的一丝注意力也专注在前方，就很容易忽略。

伙伴们凑在一起观察神秘门，况金鑫忽然转头，往回看。

徐望发现了，问："怎么了？"

况金鑫抬起胳膊，指着不远处他们刚刚路过的地方："队长，你看那边，像不像也是一扇门……"

两分钟后。

两人向前走，两人往回走，兵分两路查探的小伙伴终于确定，他们不是错过了一扇门，而是差点儿错过了一堆门——一共二十一扇门，隔五米便有一扇，均匀绵延了一百米。况金鑫发现的是第十七扇，他们要是再往前跑点儿，估计就全错过了。

"这条路跑不完的，"四伙伴重新会合，吴笙就想明白了，"门就是这条路的出口。"

钱艾："但是岳帅从来没说过还有这么一条路。"

吴笙："岳帅也没遇见过小白。"

"我们该不会触发了什么诡异的迷宫模式吧……"钱艾现在不喘了，但看着那一扇扇门，忽然觉得还是跑步好，累是累点儿，单纯啊。

"咔嗒。"

钱艾："……"

况金鑫："……"

吴笙："……"

握着门把手，并已经把门拉开一半的徐队长，向仨队友无辜地眨巴眼睛："没锁哎！"

钱艾："不要用卖萌掩饰你的尴尬！"

徐望："好吧，我真不是故意的，我哪儿知道它这么容易开……"

这下不用纠结选哪扇门了，队长已经把选择交给了命运。

门扇半开，四伙伴探头出去，左右张望。这一看，才发现其实开哪扇门都一样，因为门外是同一条路。那些门不是命运的选择，而是迷宫大方地给了他们二十次机会，幸好他们在第十七次时抓住了。

不过四伙伴现在高兴不起来。

新路全长也就一百米，左右轻轻松松看到尽头。左边尽头，左右分开两条岔路，空荡荡的任君选择；右边尽头，只一条右转路，一个 NPC 在那里守着——穿黑色斗篷，身材娇小，脸藏在斗篷帽子里，远远望着像一片阴影。

钱艾："现在关门还来得及……啊！"话没说完，他就觉得有人猛推自己后背，一个前扑，跌进新路。

一同被推倒的还有仨伙伴。

门“咣”的一声在他们身后关上。

“咔嗒。”

落锁的声音。

鸮：“有人对你使用了 < 幻 > 无处可逃哟。”

门是来得及关的，就是他们凶多吉少。

几十米外路尽头，黑萝莉缓缓抬起脸，模样终于清晰——月色一样的美，纯洁，无瑕，却带着淡淡的冷。她的脸上没有任何表情，眸子里也毫无波澜，哪怕她刚刚对他们发动了攻击。

如果活泼顽皮的小白是生机勃勃的绿植，那她就是夜色下如镜一样的湖。

徐望：“老钱，X……”

钱艾：“明白。”

X 计划，专为遇见黑萝莉特制的逃命战术。

鸮：“有人对你使用了 < 防 > 快乐冲冲冲哟。”

钱艾点掉文具的一刹那，四伙伴都有一种喝了能量饮料的振奋感，迫不及待想要听见发令枪响。

“跑！”徐队长一声大喝。

四人猛地爬起，以超人类的速度往黑萝莉的反方向冲，冲，冲！

在这最需要奔跑的关卡里，他们生生忍着不用唯一能助跑的文具，就是为了这一刻。眨眼路已到尽头，眼看转弯就能脱离黑萝莉的“势力范围”，转角却忽然凭空出现一扇大门，像墙壁一样严丝合缝堵住了他们的去路。

“幻具还在时效内！”吴笙立刻明白过来，这仍然是黑萝莉先前对他们用的“‹幻›无处可逃”。

不过 X 计划里，早定好了破防环节。

这边吴笙话音未落，那边钱艾已经点掉了“‹武›麒麟臂”，肱二头肌立刻变得雄壮健美，他借着“快乐冲冲冲”的加成风驰电掣冲过去，照着厚重的实木大门就是一记铁拳。门扇整个碎裂，坍塌一地！

门后，木屑飞扬里，四张错愕的脸。

钱艾还没来得及收回胳膊，就那么维持着出拳的姿势，愣在当场。刚准备继续冲的仨队友也怔住。

空气突然安静。

两队小伙伴在这个谜一样的转角狭路相逢！

这是一支健硕的队伍，平均身高超过一米九五，个个孔武有力、肌肉发达，能把钱艾举起来转圈圈的那种。不知道是缘分把他们绑到了一起，还是他们有意寻找同类强强联合，总之，画风非常有压迫力。

为首的壮士穿着一身迷彩服，先打破了安静："PK 呢？" 转角遮挡视野，看不见这边路的情况。

徐望点头。

迷彩壮士："和 NPC？"

徐望点头。

迷彩壮士："长什么样？"

徐望："黑斗篷萝莉。"

迷彩壮士："保重，再见。"

迷彩壮士和他的三个队友头也不回地转身，无丝毫留恋。但他们只走了一步，就意识到了命运的转折。一扇新起的大门堵住了他们的来路，而且这一回不再是木质，而是通体暗黄，泛着铜质光泽。

徐望："壮汉，节哀。"

迷彩队长："……"

徐望不想和黑萝莉对战，更不想在必须对上黑萝莉之前还多战一支队伍。但在看见这第二扇新大门的时候他就明白了，的确是无处可逃。

至于被钱艾一个麒麟臂硬拉进战场的四位同行，徐望只能致以最诚挚的慰问："就算没我们，你们拐过来也就遇见她了，命中注定的。"

迷彩队长磨牙看他，似有千言万语，但最后就给了两个字："闭嘴。"然后，他再不关注徐望四人，转身对自家队友沉声道："这一仗必须打了，都把最好的文具拿出来，别吝啬，对付这个 NPC，如果不使全力，就是被秒杀。"

"两队同时遇见 NPC，不是要先 PK，赢的才能继续挑战 NPC 吗？" 况金鑫皱眉，"为什么他们说的话，好像就打一仗似的……"

"因为人家根本就没把我们放在眼里。"徐望听得再明白不过。

吴笙淡然一笑："那就刻在他们灵魂里吧。"

钱艾："你们说我这个麒麟臂能不能和铜门试一下？"

徐望："顶多打个坑。"

况金鑫："钱哥，留着体力，咱们得打两场呢！"

吴笙："……"

来一次帅气的"战前宣言"，吴军师就这么一个小目标，遇上望、金、钱三位队友……卒。

6

鸮："有人对你使用了 < 幻 > 条条大路通罗马哟。"

徐望瞥一眼迷彩队的眼神就知道，文具不是他们用的，他们也是"中招者"。

该来的总要来，黑萝莉出手了。

徐望刚要琢磨这文具的作用，忽然一阵晕眩，连带着视野也极速模糊。天旋地转里，脚下的地面仿佛震动起来，周围的迷宫墙壁也好像在移动。

险些站不稳时，肩膀忽然被人用力握住，徐望一惊，条件反射想挣脱，却忽然听见吴笙的声音："闭上眼睛。不用担心，这个幻具不是杀伤型。"

徐望照做，视野黑下来的同时，晕眩感也骤然减轻，舒服不少。肩膀仍被握着，却让人多了一份支撑和安心。

大约十几秒后，不适感终于过去。八个人同时睁开眼，又同时愣住。

转角不见了，现在的迷彩服队、徐望四人，还有黑萝莉三点一线，都在一条笔直的迷宫路上，彼此间看得一清二楚。

不，不对。

徐望看着仍在那四人身后的铜门，终于恍然——不是转角不见，是转角变直了！

黑斗篷萝莉朝他们走来，不疾不徐，轻盈无声。

八人左右无路，身后挡门，只能原地站着，看着黑萝莉一步步来到自己面前。

五步之遥处，黑萝莉站定，静静开口："月光迷宫，迷路重重，我只给一支队伍指路，你们之间赢的那队，才有资格挑战我。"她的声音很好听，却少了小白那样私人化的情绪，给人一种冷清和淡漠感觉，仿佛一切都和她没关系，她只说她该说的、做她该做的，没有善意和欢喜，也没有敌意和悲苦。

不必八人回应，宣布完规则的黑萝莉安静转身，重新走回路的尽头。

钱艾还有点儿恍惚："用了一个幻具，只为和我们说句话？"

"NPC 不能对自己直线范围外的人动手，但她已经提前把转角那边的四个人拦住了，"吴笙看着她的背影，声音沉下来，"所以她需要把那四个人站的位置也变成她的路。"

钱艾咽了下口水："NPC 还能这么干吗？不算犯规吗？"

吴笙没答，若有所思，直到徐队长提醒：“同学们，隔壁班已经等不及了，咱们是不是先赢完，再研究小黑？”

“哦，原来不是拖延战术啊。”迷彩队四人在队长的带领下整齐划一翻个白眼，连鄙视都鄙视出了军事化管理风。

月光之下，迷宫路纵横曲折，有人在这处迷失，有人在那处对峙。

迷彩壮汉等到徐望他们拉开彼此距离，摆出战斗阵型才敲响战鼓：“你们能坚持到现在不容易，但也就到这里了。”他的耐心不来自风度，来自蔑视。

同他话音一起落下的，还有四伙伴头顶的巨大阴影。

那是一团浅灰色阴霾，像一张网，正迅速下沉，企图盖住四伙伴。徐望不知道那是什么，却知道肯定凶险。

“快躲开！”他大声提醒，同时带队后退。

钱艾立刻集中精神，操纵仍在时效内的“‹防›快乐冲冲冲”。

四人在防具的加持下脚下生风，终在最后一刻退到灰色阴霾的覆盖范围之外。

灰色阴霾落地，却未散，反而咻地又“站起”。的的确确是站起来了，有胳膊有腿，极明显的灰色人形，只是没有五官，没有衣着，就像一个看得见却看不清、感受得到却摸不着的灰色幽灵。

这时，他们才听见滞后的提示音——

鸮：“有人对你使用了 < 武 > 魂归故里哟。”

徐望浑身一震。魂归故里，故里，家。他蓦地后怕起来，急切提醒自家队友：“千万别被它碰到，沾到就可能回家！”

“反应还挺快，”迷彩队长悠闲地站在原地，看起来十分自信一个文具就能结束战斗，“那就努力躲吧。”

灰色鬼魂忽然飘起，双腿融成一团影子，双臂张开变宽，犹如一个疯狂化的怨灵，朝四人再度飞扑过来。

四人面前两米处忽然升起一面透明墙，那是吴笙仍在时效内的“‹防›铜墙铁壁”！吴笙挡在仨伙伴身前，几乎把全部心念灌输到防具的强化上。

灰色鬼魂来不及减速，直接撞上透明墙。然而预期中的撞击声并没出现，鬼魂仅是顿了下，之后悠然穿透墙壁，简直不费吹灰之力。

吴笙猝不及防。他知道文具之间没有绝对可以取胜的，但也没想到自己的铜墙铁壁在对方的武具面前弱到还不如一层纸。

钱艾还头一次见到可以完全无视防具的攻击：“这武具太 Bug 了吧！”

或许是场面太一边倒，迷彩队员实在看不下去了，纷纷挺身解惑——

迷彩队 1：“不是武具 Bug，是你们还太嫩。”

迷彩队 2：“等什么时候弄明白文具之间的相生相克，再来我们眼前晃吧。”

迷彩队 3：“队长，别客气了，赶紧送他们回家。”

迷彩壮汉等到队员们发言结束才重新看向四人，微微点头。

穿过铜墙铁壁后就停住的鬼影重新浮动起来，再没顾忌，第一个冲向阵型最前方的吴笙。眨眼，幽灵已到吴笙面前，鬼影边缘几乎就要触到吴笙的身体。

电光石火间，吴笙身前忽然出现一个大写的立体“F”，一尺多高，两寸多厚，类似钱艾在 2/23 的飞机上用过的“字字珠玑”。但“字字珠玑”是武具，这一个大写的“F”却并不攻击，只是挡在了吴笙和鬼影之间最后的一点儿距离里。

鬼影那原本要触到吴笙的边缘先碰到了“F”，咻地缩回，就像被烫着了一般。而在鬼影缩回的一刹那，吴笙面前又出现“G”“M”“m”“=”等几个立体字母、符号，最终组成了一个极富造型的立体防御墙——$F=GMm/r^2$！

吴笙看见“F”的时候还茫然，等这些字母和符号凑齐，乐了，回头看自家队长。

徐望潇洒抛个飞眼：“被公式保护的感觉怎么样？”

吴笙看着亲切的“防御阵型”，身心舒畅：“踏实。”

徐望又看向四脸错愕的迷彩队，真心实意道谢：“我之前一直没想通这个防具到底怎么用，谢谢你们提醒。”

钱艾没听清自家队长说啥，因为他全部注意力都在军师面前的“立体等式”上呢：“完了，知识都还给老师了……这公式我绝对用过……超级无敌眼熟……”

况金鑫实在心疼，小声给了答案：“万有引力，F 等于引力常量乘以两物体质量的乘积除以它们距离的平方。”

钱艾：“……”他还是继续战斗吧。

钱艾被物理打败的同时，四伙伴也听到了迟来的提示——

鸮：“有人对你使用了 < 防 > 走近科学哟。”

声音未散，吴笙忽然觉得灰色幽灵闪了一下，等他意识到不对时已经来不及了，幽灵蹿起，越过被万有引力公式防御住的他，直冲徐望、钱艾和况金鑫。这一次它更快，如闪电般极速俯冲向徐望三人，几乎看不出人形。

徐望早料到这手，换他，也不可能被挡下一个人就放弃对另外三个人的攻击。但那声提示是四个伙伴一起听见的，自然也不可能只有吴笙一人“走近科学”。

$\sin(90°-A)=\cos A$！

$CuSO4+2NaOH=Cu(OH)2\downarrow+Na2SO4$！

$V=COS\theta*(R+h)*2\pi/T$！

三道公式同时而起，连成一片绝无可能突破的防御墙。灰色幽灵想缩回已经来不及，这一次结结实实撞到立体公式墙上，顷刻被灼成灰烟，魂飞魄散。

这个武具算是彻底破了。

迷彩队四人脸上已再无轻松。但这凝重里，有多少是对徐望四人的重视，又有多少是对公式的无语，不大好分辨。

徐队长单方面把四人的“严肃脸”理解为对知识的渴求：“别着急，我这不就要讲了嘛。”他一条胳膊搭到身前的公式上，一条胳膊干脆伸出去，拍拍立体字母们的外壳，敲黑板似的，“来，先看这个三角函数公式，其实记住一条就行，奇变偶不变，符号看象限！小况前面这个不就是氢氧化铜的制取吗，初中化学，送分题！老钱这个有点儿复杂，等一下，我得和文具沟通沟通……哦对，地球自转线速度计算公式，完美。”

迷彩队 1：“队长……”

迷彩队 2：“我忍不了了……”

迷彩队 3：“能罢课吗……”

“那个迷彩小二，”已经结束课堂内容的徐老师，朝着迷彩队某位同学投以真诚的微笑，“文具之间的相生相克，我好像已经学会了，现在有资格和你们打了吗？”

‹防›铜墙铁壁，在被保护者四周升起透明防护墙，可抵挡物理攻击。

‹武›魂归故里，以浅灰色幽灵形式进行攻击，可轻易穿透大部分物理防御，一如幽灵入宅，被沾身者即刻提前回家。

‹防›走近科学，以具象化的“数理化公式”为保护障，对魔幻攻击有较高的防御作用，坚持弘扬科学，破除封建迷信。

7

“C 计划，”不等迷彩队二号同学回答，徐队长已经燃烧起小宇宙，“老钱，上！”

为什么每次都是钱同学冲锋？

谁让他身上套着的文具多呢？

钱艾唤醒“麒麟臂”，带着双重防御——军师的“铜墙铁壁”和队长的“走近科学”——踩着自己的“快乐冲冲冲”，如一头下山猛虎直奔敌军大本营。

“门是我砸的，你们是我带进来的，那就由我送你们回家吧！”钱艾一声暴喝，完成了吴军师心心念的“帅气战前宣言”，一记重拳炮弹般飞向迷彩壮汉面门。

迷彩队仨队友一散而开，只留自家队长站在原地。但他们也没闲着，散开的同时，两人点了武具。文具战大多是远距离对战，只有笨蛋才会孤身一人冲入敌阵，既然对手千里送人头，他们没有不收的道理。

武具都是冲向徐望他们仨的，以防他们后续涌来，增员“麒麟臂”。

武具带来的猛烈攻击虽不能完全穿透“铜墙铁壁”和“走近科学”的公式，但也压制住了那边三人，迟迟不能对这边进行有效支援和攻击。

而这边，迷彩壮汉在钱艾挥拳过来的最后一刻伸出手，竟以手掌抵挡钱艾带着麒麟臂力道的重拳，还接住了！钱艾感觉自己就像打到了一团橡皮泥里，无法伤害对方，但又没有强硬的反作用力可以阻挡惯性，让他迅速收拳。

就在这无法控制的一霎，迷彩壮汉的手掌忽然往上，放过他继续向前冲的拳头，一把握住他的手腕，同时用另一只手抓住他的肩膀，用力往上一甩。钱艾的身体瞬间腾空，还没等他反应过来，已被人一个漂亮过肩摔重重甩落到地上。剧烈的钝痛里，钱艾被摔了个七荤八素。

“‹武›借力打力。”迷彩壮汉贴心说明，让钱艾疼也疼个明白。

钱艾躺在地上，一条胳膊仍被人紧紧钳制着，但这都不影响他和对手“交心”：“你这个太麻烦了，”他深吸口气，忽然朝迷彩壮汉一记狮吼，“呼哈——”

迷彩壮汉意识到钱艾除了“麒麟臂”还套着另外一个时效性武具时，身体已不受控制地腾空，然后一个美丽弧线重重落到钱艾另一边。

钱艾刚刚怎么摔的，他现在就怎么摔的。

“队长！”三个迷彩队员惊得变了脸色，根本没看清自家队长是怎么中招的。

钱艾看着终于和他一样躺到地上的迷彩壮汉，心理平衡了，给了对方一个龇牙咧嘴的笑：“‹武›你打我呀。”

迷彩壮汉的脸已经不能用黑来形容了。

一团看不清形状的烈火忽然从天而降，向钱艾袭来。但徐望、吴笙那边忙于应付武具，原本套在钱艾身上的透明墙和公式也早就在过肩摔里散了。

使用文具的是一直没出手的那人，在迷彩队的战术里，他就是自由人，见缝插针的。看钱艾瞄了远处的战场一眼，他叹息摇头：“别看了，你的队友都忙着应付我们的攻击呢，没办法再分神给你补防御壁了。”文具都是需要耗神去维持的，他深知这一点，所以这一攻击的时机他可是酝酿许久。

鸮：“有人对你使用了＜武＞火烈鸟哟。”

声音和热浪一起抵达，这种速度根本来不及再去点新文具。

钱艾闭上眼，集中精神，正面硬抗！

“噗。”火焰灼到钱艾身体的瞬间忽然尽灭，连声响都极其微小，就像灯芯被扇子轻松扇灭。

迷彩队自由人不可置信地瞪大眼睛：“怎么可能……”

豆大的汗珠从钱艾额头淌下来，证明他这一防并不轻松，但队长说过，务必让对手把知识点吃透，所以他再累，也要执起教鞭：“‹防›防火防盗防偷袭，虽然只能防三次，但时效性很长，幸好幸好。”

迷彩队自由人：“……”

迷彩队长：“……你身上到底套了多少文具啊！！！”

激战正酣的迷彩队队员被队长咆哮吓一跳，攻击中断。

公式圈里的徐队长赶忙趁机召回队友：“老钱，撤！”

钱同学还有点儿恋恋不舍，爬起来眼巴巴望着迷彩队四人：“要不，你们再打我几下？”“火烈鸟”被防掉，就不能用“你打我呀”反弹回去了，有点儿可惜。

迷彩队 1、2 号不知这边内情，被钱艾这么一挑衅，怒从心中起。

“他有反伤！”迷彩队长一声吼，如迷雾中的明灯。

两伙伴一怔，瞬间明白这是个圈套。

迷彩队长看向钱艾，从牙缝里蹦出几个字：“卸他们文具。”

不是他，是他们。

闻言，自由人抬起胳膊，但看着那个珍贵文具，依然有点儿舍不得，又问一遍：“队长？”这可是他们准备留到遭遇最强敌时再用的，确定要用在这一关，确定要用在这几个货身上？

迷彩队长知道队友含糊什么，但他不能含糊，这一队是新人，却全是歪招：“卸！”

“上！”那边徐队长可能是迟迟唤不回队友，竟一声令下，带着全队冲过来了。

钱艾见队友过来了，忽然也不留恋了，猛地撞开迷彩队 1、2 号，奔向队友怀抱。

许仙和白娘子在断桥上怎么跑向对方，钱艾和徐队长三人就怎么跑，那画面美得让人心醉。

迷彩小分队的底线已被挑战到了极点，自由人承载着全队的仇恨值，重重点掉那珍藏的幻具。

一朵蘑菇云在空地上炸开，浓浓尘雾席卷了整条迷宫路。

“防火防盗防偷袭”“铜墙铁壁”“麒麟臂”“快乐冲冲冲”“你打我呀”“走近科学”，六个使用中的文具一刹那全部被强制解除！徐望他们只觉得身体一轻，就像全副武装的盔甲被人扒了个干净。

蘑菇云散去，四伙伴清楚听见了始作俑者的名字——

鸮："有人对你使用了 < 幻 > 世界清静了哟。"

世界的确清静了，连迷宫路里都静谧下来，仿佛先前的酣战都是幻影。

"游戏到此结束。"迷彩队长抬起胳膊，"上路吧……"

"啊啊啊啊——"已经归队的钱艾忽然捂住眼睛，痛苦惨叫。

迷彩队长头回见到这种神级碰瓷："我还没攻击呢！！！"

徐望举起一小瓶喷雾，朝几米外的对手歉意一笑："不好意思，我下的手。"

迷彩队四人咽了下口水。他们不知道那是什么喷雾，但从钱艾的痛苦程度来看……这队的管理风格会不会有点儿严厉啊，那人一个打他们四个已经表现得不错了啊。

鸮："有人对你使用了 < 武 > 泪如雨下哟。"

鸮："有人对你使用了 < 防 > 我们都是木头人哟。"

耳内突然响起的提示让迷彩队四人浑身一震，又大意了！这么一支新队，怎么文具跟用不完似的？难道鸮的规矩改了，现在进来的都有"新手文具大礼包"？！迷彩队四人一边腹诽，一边想点文具迎战，却发现身体动弹不得。

我们都是木头人。

木头人！

"只有嘴巴和眼睛能动，"文具的使用者况金鑫同学站得笔直，耐心讲解，"所以你们点不了文具了。"

"世界清静了"是无差别攻击，现在，迷彩队四人和徐望他们都是"裸战"。

不能点文具，就意味着只剩挨打，但……迷彩壮汉眼里浮起疑惑："你们四个怎么也不动？"自己队站得像四个木头桩子，对面队也站得像一列白桦树。

况金鑫理所当然道："我们也中了呀，和你们刚才的幻具一样，我的'木头人'也是一视同仁的！"

迷彩壮汉："……"

迷彩队1、2："……"

迷彩队3："这有什么可高兴的！"

"为什么不高兴？"钱艾同学眨巴着通红双眼，"你们不能用文具了，我可是刚刚点掉一个武具。"

迷彩壮汉闭目凝神，几秒后，又很快睁眼："没有用，你们这个防具把精神力和行动力一起迟钝化了，即便你能操纵武具，也不可能再有送我们回家的攻击力。"

“我不需要操纵，也不需要消耗精神力攻击，”钱艾眼里泛起水光，“喜极而泣就行。”两行热泪从钱同学眼中流下，如黄河奔腾，一发而不可收。

小雨，滴答。

“疼！这不是雨，这是腐蚀液——”

中雨，滴答答。

“哎哎哎，烧破了？我新买的衣服啊——”

大雨，淅沥沥淅沥沥。

“有种你们报上名来！”

暴雨，哗啦。

“至少说一下你之前到底冲他喷了什么啊！！！”

回程专列发车前的最后一刻，四人终于收到徐队长的答案：“‹武›洋葱花漾香氛哟。”

鸮：“宝贝儿，提前放假，送你回家。”

C计划，钱艾佯装攻击，打散对手阵型，试探对手文具，确认战术环境合适后归队，共同执行组合技。

C款核心组合技——葱花木头泪如雨！

第四章 W计划

W JI HUA

三花汪汪立大功，新锐队伍一战红。

1

目送迷彩队四人渐渐消失，况金鑫解除了“‹防›我们都是木头人”，这个一次性文具已经完成了它的使命。

雨还在下，那是钱同学涌泉不止的泪。

“别哭了，”况金鑫走过来，伸手给队友擦眼泪，“想点儿开心的事情。”

钱艾猛地握住队友的手，急切道：“给我个祝福，行吗？”

况金鑫吓一跳，但看着钱艾兔子似的眼又特心疼，用力点头：“当然可以。”

三秒后。

况同学庄重严肃，认真重复听来的话：“我，况金鑫，祝福钱艾，以后文具盒里再也不会出现我用过的文具！”

铿锵有力的祝福里，钱艾听见了“你打我呀”“泪如雨下”以及一切可能坑死他的文具扑啦啦飞走的美妙声音。

“好兄弟！”这一刻，钱艾眼中的况金鑫闪着圣光。

滂沱暴雨渐渐式微，然而朦胧水汽里，那扇堵着后路的铜质大门仍屹立不倒。

“‘世界清静了’都没把它破掉……”徐望原本想以大雨为掩护带队溜走，这下没指望了。

“如果进入 NPC 势力范围就必须对战是这一关的铁律，”吴笙分析道，“那这扇门就不是文具，而是规则的实体化。”

“可是我们之前明明打穿了木门……”徐望说到一半，想到什么似的，恍然看向吴笙，“她故意的……”

吴笙点头，显然早已想到这一点。

徐望眼中掠过不可思议。黑萝莉拦住他们之后才发现了门后的迷彩队，于是借他们的手毁了木门，再设铜门把迷彩队截住，之后用“条条大路通罗马”把弯路变直。这样一来，毁门的是他们，“条条大路通罗马”也是用在他们八个身上，黑萝莉没违反任何规则，但……

徐望：“一个 NPC，有意识地钻规则空子……这可能吗？”

“如果鸮能向你求助，”吴笙转过身来，抬头望向不远处，“那就没什么不可能。”

不远处的雨幕里，黑萝莉正朝着他们慢慢走来。带着腐蚀性的雨滴一到她身边就改了方向，偏到别处落下，仿佛她斗篷外还有一层看不见的雨衣。

“不是吧……”钱艾看着那没有一点儿水渍的黑斗篷，觉得刚缓和点儿的眼睛又刺痛了。

能把迷彩队送走的“泪如雨下”根本近不了她的身，这是什么段位？王者 NPC 吗？！

黑萝莉来到他们面前三米处，站定。微微凉的风吹动了她的斗篷边，也拂过了四人的面。

“是风，”这个距离，吴笙就看得清楚，判断得准确了，“和岳帅说的一样，她能操控风。”所以雨滴一接近她的身体就被她周身带着的细风轻轻吹开，偏个几厘米再落下。

黑萝莉无视他们的窃窃私语，站定后简单明了地道：“你们是获胜的队伍，现在可以挑战我了。”声音冷清，淡淡的没一丝起伏。

“等一下！”徐望忽然打断对峙的紧张气氛，声音和缓，“老钱，把雨停了，我想和小黑说说话。”

钱艾抹把脸：“队长，老钱心有余而泪太足……”

徐望：“……”

鸮：“有人对你使用了 < 幻 > 痛痛飞走了哟。”

一阵温暖之后，钱艾的眼睛终于清凉舒适，从头到脚的其他疼痛，像麒麟臂捶出去的酸胀、过肩摔留下的钝痛、打小黄时为了反伤硬吃下的撞击……不，他不想清点了，反正统统飞走，消失在茫茫夜空。

钱艾：“谢队长。”

徐望：“应该的，你辛苦了。”

钱艾：“打完小黄的时候为什么不给我用这个？”

徐望：“伤病攒多点儿一起用，性价比高。”

钱艾：“……”

雨，慢慢停了。双目重新清明的钱同学把眼泪默默藏进心里。

黑萝莉静静看着徐望，哪怕他和钱艾唠叨的时候，她也目不转睛，因为是他让她等的。

不只她在等，不明所以的吴笙、况金鑫，包括钱艾，都在等。

徐望看向黑萝莉，深吸口气，又轻轻呼出，温柔道："你很可爱。"

"我讨厌虚伪的人。"黑萝莉连一秒思考的停顿都没有。

徐望："……我是真心的。"

黑萝莉："我讨厌撒谎的人。"

徐望："我们不能换个挑战方式吗？比如一起玩游戏？"

黑萝莉："我讨厌作弊的人。"

徐望："你这样会没朋友的……"

黑萝莉："我讨厌说实话的人。"

吴笙、况金鑫："……"

钱艾："队长，你就别尬撩了，你和小况中间差了一百个情圣……"

徐望现在都不指望"走捷径"了，就想知道一件事："这世界上有你喜欢的人吗？"

鸮："有人对你使用了 <武> 一朝被蛇咬哟。"

黑萝莉只觉得手背猛然刺痛，下一刻她御风而起，瞬间腾至高空。紧紧咬着她手背的毒蛇仍未松口，随着她的飞起，长长的身体在半空中晃。

"姑娘你都偷袭，"徐望叹息地摇摇头，"老钱啊，你这辈子想娶媳妇儿，难了……"

"啪嗒"，毒蛇忽然落到地上，抽搐两下，死透了。再看黑萝莉，没半点儿中毒迹象，连手背上的两个"血点"也在慢慢变淡。

"这个世界上有我喜欢的人吗？"黑萝莉忽然轻声重复一遍徐望的问题，微微垂下眼帘看钱艾，目光和她的声音一样淡淡的、凉凉的，"我喜欢直接动手的人。"

钱艾："……"这辈子第一次被女孩儿告白，但是真的让人高兴不起来啊！

狂风骤起，呼号咆哮，转瞬，狭窄的迷宫路里就旋起一道龙卷风。

徐望："小况——"

况金鑫："收到！"

岳帅他们唯一和黑萝莉动起手那次就是被这风卷回家的。对于黑萝莉，他们只掌握了这一个技能信息，当然有提前准备。

鸮："有人对你使用了 <防> 风平浪静哟。"

龙卷风在防具起效的一刻弱了大半，仅剩的风尾不甘心地挣扎数秒，散了个干净。黑萝莉仍在高空，距离和斗篷共同将她的脸遮进月色的阴影里。

还没来得及反击的四伙伴前后忽然又出现两道石壁，且以极快的速度往中间挤。岳帅可没说过，这姑娘还会做夹心饼干！

钱艾张开双臂，用力往两边顶，可血肉之躯哪儿能真正挡住石壁的移动："队长——"他已满头大汗，感觉胳膊要断了。

况金鑫也帮他撑着，但杯水车薪。

应对当下局面，无非就是跳出石壁、摧毁石壁两种方法，但石壁五六米高，极厚，徐望翻遍"文具盒"，也没找到像"走近科学"应对"魂归故里"那样一看就能准确克制的。

石壁已经缩到只有一人半宽，最魁梧的钱艾同学肩膀已经感觉到了压力。就在这一瞬，石壁忽然震动起来。初始半秒微震，而后剧烈震动，巨石表面出现裂缝，内部则发出类似结构崩裂的"咔咔"声。不到三秒，巨石轰然坍塌。

仨伙伴心有灵犀，一齐看自家军师。

吴军师云淡风轻地拍拍身上的尘土，很快发现湿透的衣服上，土都沾成了泥。轻咳一声，吴军师淡然耸肩："‹武›超级共振，"他轻叹口气，失望似的，"也没有很超级。"

徐望刚想吐槽他两句，脖颈忽然感到一丝微痛。他抬手摸了一下，指尖隐约的红。徐望疑惑，还想再摸，手腕忽然被吴笙用力抓住。

"别碰，"他声音沉得厉害，"风里有刀。"话音未落，吴笙的袖子也被"唰"地割开一道口子，就像有利刃从他手臂旁擦过。

钱艾和况金鑫暂时无恙，但也感觉到了从头顶吹来的风。

"跑！"吴笙厉喝。

四伙伴立刻冲出去，虽然被困在这段迷宫路里，但至少可以跑出风口。不料他们这一跑，带着杀机的那阵风也紧追不舍。

一支稳健的队伍，逃命也不能耽误交流战况，寻找生机——

钱艾："她的攻击为什么没提示音啊？"

况金鑫："刚才的石壁也没提示……"

吴笙："不要陷入思维惯性，文具只是 NPC 的战斗方式之一。"

钱艾："你的意思是……风和石是她本身的战斗力？！"

徐望："我就想知道，既然用了风之刃，为什么不直接给我们致命一击？"

钱艾："这种时候就别特意给敌人的招式起名字了好吗！"

"因为她也需要瞄准。"吴笙给了徐望想要的回答。

鸮："有人对你使用了 <防> 乱花眼迷离哟。"

黑萝莉眼前飞起无数凌乱花瓣的时候，一直被动挨打的徐望小分队终于开始反击。

"F 计划！"徐队长的一声吼，就像胜利的福音。

2

黑萝莉以疾风吹开眼前花瓣，再往下看时，四人已经消失了。但一定不是真的消失，否则刚刚被石壁对夹时，他们就可以这样溜了。

隐身文具。

黑萝莉微微歪头，心里有了数。

闭上眼，封闭的这段迷宫路呈现在她的脑海里，连同灌满整段路的风。风都往一个方向吹，偏偏在某处遇了阻，就像之前的雨绕开她的身体一样，脑海中的迷宫路里，某处的风也绕开了一些看不见的物体，吹成了奇怪的形状。

就是那里!

黑萝莉睁开眼，低头，定定地看着那个改变了风向的地方。风刃，极速而下!

鸦："有人对你使用了 < 防 > 百发不中哟。"

黑萝莉不易察觉地蹙了下眉，原本锁定了致命点的风刃直接偏出，划在了迷宫墙壁上。

"百发不中？"黑萝莉自言自语，"那就一百零一发好了。"

无数风刃接二连三袭过去，又接二连三偏出，短短十几秒，已数十发。

黑萝莉在心里数着，五十、六十、七十、八十……

风刃尚未过百，迷宫路里的四人却忽然解除"‹防›隐身斗篷"，明晃晃现身。

黑萝莉眼中闪过一丝疑惑，可下面四个人站在那里，一动不动地看着她，并没有要攻击的意思。她微微一怔，忽然觉得耳后有风，本能回头，一柄巨剑已到眼前，剑尖闪着凛凛寒光。

鸦："有人对你使用了 < 武 > 十年磨一剑哟。"

十年，磨一剑。

难怪他们隐身，因为他们需要时间酝酿，又怕被她提前发现。

难怪他们又现身，因为需要吸引她的注意力。

可惜。

黑萝莉以难以想象的极快速度一个后仰，巨剑自她鼻尖之前险险擦过。

钱艾和况金鑫脸上难掩惋惜。吴笙面上微动，心里也有些遗憾。徐望更不用说了，剑就是他的，只差一点点，就算不能致命，哪怕伤到对方一点儿呢，也算一个小胜利。

黑萝莉让脚下的风减弱，微微下降些高度，拉近一点儿彼此距离，平静地看着他们："我本来以为，能这么快抵达我这里的队伍至少有些本事，看来是我高估你们了……"

"F 计划，"她微微摇头，遗憾似的，"名字比内容有气势。"

"我们的计划排到Z了，"徐望仰头，看向她，"不会次次都欺负斗篷的。"

黑萝莉愣了下，后知后觉地发现头篷帽的边沿被割开一道口子，布料微微耷拉下来一角。她眼里有了第一丝波澜，却更冷了。

四伙伴脚下的地面忽然震了一下，很细微，但似曾相识。

钱艾："队长，我有一种不好的预感……"

仨伙伴："……"他们相信他，毕竟对于不幸，钱同学最有发言权。

徐望："散开——"

话音未落，小伙伴们已拔腿朝两边散开。但藤蔓植物破土而出的速度更快，顷刻已数米长，碗口粗，仿佛一个绿色的八爪树妖，一爪缠一个，四伙伴一个没落，都被紧紧卷到半空。

"她连小白的技能都会？！"况金鑫惊诧得都顾不上担心自己被困了。

钱艾绝望了："没准她还染着小黄的黄毛……"这哪儿是NPC，这是N合一！

徐望没参与伙伴讨论，也没有挣扎，而是静静屏息，把所有专注力都放在一处。攻击完黑萝莉便不知去向的巨剑忽然凌空飞回，一下割断了困着徐望的藤蔓。徐望"咣"摔到地上。顾不得疼，他操纵巨剑，又飞向其他藤蔓。

"当啷——"天降大石块，和巨剑结结实实撞到一起，双双弹飞。

徐望还想将巨剑召回，可黑萝莉比他更快，竟用一阵疾风将巨剑卷起，重重插入迷宫墙壁，剑身几乎全部没入。霎时，入剑处长出无数藤蔓茎叶，将仅剩的剑身缠得再看不见一点儿寒光。

徐望仰头，目光中却无一丝气馁，眼微微眯起，甚是犀利。

"你们的实力不行，"黑萝莉忽然开口，难得带上了一丁点儿肯定，"但斗志还可以。"

徐望："有人告诉我们，看见你什么都不要想，赶紧逃。"

黑萝莉："你们该听他的。"

徐望擦一下脖子上渗出的血，微笑："幸好没听。"

黑萝莉正莫名，背后忽然一痛，整个人被一股巨大的推力生生顶向迷宫路的地面。速度太快，力道太大，她的风根本来不及聚起，更别提带她脱身。

与此同时，迷宫里忽然涌进水来，一瞬漫过地面，浸没藤蔓植物的根部。

马上就要摔到水面的时候，黑萝莉召来的巨石终于重重砸向顶着她后背的"攻击者"。

一声不知什么兽类的叫划破夜空。

黑萝莉落到地面，借着最后关头起的风卸掉冲击力，只轻轻落在水里。她站起，斗篷湿了大半，水不深，只没脚踝。抬起头，她终于看见了那可恶的袭击者——一条小龙，刚上龙族幼儿园苗苗班的那种。刚刚顶着她后背的，就是小龙角。

鸮："有人对你使用了 <武> 龙游浅水遭虾戏哟。"

提示音总算响起，那空中的龙也像从巨石撞击的疼痛里缓过了神，朝黑萝莉俯冲而来。黑萝莉御起风刃，不攻击，而是环绕自己，只要它敢过来，那便是有去无回。

不料小龙在冲进迷宫路的一刹那，忽然转向藤蔓植物。黑萝莉猝不及防，只能眼睁睁看着它张嘴咬住藤蔓的主茎，奋力将之连根拔起。

失去根系的藤蔓顷刻枯萎，缠着钱艾、况金鑫和吴笙的三个"绿爪"随即松开。但龙这一拔，带着向上的惯性呢，三人飞起几米才又重重落下。钱艾和况金鑫一点儿没克制，疼得叫出声，一边"哎呦"一边迅速爬起。

吴笙没吭声，也没爬起，重重撞在铜质大门上的他滑落下来，瘫靠在大门和墙壁形成的夹角里一动不动，似失去了意识。浅水浸湿他的裤子、衣摆，却唤不醒他。

钱艾和况金鑫变了脸色。

"吴笙！"

"笙哥——"

他俩本能地想往吴笙那边跑，却忽然被另一边的徐望喝住："专注战斗！"

钱艾、况金鑫脚下一顿，看看晕了的吴笙，再看看刚把黑萝莉拉下来、正对峙着的自家队长，一时左右为难："可是……"

"没有可是！"徐望打断他们，直接说重点，"换 W 计划！"

钱艾和况金鑫怔住，刚对视一眼，水中忽然重新生出藤蔓植物，简直场景重现般分毫不差地把他俩再次卷起，还是从头缠到脚，缠得胳膊一动不能动，更别说点文具。

满意的黑萝莉收回眺望藤蔓植物的目光，重新看向面前的徐望："你们的文具多得像蚂蚁，很烦。"

徐望："只是文具？"

黑萝莉："还有计划，也多得让人心烦。"

"我就说嘛。"徐队长脸上出现一丝自豪，随后忽然问，"你知道刚才那个文具为什么叫'龙游浅水遭虾戏'吗？"

黑萝莉愣了下，眉宇间尽是茫然。

脚踝咻地一下刺痛，黑萝莉条件反射地踢了一脚，抖落了夹在她脚踝上的东西——一只小龙虾。小龙虾在空中划出一道美丽弧线，又落进水里，仍在若隐若现的水面下咔嚓咔嚓挥舞着小钳子。

黑萝莉："……"

一只小龙虾伤不到她，但成功地让她第一次、真的、想揍人。

御风。黑萝莉不喜欢地面，但凡战斗，总要先回到空中。

风起了，她却没起。

寒意自脚下滋生，蔓延到四肢百骸。黑萝莉低头，没过脚踝的水不知何时已结冰。

鸮："有人对你使用了＜防＞冰冻三尺哟。"

"对不住了，我喜欢地面战。"几米外的徐望收敛笑意，郑重点下第二个武具。

鸮："有人对你使用了＜武＞枪林弹雨哟。"

黑萝莉试了几次，也没办法让双脚破冰，只能被生生困在原地。

枪林弹雨，倾泻而下。

徐望屏住呼吸，全神贯注。最快的一颗子弹已经到了黑萝莉头顶，却忽然凭空消失，就像被异次元吞没。接着后面如暴雨般的子弹全部这样，只要冲向黑萝莉，就消失得无影无踪。

同一时间，冰面开始融化。

徐望错愕，立刻抬胳膊要再点，一簇绿植忽然缠上他的手腕，等他意识到不对时，已和钱艾、况金鑫一样身体腾空，胳膊被禁锢得死死的。

黑萝莉轻轻舒口气，显然这一仗也并非真的不费吹灰之力："我不喜欢用文具，"她抬头看徐望，"所以还剩下很多，防弹的、融冰的都有。"

她的黑斗篷因为战斗有些脏了，更衬得她一张脸雪白："我收回前言，"她说，"你们的确有资格这么快到这里。"

徐望摇头："不是到这里，是突破你。"

重新消融的浅水里忽然出现一道极强电流，瞬间让整个水面成为一张电网。踩在水中的黑萝莉只觉得浑身一震，又麻又疼，竟不受控制地跌坐进水中。当她想起身，那电流再次袭来，比前次更强。黑萝莉浑身僵硬，动弹不得，想集中精神，却根本办不到。

一道黑影游过她脚边，耳内的提示音姗姗来迟——

鸮："有人对你使用了＜武＞致命电鳗哟。"

黑萝莉如湖面平静的眼底终于被打破。她不可置信地看向徐望，不是不能接受自己输了的结局，只是不懂："你被藤蔓捆得死死的，不可能再用文具……"

徐望被捆成粽子，就脑袋还能朝黑萝莉歪一歪，眉眼还能冲对方笑一笑："我不能用，还有队友呀。"

"不可能，"黑萝莉回头去望，"他们和你一样，都被捆……"

被捆是被捆，但只是两人。还有一位，正倚着铜门朝她优雅挥手。

黑萝莉："你什么时候恢复的意识……"

吴笙无辜地眨下眼睛："我什么时候晕过？"

W 计划，随心攻击，尽情防御，剩下交给军师 Wu。

W 款核心组合技——吴式智取。

意识到自己上当受骗的黑萝莉沉默下来。她冷淡的脸上一如既往看不出喜怒，但她的周身却开始隐隐散发黑雾……

况金鑫和钱艾齐齐看向另一边的自家队长，由于彼此都被藤蔓卷在半空，恰好高度一致，方便对视。

"你俩好像惹毛她了……"——来自况金鑫、钱艾的不安眼神。

"我就是个帮厨，掌勺的主要是咱们军师，嗯，军师。"——来自徐队长的无辜眼神。

挂在藤蔓上的伙伴们低调下来，乖巧得就像三个花骨朵。连带着，浅浅的水也不荡漾了，小龙虾也不嬉戏了，苗苗班的幼龙不知跑到了哪里，神出鬼没的电鳗也蛰伏在水底。场面一度很安静。

这种时候，就显出不会察言观色、看气氛的好处了。

"你应该用藤蔓把我也卷起来，无论我是否昏迷、丧失战斗力，但是你没有。"吴军师毫无压力，还不忘给对手剖析解题思路，"像你我这样的高手对决，差一招，就是输全盘。"

仨伙伴："……"

自家军师已彻底沉浸在"诡计多端的坏蛋"这一人设里，但"谜一样的自信"是所有人设神圣而不可分割的一部分。

"请履行承诺，给我们指路。"吴笙收敛笑意，正色起来。

黑萝莉死死盯着吴笙，眼若寒霜——如果目光能冻死人，吴军师现在已经进入冰河时代了。但电鳗就在她脚踝边游来游去，像甩不掉的恶灵，她知道，只要自己动一下，无论是用文具还是御风起石，再来的电流绝对是毁灭性的。

静默对峙半晌，黑萝莉再不甘心也还是松了口："右……"

四伙伴竖起耳朵，生怕漏掉一个字。

"右-左-右……"

"扑通。"

正用心速记的四伙伴蓦地一怔，"扑通"是个什么路？

正指路的黑萝莉也茫然，她离那声响最近，也听得最清，立刻低头。

下一秒，她腿边的水里忽然冒出一个湿漉漉的小脑袋，黑橘白三色刘海湿透成一绺一绺，蓝绿双眸里全是慌张，小爪奋力在水里挣扎，叫得哭天抢地："吱吱吱吱——"

那只没到脚踝的浅水，对于灵魂画手同学来说，简直是无间地狱。

3

吴笙完全没料到，隶属于 K 计划的汪汪会在这一刻登场。他立刻解除文具效果，没半点儿犹豫。

浅水瞬间消失，汪汪如获大赦，猛地一蹿而起，"啪"地扒到迷宫墙壁上，成大字形，四个小爪死死抠着藤蔓植物蔓延到墙壁上的茎叶，一动不动，蜘蛛喵似的。

吴笙一看这娴熟度，就知道落水之前，小家伙肯定已经保持这个姿势很久了，后面估计是体力不支才"啪叽"掉落。

这边吴军师脑袋已经转了八百个来回，那边钱艾和况金鑫还在最初的茫然里，疑惑目光直飘向队长。

"刚才打得太激烈，点其他文具的时候手滑了，手滑了。"徐队长连声致歉，一个给队友，一个给汪汪。

队友："……"

汪汪："吱！"

气急败坏的叫声，怎么听怎么带着挠千爪也不解恨的杀气。

徐望缩缩脖子，躲避喵主子的蓝绿寒光，赶忙冥神，准备解除文具，隔空带汪汪回家。

不料他这边心念刚动，那边黑萝莉忽然转身，来到小三花背后，好奇似的伸出一根指头，轻轻碰了下小三花的耳朵尖。小三花似不高兴被摸，耳朵咻地折下来。黑萝莉吓一跳，也触电似的缩回手指。可没两秒，她又按捺不住，这回是轻轻去挠小三花的头顶。

小三花似恼了，忽然一个转身飞扑！黑萝莉本能后退半步，小三花只扑到了她的斗篷。一击不中，汪汪同学立刻就跑，堪称完美继承了自家队伍的"心机流"。不曾想小爪太锋利，还勾着斗篷呢，这一跳一跑竟直接将黑萝莉的斗篷扯开来——银色长发倾泻而出，美如月光，黑色公主裙比小白的少了一分俏皮，却多了一分精致，衬得她更像一个月光精灵，清冷、静美、神秘。

藤蔓植物消失，仨伙伴落地。

黑萝莉却看也不看他们，只弯腰小心翼翼地把汪汪抱起来——感觉自己好像犯了错的小怂猫踩着斗篷，原地没敢动。

一阵温柔的暖风将汪汪包围，吹得它一绺一绺的小毛暖融融的。汪汪感觉到了舒服，非常没立场地眯起眼睛，安稳趴在了黑萝莉怀里。两三分钟后，落汤喵重新威风凛凛、毛顺皮亮，还发出舒服的呼噜声。

黑萝莉这才恋恋不舍地抬眼看向徐望。

徐队长心领神会，连忙召唤自家灵魂画手。汪汪自黑萝莉怀中缓缓消失，小猫爪的图标重新出现在徐望的“文具盒”里。

此时，四伙伴已重新聚到一起。

黑萝莉瞥了他们一眼，转身在迷宫墙壁上以指为笔画了一扇门。指尖离开，门即成真，样子和先前他们差点儿错过的那二十扇门如出一辙。

四伙伴：“……”这也是个灵魂画手啊。

“先前的指路不算了，”黑萝莉回过身，皎月般的长发在夜风里轻轻飞扬，“这扇门送你们。”

徐望问：“门后是什么？”

黑萝莉：“出去就知道了。”

徐望很难不警惕：“不会是陷阱吧……”

“你也可以继续走我刚刚指的路。”黑萝莉的声音仍是淡淡的疏离，仿佛她只提供选项，怎么选，随意。

徐望下意识看仨伙伴。

吴笙：“防人之心不可无。”

钱艾：“还是走稳妥路线吧。”

况金鑫：“我觉得她没恶意……”

“小黑，”徐队长有了定论，“我们选门！”

吴笙、钱艾：“……”这是什么投票标准！！！

黑萝莉点点头，后退两步让开来，“你们自己开”的意思再明显不过。

四伙伴来到门前，徐望深吸口气，握住门把手，忽然又来一只手覆盖在他手的上面。

是吴笙。

“等我一下。”他说。

徐望、钱艾、况金鑫：“……”

对，他们忘了，自家军师还有一个固定环节。

让伙伴们暂缓开门的吴笙重新看向黑萝莉，但出乎所有小伙伴们预料，他没再发小卡片，而是直接开口：“小黑……”

“闭嘴。”黑萝莉一贯冷淡的语调里，终于有了一丝忍无可忍，“黑茉茉。”

吴笙一怔：“你的名字？”

黑萝莉不语，默认。

吴笙点点头：“好的，茉茉。”

黑茉茉：“……”

仨伙伴默默扭头，该套近乎的时候拿战术骗人，不该套近乎的时候瞎省略姓氏，如果有一天自家军师挨打，绝对是自己作的！

“你家在哪里？”幸好吴军师的问题来得也快，成功转移黑茉茉的注意力，救他一命。

“月光迷宫就是我的家。”黑茉茉答得毫不迟疑。

吴笙又问：“小白有卧室，你有吗？”

黑茉茉微微蹙眉：“小白是谁？”

吴笙：“和你一样，住在这个迷宫里的人。”

黑茉茉：“……哦。”

“你不好奇吗？”吴笙意外于她的淡漠，“除了小白，还有小黄，可能还有小红、小绿、小蓝，和你一样生活在月光迷宫里。”

“那又怎样？”黑茉茉眼中没有一丝波澜，她没有反驳，也没有抗拒，是真的不在意。

“你不想去迷宫外面看看吗？”吴笙不愿放弃，定定地看她，“迷宫外面，有森林。”

黑茉茉抬头看夜空：“我有月光就够了。”

夜色静谧。虫鸣。

“再过一分钟，我就要重新开启战斗了，”黑茉茉问最后一遍，“你们确定不走？”

钱艾：“再见！”

况金鑫：“晚安！”

徐望：“遇见你很高兴，保重！”

吴笙：“后会有期。”

仨伙伴：“……不用许这种愿！！！”

仓促告别后，徐队长果断开门，带队而出。

“咔哒”，门扇应声而合。

门内，黑茉茉重新抬头，看月亮。

门外，以为会进入新的迷宫路的四伙伴对着满目枝繁叶茂的大树，愣在当场。

月光森林。

他们……出了迷宫？

"丁零零——"

鸮："恭喜过关，4/23 顺利交卷！"

徐望："……"

吴笙："……"

况金鑫："……"

钱艾："……这、这么爽吗？"

怎么有一种作弊的羞耻感啊！

徐望："哎？是不是少了半句？"

吴笙："亲，明天见，哟？"

况金鑫："……"

钱艾："你这个断句确定是汉语？"

"叮——"

后半句没补，奖励倒提前发了。往常都是交卷就直接弹回现实，第二天再进入鸮，才发奖励和坐标。

钱艾看着自己的"文具盒"，越看越不对，终于发现问题出在哪儿了："好像多给了我一个幻具！"前三关交卷时，奖励一律是"防具 + 武具"，但这一次却是"防具 + 武具 + 幻具"。

小伙伴们把胳膊凑到一起，发现每个人都一样，这回的奖励都是三个。以为自己中奖的钱同学瞬间梦碎。

"随着关卡深入，文具的需求量递增，奖励也相应增加一点儿，符合逻辑。"

吴笙刚分析完，所有小伙伴又听见了新的提示音，而且是从来没有听过的超长节拍："丁零零丁零零……"

鸮："恭喜打破 4/23 交卷速度记录！"

交卷……速度？四伙伴面面相觑，一时毫无准备，手臂上再度"叮"声一片，生怕他们还不够蒙似的。

"叮——"

成绩单："4/23 交卷速度记录更新（01：37：25），况金鑫、钱艾、吴笙、徐望获得额外奖励！"

"叮——"

成绩单："交卷速度榜已开启，请尽快查看。"

"咚——咚——咚——咚——"

四个宝箱分别落到四伙伴面前松软的土地上，发出厚实的声响。

笙、望、金、钱："……"

又要看"交卷速度榜"，又要开宝箱，而且很可能像之前的"总成绩榜"一样只有两分钟，时间一到，榜单关闭，他们被强制弹回现实……四伙伴对看一眼，还等什么，赶紧动手吧！

"咔咔咔咔——"也顾不上什么温柔对待、优雅开箱了，四人打劫似的抠开宝箱。

"叮"声此起彼伏，四人"文具盒"里又各增加三个文具，依然是"防具+武具+幻具"的组合。

破纪录的奖励，只有一套组合文具吗？

当然不。

和无尽海的宝箱一样，里面还有真金白银。

徐望的宝箱里是一沓，目测一万。

吴笙的宝箱里是一沓，目测一万。

钱艾的宝箱里是一……小沓，目测一千。

不，一千钱艾都忍了，好歹是个整数，但瞬间数完后："只有八百啊！！！丧尽天良啊！！！"

况金鑫轻轻拉拉伙伴的袖子，低调告知："我一分都没有。"

钱艾怔住："怎么可能？"况金鑫要说得了八万，他都不能这么震惊，但低头看，对方的宝箱里的确空空如也。

再疑惑也得忍着，小伙伴们迅速点开"交卷速度榜"，尽可能把信息看全。

不怪他们重视。进鸮一个多月了，"交卷速度榜"这才是第一次开启！

【交卷速度榜】

12/23：杜寅、樊夜白、李殿、穆亦轩、彭野（05：46：58）

11/23：……

……

7/23：范佩阳、滕子晏、万锋芒、张潜、郑落竹（02：19：02）

6/23：……

……

4/23：况金鑫、钱艾、吴笙、徐望（01：37：25）

四伙伴一路往下看，直到7/23才看到熟悉的名字。

"范佩阳这个队才占了一个记录？"连况金鑫都觉得哪里不对。

这一队是总成绩榜上的常客，每周开榜单都能看见他们，虽然不相识，但名字已经眼熟到不能再熟了。当然，总成绩好不一定代表速度快，但按常理想，越往后的关卡，能到达的队伍越少，能交卷者更少，期期都在总成绩榜单前五，甚至有一半时间都是登顶的队伍，不应该连一个第七关之后的记录都没拿下吧？而且……

“7/23 以后的关卡记录都是陌生队伍，”吴笙扫上一遍就可以确定，“没有任何一个名字上过总成绩榜。”

“那有没有可能，是以前上过，”况金鑫试着解释，“只是我们进入鸮这一个多月，他们成绩不好，退下来了，我们才一直没在榜单上见过他们？”

这倒也说得通……

“算了，”吴笙摇头，“信息太少，凭空想不出准确结论的，来日方长，总能找到答案。”

吴军师都拍了板，徐望立刻一甩头，抛掉烦忧，喜上眉梢：“破了单关记录啊，有文具拿还有钱收，不找地方庆祝一下？”

况金鑫：“当、然、要！”

钱艾：“嗯。”只拿八百块的人，自觉低调。

喜悦的气氛刚抬头，“交卷速度榜”关闭。

果然，两分钟。

4

四伙伴眼前一黑，再亮起时，已是夜市大排档。

凌晨一点四十，部分档口已经收摊，但大排档的热闹气氛仍在，煎炒烹炸的香气融合成最美夜景，让人舍不得离开。

“要不先在这儿来一摊？”钱艾提议，“应情应景，多带感！”

徐队长思索片刻，坐标点上破纪录，坐标点上喜庆祝，佳话啊。嗯，可以搞。

深深吸口气，他决定用鼻子来选庆祝点，看哪家香气最勾魂，结果档口没选出来，先把自己闻饿了。

正准备征求队友意见，就见钱艾、况金鑫也一副“哪家都好想吃一口”的没出息样子，无奈，只能寄希望于自家军师还有点儿理智。转头一看，吴笙那是相当有理智，人家一眼没瞟档口，就低头看着地面，不知道思考什么高深问题呢。

徐望无语，拿胳膊肘碰他一下：“想什么呢？”

吴笙看他，又对着他的脸琢磨两秒，终于开口：“不是手滑吧……”

徐望眨巴两下眼睛，消化了军师的意思，欣慰地拍拍他肩膀：“还是你懂我。”

吴笙满头黑线：“下次再有临时计划，能不能给个眼神，我也好规避风险……”

徐望一说这个就来气："我哪儿知道你那么多文具，非用'龙游浅水'啊！"

钱艾："呃，你俩说啥呢……"

"不是手滑……"况金鑫仔细联系上下文，恍然，"队长，你是故意放出汪汪的？！"

徐望坦然点头："我本来想让它躲在阴暗角落，配合 W 计划，谁知道你笙哥用水，它就怂了。"

钱艾："那就实话实说呗，编个手滑干吗？"

徐望："黑茉茉在啊，我总不能说放汪汪出来是为了冷不丁从背后给你一爪吧。她那么喜欢汪汪，会伤心的。"

钱艾："……"

一个严密计划铺天盖地，一个见缝补刀神乎其技，总结，领导班子都是魔鬼。

"又见面了。"热情的招呼从身旁传来。

四伙伴闻声去看，就见四张熟面孔，正是迷宫入口等待时寒暄过几句的威猛汉、丹凤眼、纸片人和黑眼圈。不过相比入迷宫时的神采奕奕，现在的四人多少有些疲惫，衣服上也看得出打斗的狼藉。

"你们也被弹出来了吧？"黑眼圈一脸不甘，"一个半小时到出口绝对有问题，别让我逮着那几个家伙！"

四伙伴："……"

"那个，咳，"徐望清了清嗓子，努力让眼神充满真诚，"在门口的时候，你们不是说大部分队伍都是熟面孔吗，谁破的记录，不知道？"

黑眼圈："人是都熟，名字又不知道，里面结仇结怨的，万一露了真名，回现实里被寻仇怎么办？"

威猛汉一边点头，一边补充："现实和鸮并不是完全割裂的，疲惫和伤痛会延续到现实，人与人的关系也会。"

丹凤眼无语："魏老师……"

"OK，OK，"威猛汉举手示意，"下课。"

一直安静着的纸片人像是接收到了某种第六感，忽然抬眼，若有所思地看向四人："交卷的队伍，你们认识吗？"

钱艾："完全不认识！"

况金鑫："我们是第一次来这关。"

吴笙："从来没想过能有队伍这么快交卷。"

徐望："是啊，虽然不甘心，但还是要说，真是一支优秀的队伍啊……"

明明只是擦肩而过的寒暄，怎么就发展成了一张桌子吃夜宵？哦不，还是两张小方桌拼一起，排除万难也要吃得亲如一家。

孤零零一队吃夜宵不香——这是威猛汉队长的理由。等徐望他们反应过来，各色夜宵已经铺满一半桌面，剩下一半，等着去其他档口搜罗的黑眼圈归来补满。

“我们从街头“鉴定”到街尾，保证现在摆在桌面上的这些都是精华。”——这是黑眼圈归来后，丹凤眼给自家“采购品质”盖的戳、定的论，说这话时，他的强调和姿态仿佛身处的不是大排档，而是米其林餐厅。

淮南牛肉汤、香煎毛豆腐、蟹壳黄烧饼等等代表安徽出征，组成八人夜宵的半壁江山；麻辣小龙虾、烧烤肉串、炸鸡排、麻辣烫等全国性种子选手，补完另外一半夜宵餐桌。

“戏精”徐队长一开始不太想吃这顿饭，主要是心虚，怕万一吃嗨了说多了，露出马脚，后来小龙虾一上，香辣味一飘，就爱谁谁了。

哪儿知道刚啃了没几只，再去抓时，手就被自家军师打掉了。

徐望莫名其妙，怒视吴笙——一切打断美妙吃货时刻的行为，都必须零容忍！

吴笙不为所动：“过过瘾就行了。”

顺着他的目光，徐望终于意识到自己脖子上还带着伤呢。不过那被黑茉茉的风刃划出的伤口浅得就是一道血痕，渗了一点儿血珠，连创可贴都没用上，这种要是也需要忌口，那他被黑熊抓的时候就该绝食了。

“有备无患，还是吃点儿清淡的好。”像是读懂了徐望眼神里的吐槽，吴笙又补一句。

徐望满头黑线：“你看这一桌子，有清淡的吗？”

吴笙扫一眼桌面，末了拿起桌角的塑封餐单，看了两秒，呼唤档口里正在掌勺的摊主：“老板，加一份凉拌秋葵。”

徐望：“……”有没有社会主义队友情啊！

“队长，别身在福中不知福，”旁边围观全程的钱艾放下小龙虾钳子，可怜巴巴地叹口气，“我想找个人关心我，给我点凉拌秋葵，都没有……”

徐望看着他面前堆成山的小龙虾壳，心情一言难尽：“你讲这种话完全没有说服力……”

钱艾委屈闭嘴。他其实对小龙虾谈不上酷爱，但谁让吴笙今天晚上用了个“龙游浅水遭虾戏”啊，水里那小龙虾欢快的，分明就是赤裸裸的勾引！

秋葵上桌。

一筷子一筷子凄凉凉地挑着秋葵，时不时放嘴里一个，让味蕾感受什么叫禁欲系、冷淡风，徐队长的吃货之夜，The End。

“你们真的是在闯关前从街头吃到街尾？”不能大快朵颐，徐望只好“聊天分心”。

威猛汉、丹凤眼、黑眼圈、纸片人一齐点头，四双眸子，一半懵懂，一半无辜。

“有什么问题吗？”威猛汉代表全队反问。

徐望：“……没，没问题。”如果不看这四位“风卷残云”的话，一点儿问题都没有。

徐望正对面的就是威猛汉，聊起天来也是和这位最方便，于是眼见他又要“埋头苦吃”，连忙叫住：“威猛汉……”话一出口，他就一愣，赶忙想改口。

结果威猛汉抬头，也很惊讶：“你知道我的名字？”

徐望：“……”外号也能对号入座？！

威猛汉一看他的表情，再一想，自己也没报过名字，顿时明白过来应该是听错了，立刻跳过这个容易掉坑的话题，转移方向：“你们刚才看到榜单了吗？”

徐望想聊的正好也是这个，立刻来了精神：“看见了，我以为单关速度记录也都是排行榜上那些常客呢，但是看来看去，好像就一个范佩阳队。”

威猛汉只是随便找了个话题，没想到对方还真感兴趣，也不藏着掖着，在不影响自己队伍的前提下给了些信息：“单关速度被刷新时，只有身处同一关卡的人‘交卷速度榜’开启，算上这次，我们也才遇过三次，前两次都是范佩阳队，一个 2/23，一个 4/23。”

徐望意外，他一直想当然地认为“交卷速度榜”是所有人都能看见的，如果像威猛汉说的，只在破纪录的关卡内开启，那即便其他关卡有人破了纪录，他们也没办法第一时间知道。像现在，4/23 的记录是他们，2/23 是另外一支队伍，都已经不再是范佩阳，但 2/23 的记录什么时候刷新的，范佩阳队又是哪天破的 7/23 记录，对于他们和威猛汉队来说都是一片空白。

“前七关的记录，只要肯拼，再加上点儿运气，每个队都是有机会的，变来变去很正常，”威猛汉又补充道，“但 7/23 之后的关卡记录，雷打不动。”

徐望一脸错愕：“你们遇见三次开榜，7/23 之后的记录一点儿没变过？”

“嗯，”威猛汉沉吟一下，还是透露了点儿小八卦，“听说上星期有队伍在 9/23 遇见过范佩阳队，当时他们就在刷 9/23 的记录，想冲 11/23，但没成。”言下之意，你就知道后面的关卡有多难了。

“7/23 以后的纪录保持队，有你们认识的吗？”吴笙加入话题。

威猛汉摇头，唏嘘一叹：“可能早都放弃了吧。”

吴笙总觉得解释不通：“能刷出那么快记录的队伍，会这么容易放弃？”

“到现在为止，都还没有 13/23 的记录出现。”威猛汉看他，“你知道这代表什么吗？”

吴笙当然清楚：“表示即便是那些破纪录的队伍，也要在 1 到 13 关之间反复来回。”

威猛汉点头：“这就像是学习成绩，努力了是会有提高，但如果题目难度超出一定范围，怎么努力都不能及格，久而久之，即便是次次都考59分的也会灰心放弃。”

很少有人用“学习成绩”举例，吴笙忽然想起来，丹凤眼曾叫过他“魏老师”。

“如果那个次次考59分的是你们队，”吴笙问，“你们会放弃吗？”

威猛汉很认真地想了想：“说不好……”无数次看见希望，又无数次破灭，比永远没见过希望还要摧残人的意志。

“我们不会。”一直安静听着的徐望忽然开口。

威猛汉愣了下。

“呃，应该说，他不会。”徐望一指吴笙，“我们这位队友最喜欢挑战不可能，如果真的像你说的无数次59分，他能兴奋死，恨不得一天拉上我们刷八遍关卡。”

“不至于……”吴军师谦虚着，然而微扬的嘴角出卖了他那颗学无止境的心。

威猛汉纵横讲台近十年，一眼就看穿了吴笙充满求知欲的灵魂。这就是他最喜欢的那种学生啊！

徐望：“……”自家军师好像被人惦记上了，怎么办？他要不要掀桌？

小伙伴们没注意到这边的“暗流涌动”，因为他们各自找到了“知己”——

黑眼圈：“对，××银行，他们家的理财产品类型丰富、设计合理，而且有银行做依托，长期理财最放心。你如果想保本理财，大额存单也是一个不错选择……”

钱艾：“手机银行就能买？”

黑眼圈：“大部分都可以，但也有需要去柜台办理的。”

钱艾：“你都不告诉我你的名字，他们怎么给你提成？”

黑眼圈：“有顾问号就行，你购买的时候填我的顾问号。”

钱艾：“哎，你这个工作也挺好啊……”

黑眼圈：“那是，我们队就我没辞职。”

钱艾：“算了，和你说实话吧，我也是边闯关边坚持开工。”

黑眼圈：“你也是理财顾问？！”

钱艾：“美食主播。”

黑眼圈：“你这个爽啊！”

钱艾：“也不容易。话说回来，你怎么维持工作和闯关二者平衡的？我现在只能见缝插针地播……”

黑眼圈：“这个你得有长期规划，我给你讲……”

纸片人托腮，看着聊得热火朝天的两位，淡淡笑着，要不看周围环境，还以为他坐咖啡厅里看街景呢。

一转头，就见桌对面的同学定定地看着自己，纸片人唇角一勾，温暖浅笑大放送。

况金鑫好奇半天了，见对方看过来，直截了当地问：“你是舞蹈家吗？”

纸片人莞尔：“差太远了，练过舞蹈而已。”

练过。

过去时。

要是徐望，铁定就听出话外之音了，但况金鑫没那么玲珑的心思，见对方给了肯定答案，立刻开心起来：“我就觉得像，练舞蹈的气质都好，你是我见过第二好看的人！”

纸片人从小到大听过许多赞美，真心的、假意的，但今天这个绝对是独一无二。第二好看，还能这么夸人？他没忍住，乐了，并且十分好奇：“第一好看的是谁？”

“池……”况金鑫差点儿脱口而出，随后立刻反应过来，敲一下自己的脑袋，“哦对，不能说名字，有危险。”一本正经的模样，就好像喊了个名字对方就会被诅咒一样。

纸片人的眉眼彻底弯下来，一晚上的疲惫都要被这位天然萌的同行驱散了。

“是我在 3/23 遇见的一个闯关者，”况金鑫严谨表达完，立刻松懈下来，叹口气，有点儿遗憾似的，“人是真的很好看，但是性格不好。”

“脾气差？性格恶劣？”纸片人好奇了。

“不是这么具体的不好，就是……奇怪吧。”况金鑫翻着记忆里有关池映雪的片段，最后停在他抱着自己掉下摩天轮的一刻，“就像他心里有个小黑屋，谁也不知道里面关着什么。”

纸片人若有所思，过了会儿，说：“人人心里都有小黑屋。”

况金鑫没半点儿犹豫，当即摇头，一指斜对面正和黑眼圈聊得入迷的钱艾：“他心里就是阳光房。”

被点到的钱同学毫无自觉，已从身体到灵魂沉迷在黑眼圈勾勒的“财源滚滚”里。

纸片人实在看不见阳光房，不过可以想象那个心灵空间：“一眼看透，还都是花花草草，挺好。”

况金鑫纠正对方的误解：“主要是八大菜系和人民币。”

纸片人刚喝口饮料，差点儿呛着，索性也不喝了，忍着笑，直接都问完：“其他队友呢？”

况金鑫：“军师是冥想自习室。”

纸片人：“……”这个属性，拆开来每个字都懂，组合起来为什么这么神秘……

“队长是游乐园！”况金鑫苦思冥想，找到了最合适自家领袖的答案。

纸片人看着况金鑫眼里的光芒，终于确定自己的第六感没错。一支能让队友露出这么自豪表情的队伍，不可能弱的。

“哼。”丹凤眼没人理，于是他也不理别人，继续把锡纸烤茄子吃出法式焗蜗牛的气质。

5

酒尽人散，夜市收摊。

萍水相逢的八个人攒下一顿饭的交情，再度各自上路。

下一关的坐标还没给，徐望他们就近找了间看起来还不错的酒店——一个月的无尽海之旅，除了文具，还收获了颇为丰厚的团队资金，四伙伴的住宿条件也稳步提升。两个标间仍是固定配置，条件提升，也不能奢靡浪费。

吴笙洗完澡从浴室出来，窗外的天已经蒙蒙亮了，先洗过澡的自家队长没睡，躺在床上举着钥匙扣看。

吴笙坐到自己床边，一边擦头发，一边等着自家队长主动搭话。

果然，徐望一个鲤鱼打挺坐起来，认真看他，满眼学术讨论的光："你是不是说过，鸮的运行逻辑很像程序？"

"对，"吴笙说，"不过这只是一个比喻。如果鸮真的是一个程序，其算法的复杂程度也不是人类智慧能达到的，更别说它还可以干扰到现实世界。"

徐望看着钥匙扣，重新陷入思索。第一次带着钥匙扣进入鸮时，要把钥匙扣摔到地上，才变成汪汪；可等到第二次再进去，钥匙扣就直接进入了"文具盒"，成为一枚图标；从此以后，"进去就自动消失成为图标 + 回到现实自动恢复成钥匙扣"的模式就固定了下来。

他一直以为这是汪汪自己寻找到的最合适的存在模式。但如果不是呢？如果是鸮根据汪汪进行的针对性调整呢？就像吴笙说的，当鸮吸收了外部信息，很可能会通过自身算法生出新的东西。如果真是这样，那"教 NPC 做人"就不是异想天开……

吴笙看着思考中的徐望，有一种自己这个军师即将失业的危机感。

"你的小卡片呢？"徐望忽然抬头，向自家军师伸手，"给我看看。"

吴笙很开心，终于有人对他的"教育事业"感兴趣了，连忙放下毛巾，翻出一沓小卡片，发名片似的郑重递过去一张。

徐望接过卡片，第一次见到吴军师"智慧结晶"："你为什么会在这里……在这里是你的工作还是你的使命……"

看完前两个，徐队长就绝望了。他抬起头，问吴笙："你为什么会在地球上？"

吴笙罕见地被问住了。

徐望叹口气，语重心长："问问题和聊天一样，你得挑大家感兴趣的话题聊，才能让人有亲切感，才能一步步启发探索。那种涉及宇宙、人生终极奥义的问题，你就是问我，我都不爱搭理你。"

一语惊醒吴军师。他猛地站起，穿着浴袍就奔到写字桌那儿，扯下一张酒店便条纸开始奋笔疾书，笔下文思泉涌，眼神烁烁放光。

徐望捡起被他扔在床上的毛巾，以免潮气沾了床单，恍惚间仿佛又回到了高中宿舍，被学霸支配的恐惧："你也不用这么刻苦……"

日出日落，再月升。

自从进了鸮，时间仿佛过得格外快。

午夜时分，四伙伴再度进入月光森林。这一次他们故意从酒店直接进去，离坐标点两三公里，所以迷宫也好，其他同行也好，都不见踪影，周围除了树，就是从枝叶缝隙透下来的月光。

"叮——"

新坐标果然如预期般出现在"小抄纸"里。

"河南……安阳？"吴笙认出了坐标点，却陷入了巨大疑惑。

仨伙伴在听见"河南"的时候还没什么反应，可再听见"安阳"，就都愣了。

钱艾："岳帅不是说5/23在河南襄城吗？"

况金鑫作证："河南安阳应该是6/23的坐标。"

岳帅说的时候，他们还在手机离线地图上找过两个地方的位置，虽然都是河南，但一个在河南中央，一个在河南北面，几乎挨着河北了，两个地方跨越了半个河南省，并不算太近。

"你们看一下成绩单。"徐望看着自己的手臂，有了新发现。

仨伙伴照做。

"成绩单"其实是一个不常被点开的版块，因为如果两个榜单不开启，这一版块里的内容就只有自己队伍的成绩，但过到哪一关了，大家心里都清楚，谁也不会特意进来看。哪怕是昨天，他们也只是全神贯注地看了两分钟"交卷速度榜"。

而现在，四个伙伴都看得清清楚楚了，他们当前的成绩是——5/23。

成绩，代表已经完成的关卡。

徐望："……"

吴笙："……"

钱艾："咱们该不会闯完5/23集体失忆了吧……"

况金鑫："有没有可能，是交卷速度破纪录的奖励？就直接跳过下一关，去到下下关？"

徐望："要是这么说……"

吴笙："逻辑完全没毛病。"

钱艾："你们能不能也参考一下我的猜想……"

徐望："自古欧非有别。"

钱艾："……"

"哎？"况·欧气小王子·金鑫退出"成绩单"之后，本来只是顺便看一眼"文具盒"，却有了新发现，"队长，我多出一个隐藏物品栏！"

三人立刻凑上去。果然，况金鑫的"文具盒"里，常规文具栏页往左边一滑，又多出一个隐藏页，里面一共十三个空白格，十二个都空着，唯独第四格里有一个问号。

仨伙伴连忙查看自己的胳膊，结果快把胳膊蹭破了也没滑出来隐藏页。

小伙伴们彼此看一眼，统一了意见——有问号，当然要点啊！

况同学指尖落下，问号消失，弹出提示——

文具盒："请选择一项交卷速度破纪录奖励。大额现金/迷宫徽章？"

徐望："交卷速度奖励？不是昨天就开完宝箱了吗？"

吴笙："但是小况没拿到钱。"

徐望："果然有问题。"

钱艾："我就想知道这个大额有多大……"

昨天留给他们的时间只有两分钟，又开箱又看榜单，很可能当时隐藏栏就已经出现了，只是提示音都混在一起，或者压根儿没有提示音，才一时没能发现。

"队长，"况金鑫很少对于选择纠结，主要是现在弄不懂选项，"这个徽章到底有什么用？"

"我也不知道，"徐望实话实说，"但根据'没有一样是白给的'定律，它一定有存在的价值……"

"奖励是你自己的，"徐队长一拍况同学的肩，"你就随心选吧。"

这厢况金鑫认真考虑，那厢吴笙终于能给自家队长提个意见："都自创定律了，你能不能给定律一点儿尊重，命名的时候走点儿心……"

徐望无语："你在意的细节还真是……"

吴笙："一白定律。"

徐望："听起来好帅！"

有时候，装相也是一种天赋。

两分钟后，况金鑫在爱钱同学捂胸口的心疼目光里，坚定选择了徽章。未知，永远最有吸引力。

鸮："恭喜寻获4/23迷宫徽章一枚！"

欢快的提示音响起，不是一道，是四道。小伙伴们错愕，不约而同看自己的手臂。

况金鑫不用说，隐藏物品栏的第四格，“迷宫徽章”正式入驻。可吴笙、徐望、钱艾的“文具盒”里也一模一样多出一页隐藏物品栏，多出一格“迷宫徽章”。

况金鑫简直开心得想转圈圈。迷宫是大家一起过的，徽章当然也要大家一起得！

仨伙伴当然也心飞扬，虽然还是不知道徽章能干什么，但况同学的作用他们已经深刻领会了——

“王者。”

“欧氪。”

“一带三啊……”

6

从淮南到安阳，小伙伴们悠悠闲闲走了四天。

路线是由许多段绿皮火车拼成的，这是他们第一次感受茅七平说的“惬意之旅”。白天火车上打盹，晚上无尽海里酣眠，偶尔两列火车间隔时间太长，他们就在火车站周边感受一下当地的菜系，与世无争，绝对佛系。

离开北京无尽海的时候，小伙伴们都是轻装上阵，再没大件行李，就随身一个小包装证件和必要物品，即便进入鸮，也是拎包即闯，随过随走。

为避免战斗磕碰，手机都有防水防震袋，但笔记本电脑就没太好的法子了，所以这回离开北京，吴笙压根儿就没带笔记本电脑。公司那边事务怎么解决的，小伙伴们不清楚，唯一可以确认的是，没了笔记本电脑，自家军师单用手机备忘录，照样能书写智慧之光。

刚上车没多久，钱艾还在研究列车员来回推的瓜子零食小餐车呢，吴军师已经在备忘录里打下了一整页的名单，亮给仨队友。

徐望看着那左一个“TOP1-5”又一个“TOP1-5”的，眼睛都花了：“这是什么？”

“从我们进入鸮到现在，总成绩榜一共开启过六次，”吴笙说，“全六次的名单都在这里了。”

徐望：“……”

况金鑫：“……”

刚买了一包牛肉干的钱艾：“你是在向我们秀记忆力吗……”

吴笙满眼“我的记忆力还用秀吗”的无辜，伸手点击屏幕，选中名单中的两处：“这个，应该就是威猛汉队。”

被选中的两处分别是——

第一次榜单：TOP 5 – 冯让、计云雷、魏孟寒、朱墨、邹珺（8/23）

第二次榜单：TOP 4 – 冯让、计云雷、魏孟寒、朱墨、邹珺（8/23）

两次的关卡成绩没变化，很可能这个队伍一周之内并没有贸然去闯 9/23，但因为前四名有队伍掉下去，他们第二次就顺位上升了，这也从侧面说明，一周之内并没有新锐队伍冲上来。

吴笙这一选中，小伙伴们基本就看明白了——

况金鑫："队友喊他魏老师……"

徐望："我说怎么我一叫威猛汉，他就知道我叫他……"

钱艾："队长，你起外号都能正中靶心，这是什么高科技……"

魏孟寒，魏老师，威猛汉。

"他们绝对不是只知道吃，"吴笙退出备忘录，"他们很强。"

徐望："谁也没说他们只知道吃吧……"这话要让魏孟寒他们听见了，估计能扔过来一盆小龙虾壳。

锁定魏孟寒队的身份只是第一步，接下来的几天，小伙伴们还在吴军师的带领下，研究了新文具的战术排布。4/23 用掉他们 26 个文具，原本还剩 23 个，但通关奖励加交卷破纪录奖励，每人又各增加两套"防具 + 武具 + 幻具"，补回 24 个，所以眼下可用文具总计 47 个。这就值得好好研究一番了。

战术的总策划自然还是徐队长和吴军师，一个有脑洞，一个有实践，一个随意放飞，一个科学严谨，简直相辅相成。钱艾和况金鑫单是听那些丧心病狂的战术，都不由得对未来的对手们生出一丝愧疚，但愧疚之后，还是拿出手机默默记录，并在课余时间背诵全文。

如此这般，最后一段火车到站时，大家不仅从 4/23 的疲惫中恢复，还彻底养足了精神。

抵达安阳这天是清晨，旭日和煦，晴空万里，小伙伴们先用胡辣汤和鸡蛋灌饼开启美好一天，然后才找宾馆办入住，洗去风尘仆仆，中午的时候，又把安阳三熏、道口烧鸡、煎皮渣统统尝了个遍，快乐得像个夕阳红旅游团。

随着夜幕降临，惬意才慢慢淡了，未知关卡带来的紧张逐渐弥漫心头。

坐标点的定位是一个十字路口。

午夜，四人来到距离路口两百米的暗处悄悄等待。远处的路口，一个人影都没有，但周围的无尽夜色里藏着多少同行，谁也不知道。

万物静默，连风都停了。

"咕咕——"

四人脚边的井盖逐渐变成一团紫色旋涡，小伙伴们没犹豫，径直跳入。

失重感消失，视野重新光明。

古堡宴会厅。

绘满壁画的穹顶、华丽的水晶灯、精美的浮雕，以及摆满美食的长桌。

大厅中央是三五成群谈笑风生的宾客，还有端着酒盘来回穿梭的服务生。古堡很有中世纪的味道，但宾客都着现代装，看起来像是某家公司租了这里办了一场年终酒会，欢声笑语，衣香鬓影。

徐望他们站在其中有些突兀，但还好，画风不符的不止他们一队。抬眼望去，随处可见同行，有和他们一样四人成队的，也有形单影只的，有的茫然，有的警惕，有的若有所思，还有的随遇而安，已经混到宾客里吃吃喝喝了。

北京时间 0：02。

两分钟的“入鹗时间”结束，通道关闭，宴会厅里响起“N 合一”的提示音。

“叮——”

觥筹交错的宾客们对于这极明显的怪异声响毫无所觉，尽职地履行 NPC 本分，碰杯的继续碰杯，谈笑的继续谈笑。

这时候就能看出谁是“闯关者”了——抬胳膊的，一个跑不了。

花名册：“队伍人数不足（4/5），是否增员？”

徐望他们早有准备——虽然岳队长两次闯关都没逃出“十分钟魔咒”，并且十分不想谈论这一关，但进来就要先增员这一点，还是勉强分享了的。

四伙伴整齐划一选择“是”，增员备选名单立刻出现——

6/23 陈旭（邀请）

6/23 池映雪（邀请）

6/23 邓鹤（邀请）

6/23 齐闪（邀请）

6/23 王楚铭（邀请）

和“成绩单”不同，“花名册”里名字前面显示的不是完成关卡，而是所在关卡。然而徐望没想到的是，满宴会厅看着闯关者不少，真正没组队的居然才五个人，这其中还有一个是他们想拉黑名单的……

钱艾不可思议地瞪大眼睛：“他那样的也能混到这关？”不是实力问题，是性格问题，钱艾怎么想都觉得，没有队伍能忍受那家伙超过两天。

“到是到了，这不又没队了嘛。”徐望心情有点儿复杂，虽然对这人敌意难消，但一个月前的3/23，如果他们没挑拨他和队友的关系，说不定破锅配破盖，也就凑合下来了。池映雪那样的人，想找一个他认可还不嫌弃他的队其实挺难。

况金鑫没想那么多，在看到池映雪名字的那一刻，他下意识环顾四周，末了，发现了斜对面倚靠在墙角的男人。

池映雪今天穿得很正常，深色外套、相近色系裤子，甚至有些低调。似乎感觉到了视线，他忽然抬头看过来。二人目光越过层层宾客身影，对个正着。

况金鑫愣住，一时不知道该给个什么反应。池映雪倒先微微颔首，算是隔空打了招呼。他的眼里没有任何“故人重逢”的波动，不管是敌意、杀机，还是惊讶、意外，他看过来的眼神，包括他微微的点头，就像对着一个陌生人。

况金鑫彻底蒙了，别说他俩还交过手，就算自己真是一个陌生人，这么客气礼貌是池映雪的风格？

另外三个伙伴没发现这边的“眼神交汇”，注意力仍然放在增员名单上。只有五个可增员对象，说明大部分困在此处的闯关者都和他们一样，有队但人数不足，无法真正进入关卡。

“僧多粥少啊……”钱艾感慨完，不忘提醒自家队长，“快选吧，不然真的就只能敲空碗了。”他话音刚落，增员备选名单里一下子少掉两个人，一个王楚铭，一个陈旭。

徐望、吴笙：“……”

钱艾：“懂，我闭嘴。”

这厢钱艾乖巧静音，那厢徐望也没什么可犹豫的了，他本来还想找到这几个人交流一下，再择优增员，现在看来只能撞运气了。

“小……”徐望想让况金鑫给个意见，但那个“况”字还没出口，提示音倒先响了。

四伙伴收到相同信息——

花名册：“齐闪请求加入队伍，是否同意？”

敢情是双向选择，除了队伍主动增员，落单者也可以申请入队？四伙伴面面相觑，想结婚天上就掉媳妇儿，这还等什么，娶啊！

“叮——”

花名册：“齐闪加入队伍。”

7

鸮：“欢迎来到古堡酒店哟。”

世界一霎漆黑，再亮起，宴会厅和众宾客、同行早已消失，阵容完整的五人队置身于古堡酒店的一间客房，床和寝具都是复古款，但深棕色桌案上放置的电话、客房便条纸等透露了它的“现代”身份。

一同和四伙伴出现在这里的，当然就是第五名队员，齐闪。

看名字，徐望还以为这是个忽闪着大眼睛的正太，结果一见真人，二十出头，比吴笙稍微矮两厘米，大约一米八五，宽肩，窄腰，大长腿，五官单看不出挑，但拼在一起极舒服，既帅气又有亲和力，妥妥小鲜肉。

“谢谢你们让我加入。”齐闪灿烂一笑，立刻由盐变甜。

徐望发自肺腑地和新伙伴联络感情：“我们主要按颜值选。”

“咳，”吴笙清了清嗓子，“时间有限，我们可以在闯关中磨合友谊。”“友谊”两个字，被吴军师稍稍加重。

沉浸在收获新队友的喜悦里的徐队长完全没听见，继续问齐闪：“你怎么就选了我们队呢？”

吴笙：“……”

钱艾上前一步，轻轻拍吴笙肩膀，安慰：“自古新人换旧人。”

吴笙不说话，并朝他飞了一记眼刀。

“可选队伍里，我第一眼就看见了你们几个的名字，”齐闪说，“直觉告诉我，就是你们了。”

这个答案让徐望有点儿意外：“我们名字很普通吧……”

“这个说不清的，就是个眼缘。”齐闪一一看过四伙伴，语气里带上点儿自豪，“但是现在见到你们本人，我就知道我选对了，你们不用说，我都能把名字和你们对上。”

徐望眼里闪出惊讶：“真的？”

况金鑫和钱艾也没想到。吴笙则是挑眉，而后眉间微微蹙起，总觉得看见了一个用小魔术讨人欢心的情场浪子。

齐闪先看徐望：“你是吴笙。”

再看吴笙：“你是况金鑫。”

再看况金鑫：“你是钱艾。”

再看钱艾：“你是徐望。”

语毕，齐同学一副“我就说我们有缘吧”的温暖微笑。

四伙伴：“……”

被新伙伴这么一搅和，他们对自己的身份都产生了怀疑……

“徐望。”

“吴笙。”

“况金鑫。”

“钱艾！”

他们还是自报家门吧。

齐闪错愕：“我一个都没认对？”

吴笙神清气爽地点头：“别怀疑，你完美避开了所有正确答案。”

就在这种尴尬而不失温馨的氛围里，纳新仪式圆满落幕。

齐闪和他们一样，都没来过第六关，但人家5/23可没跳，所以当徐望真诚告知自己队伍刷新了单关记录，然后莫名其妙就越级来到这里之后，齐闪也以诚相待，把知道的信息共享了。

第一，打破交卷速度记录的确是会有“多前进一关”的奖励；第二，第五关的内容是“鬼宅无间道”，即以鬼的身份进入一幢迷宫般的老宅，在不被各种妖怪、凶鬼、恶灵识破人类身份的前提下，完成任务。

其实徐望他们已经从岳帅那里获得了第五关的信息，但新队友并不知情，所以当对方的分享和岳帅的说法能够完全对得上时，徐望还是松了口气的。客观讲，接纳新成员是个挺不确定的事儿，增员对了，皆大欢喜；增员错了，家宅不宁。作为队长，徐望不敢掉以轻心。

简短交换完信息，五个伙伴悄悄打开房门。外面是逼仄狭长的走廊，铺着暗花纹地毯，一眼看不到尽头，两侧墙壁上都是烛台，火光映照着一扇又一扇只有门牌号不同的房门。

“防御吗？”吴笙小声问。

岳帅嘴上说不想谈这关，实际上还是告诉他们了，虽然两次都没熬过十分钟，到最后也不知道任务是啥，但第一次撞见过一条密道，第二次则一下子找到了存档点。有存档点的，意味着遇见的队伍很可能是前一日已经奋战过的老队伍。他们这种连任务是什么都不知道的新人，如果不提高十二万分警惕，很可能怎么死的都不知道。

思及此，徐望果断点头：“初级防御。”

吴笙立刻点“文具盒”。

鸮：“有人对你使用了 < 防 > 透明梦之队哟。”

耳内响起提示音的同时，小伙伴们随之隐身，包括齐闪在内。

先套一个防具这种操作齐闪不意外，但“初级防御”是什么神仙暗号？这么交流也太拉风了吧！防具隐藏起了五伙伴的形容，也隐藏起了齐闪的心潮澎湃。

来到走廊，伙伴们才看清，他们刚刚所在的房间是1301。

走廊很静，毛毯吸收了五个人的脚步声，耳边只剩下火烛燃烧的细微声响。前方隐约有人影，可还没等看清，那人影一闪就没了。

五伙伴来到人影消失的地方——1310房。房门半开着，里面毫无声响，无论是从半开的门往里看，还是侧耳听，都不像有闯关者的样子。

五伙伴虽然隐身，但看得见彼此，这会儿交换个眼神，确定，进。

顺着宽敞门缝，四伙伴闪身而入，和他们刚刚所在的房间基本差不多的室内装潢和寝具摆设，唯一不同的是墙壁颜色。这个房间的墙壁是不均匀的炭黑色，就像被火烧过一样，斑驳狼藉。可陈设都是崭新的，连墙壁上的油画都色泽鲜艳，仿佛刚刚绘完。

只是画的内容有些残忍。

那是一幅中世纪的"巫女处刑图"，年轻姑娘被绑在十字刑架上，脚下火堆熊熊燃烧，周围观刑者群情激奋，恨不能冲上去把火再扇得旺一些。姑娘神情痛苦，目光中却无软弱，她定定地看着围观者身后躲在不远处树后面的两个人。那是一对年轻男女，正在树后亲吻，处刑巫女的火光似乎成了他们约会的篝火。

突然，画中的巫女缓缓向小伙伴们这边转头。

一声没敢出的五伙伴就这样看着巫女从侧脸变半侧脸，再变正脸，最后彼此视线相对，巫女扯出一个诡异的笑。

头皮发麻间，屋内墙壁忽然燃烧起来。

热浪灼人。

"撤！"徐望再顾不得暴露危险，果断带队冲出1310房。

幸好，并没有发生房门被瞬间关闭这种丧心病狂的桥段。重回走廊的五人脑门都是冷汗，也说不清是火海逃生吓的，还是巫女微笑吓的。现在他们知道了，进入1310房的不是人影，是鬼影好吗！

"咔嗒——"

"咔嗒——"

"咔嗒——"

1312、1313、1314的房门一齐打开，一个长发温柔的姑娘、一个西装革履的绅士、一个鹤发童颜的老者探头出来，可遍寻走廊，没发现隐身中的五人，于是彼此看看，互相问："发生什么事了吗？"

问完，三脸茫然，末了又都把门关上。

鉴于这几位怎么看都不太像攻击型NPC，在统一意见后，吴笙解除隐身，五人逐一敲门，友好交流。

过程很顺利，没一会儿就基本聊出了三人背景。

1312 房的长发姑娘是来这里度假的，但不知道为什么忘了自己家在哪里，也不记得自己在这里住多久了。1313 房的绅士是来这里参加商务酒会的，目前没遇到任何问题。1314 房的老者是一位笔耕不辍的作家，正在这里构思新的小说。

聊是聊出来了，可这一关到底要做什么，还是没头绪。

北京时间 00：15：00。

没头没脑转了十五分钟的徐望小分队终于等来了那该死的声音——

鸮：“希望你们已经找到了自己的方向哟。”

随之而来的就是“小抄纸”的更新——

小抄纸：“请选择 6/23 的任务线，一旦选定，不可反悔。爱情线 / 事业线 / 解谜线 / 逃生线 / 快乐线 / 惊魂线？”

五人面面相觑。

齐闪的惊讶很单纯，就是没想到还能选择任务线。另外四个伙伴在同样的惊讶的基础上，多增加一层——这不就轻而易举度过十五分钟，得到任务提示了吗？岳帅他们在两次的“十分钟魔咒”里，到底经历了什么……

第五章 默契

M O Q I

一路解谜一路走，不是冤家不聚头。

1

带着弹出的任务线选项，小伙伴们躲回最初离开的空房间1301。

房门关严，气氛安静下来，最初的一分钟里，小伙伴们或盯着胳膊沉思，或望着天花板冥想，没人说话。六选一不难，但如果这六条路里，有快乐似神仙，有悲摧似梦魇，那选择就必须慎重了。

“事业线看着最稳妥吧。”钱艾下决定最快，主要是他不靠逻辑分析，全凭野性本能，“谁会选惊魂线啊，快乐线……确定是我们快乐，不是NPC快乐？”

“啊，”况金鑫有点儿小失落，“我还挺想选快乐线的……”

齐闪也有点儿被打击：“惊魂线应该挺过瘾吧……”

钱艾没想到自己一句话扫了两个伙伴的兴，连忙找补：“应该是我想多了，快乐线肯定就是单纯的快乐！”

齐闪：“？”

钱艾：“？”

齐闪：“……”他的惊魂线就不用找补安慰了吗？！

三个人三个方向，况金鑫果断问领导：“队长，笙哥，你俩想选什么？”

徐望都不用过脑子，直接就能帮自家军师回答：“你笙哥肯定选解……”

“爱情线。”吴笙说，“我选爱情线。”

徐望怀疑自己听错了，转头一看，吴笙一脸认真。

"你不是吧……"徐望真不是打击吴笙，但就这位队友的情商，抱一下都能被闹着玩搪塞过去，走爱情线？

"感受一下。"吴笙说。

徐望无语，干脆也给出自己的态度："我选解谜线。"

况金鑫愣愣地确认一遍："队长选解谜？笙哥选爱情？"

钱艾满头黑线："你俩是不是拿错了剧本……"

不管怎么说，大家都有了选择，然而毫不统一。

齐闪问："怎么办？抓阄？"

"那个，我改了……"况金鑫犹豫着举手，"我也选爱情线。"

徐望："……"

钱艾："你一个小破孩儿爱什么情！"

况金鑫："反正我就改啦。"

两票，爱情线胜出。

过程扑朔迷离，但结果要尊重，何况时间也耽误不起，没辙，徐队长带头选择了"爱情线"。

随着最后一人选择完毕，一团火焰忽然出现在房间中央的半空，明亮火光里似有什么东西。火焰越来越弱，内里物件也越来越清晰，最后一丝火苗湮灭，一个信封落到地毯上。

伙伴们赶紧凑上前去。这种拼速度的时刻，况金鑫向来抢不上，不过这回吴笙也跟着他落最后了，趁徐望他们捡信封的当口，好奇地问："为什么改主意？"

"因为你看起来特别想选爱情。"况金鑫的理由出乎意料的简单。

吴笙："……"队友坦荡的眼神像红外线扫描仪，简直让人无所遁形。

"笙哥，你没谈过恋爱吗？"况金鑫忽然极小声、极快速地问。

那边，徐望已经开始拆信封了。

吴笙毫无准备，完全不知道怎么答。

况金鑫叹口气，似已看透事情的真相："笙哥，这里的爱情线再逼真也是假的，你不能靠闯关过瘾……"

吴笙愣住，总觉得哪里不对："我不是……"

况金鑫眼里全是真情实感的担忧："而且很多 NPC 都有自己的归属，你万一找上有 CP（Coupling，表示人物配对的关系）的，你就算小三……"

吴笙："……"他不是来爱情线里一夜情的！

“你俩聊什么呢？”徐队长举着信封里拆出的信纸，转头呼唤，“赶紧过来。”

吴笙和况金鑫快几步归队。

徐望很自然地把信纸递给自家军师。吴笙默契接手，借着灯光，看清了上面行云流水的字——

我曾经爱过你，

爱情，也许

在我的心灵里还没有完全消亡，

但愿它不会再打扰你，

我也不想再使你难过悲伤。

我曾经默默无语、毫无指望地爱过你，

我既忍受着羞怯，又忍受着嫉妒的折磨，

我曾经那样真诚、那样温柔地爱过你，

但愿上帝保佑你，

另一个人也会像我一样地爱你。

目测吴笙已经浏览完毕，徐望贡献自己的知识库：“普希金的情诗，第一句就是诗的名字，我曾经……”他蓦地顿住，忽然说不出口了。这什么破名，跟表白似的！

“我曾经爱过你？”钱艾没等来完整版，直愣愣地问。

“……嗯。”徐望点头。

钱艾特佩服他看一眼就能检索出来，顺藤摸瓜地猜：“这诗咱们当年语文课上学过？”

徐望服了：“谁家高中语文课教你情诗！”想了想，他又严谨补一句，“悼念亡妻的文言文不算。”

“……”顺藤摸错瓜的钱艾懂了，这是人家文学青年的课外储备。

齐闪听到这里，终于听出点儿门道了：“你们俩是高中同学？”

钱艾指指自己和徐望，又指一下还在看信的吴笙，说：“我们仨。”

齐闪一脸不可思议。

钱艾懂他的心情：“我们也没想到，鸮这玩意儿非可着一个班祸害。”

“有点儿悲伤呢。”况金鑫还专注在情诗上，“笙哥，你看出了什么吗？”

他这一问，勾回了另外三个伙伴的注意力。

“我不能确定，”吴笙把信收回信封，“但可以过去看看。”

“有线索了？”徐望没料到他这么快，“去哪里？”

吴笙：“1829房。”

徐望："理由？"

吴笙："这首诗是1829年作的。"

徐望："……"

吴笙："我记错了？"

徐望："应该没……吧。"谁会记得这种年代啊？他连鸦片战争的年代还总背串呢……不对，一个数理化学霸为什么会对情诗有研究啊！

2

开启"透明梦之队"，一行人离开1301房，悄悄奔赴1829房。

长途奔袭啊！

小伙伴们一路走下来，终于确定这条走廊不是"仿佛"没有尽头，是"根本"就没有。

路过1700房的时候，房门忽然被"砰"地撞开。五人立刻贴到墙角屏息站定，以防暴露。

屋内是两队，一路打到走廊，混战里还乱入一个披头散发的白衣女人，细看，女人没有脸。最后，一队被无脸女送回家，一队侥幸逃脱，消失在走廊深处。隐身中的五伙伴目送白衣女人回房，头发丝儿都冒着凉气。

走廊重归静谧。

齐闪弱弱忏悔："我为我幼稚的惊魂线提议感到羞愧……"

徐望乐了，刚想说没事儿，又听见齐闪懊恼道："可惜。"

徐望没懂："嗯？"

"刚才我们应该助那个女鬼一臂之力的，"齐闪说，"这样那一队也逃不掉。"

钱艾走在前面，闻言回过头来，不解地问："和我们又没关系，为什么要出手？"

齐闪摇头，理智分析道："任务线是没关系，但只有一支队伍能交卷，迟早还是要打的。"

钱艾眉头打结，想了半天，觉得这话没错，但又觉得哪里不对。

"我们都是等真正需要对决竞争的时候才动手，"况金鑫说，"没准那时候他们已经被其他队伍送回家了。"

"道理是没错啦，"齐闪明白他的意思，"但主动权还是掌握在自己手里的好。"

况金鑫很认真地思考这个逻辑，由于太认真，半天没结果，话题也就这么结束了。

快到1829房门前的时候，队形不知怎么走的，吴笙、钱艾到了最前面，况金鑫在中间，齐闪和徐望殿后。

"初级防御就是隐身，"徐望忽然开口，像是认定齐闪能理解似的，"中级防御是物理性防具，剩下的都算高级防御。”

齐闪听得认真，末了点头：“帅。”

徐望看他：“还有其他想问的吗？”

齐闪愣一下，乐了：“那么明显吗？”

何止明显，在徐望看来，齐闪的好奇都快写脸上了，结果等半天人家也没问。

“之后再进行任何战术，我们都会说明白的。”徐望收敛玩笑，认真道，“相应的，如果你有任何战术想法，也一定要告诉我们，大家一起配合，才能越来越默契。”

齐闪垂下眼睛，过了几秒，笑了：“懂了。”

徐望不再多言。

齐闪和老钱、况金鑫不一样，那俩是真 · 傻白甜，对与不对、赞成与不赞成都给你最直接的反应，和他们相处不用考虑方式方法，有话直说就行。但齐闪不一样，徐望只能点到为止。

如果齐闪真的出手把刚刚那支逃掉的队伍解决了，有没有错？

没错。

但这不是他们队伍的风格。

风格是个很玄妙的东西，主要以性格为导向，徐望没办法明确列出一二三。团队就是这样，彼此间有不合适的地方，碰着了就得点破，才好继续磨合。他希望齐闪能成为真正的伙伴。

吴笙站在 1829 房门前好几秒了，一回头，徐望还和新队友窃窃私语呢。吴军师等，一言不发地耐、心、等。

徐望终于感觉到，好像有一道目光在瞪他？

“咔哒”，1829 房的门自己开了，门内是一个扎麻花辫的年轻姑娘，穿一身碎花裙，脸上有淡淡雀斑，清纯可爱。她站在门内，弯下腰，要掀走廊地毯。

已站在门口的吴笙、钱艾、况金鑫赶忙后退两步。

麻花辫姑娘顺利掀开地毯边沿，拿出藏在下面的一封信，起身进屋，刚要关门，吴笙解除隐身，伸手推住门。麻花辫姑娘奇怪回头，看见门口忽然多出五个男人，吓了一跳，颤巍巍地问：“你、你们是谁？”

吴笙正犹豫是报自己名字还是报任务线，徐望已经把先前那个信封举到姑娘面前。麻花辫姑娘愣住，看看徐望手里的信封，再看看自己手里的信封，终于发现重点——信封上的火漆图案完全相同。

“你们就是和我通信的人？”麻花辫姑娘眼神里尽是错愕和不可置信，实在找不出一点点喜悦。

五伙伴在感情上受到了伤害，好在任务线上，他们赌对了。

“我们不是，”徐望说，“但我们可以帮你找。你能和我们具体讲讲这件事吗？”

徐望手里的信显然让他们获得了足够的信任，麻花辫姑娘立刻将他们请进去，将来龙去脉娓娓道来。

这段爱情线始于一封信。

情窦初开的姑娘某天忽然收到一封情书，字里行间流淌的爱意让她心动，但她还是按照信上的地址将信邮寄了回去，并附上一封自己的信，告诉对方信寄错了。可不久之后，她又收到第二封信，对方说没有寄错，信就是给她的，他爱她。姑娘一开始不信，可又舍不得中断通信，因为对方不只在信中诉说爱意，还会提及一些趣事，甚至知道姑娘的一些喜好，真的就像一个认识许久的老朋友。

慢慢地，姑娘也爱上了对方，她想要见他，他却迟迟不回应。姑娘索性按照寄信人的地址直接找上门。那地址就是这间古堡酒店。可酒店里那么多房间、那么多人，姑娘根本无从找起，只得暂时住下来。不料对方的信便寄到了她的房门前，每隔三天，门前地毯底下就会出现新的信。姑娘也一样将回信放到地毯下。

钱艾：“所以你千里迢迢来到这里，最后还是和对方继续写信谈恋爱？”

麻花辫姑娘点头。

钱艾听着都累：“我理解不了这种浪漫，有什么情啊什么爱啊，当面谈多好。”

“这叫朦胧美懂不懂？”徐望怀疑如果有一天钱艾谈恋爱了，对那人好的方式没准就是“你爱吃什么，哥都带你吃”。

吴笙对徐望的回答很意外。当年在信里，这位可是一直吐槽通信的方式太复古，字里行间没说过一句朦胧美。

“我来到这里十三天了，算上还没拆开的这封，一共收到他的四封信。”姑娘大方将信奉上，想要寻到人的热切盖过了袒露隐私的羞涩，“从前的信都放在家里了，现在只有这些，你们看看，信里能找到线索吗？”

吴笙接过信，在桌上一一展开，并排铺平。

伙伴们聚到桌边一起观察研究，信基本都是一个格式，开头一段情诗，后面讲一些趣事和对姑娘的思念。

况金鑫问：“还是要按照诗的年代找吗？”

钱艾看吴笙，询问：“这些诗是一个年代？”

吴笙摇头：“不是。”

钱艾又看徐望，发现自家队长眼里好像有不少东西，立刻问:“队长，你看出什么了？”

徐望说：“命好。”

钱艾：“啊？”

“我说这小伙儿命好，”徐望有点儿替姑娘不平，“每封信都说想，想你倒见啊！也就遇上个傻姑娘，还真找来了，换别人早分手了。”

“可能他也有苦衷。”吴笙突然替素未谋面的NPC分辩。

徐望好奇挑眉：“比如？”

吴笙转头看自家队长：“比如他已经死了，现在是幽灵在和姑娘通信。”

徐望：“……”这是“‹幻›单身狗的诅咒”吗？

齐闪举起一封信，对着灯光看。况金鑫以为他有发现，凑过来看。结果齐闪又失望地把信放回桌面：“并没有照灯显影的黑科技。”

吴笙一直歪头思索，待齐闪放回信，他又把信拿了起来，不过不是一封，而是四封，同样大小的信纸叠在一起，对着灯光。

徐望靠过去和他一起端详，终于看出眉目：“一……零……七……四？”

吴笙说：“嗯。”

另外三个伙伴立刻过来钻研，找自家队长说的那几个字，总算看明白，不管信的内容如何变，信里有多少不经意的数字，只有这四个永远出现在固定位置，于是信纸一叠，只有这四处的字完全重合。

齐闪真心服气：“厉害。”

况金鑫已经见怪不怪了，如果吴笙破译不出来，他才惊讶呢。钱艾则是有种微妙的违和感，这个爱情线一到自家军师手里，怎么感觉走的还是解谜风……

看着吴笙放下信纸，一派小菜一碟的云淡风轻，徐望心里“咯噔”一下。刚因为找出下个房间号而升起的开心，毫无预警变成了一种说不清道不明的忐忑。

叠信纸照灯光……吴笙是真的被齐闪启发了，还是他本来就对这招清楚？

通信这种蠢事，自己和吴笙之间可是实实在在有过几个来回的，还是吴笙起的头……该不会这家伙真在那几封信里藏了奇怪的暗号吧？！如果藏了，能是什么？忐忑变成了期待，期待里又生出火急火燎、没着没落的慌。

徐望疯狂地去回忆那五封信。他基本能背下来信的内容，但也只是基本，哪儿有几个变态能像吴笙那样拿脑袋当扫描仪用啊！而且就算背下来，也不可能在脑内模拟比对，这不只关系到文字，还关系到位置……啊，吴笙这个神经病！！！

吴笙正准备把信还给麻花辫姑娘，毫无缘由鼻子发痒。他忍住打喷嚏的冲动，目光准确找到了自家队长："你在心里骂我呢？"

徐望心里一惊，但脸上全是"况式无辜"："怎么可能。"

3

北京时间 01：05。

从 1301 房到 1829 房，再从 1829 房折回 1074 房，小伙伴们大部分时间都搭在走廊上了。

钱艾已经走到怀疑人生："解谜五分钟，走路一小时……"

连"‹防›透明梦之队"都坚持不住了，在五分钟前时效期满，单方面收工。

幸好，1074 房也到了。

这里面疲惫感最浅的当属徐队长，该同学全程沉浸在"书信回忆录"里，等缓过神，已经站在 1074 房门前了，实力诠释什么叫"眼睛一闭一睁，天亮了"。

队友都等着他发话呢，徐望赶紧切换回"闯关模式"，握住门把，轻轻一压。

门锁着。

左右看看，确定近距离范围内没见到同行，徐望轻轻敲了敲 1074 房的门。

敲门声落下，门锁"咔哒"，门自己开了。门内透出黯淡的、奇怪的微光。五伙伴小心翼翼进入房内，从始至终保持警惕的安静。

房内一片漆黑，什么寝具、摆设、窗户都看不到，就像进了一个幽暗山洞，只正中一团光亮。那是一个摆在桌上的水晶球，散发着冰冷的光，桌后是一个吉卜赛女郎，头纱蒙着脸，水晶球的冷光映出她蛇一样的眼睛，神秘，诡谲。

"哈喽……"徐望带队站在玄关，努力扯出善意微笑，朝对方挥手。

吉卜赛女郎抬眼，目光扫过五人，沉默着。

"是不是听不懂？"钱艾小声咕哝，末了稍稍提高音量，"Nice to meet you!"

徐望："……"

况金鑫："……"

齐闪："那个，队长说的好像也是英语……"

"1829 房的姑娘，您认识吗？"吴笙开门见山，"我们在帮她找通信的人。"

吉卜赛女人将双手放到水晶球上，过了几秒，水晶球里忽然出现一团黑气。

"恶灵。"女人抬起头，说了第一句话。她的声音低而沙哑，不像聊天，倒像在说某种神秘而又古老的咒语。

黑暗的气氛更压抑了。

“恶灵和通信者有关系吗？”徐望问重点。

吉卜赛女人却不接茬儿，看着水晶球，自顾自继续：“恶灵就在这座古堡里，日复一日燃烧着复仇的火焰，仇恨使它不死，嫉妒使它偏执，躲避恶灵的唯一方法——”

女人缓缓抬眼，重新看向他们：“欺骗。”

况金鑫：“欺骗恶灵？”

吉卜赛女人的目光移到他脸上，终于接话：“是的，用替身欺瞒恶灵，使地狱之火灼烧替身，便可安然躲过。”

况金鑫问：“那替身怎么办呢？”

吉卜赛女人说：“忍受痛苦。”

况金鑫蹙眉：“不公平啊……”

吉卜赛女人轻抚水晶球，球内黑气渐渐散去：“心甘情愿者才能成为替身，骗过恶灵。”

况金鑫没话了。心甘情愿，那就轮不到别人评论了。

“如果我们不想躲避呢？”吴笙忽然问。

吉卜赛女人怔了一下，眼中浮出一丝疑惑，显然这个提问不在她的“占卜范围”里。

徐望替自家军师把话说得更明白一点儿：“我们想消灭恶灵，该怎么做？”

“不是，”钱艾硬挤到二人中间，“你俩冷静一下，这个剧情怎么听都是360度无死角的惊魂线吧，我们不能抢别人任务……”

吴笙摇头：“你要透过现象看本质。”

徐望深深看他：“老钱，这是爱。”

钱艾：“……”满世界都是狗粮，为什么一定要在猛鬼屋里吃啊！

心塞地退出二人中间，钱艾准备去况同学那里寻求一下安慰，结果发现人家和齐同学聊得正热乎……五人一起走，瞬间看出单身狗。捂着碎成一片片的小心心，钱同学愣是凑过去一只耳朵强势旁听。

况金鑫：“这个爱情线不好。”

也不知道前面聊了什么，反正钱艾一听就是这么句话。

“游戏故事线都这样，”齐闪跟资深玩家似的，“非得虐一下，才显深情。”

“不是虐，”况金鑫说，“替身心甘情愿没问题，但真正躲过恶灵的人知道吗？”

齐闪跟不上这个思路：“重要吗？”

“嗯。”况金鑫非常认真地点头，“如果躲过恶灵的人也爱这个替身，就不会同意对方替自己受苦。”

齐闪：“可能根本不知情？”

况金鑫："那知道了该多伤心？"

齐闪："……这个爱情线果然不怎么样。"

钱艾围听了齐闪被洗脑的全过程，作为"过来人"，对这个结果毫不意外。别看自家队长能说会道，但论"传教"，必须况金鑫，简直是"随风潜入夜，润物细无声"。

那边，吴军师和徐队长快把吉卜赛女郎问哭了，得到的答案却还是她不知道恶灵在哪个房间，并且恶灵只能躲避，无法消灭。

"你就没什么书信要交给我们吗？"徐队长突发奇想。

吉卜赛女郎的神情怎么看都像要赶客了。

徐队长叹口气，和吴笙小声嘀咕："对小况像亲妈，对我们就是后娘……"

吴笙安慰自家队长："你不能和被神眷顾的青年比。"

徐队长不甘心啊："我差哪儿了？"

吴笙："你是真心问吗？"

徐望："……不用了，谢谢。"这位绝对有一肚子"忠言逆耳"的答案在等他！

吴笙乐了，也不知道高兴什么，反正自从爱情线开始心情就特别好，心情一好，思路就开阔了，他忽然往吉卜赛女郎身后走去，没两步，身影就被黑暗吞没。

徐望吓一跳，立刻也跟过去，没走两步，眼前忽然亮了。

吴笙打开了手机电筒。这下就看得比较清楚了，哪里有什么黑暗山洞，还是酒店客房，只是空荡荡的，什么家具都没有，就墙壁上挡了厚厚窗帘，半点儿光不透。

四目相对，徐望点了下头。吴笙立刻上前，单手一拉，窗帘开了大半。明媚的阳光一霎涌入，水晶球自身的光在太阳底下微不足道，先前神秘而压抑的气氛荡然无存。

"早这么干啊……"钱艾有种从鬼屋出来的畅快，立刻跑过去，七手八脚把窗帘全拉开。

和麻花辫姑娘的房间一样，在吉卜赛女郎身后是一片明亮的窗，透过玻璃，一眼就能看见酒店外宽阔的草坪和上面湛蓝的天……

"啊啊啊啊啊——"

一个不知是什么的东西从窗外飞过，留下一串绕梁尖叫。五伙伴毫无心理准备，瞬间呆愣。

"啊啊啊啊啊——"

那东西又飞回来了，还是光一样的速度，不过这一次绕着圈，在窗外盘旋了一会儿，才又飞出窗内视野，所以小伙伴们大概看出来了，那是一个骑着扫把的青年。

这画面在魔法电影里很常见，但电影里的魔法师们肯定没穿着荧光绿的冲锋衣。

小伙伴们再没管吉卜赛女郎，纷纷绕过占卜桌，扒到窗前，这才看清，窗外自由翱翔的扫把不是一个，是五个。他们飞翔的轨迹就像疯狂撒气中的气球。饶是如此，他们仍在尖叫中给彼此打气——

“坚持住啊——”

“不掉下来就是胜利——”

“蛋疼啊啊啊啊啊——”

“疼疼就习惯了——”

“吃得苦中苦，方为人上人。”

“你选的线，你还在这儿给我灌鸡汤！！！”

五个小伙伴陷入微妙的安静里。

半分钟后，徐望打破安静：“这应该是快乐线……”

钱艾咽了下口水：“快乐在哪里？”

况金鑫实话实说：“扫把看起来很快乐。”

吴笙、齐闪：“……”

快乐线，让没有选这条线的人都感觉到一种死里逃生的快乐。

短暂围观完其他队伍的任务线，小伙伴们庆幸自己做了正确选择。五人转过身来，准备再仔细搜索一下房间，却在下一秒愣了——吉卜赛女郎不见了，占卜桌上就剩个水晶球。

钱艾头皮发麻：“这是占卜师还是吸血鬼啊……”

像回应他似的，水晶球里忽然出现一小团火焰。很快，那火焰变成四个燃烧的数字——1314。

钱艾皱眉：“这个房间……”

吴笙：“我们最开始去过。”

徐望：“那个作家。”

况金鑫：“来这里找灵感。”

齐闪：“想写复仇故事。”

钱艾：“……”能不能给差生留条活路！

线索已经很清晰了，五伙伴立即动身。

门一开，对面也正好开门。十个小伙伴你看我我看你，对方中的一人和吴笙立刻同时抬胳膊。显然，能闯到这一关的队伍，对突发敌情由谁防御都有战术预演，否则几个人一起点防具，还不知道要浪费多少。

顷刻，对方面前升起白色栏杆，防护栏一样将自己这队围在其中。徐望这边则多出一条威风凛凛的大狼狗，蹲坐在五人身前，对着对方虎视眈眈，大有“你过来一下试试”的架势。

吴笙愣了，这不是他的防具。

徐望、况金鑫、钱艾也一样，背战术的时候，文具列表已经烂熟于心。

鸮："有人对你使用了<防>家有恶犬哟。"

徐望第一个转头，看齐闪。在他的带领下，小伙伴们才意识到这是新队友的防具。

齐闪一时不确定自己做得恰不恰当，毕竟先前刚被点过，无论什么战术都要先通气，但这种环境都是应激反应，哪儿来得及汇报……

"我们是逃生线。"对面的单刀直入，拉回了这边五人的注意力。

徐望立刻礼尚往来："我们是事业线。"

二十目相对，全是抬头挺胸，全是问心无愧，场面十分和谐。

"我们去那边。"徐望往1314房的方向指，这回说的是真话。

对方松了口气——虽然表情的变化只是很微妙的一瞬，但徐望还是捕捉到了。

"我们往那边走。"对面指了相反方向。

徐望点点头："就此别过。"

对方也点点头："后会有期。"

在真正触及交卷利益前，谁也不愿意先起干戈，万一引来第三方，得不偿失。

一个往东，一个往西，彼此面对面后退，直到对方的身影几乎看不清楚了才各自转身。

"厉害。"吴笙来到齐闪身边，真心给予肯定。

齐闪正往前走呢，脚底下差点儿绊着，茫然地看他："嗯？"

徐望走在旁边，说："他的防具还没点呢，你的防具已经出来了，他觉得你手速非常快，厉害。"

齐闪："……"两个字承载了这么大信息量吗？

"习惯就好，"钱艾给新队友分享经验，"他俩之间有种魔鬼般的默契。"

徐望、吴笙："你这个形容词……"

钱艾："你看吧，来了！"

吴笙、徐望："……"

齐闪乐出了声，心里一放松，话就出口了："我专门练过手速。"

四伙伴愣了，不解看他。

齐闪："我以前想当职业电竞选手。"

徐望："以前？"

齐闪："嗯，不过手速能练，意识不行，最后也没成，只能当个爱好了。"

"意识不能练吗？"况金鑫不玩游戏，也不太懂这一行。

齐闪："能，但那些有天赋的人和你一样刻苦，所以你就没机会了。"

况金鑫点点头，表示懂了。

徐望则很自然想劝他想开点儿，却很快发现他眼里没有可惜，反而仍光彩熠熠——他是真喜欢电竞，喜欢到做个观众依然充满热情和向往。

徐望不再多言，五人加一条看家护院汪星人就这样安静而快速地抵达 1314 房。

房间内，老者正一边喝红茶，一边看窗外乱飞的扫把。

殿后的钱艾小心翼翼地关上房门，而前面的徐望已经递出开场白："我们又回来了……"

老者很高兴，一笑，慈眉善目的："我正愁找不到人说话呢，这个下午，外面鬼吼鬼叫的……"

徐望尽量忍住不去看窗外，问："之前您说正在构思的新作品，是一个复仇的故事？"

老者严谨道："准确地说，是正在构思的新作品之一。"

徐望问："能具体给我们讲讲吗？"

先前他们来这屋的时候，老人家可没有侃侃而谈的架势，否则他们当时就深入聊了。徐望琢磨，应该是任务线的选定，才真正触发了对应 NPC 的深入剧情。

"其实也还没想好情节，只是听了一个传说，就想过来实地找找灵感……"老者不疾不徐地喝口茶。

徐望连忙问："什么传说？"

老者放下茶杯，缓缓道："传说中世纪的时候，这里只是一个普通村落，当时黑死病横行，人们认为与邪恶魔法有关。这种恐怖疾病的源头，首当其冲就是巫女，然而真正被杀的其实都是无辜少女……"

五人面面相觑。巫女？好巧，他们见过，不光见过，还被"热情招待"过……

"这个村庄里就有这样一个少女，被人告密，说她是巫女。很快，村里人就对她施以火刑……但是之后，村庄里就开始真正出现恶灵，村民们死的死伤的伤，侥幸活下来的就赶紧搬走了……久而久之，村庄荒废。后来拥有这片土地的贵族不知怎么想的，非要在这里建造城堡。城堡落成，贵族入住，从此整个家族再无安宁……然后就到了今天，"老者舒口气，似有些累了，但眼里仍充满了作家特有的那种热切的光，"虽然古堡已经成了酒店，但据说那恶灵仍在城堡之内，徘徊不去。"

"是 1310 房吗？"一直安静着的徐望见老者说完了，直截了当地问。

老者茫然："你说什么？"

徐望诚实相告："我们在 1310 房看见一幅油画，画上就是巫女处刑图，房间墙壁都是火烧的痕迹。"

老者激动起身：“快带我去看看！”

徐望措手不及：“啊？”

老者已经紧紧握住他的手：“快带我去1310房！”

五伙伴：“……”

不是应该他给他们指路吗？闯关者给NPC带路是什么神展开啊！

没辙，徐望不忍心甩开老人家的手——主要是也甩不开——只好携全体队友，带着他去1310房。

1310房的门虚掩着。徐望在门前猛地站定，侧耳听，身后伙伴也进入“备战状态”。

屋里静悄悄的，什么声音都没有。徐望皱眉，在用眼神征得伙伴同意后推门而入。

屋内，两队正在对峙，一排站左边，一排站右边，剑拔弩张，神情锐利，听见声音，齐刷刷看过来，十张脸就像十个精英怪。

徐队长停在玄关，恨不得砍了自己刚才迈进来的那条腿。身后四伙伴除了齐闪一头雾水，剩下仨伙伴都懂自家队长复杂的心情——狭路相逢就是两队，还都是熟人……

左边，韩步庭、厉夏、李子近，以及两个他们没见过的新队员。

右边，威猛汉、黑眼圈、纸片人、丹凤眼，以及一个新队员。

韩步庭三人的表情一如既往冷着，只是在认出他们之后，明显又阴沉了一层。魏老师队的表情就丰富多了，一个惊讶，一个错愕，一个眯眼，一个挑眉，一个茫然。

先跟谁Say Hi，这是一个显而易见的问题，但徐队长要先进行疯狂计算。距离月光迷宫交卷四天了，如果魏老师队伍退回了第一关，至少要刷两个单关记录才能上来，概率太低，最可能的是他们在月光迷宫存档了。

“你们存档了？”徐队长这个开场白直冲魏老师而去，带着热情的笑意和熟稔的语气，跳过客套寒暄，非常迅速地拉近彼此距离。

两军对垒，忽然来了第三方，魏孟寒也非常庆幸来的是个有“一饭之交”的队伍：“嗯，你们也存了？”

徐队长状似沉吟，实则继续进行疯狂计算。如果他们当时也存了，第二天又和对方一起进入月光迷宫，那对方交卷了，他们必然要退回第一关，还怎么在三天后来到6/23？不成立啊。

等等，他能想明白，上过总成绩榜的魏老师想不明白？徐望忽地一怔，懂了。三足鼎立时，最忌讳什么？

树敌！

看破不说破，朋友还能做……

“是啊。”徐望稳稳应下，脑袋已经盘逻辑盘得冒烟了，当个队长容易吗？！

魏孟寒看徐望，徐望也看魏孟寒，两个队长之间进行了心照不宣的“眼波流转”。

吴笙：“……”这么简单的逻辑关系，用得着互相看这么久吗？！

同样看不下去的还有韩步庭：“你们如果想结盟，请尽快，我们没时间陪你们酝酿感情。”

结盟，就意味着打破平衡，必然开战。徐望看看韩步庭，再看看魏孟寒，总觉得他们应该也不太希望开战，否则不至于对峙这么久，生生耗到他们来。

“我们刚刚在走廊里遇见另外一支队伍。”徐望没接韩步庭的话茬，忽然说了个看似风马牛不相及的事。

冯让，即给钱艾推荐理财的黑眼圈，立刻反应过来，问：“然后呢？”

徐望：“大家交换了一下任务线，没撞。”

冯让：“所以？”

徐望：“一别两宽，各生欢喜。”

冯让：“你的意思是，如果我们之间的任务线也没撞……”

徐望：“各走各路。”

冯让：“要是线索都在这个房间呢？”

徐望：“各找各的，各凭本事。”

冯让：“我觉得可以。”

语毕，两人一起看向围听小伙伴，笑容热情洋溢：“你们觉得怎么样？”

有一种默契，叫你卖理财我卖楼。

4

“公平竞争”的提议，徐望对于魏老师那边多少还是有点儿信心的，但对韩步庭那队，他就没什么把握了。

游乐园的“强势突围”、别墅穿越战的“丘比特式偷袭”，实在很难让两队之间建立什么美好印象。而且，同样出现在6/23却单漂着的池映雪，足以说明3/23之后，这一队的队内气氛肯定也好不到哪里去。这一层层仇恨值的叠加实在是……

“我们是解谜线。”魏老师正色开口，用真诚的行动表明了“和气生财”的态度。

一方已经表态，徐望自然也要投桃报李：“我们是事业线。”他的目光环顾全场，他的气度从容坦荡。

吴笙、钱艾、况金鑫、齐闪：“……”说谎容易，但只有自家队长，能在编瞎话的时候让真诚弥漫到每一根头发丝上。

韩步庭沉吟半晌。厉夏一如既往阴郁着，眼睛藏在刘海里，很难让人看出他的态度。两个陌生的新队友，一个不苟言笑冷静脸，一个事不关己等差遣，也是没什么特定倾向。就李子近一如既往是全队最“活泼”的，几乎拼命般给韩步庭递“不赞同”的眼神，奈何队长似乎没看见。

徐望怀疑,韩步庭挑队友的标准就是“话少+冷漠”。也难为李子近了,元气满满一少年，愣得配合全队的“深沉风”。

“我们是快乐线。”深思熟虑后，韩步庭说。

他的话让屋内所有人紧绷的神经都有了一丝自觉不自觉的松弛。

解谜线，事业线，快乐线。

不管真假，至少明面上没撞，三方和平协议暂时达成。

徐望和黑眼圈对视一眼，在彼此脸上见到了灿烂而熟悉的笑靥。它的名字叫成交后的喜悦。

徐望还想和对方击掌，刚抬手，就让人拎着后脖领扯到一旁。

“差不多行了，”吴笙这会儿的冷漠脸颇有韩步庭队的风格，“万一最后还要交手，回想曾经的亲密，尴尬不尴尬？”

徐望满头黑线：“你对亲密的定义是不是有点儿宽……”

“事业线队长，我不是想打扰你们的……亲密互动，”韩步庭想了半天，才想出一个可以概括的词，“但能先帮我们解答一个疑惑吗，我想解谜线队长也是同样的想法。”

徐望还在那儿朝吴笙翻白眼呢，闻言转头，果然，另外两队动也没动，压根儿没开启“各找各线索模式”，十双眼睛就和最初一样静静看着他们。

吴笙松开拎着自家队长后脖领的手。徐队长拍拍衣服，整整仪容仪表，端庄得像个正经队长：“请讲。”

韩步庭：“每队都是五个人，为什么你们可以六个？”

魏孟寒点头，并补充韩步庭的遗漏：“外加团宠。”

徐望回头看自家阵容，作家大爷笑得和蔼可亲。

徐望扶额，完全忘了他们还带着一个NPC，赶忙指着对面墙壁道：“这个就是我们说的那幅画。”

一直安分的老者似乎就等着他这话，闻言立刻激动上前，单手握着的拐杖在地毯上敲出快频率的闷响,一如他心中的急切。老者一站到油画前面就不动了,仔细凝望,认真欣赏。

徐望看两边队伍的表情，就知道自己不用再多解释了，便简单道：“任务NPC。”又看一眼齐闪旁边的汪星人，“这个是防具。”

魏孟寒没疑问了，转头冲自家伙伴道：“开工。”

四人一下散开，看架势是要给这房间来个地毯式搜索了。

韩步庭也不再耽误时间，回过身来，朝自己的队友轻点一下头。五人立刻围成一圈，席地而坐。

徐望他们目的明确，就是油画，见两队都没有锁定油画的意思，心里自然是松口气的。不过小伙伴们一边往油画那边走，一边还是忍不住瞄韩步庭队几眼，那个阵势……实在是让人好奇。

“他们快乐线是打扑克吗？”钱艾已经站到油画前面了，还真心实意替对方操心，“五个人也不好凑伙啊。”

徐望看油画上的火光：“五人斗地主呗，三打二。”

况金鑫看树下亲吻的男女：“会不会是狼人杀？”

吴笙冲着围观的村民摇头：“不能，人数不够。”

“……”闭目冥神中的韩步庭队，第一百零一次集中精神，失败。

房间就这么一亩三分地，背后八卦别人的时候能不能去卫生间！

李子近忍住了吼，没忍住瞪眼怒视，结果一瞪，就对上了齐闪的视线。这人李子近没见过，但对方看自己的眼神让他十分不自在。

李子近皱眉，警告性地瞪一眼，可对方还看。李子近烦躁了：“你总看我干吗？”

这一声把冥想中的四队友叫睁眼了，也把徐望他们叫愣了。两队人相互看看，又队内找找，一时没弄清李子近在吼谁。

齐闪已经专心致志看油画了。

“别分心。”韩步庭不想节外生枝，只给了李子近三个字。

李子近一头雾水加一肚子憋闷，气哼哼地重新闭眼，投入自家任务线。

小插曲没影响主旋律，韩步庭队很快进入状态。徐望他们也和老者一起在油画上寻找线索。

过了十分钟，什么都没发生。韩步庭队还是静坐着，让人怀疑他们的任务线可能就是“瑜伽冥想”。徐望他们看得眼睛快花了，可油画还是那幅油画，连先前经历过的“灼烧”都没发生。魏孟寒队更辛苦，都快掘地三尺了，也没什么发现。

三队都一筹莫展，但谁也不愿意放弃，明明线索就指向这个房间。

“别看画了，”徐望改变方式，“我们也在房间里找找，看能不能有别的线索。”

四伙伴同意，立刻均匀散开，你查窗户，我翻地毯，给魏老师吓一跳。

“你们怎么也开始翻箱倒柜了？”魏老师警惕地问，满眼写着“该不会这才是你们的任务线吧”。

“我们的重点真的在油画，”徐望叹口气，“但现在油画没反应，我们也不能一棵树上吊死啊。”

这话切中了魏老师的心头疑云：“奇怪了，我们也是顺着线索到这里的，但现在同样什么都找不到。”

这边俩队长苦思冥想，那边八队员已经“找成一片”。

纸片人，也就是朱墨，正好和况金鑫都看上了屋角，一个敲墙，一个翻地毯，倒其乐融融。

朱墨没自家队长那样操心，反而更好奇八卦，小声问：“你们和他们有过节？”

况金鑫愣了下才反应过来，他问的是屋那头仍在“打坐”中的韩步庭队。点点头，他诚实相告：“在 3/23 遇见过。”

朱墨对这个答案不意外，轻声调侃：“怎么结的怨？你们把他们也骗了？”

况金鑫仔细观察掀开的地毯，头也没抬：“我们是凭本事打败他们的，我们只骗过你们。”他的语气没有什么微妙的情绪和起伏，就是非常认真地回答问题。

但朱墨对这个回答，尤其是无比坦荡的后半句毫无准备，一时怔在那儿，然后乐了。

床边，徐望一边把被魏老师他们翻过的被子再抖落一遍，一边不时地瞥齐闪，后者正在窗户前面仔细检查。不是徐望不信任队友，只是他这十分钟观察下来，李子近那句“你看我干吗”还真是冲着自家队友的。齐闪时不时就往李子近那边看一下，好像不经意，可高中时候偷瞄吴笙无数次的徐队长对这套路太熟悉了，是不是“无意”，一眼就能识破。

视线忽然被一个身影挡住，抬头，是皱着眉的吴军师。

“新队员也不用这么看。”吴笙观察十分钟了，自家队长简直快把眼睛挂齐闪身上了。

徐望无语，把吴笙扯到身边，嘴唇几乎不动，用只有两个人能听见的蚊子声说：“他看李子近的眼神不对。”

吴笙观察齐闪几秒：“挺正常的啊。”

“……”徐望放弃，“算了，你还是专心找线索吧，那是你强项。”

吴笙沉默两秒，忽然低声问：“你烦心什么呢？”

徐望莫名其妙看他。

“不是齐闪，”吴笙说，“从离开 1829 房，你就一直心不在焉。”

1829 房，麻花辫姑娘的房间。

在那里，吴笙破译了情书暗号。在那里，徐望想起了自己家的五封信，然后一直惦记到现在。

徐望心跳一下子乱了，蹦迪似的，他没料到吴笙一直盯着自己，更没料到自己分心得那么明显。更要命的是，对着吴笙的眼睛，他脑袋没办法疯狂计算了，瞎话系统也崩溃蓝屏了，好半天，憋出一句毫无说服力的话："我没心不在焉……"

吴笙认真起来，甚至带上点儿严肃："我不管你在想什么，从现在开始，忘了。"

徐望没料到是这么一句后续，一时呆愣。

吴笙缓了语气，但态度依然严格："这是闯关，也是考场，我们要应对随时可能发生的意外，还要抢在所有队伍前面交卷，任何分心都会增加危险系数。"

"要真是考场就好了。"徐望遗憾似的叹口气。

这下换吴笙愣了。

徐望给了他一个"笨"的嫌弃眼神："要是考场，我俩现在一队，就等于挨着坐，我直接抄你答案，分分钟交卷，还会困在这里？"

吴笙："……"理智告诉他，应该吐槽；本能邀请他，快，过来吃糖——这颗糖叫"来自徐望的信任"，糖纸花花绿绿的，让人舍不得剥，看着就能甜丝丝到心里。

况金鑫："队长和军师在说什么呢？"

齐闪："声太小听不见。"

钱艾："但气氛很……融洽？"

齐闪："为什么是疑问句……"

"喂——"丹凤眼实在忍不了了。

"知道了知道了，"钱艾赶忙圆场，冲自家领导喊了第二遍，"队长，军师——"

这一回，总算是把那俩人从不知道什么次元里给拉出来了。

徐望一抬头，就看见韩步庭队已经起身了，魏孟寒队也结束了搜寻，两队之间依然泾渭分明，但目光很一致，都看着自己这边。徐队长一瞬了然："要走？"

正准备给他解释的钱艾惊了，这理解能力简直开挂……

韩步庭不言语，只用眼神默认。

魏孟寒则多说了两句："时间耽误不起，这里找不见，只能换地方，如果之后我们还遇见……"

徐望懂了："视情况而定。"

停战协议是三方定的，想解除，当然也得彼此打个招呼，否则韩步庭和魏孟寒大可带队直接离开。

吴笙完全没关注这边局势的变动，他现在欣赏完糖纸了，精气神状态全满，大脑内的信息不受控制地走马灯，咔咔走，万马奔腾地走，从进了这一关到现在，每一分每一秒每一个细节都百分百还原。

人的气场是真实存在的。比如现在，所有人都感受到了空气不同寻常的流动，它们一会儿排成“智”字形，一会儿排成“慧”字形，缭绕在双目紧闭的某人全身。

“别在意，我们军师翻资料呢。”钱艾特别客气地给另外两个队开门，“你们走这边。”

两队刚要迈腿，吴笙霍地睁开眼，随后大步流星上前，直冲油画前的白发老者而去。韩步庭、魏孟寒两队自然分开，躲出个安全距离，但又实在很好奇吴笙的下一步，不太想现在走。

“您收一下这个。”吴军师从兜里掏出个小卡片，硬塞到蒙了的老者手里，“问题改进过的，思考入门更简单。”

徐望、况金鑫、钱艾：“……”

搞这么大阵势就为了发传单吗？！

韩步庭扶额，期待这一队能破局什么的，绝对是他想太多。

“我们第一次问您的时候，您说想创作一本关于复仇的小说，”吴笙忽然换了话题，“可是当我们第二次找您的时候，您却说复仇只是您想要构思的小说之一？”

捏着卡片的老者缓缓抬头，慈祥的眼里似多了一些不寻常的光：“对，除了复仇，我还构思了另外一本小说。”

吴笙问：“主题是什么，能告诉我们吗？”

老者答：“空间。”

吴笙眼里掠过一丝意外，他本来以为另外的主题会是任务线的关键，现在看，好像猜错了，但也不赖：“能再说得具体一点儿吗？”

老者：“空间在介质上的刻录与读取。”

吴笙：“我能理解为存档吗？”

老者笑了，声音平和而温暖：“要存吗？”

吴笙嘴角扬起：“当然。”

徐望、钱艾、况金鑫、齐闪：“……”

韩步庭队：“……”

魏孟寒队：“你们选的是 VIP 线吧……”

老者把拐杖在地毯上轻轻一敲，与拐杖接触的地面立刻闪动起水波纹。然而围观两队也同时动起来了，各自套上防具。

齐闪的汪星人感受到气氛突变，一声大力的“汪”。吴笙这才回过神，局势的骤变不在他的意料之内。

徐望这边同样疑惑，但看这架势大约也明白了：“一个存档点只能存一队？”

韩步庭蹙眉，像在问“你们连这个都不知道”。

“这一关,基本都是排他性存档点。”魏孟寒的“友情解释”就明确多了,虽然这个“友情”可能要暂时中断。

徐望沉默，眼下这个局面有点儿棘手，无论是韩步庭还是魏孟寒，他都没有必胜把握，而且打一个的时候，还要防着另外一个偷袭。要不先和魏孟寒联手？

徐望盘算的时候，吴笙也很懊恼，得意忘形就说他呢，但凡再谨慎一点儿，都应该意识到，他们只存了一次档，经验数据严重不足，规则分析可能有偏差。

“游戏里的存档点大家都能用啊。”况金鑫不信别人说的,直接看向老者,自己求证:“您只能给一队存档吗？为什么啊？”

“没有为什么，”老者说，“每一条任务线，只有一支队伍可以在我这里存档。”

况金鑫皱眉：“但我们三个队任务线不同啊，为什么只能存一队？”

老者：“任务线不同，彼此存档不发生冲突。”

况金鑫眨巴眨巴眼睛，老者继续慈祥。

况金鑫看向徐望：“队长，我有点儿蒙……”

徐望看一眼全副武装的两个队：“没事，蒙总比尴尬强。”

韩步庭队：“……”

魏孟寒队：“……”

这不是 VIP 线，这是买了快速通关票啊……

什么也别说了，仨队长一起把手放到老者的拐杖上检测。

很快，拐杖发出温暖光芒，老者安心点头：“任务线各异，可以存档。”

拐杖再次轻触地面，随着水波纹荡开，三队存档成功。

“谢谢你们带我来看画，”老者对徐望他们说，“现在我有了新的灵感，要回去创作了，有时间可以再过来喝茶。”说完，老人家开门走人。

三队小伙伴：“……”这退场还能更草率点儿吗！

“队长，”李子近忽然紧盯他们刚刚围圈坐过的地方，“魔鬼纹！”

韩步庭错愕，立刻带队过去，不敢相信刚刚按步骤召唤了那么久都没出现的东西，这么凭空就来了。

“咚咚。”

不知何时重新走到屋角的朱墨再次敲墙，末了肯定了自己的直觉：“魏老师，这里是空的。”

计云雷，也就是魏孟寒队唯一的新面孔第一个冲过去，“咚咚”敲两下，回头给了自家队友一个肯定眼神：“就是这儿错不了！”二十六七的小伙子，皮肤小麦色，整个人生机勃勃，有种野性的帅气。

徐望看两眼就能分出来，韩步庭队那两个是新成员，但这个小麦色绝对是魏孟寒队的固定队友，彼此间的眼神、态度里都是长期磨合出来的信赖。

等等，如果他们两队都有了发现……徐望浑身一震，猛地看自家四队友。

四队友沉重点头，并带领着自家队长的目光转向油画。

画面里，火光越发真切。

“轰隆——”

魏孟寒和计云雷合力凿开墙壁，果然，一条密道。

满屋尘埃里，徐望坦诚举手：“那个，既然大家都有了发现，我们可能也要开始烧了……”

正研究魔鬼纹的韩步庭抬头：“烧？”

魏孟寒回头：“烧什么？”

油画里的火焰突然蹿出，一瞬点着四周墙壁，屋内温度瞬间升高！

魏孟寒队猛地后退一大步：“什么鬼？”他们问的是徐望队的“烈火”，可话音刚落，密道里爬来一个披头散发的白衣女人，爬到洞口时她停住了，抬起头，没有脸。

魏孟寒头皮几乎要炸开，根本没办法再想新词儿，还是那句：“什么鬼——”

“别挡着，这是我们的！”

李子近先冲过来，身后紧跟着厉夏，然后才是韩步庭和两个新队友。

魏孟寒队吓着了，徐望他们也没好到哪里去。着火已经让人慌，还来一个鬼？！

钱艾忍不了了：“你们不是快乐线吗？！”

李子近和厉夏合力将一张符贴到女鬼额头上，然后和随之赶来的韩步庭三人迅速摆好驱鬼阵型。

这时候也没什么可隐瞒了，韩步庭说：“我们是惊魂线。”

邹珺，也就是丹凤眼才不关心韩步庭他们的任务线，就问一个问题：“能不能先把她弄出来再解决，我们要走密道！”

钱艾：“解谜线也要走密道？”

魏孟寒给了他一个“你懂的”眼神：“我们是逃生线。”

钱艾：“……”他不懂啊，人与人之间最基本的信任呢！！！

魏孟寒：“你们的事业线还要入火海？”

钱艾："哦，我们是爱情线。"

5

无脸女鬼占据密道，地狱之火焚烧房间。

惊魂线、逃生线、爱情线，交织成一片"快乐的海洋"。

魏队长已经无暇去计较为什么走个爱情线也要到火海里煎熬一圈的问题了，眼见女鬼被韩步庭队的驱魔仪式逼出密道，他当机立断："走！"

早等着这一刻的四伙伴立刻敏捷钻入，邹珺、冯让最快，朱墨、计云雷居中，魏队长殿后，以防猛鬼回流。

猛鬼当然不会回流，韩步庭队已将其牢牢控制住，且女鬼的身体越来越透明，眼见着就要伏诛了。

遇见有实力的对手就这点儿好，谁也不用帮谁收拾摊子。

徐望他们以最快速度奔到油画前，聚精会神，恨不能把画上的每一笔纹路都看出花来。然而画中的场景亦幻亦真，上一秒你还觉得它马上要活了，下一秒又只是一幅普通的画，反而是房间内的热浪越来越浓烈，灼得人呼吸困难。

撤吗？每个小伙伴心里都有相同的犹豫。可人家魏孟寒队找到密道了，韩步庭队捉到鬼了，就他们无功而返，如何甘心！

徐望看向吴笙，目光中已有决定："灭火。"他先前一直担心，一旦灭了火，连唯一的线索都中断了，但现在既然不想离开，那就别无选择。

"轰隆隆——"天花板上传来阵阵雷声。

风随着雷声而起，风中带着水汽。

徐望错愕，他才刚说完话，吴笙根本没动啊，但这效果分明就是他想让吴笙用的那个防具。唯一的解释，是在他下达指令之前，自家军师就已经心领神会先行一步了。再看吴同学，果然，满眼写着"请开始夸我"。

徐望偏不，并且准备打击一下其自负的气焰，哪知道刚张嘴，滂沱大雨倾盆而下。

"哗啦啦——"

这是雨。

"呼啦啦——"

这是风。

"轰隆隆——"

这是雷。

徐队长喝了一大口水，啥话也别说了，赶紧闭嘴。

四周墙壁的火焰已在暴风雨中尽灭，屋内温度骤降，着实舒适不少。但韩步庭队可能不这么想。刚刚收服了女鬼的他们，眼里的喜悦还没来得及收，就被暴雨打成落汤鸡，发型崩了，气质毁了，快乐根本不存在，只剩五脸茫然。

无差别防具的提示音，在十个小伙伴耳内姗姗来迟——

鸮：“有人对你使用了<防>让暴风雨来得更猛烈些哟。”

韩步庭：“……”

厉夏：“……”

李子近：“你们的文具名还能更长点儿吗？！”

徐望双手像小雨刷似的一下下抹脸，好让视野不至于被暴雨全毁，也更便于传递“真诚的眼神”：“各为其线，误伤，误伤。”

韩步庭磨牙，一秒都不想再在这里多待，转身欲走。密道里忽然传来今夜第三次的魏式崩溃：“什——么——鬼——”

那声音幽怨凄厉，穿透暴风雨的嘈杂直入屋内，听着比鬼还苦。

韩步庭生生刹住脚步，和队友一起疑惑地看着密道口。吴笙也解除了防具效果，风、雨、雷瞬间消失，只剩下一屋子湿透的小伙伴。

十几秒后，魏老师从里面出来，直接摔到了地上，他也不管姿势是否好看，迅速爬起，火急火燎又去拉后面的队友。计云雷、朱墨、冯让、邹珺陆续从密道里出来，无论是动作还是神情，都带着紧迫。全身而归的五个人一下子集体退到离密道最远的屋角。

徐望见状，立刻有种不祥预感，赶忙带队硬是挤到魏老师队旁边抱团取暖。只剩下韩步庭队，还站在屋中央。

空气突然安静。

密道内传来窸窸窣窣的声响，一只胳膊毫无预警地伸出来，惨白，枯槁，乍看像白骨。

韩步庭给了自家队员一个眼神，四伙伴心领神会，立刻重现驱鬼阵型，厉夏则再次拿出一张符纸。

魏老师靠在墙角，还是没压住来自园丁的操心：“那位刘海挡住眼睛的同学，这是一道多选题，一张符纸可能不够……”

厉夏皱眉，还没明白这云里雾里的讲题方法，那胳膊的主人已经颤巍巍爬出密道，摔到地上——一个瘦得只剩把骨头的老太太。她似乎摔疼了，低低叫一声，那动静却不像人。

挣扎着站起来，佝偻着背的老太太缓缓抬头，所有小伙伴都倒抽一口凉气，头皮发麻。

那不是一张人脸，而是介于人和猫之间的诡异的脸。

钱艾毛骨悚然：“猫脸老太太……”

“咚”，又一个东西掉出来，差点儿撞得老太太没站稳。这第二个鬼已经看不出人形了，八条腿撑着一个女人的脑袋，就那样支在地上。

钱艾艰难咽了下口水：“蜘蛛女……”

“咚——”

“咚——”

第三个、第四个一起掉出来，一个穿着红衣服的小女孩儿，一个戴着口罩的披头散发的女人。

钱艾的后背已经贴到了墙壁上：“红衣小女孩儿……裂口女……”

徐望、吴笙、况金鑫、齐闪：“……”

魏孟寒、冯让、朱墨、计云雷：“……”

不幸，恰巧离钱艾最近的丹凤眼邹珺：“……这是你的文具吗你这么清楚！”看实物已经很恐怖了，为什么还要深入科普啊！！

“他喜欢看八十年代僵尸片。”况金鑫好心帮自家队员解释。

邹珺：“……”对面一排哪个能和僵尸对上?

钱艾：“还有都市怪谈恐怖片，不限国产欧美日韩印泰。”

邹珺：“那、你、还、躲、什、么！”

钱艾：“害怕。”

邹珺：“……”

说话间，韩步庭队的驱鬼阵型已将死鬼逼到墙根，厉夏手中的黄符变成四个，怎么看都是分分钟就能降服的节奏。可说时迟那时快，猫脸老太太忽然凄厉号叫了一声。刹那间，四个鬼全都消失了。

没等韩步庭队做出反应，屋内猛地刮起一阵阴风。角落里的十个小伙伴顿时有种不祥预感，彼此面面相觑——人堆里多出一张脸，脱了口罩的裂口女张开血盆大口，牙尖齿利。

“啊啊啊啊啊——”

尖叫声里，十个小伙伴猛然散开。也不知道谁叫的，反正肯定没人承认。

四个鬼飘无定所，一会儿出现在玄关，一会出现在窗口，还有一个蜘蛛女执着守着门，谁也别想跑。

韩步庭队也让这变故弄乱了阵脚，他们再没办法将鬼怪一网打尽，只能逐一突破。这就苦了根本不走惊魂线的另外两队，因为他们发现自己的文具对这些鬼根本没用。

徐望也没时间去判断究竟是文具没用对，还是不能跨线使用，他才刚躲开猫脸老太太，就在床边被床底下的红衣小女孩儿抓住了脚踝。幸亏小女孩儿力气不算大，徐望侥幸逃脱，但整个人已经不好了："你们为什么要把墙凿开？！"

刚闪避掉裂口女拥抱的魏孟寒坚持不背锅："我们按线索找密道。"

徐望："……你们这是密道还是猛鬼传送门啊！"

"呼啦"，仍湿着的焦黑墙壁竟重新燃起火苗。

"不是吧……"徐望简直绝望了。

火光更甚于前次的油画中央忽然飘出花瓣。

徐望怔住。散落在屋内各处的吴笙、况金鑫、钱艾、齐闪也发现了异样。

油画是他们的爱情线，但这线里可从来没有过这么美丽的时刻——淡蓝色的花瓣在火光中飞舞，犹如一只只蝴蝶，随着它们的到来，连热浪都好像淡了。

战斗中的韩步庭队和被迫战斗的魏孟寒队同样意识到这一变故，但无暇应对，也暂时还没发现应对的必要。

画布里还在源源不断飞出花瓣，很快，火焰花雨充满了整个房间。同一时刻，油画中的巫女处刑图忽地变成一团淡蓝色的旋涡。顷刻，屋内被花雨包围着的十五个小伙伴骤然腾空，还没等他们反应过来，已被巨大吸力卷入油画。

喧嚣落尽，火焰没了，花瓣没了，墙壁恢复冰冷的焦黑，油画好端端挂着，还是那幅巫女处刑图，仿佛什么都不曾发生。

屋内只剩下四个鬼，红衣小女孩儿从床底下爬出来，随着猫脸老太太、裂口女和蜘蛛女一同走向密道口。它们再没有先前的狰狞和暴虐，就像戏散场后的群演，安分守己地爬回密道，一点点消失在密道深处。

1310 房重归宁静。

6

中世纪，欧洲村庄。

夕阳刚落，天边还残留着一点儿微弱的红。

十五个伙伴刚从天旋地转中解脱，或快或慢纷纷爬起，触目所及都是乡村小屋，还有急匆匆而过的村民。他们十五个人占着村落的主干道，可擦身而过的村民对他们视若无睹，所有人都奔往一个方向，脸上带着某种异样的狂热。

不远处的路尽头是一块宽阔的空地，像个小广场一样，这会儿已经聚满了人，中间一个高高的十字刑架，上面绑着一个年轻姑娘，下面被围观村民挡着看不见，但想也知道该是堆满了柴火。

这是油画中的世界！

从进了1310房就一直盯着油画的只有一队……韩步庭和魏孟寒携全体小伙伴一起眯起眼，缓缓看向罪魁祸首。

韩步庭队："你、们、的？"

魏孟寒队："爱、情、线？！"

"咳，"徐队长清清嗓子，尽量不去看那十双愤怒的小眼睛，"前世今生烈火情。"

吴笙很骄傲："我选的。"

况金鑫与有荣焉："我附和的第二票！"

钱艾果断撇清："我当时可是想选事业线的。"

齐闪关切地看向虎口染了些血的李子近："你手受伤了？"

韩步庭队："……"

魏孟寒队："……"

一步踏错，万丈深渊……他们为什么要和这帮家伙走进同一间房间？为什么啊！！！

敏锐感觉到杀机的徐队长连忙再次开口，安抚同行们的情绪："进来是进来了，但我们可以再想办法出去嘛，对吧？"

最后两个字搭配徐队长无辜的眼神，看得吴笙本能跟着点头："嗯。"

韩步庭、魏孟寒："……"

徐望："既然大家都同意，我们就赶紧去那边看看，现在到底是个什么情况。"

吴笙："行。"

徐望："走！"

眨眼，徐望小分队就走在了最前面，速度之快，怎么看怎么像"逃跑"。

"队长……"李子近现在都不能看那帮家伙，看一眼就想揍人。

韩步庭何尝不是。再给他们一点儿时间，五鬼收齐，交卷点的线索就来了，现在好了，进了别人的任务线，鬼没了，还得陪对方来场说走就走的爱情，谁懂他们的苦！

但这话队长不能说，他得稳军心："既来之，则安之。"

李子近闷闷地踢飞地上石子，不情不愿地跟上。

谁懂韩步庭的苦？魏孟寒啊！他们只想简简单单玩一场密室逃脱，用不用前有猛鬼堵，后有烈火烧啊。猫脸老太太已经给他留心理阴影了，这前方又开始烧一个怎么看都很无辜的少女，他这颗教书育人的心扛不住了，太累。

邹珺、朱墨、冯让、计云雷跟在后面，一个黑线，一个叹息，一个微笑，一个茫然。

邹珺皱眉看朱墨：“你还乐，有没有心？”

“你不觉得很有趣吗？”朱墨莞尔，视线越过韩步庭队，飘在徐望小分队的背影上，“每次遇见他们，总有惊喜。”

计云雷一路看下来，之前没空问，现在终于能把疑惑道出来了：“你们和那队到底打过什么交道？东一句西一句的，谁能给我来个完整版？”

冯让揽住他的肩膀：“雷子，我给你讲……”

没一会儿，三队也来到小广场。

沿途走来，他们已经能够确认村民的确对他们毫无反应，会看见，会绕开，但就是不搭讪，更不会对他们多看一眼，哪怕他们的穿搭跟这里格格不入。

刑架下的柴火还在堆，运柴火的、堆柴火的都忙得满头大汗，但仍干劲十足。即将面临火刑的少女毫无生气地垂着头，散落长发遮住了她的脸。

“和油画不一样。”韩步庭沉声开口。已经这种局面了，抱怨无用，认真对待是唯一的脱身途径。

“是的。”吴笙知道韩步庭的意思，“画里火已经烧起来了。”

徐望抿紧嘴唇，正色起来：“所以，现在是油画场景往前推一点儿的时间。”

“你们的爱情线任务到底是什么？”韩步庭突然问。

魏孟寒也正想问这个：“我们只有获得足够信息，才能提供最大助力。”

徐望意外地看魏孟寒：“你们也没选过爱情线？”

韩步庭队暂且不论，魏孟寒他们可是以 8/23 的成绩上过总榜的，难不成每次到这里都选同一条线？

对啊，当然要选同一条线，轻车熟路多快。

徐望自己想通了，连忙准备以“当我没问”撤回话题。不料魏孟寒还真答了：“我们上次选的快乐线。”

徐望：“……”

魏孟寒：“也不用同情得这么明显……”

一行人在距离火堆不远处找了个没那么吵的角落，停下来。

这回大家都在一条船上了，徐望再没有任何撒谎或保留，从普希金那首伤感的情书开始，然后是麻花辫姑娘的委托、吉卜赛女郎的占卜，以及老作家提供的传说……把这条线的经过原原本本分享。最后就是大家相遇的房间了，墙壁会燃烧，油画会飞出花瓣，最后画会把人吸进来——这些不用徐望讲，另外十个伙伴都已亲身经历。

魏孟寒："房间里的火就是地狱之火，恶灵的复仇？"

徐望："我们是这么认为的。"

韩步庭："恶灵是谁？它复仇的对象又是谁？"

徐望："我想，恶灵应该就是刑架上的少女，她无辜被害，自然想找村民报仇。"

冯让："村民这么多……"

"或者是背叛她的人。"徐望抬眼，看向不远处的大树。树下，一对男女正亲密交谈。

韩步庭思索片刻，暂时听来故事线是通顺的，但就一个问题："这和收情书的麻花辫姑娘有什么关系？"

"我也一直在想这个，"徐望说，"唯一合理的解释，麻花辫姑娘就是树下那个女孩儿的转世。当然，男孩儿也一起转世了。"

魏孟寒："所以给麻花辫姑娘写情书的是那个男孩儿？"

"对，"徐望点头，"他们一起背叛了恶灵，转世后却再一次相爱了，恶灵怎么可能放过他们？"

朱墨："替身又怎么说？"

徐望："男孩儿做了女孩儿的替身，一直被恶灵的地狱之火焚烧，所以只能和女孩儿通信，不能现身，否则就会被恶灵发现烧错了对象。"

魏孟寒："你不是说恶灵报复的是他们两个人吗？"

徐望："我又仔细分析了一下，既然是爱情线，恶灵可能对男孩儿还有感情，所以只想找那个姑娘复仇，没有发现自己最爱的人做了替身。"

魏孟寒、韩步庭："……"

徐望："还有问题吗？"

韩步庭："逻辑严密，因果合理。"

魏孟寒："细节翔实，情感细腻。"

吴笙、况金鑫、钱艾、齐闪："……"他们和自家队长走的真是同一条线吗？为什么他们才走出几个镜头，自家队长已经走出了一部电影……

"我不是巫女——"

刑架上忽然传来声嘶力竭的喊声。

众人抬头，火光已经起来了。大家彼此看一眼，立即动身跑向行刑处。他们站在最外围，没往村民中间挤，一来是刑架上的姑娘抬头便能看见，二来是方便监视另外那边的树。树下的男女已经相拥，对这边的惨剧全然不顾。

“我不是……”少女已经没力气喊了,她应该是被绑在这里很久了,嘴唇干裂,声音沙哑,大颗大颗的泪水从她被火光映红的眼里滚落。

火势越来越猛,已经烧到了姑娘脚下。围观村民里有人喊“烧死她”,起初只是一两声,最后变成所有人整齐划一地呐喊。

徐望想救人，可打开“文具盒”，图标却是一片灰色。他心下骇然，不能用文具?

香。

淡淡的花香，在燃烧的气味里格外明显。徐望抬头，又见到了熟悉的淡蓝色花瓣。这一次，缤纷花瓣飞向行刑中的少女，它们环绕在少女周围，就像围着圣洁的天使。

上蹿的火舌倏地缩回木柴堆，任木柴被烧得噼里啪啦响，火苗愣是不敢再向上一寸。刑架上的少女茫然，围观村民更茫然，可是很快，他们的茫然变成恐惧。因为火光在以肉眼可见的速度弱下来，连木柴被烧的声音都变小了。

火势可以不猛，却没有越来越弱的道理，除非……

“魔法，这就是巫女的魔法！”人群里，不知谁喊了一声。

“魔法”两个字,足以让这些愚昧的村民吓破胆——他们敢杀“巫女”,因为那些“巫女”从来不曾反抗，更没有这样抵御火焰的邪恶魔法。只一眨眼工夫，空地上已经没了人，每家每户紧闭门窗，生怕被巫女盯上。

“艾米——”树下传来男青年急切的呼喊。

三队伙伴转头，却见原本在树下的姑娘正拿着不知何处弄来的火把，大步流星朝刑架而来。

男青年仍站在树下，忌惮着魔法的他没敢动，只好不断呼唤对方：“艾米，别过去！”

艾米充耳不闻。她的眼中只有刑架，只有那个应该被烧死的少女，只有冰冷：“巫女就该被烧死，他们不敢，我来……”

举着火把的艾米来到刑架下方，看也不看上面的少女，弯腰就用手中的火把去给即将熄灭的火堆助燃。

刑架上奄奄一息的少女不可置信地看着她，眼里满是错愕和悲伤：“艾米？”

“巫女就该被烧死……”艾米只有这一句话，她不断用火把挑动火堆，维系着仅有的火焰，偏执得近乎疯狂。

一片淡蓝色花瓣落到艾米肩上。

艾米手中的火把忽然旺起来，火焰一下子燎得极高。她高兴极了，又上前两步。

空地上毫无预警起了风。那风迎着艾米而吹，高高燃起的火焰一下子全部袭向她。前一秒还是企图置人于死地的姑娘，后一秒自己成了人形火球。火把落到地上，艾米发出痛苦惨叫。

树下的男青年已经吓傻，撒腿就跑，一溜烟便没了影，哪里有一点儿情深似海的样子。

艾米倒在地上，被火烧得蜷缩起来。濒临死亡之际，她望着刑架上的少女，发出最后的诅咒："我死了，你也跑不掉，我会变成恶灵，从地狱回来找你！"

艾米死了，在烈火的灼烧里变成一具焦尸。

刑架上原本要被烧的少女吓坏了。

围观全程的小伙伴们也久久沉默。哪怕已经在3/23里用各种方法对付过丧尸，见过了血腥，面对这样的画面依然需要时间去调试。

刑架下的最后一颗火星湮灭，空气里的风渐渐染上夜晚的凉意。

徐队长看向刑架："我们是不是应该把那个女孩儿放下来……"

韩步庭深呼吸两下，开口："刑架上的是恶灵？"

魏孟寒跟上："树下的是麻花辫姑娘？"

李子近满头黑线："就刚才屁滚尿流吓跑那个，为了保护心爱女孩儿甘愿当替身？"

徐望："这个，故事线是有一点儿小偏差……"

所有人："以后禁止自己编剧本！！！"

十个上当受骗的小伙伴和四个白白浪费了钦佩之情的小伙伴，达成了空前的团结。

第六章 宴会厅

YAN HUI TING

剧情线高速行走，蘑菇汤鲜香满楼。

1

徐队长企图以“解救那个姑娘”来转移脑洞跑偏的尴尬，小伙伴们没买账，可刑架上的姑娘却先朝这边看过来。她脸上挂着泪痕，眼神茫然，又带一丝恐惧。

徐望确认，对方在和自己对视。

“喂，”徐望没移开目光，仍盯着，手则不住地招呼其他人，“她好像看得见我们……”

刚被徐氏剧本欺骗过感情的十四个人本能不信，可抬头一看，姑娘的的确确在看着他们。众人互看一眼，谨慎上前。

姑娘目光闪烁，仿佛在无声说着“救救我”。

“还愣着干吗，救人啊！”计云雷，也就是小麦色的男同学一脚过去，半个柴火堆塌方。

魏老师头疼地看冯让。冯同学顶着黑眼圈，也很无奈：“我都说了，我看不住。”

“盯紧计云雷”是队长下达的指令，但这位队友静如坐山雕、动如下山虎，冯让作为一名普通人类，任务成功率实在不高。

幸好，没发生什么变故。计云雷两脚就给刑架下面清了场，其他人则七手八脚将被困的姑娘解救下来。

“谢谢你们救我……”年轻姑娘跪在地上不住地感恩，声音颤抖，带着劫后余生的哭腔。她头发散着，脸上的脏污被泪痕冲得黑一块白一块的，看不大清模样。

“救你的不是我们，”徐望摘下沾在她头发上的花瓣，“是它。”

姑娘看着那淡蓝色的花瓣，茫然得像第一次见。

徐望意外："你不认得？"他刚把故事线改成"人花情未了"，又错了？

姑娘摇头，沙哑地说："我从没见过这种颜色的花。"

徐望："像花仙子一样的男孩儿呢？"

姑娘："……"

魏孟寒队："……"

韩步庭队："……"

跪求谁能向主线队长扔一个"〈幻〉请放弃你的作家梦"！

"你叫什么名字？"吴笙走过来，强势介入聊天。

姑娘："柯妮娜。"

"他们为什么想要烧死你？"

"他们说我是巫女。"

"你做了惹他们怀疑的事情？"

"没有，前一天还好好的，今天一早他们忽然闯进我家，非说我是巫女……"

"他们？"

"村子里的人，明明前一天大家还都很亲切……"

"你的家人呢？"

"我没有家人，父母在我很小的时候就去世了。"

"被烧死的人……好像叫艾米，你们认识吗？"

"她是我最好的朋友……"

"一点儿也看不出来。"

"……"

"她说她会变成恶灵，从地狱回来找你。"

"……"

吴军师不是一个善于和人沟通的人，他的提问直接得近乎简单粗暴，回应也毫无温柔技巧，但这种走流程一样的聊天，柯妮娜显然很受用，能答的就答，不能答的就沉默。

"和她在一起的男人，你认识吗？"

"男人？"

"就在那边树下，你被处刑的时候，他们在一起。"

"艾米从没说过她有心上人……"

"你现在要回家吗？"

“是的，我没有其他地方可去。”

“你不怕村民再来抓你？”

“我不知道，我只想好好睡一觉，也许这只是一场噩梦……”

“我们能到你家借宿一晚吗？”

“当然，你们是柯妮娜的恩人。”

柯妮娜站起来，显然要开始“带路”了。

吴笙点点头，回头和所有小伙伴确认：“还有想问的吗，没有就继续走剧情了。”

韩步庭摇头，尽管掩饰得很好，眼底还是依稀可见一丝认可。

魏老师则直接做了个请的手势：“走起——”

柯妮娜在前面带路，徐望和吴笙作为爱情线的主要领导紧紧跟随，再往后才是剩下的十三个小伙伴。由于彼此间并不存在“团结”这种东西，所以整个队伍走得稀稀拉拉。正好方便笙、望两位同学说悄悄话。

当然，主要是徐队长单方面“批评”吴军师。

“你刚才那些问题也太干巴巴了。”徐队长是个对语言艺术有追求的人。

吴军师不接受批评：“这种就相当于游戏里的剧情对话，一直按回车才是最快的。”

徐望：“这并不是游戏。”

吴笙：“我知道。”

徐望皱眉：“你如果不把NPC当人，还怎么教他们做人？”

吴笙看着柯妮娜的背影，沉静道：“我从来没把他们当成无生命体。”

自家军师的眼神不像在撒谎，但自家军师刚刚的做法……

“你刚刚明明就是机械化走流程。”徐望说。

吴笙摇头：“这一次情况特殊。”

徐望略一思索：“因为是画中的世界？三重平行空间？”

吴笙：“因为我们还带着其他两个队，不能随心情来。”

徐望一怔，是真没想到吴笙竟然还能换位思考：“行吧，”他承认自己考虑得不全面，“确实不能因为我们的任性，拖累别人的时间。”

吴笙莫名其妙看他：“我的意思是，在对手面前，必须最大限度展示自己的高效率，才够帅。”

徐望：“……”这是什么魔性的胜负欲！

一贯殿后的魏老师走在队伍最末，沿路研究花花草草的况金鑫和担心他掉队的钱艾也一并落到后面。魏老师赶紧抓住机会，问出心头困惑：“能透露一下你们选队长的标准吗？”

况金鑫还在低头专心搜寻“救人嫌犯”呢，钱艾自然接过提问：“公开投票，主要看人心。”

魏孟寒到现在仍清楚记得，存档点被对方军师问出时自己不可思议的心情：“你们军师这智慧这控场力，还不足以赢得你们的心？”

“赢得了啊，”钱艾没半点儿迟疑，“但是他把票投给我们队长了。”

魏孟寒：“……”

钱艾想了想，又补充道：“其实他也不是全能的，交流多了你就知道了，他有时候说话，我们根本听不懂。”

魏孟寒抬眼，看队伍最前方那肩并肩窃窃私语的亲密背影：“我看你们队长和他交流没障碍啊。”

“他俩当然行了，”钱艾想都没想，“一个屋睡三年呢，能白睡吗？”

魏孟寒：“……”

突然安静的空气让钱艾也回过神，立刻把已经到了嘴边的“当年高中”给咽了回去，并在心中懊恼差一点儿就把自己队的老底儿兜了，明明前一天队内会议刚强调完，安全起见，今后不要在鸮内暴露现实中的身份。

“你就当我什么都没说啊，”钱艾赶紧商量，“你也什么都没听见。”

魏老师郑重点头：“放心，我懂的。”

钱艾挠挠头，不明白魏老师眼里为什么含着“肩负重任”的光。

2

柯妮娜的家在村子最角落的地方，离处刑的小广场有些远，左邻右舍的房屋看着都还可以，只柯妮娜家的二层小木屋破旧不堪。

“父母只给我留下这栋房子，是老屋了，实在没钱雇人来修……”柯妮娜一边有些不好意思地解释，一边带着一行人进了门。

屋子虽破，却足够宽敞，一层是一个小客厅、一间卧室和厨房，二层是两间卧室，不过基本没什么陈设，哪哪儿看着都空荡、破旧，尤其二层，一看就很多年没人住了，仅有的一张木床上落着厚厚灰尘，自然也没什么寝具。

“你们一定饿了吧，我们煮些蘑菇汤……”柯妮娜说着就往厨房走。

三个队长一起开口——

徐望：“不用麻烦了。”

韩步庭：“不必。”

魏孟寒："奶油蘑菇汤吗？"

徐望、韩步庭："……"

魏孟寒："我就随便问问……"

柯妮娜已经消失在厨房里,看起来这像是任务线的固定流程。韩步庭也不再纠结这个,问徐望："接下来你准备怎么办？"

徐望："艾米说她会变成恶灵，从地狱回来找柯妮娜。"

吴笙补充："所以我们要做的，就是在这里等恶灵主动上门。"

韩步庭对这个方案没意见，毕竟目前的故事线也看不出旁的走向，但十几个人坐在一起大眼瞪小眼，太别扭了。

"我和我的队员上楼休息，如果有事，随时喊我们。"他带队走到楼梯口，又回头，"蘑菇汤好了不算。"

见韩步庭五人队上楼，魏孟寒也有了决定："楼上两间卧室，我们也占一间养精蓄锐，打恶灵一定是硬仗。"

邹珺、冯让、计云雷："蘑菇汤不喝了？"

朱墨："喝汤的时候再下来。"

邹珺、冯让、计云雷："哦，可以。"

徐望小队："……"

小木屋，一号卧室。

韩步庭把门关严，回过身来，迎接他的是自家队友凝重的眼神。

"打败恶灵，很可能他们就直接交卷了，"厉夏靠在窗边，尽量离门口远的同时，压低声音，"我们真的要帮？"

李子近一个劲儿点头，表达自己赞同厉夏的心情。

"现在的问题不是我们要不要帮，"韩步庭的目光淡淡的，却有力量，"而是我们想离开油画，就只能帮。"

厉夏挑眉："赌？"

韩步庭点头："对，赌离开油画不是他们任务线的终点。"

厉夏问："如果是呢？"

韩步庭耸耸肩："认命，明天再来。"

"那就直接干掉他们，再打恶灵离开油画不就得了，"李子近不习惯这种迂回战术，"为什么非要赌 50% 的概率？"

韩步庭揉揉太阳穴，示意厉夏来。

他已经被这条爱情线——主要是爱情线上的队伍——折磨得精神衰弱了，实在没力气应付队内的单细胞宝宝。

厉夏把李子近拉过来："因为没了他们，我们离开油画的概率就是零。"

李子近："为什么？"

厉夏："你文具盒能用？"

李子近："不能啊，从进了这里就是灰的。"

厉夏："那不就结了。"

"可他们也是灰的啊，不是因为还没触发重要剧情吗？"李子近一直以为，等恶灵现身，"文具盒"会自动解封。

厉夏："……你下次再有想不通的直接问，别自己圆。"

李子近撇撇嘴，心说你和队长一个比一个冷漠脸，谁爱问你们。

厉夏看出他的腹诽，懒得搭理，直接说重点："我们收鬼，用的是古堡里得的黄符，同理，对付这里的恶灵，也只能用爱情线上得的道具。"

李子近终于想起来，1310 房混战的时候，另外两队的文具打鬼根本没任何效果，就连自己队的文具也只是起一丁点儿的辅助作用，最后还是要靠前面房间得的黄符。思及此，他重重皱眉："他们到底得了什么武器？一直没露啊。"

厉夏淡定道："等恶灵来了就知道了。"

小木屋，二号卧室。

邹珺："就这么着了？"

冯让："已经进人家的任务线了，还能怎么办？"

邹珺："为他人作嫁衣，不甘心。"

朱墨："也蹭了别人一个存档点呢。"

邹珺："他们还骗我们一顿饭呢！"

冯让："这个你就不实事求是了，当时人家说了要请，你不让，说 AA 你又不让，非自己抢着买单。"

邹珺："主动买单是一种修养。"

计云雷："翻译过来就是有钱烧的。"

魏孟寒："你们闻到什么味道没有？"

邹珺、冯让、计云雷："嗯！"

朱墨："蘑菇汤好了。"

一楼。

柯妮娜端着一大锅蘑菇汤出来，鲜美的香气勾得人不饿也饿了。徐望刚想上楼呼唤，魏老师队已经"噔噔噔"下来了，速度之快，时间点之准，让人怀疑楼上有直通厨房的对讲机。

柯妮娜给每个人都盛了一碗，末了疑惑地四下看看："好像有几个人不在？"

"他们没口福，"计云雷一口气喝光，又将空碗递了回去，"麻烦再来一碗。"

柯妮娜很快又给他添满汤，然后抬头看看楼上："我给他们盛好送上去吧。"说完，她回了厨房，很快端着托盘和几个空碗自顾自盛起来。

徐望本来想拦，可一想到"亲切好客"估计是柯妮娜的重要性格，就随她了。

这边柯妮娜上楼，那边一直"专心创作"的齐闪终于大功告成——柯妮娜家没有纸笔，他只能用手机自带的触控笔在狭小的屏幕上勾画。

"很像。"全程围观的况金鑫连喝汤都安静着，直到看齐闪落笔才真心称赞。

齐闪笑笑："凑合着看吧。"

况金鑫摇头："很专业。"

齐闪："半路自学的手艺，混口饭吃。"

"你是画家？"徐望从没问过齐闪的职业，只知道他的电竞梦还是一个没实现的理想，所以当齐闪说他能把树下青年的模样画出来的时候，徐望其实不太有底。没想到，新队友展示的不是"才艺"，是"技能"。手机屏上那张肖像素描，和树下的那个青年几无二致。

"画家是没可能了，"齐闪乐，"这辈子也就是个小画手。"

说话间，送完汤的柯妮娜从二楼下来。齐闪连忙把手机递过去，问："这个人你认识吗？"之前他们问柯妮娜是否认识树下的青年，但柯妮娜根本连树下是谁都没见到，所以齐闪才想到画出来。

柯妮娜一见肖像就愣了，显然她认识。

徐望小分队立刻凑过来，连桌旁稀里呼噜的魏老师队也暂时放下碗，安静关注。

"这是约克，也是这个村子里的。"柯妮娜说着低下头，脸颊飞上一朵红晕。这粉红泡泡明显得吴军师都能看出来。

"你喜欢他？"徐望继承了自家军师的风格，问得那叫一个直接。

柯妮娜极小声地应了一下。

徐望又问："他喜欢你吗？"

柯妮娜已经不敢抬眼了："我不知道……我还没和他说过我的心意……"

徐望皱眉，又是暗恋？咦，他为什么要说又……

"所以你们只是普通朋友？"吴笙提取主线。

柯妮娜点头。

吴笙："艾米呢？她和约克什么关系？"

柯妮娜茫然地眨下眼："他们？"

吴笙点头："你行刑的时候，就是他们两个在树下约会。"

柯妮娜瞪大眼睛，眸子里很快蒙上一层水汽，看着楚楚可怜："不会的……艾米怎么会……她不喜欢约克的……她还说过要帮我表白……"

徐望看一眼全屋小伙伴——我说什么来着，就是三角恋！

全屋小伙伴："……"

"咣当"，魏孟寒和计云雷毫无预警地摔倒——就好端端站着呢，突然一晃，人就倒了。邹珺、冯让、朱墨吓一跳，连忙过去看，刚走两步自己也倒了。五个人乱七八糟躺地上，意识模糊，手臂乱挥，中邪了一样。

徐望骇然，想说话，莫名也觉得一阵头晕恶心，腿一软，整个人就往下倒。

吴笙眼疾手快抱住他，心脏吓得漏掉一拍："怎么了？"

"头晕……"徐望只来得及说这两个字，脑袋就彻底成了糨糊，眼前的一切扭曲变形，大脑像不受控制般开始自己动次打次。

同一时间，钱艾和况金鑫也出现了同样的症状。

"楼上的，下来帮忙——"吴笙用最大声音喊，急得几乎变了调。

韩步庭队很快出现在楼梯口，见状蒙了，但还是下来进行了人道主义援助。

一共八个人并排躺在地上，症状出奇一致，全是意识混乱、手臂乱挥，就像眼前有什么扰乱他，必须驱赶似的。这种诡异场面让韩步庭也觉出一丝凉意："到底发生了什么？"

"蘑菇有毒！"吴笙一边说，一边用手指抠徐望的喉咙，帮他催吐。

柯妮娜脸色惨白，一下子就急哭了："我、我什么都没做，蘑菇是我在郊外采的……"

吴笙也不管她是有意还是无意了，大声喝道："齐闪，你去弄淡盐水，越多越好！"

"我去！"柯妮娜像为了证明自己的清白，自告奋勇跑进厨房。

"放心，我去盯着！"不等吴笙说，齐闪已经明确了自己的任务，直奔厨房。

徐望终于吐了出来。吴笙一边拍他后背，一边抬头朝韩步庭喊："还愣着干吗，帮忙啊！"

韩步庭："……"他还从来没被人这么理所当然地使唤过，无论是鸮里，还是现实里。但不帮忙能行吗？对方回家，他们也别想出油画了。

遇上这个队，绝对是上辈子造孽。

"怎么办？"韩步庭咬紧牙根问。

吴笙："催吐！"

韩步庭："……"

吴笙："用你的手指去抠他们的喉咙……"

韩步庭："不用解释这么清楚！"

六个小伙伴对付八个中毒者，效率终于提上来。很快，八个人都吐了个昏天黑地，意识仍然模糊，但乱挥乱抓乱弹手指的现象轻了一些。

韩步庭带队，帮忙将人搬到干净的地方："我们的确没喝蘑菇汤，但你怎么确定就是蘑菇中毒？"

吴笙将徐望轻轻放好："这是典型的小人国幻视症，是某一类蘑菇中毒后的典型幻觉。"

李子近："小人国？"

齐闪匆匆而归，手里拎着一个快要满了的木桶："淡盐水来了。"

吴笙一边指挥大家给中毒的小伙伴喂水，一边解释："就是中毒者会觉得自己眼前出现许多小人，围着他吵闹、挑衅，所以他们会不停地挥手、弹指，进行驱赶。"

李子近："什么样的小人？"

吴笙："不同的人见到的小人也不一样，我怎么知道！"

厉夏把聒噪的李子近扯过去，强制他专心给人喂淡盐水。

韩步庭想不通："既然你知道得这么清楚，他们喝汤的时候，你为什么不阻止？"

吴笙："我脑内储存的网络鲜蘑菇图片，拍摄角度造成的形态、色泽差异本身就大，和做成汤的蘑菇更没办法进行有效对比了，是我的疏忽。"

韩步庭："……"对方眼里是浓浓的自责，但为什么说的话他一句也听不懂！

折腾了一个多小时，八个中毒小伙伴终于安稳下来，又过了两个多小时，陆续苏醒。吴笙看一下时间，已经快过六点了，可他们仍然没有被弹回现实。

那边徐望也有了动静。

再顾不上琢磨，吴笙立刻把人扶起来："感觉怎么样？"

徐望歪头感受一下，又咽了两下口水："别的没什么，就是喉咙有点儿疼。"

吴笙有点儿后悔自己下手没轻重，但是人没事比什么都强："你们蘑菇中毒了。"

徐望怔住："你怎么没事？"

吴笙满头黑线，还挺遗憾怎么的！

"我没喝。"

"他们呢？"徐望看向韩步庭队，虽然看起来像被折腾得够呛，不过在一众目光茫然的小伙伴中间，他们全队上下的"阴沉脸"就比较醒目了。

“他们应该也没喝。”吴笙说。

徐望疑惑：“柯妮娜不是特意送上去了？”

吴笙叹口气：“你觉得他们是能被热情打动的人吗？”

徐望点点头：“也对。”

韩步庭默默看向天花板，不断告诉自己杀人犯法。

村庄的夜已经深了，顺着门缝钻进来的夜风越发冷。

魏孟寒队自苏醒后就乖乖坐墙角，也不说话了，也不玩笑了，沉浸在“吃货的悲伤”里。

没人注意到，他们背后的墙壁上出现淡淡阴影。那阴影悄无声息地移动，顺着隐蔽处潜入厨房。

柯妮娜正在那里收拾，先前为准备淡盐水，厨房里弄得一片狼藉。

“啊——”

火光亮起的同时，厨房里传来柯妮娜的尖叫。

小伙伴们等了一晚上，加上毒蘑菇的折磨，这会儿已经又乏又困了，尖叫声过去两秒才面面相觑，猛地弹起，往厨房奔。

柯妮娜的裙角已经烧着了，她急中生智，把剩下的半桶水泼到自己身上，火焰熄灭。徐望他们赶到时，见到的就是裙子湿透的柯妮娜和墙上燃烧的鬼影。

“巫女……必须……被烧死……”

凄厉得已经全然不似人的声音传入十五个小伙伴耳中，让人头皮发麻。

鬼影再度扑向柯妮娜。

“还愣什么，快用道具啊！”李子近都替徐望他们着急了。

吴笙一把将柯妮娜拉过来，鬼影扑到地上，烧出一片焦黑。

“能用早用了，”钱艾吼回去，“文具盒点不动！”

李子近：“谁让你用文具盒了，用道具！爱情线的道具！”

徐望、吴笙、钱艾、况金鑫、齐闪一起看他，天真无邪：“啊？”

对视五秒，意识到他们真的什么都没有的李子近茫然地看自家队长。韩步庭心情很平静，就像吃了毒蘑菇一样安定祥和。

鬼影呼啦啦张开，烧成一张地狱的网，网住整个厨房，也网住了所有人。

水泼再没用，神奇的花瓣也不复出现。致命的灼烧里，十五个小伙伴听见了天国的召唤——

鸮：“宝贝儿，提前放假，送你回家。”

3

夜色漆黑，月亮躲在乌云里，连一点儿光都不肯透下来。

安阳市某偏僻小路上凭空出现十五个人，他们有的背着双肩包，有的一身轻，衣着各不相同，就像临时拼成的散客旅游团，但无一例外都站在原地大口喘息，有的身体仍然僵硬，有的缓回一些，可眼里的痛苦依旧清晰。

一件事情的真假，有时不在于结果，而在于过程。

死亡一般的痛苦，比死亡本身更恐怖。

韩步庭第一个直起身体，神情阴鸷。有那么一瞬间，徐望以为对方真要揍人了。可最终，韩步庭只是深深看了他们五人一眼，像要把他们刻在记忆深处，红笔画个圈再打个禁止斜杠那种，而后沉默转身，带队消失在茫茫夜色中。

徐望目送那五个故作坚强的背影越走越远，不知怎的有点儿心疼。

最后一丝灼烧窒息的恐怖感也散在冷风里，吴笙第一件事就是掏手机，结果上面清楚显示北京时间 03：18。恶灵出现之前，他看过一次手机，那时候明明已经五点多了……

路边，刚缓过来的况金鑫眼疾手快拦到一辆出租车，招呼那边的魏孟寒队：“你们先上吧。”

魏孟寒摇头：“我们走走，吹吹风。”

况金鑫特别认真地说：“别吹了，连吐带烧的，咱们都早点儿回去休息。”

魏孟寒：“……”对方劝得很真诚，就是太实事求是了，有种勾起悲伤往事的扎心。

“别管我们了，”计云雷一改自家队长的委婉画风，大咧咧道，“这一晚上折腾得闹心，我们找点儿乐子再回。”

“找什么乐子？”钱艾插话，好奇语气微妙上扬，一秒内脑补了无数马赛克。

计云雷随意想想，说：“火锅或者烧烤都行。”

钱艾：“……”

人生第一次，钱艾对自己的吃播事业产生动摇。因为这个晚上，他在一张神情平淡的脸上见到了信仰。

出租车坐不下五个人，先带走了钱艾、况金鑫和齐闪。

魏孟寒带队，和徐望、吴笙道别：“做好心理准备，明天再见，换我们把你们拖进密道。”

吴笙喜欢这种战书：“预祝你圆满成功。”

徐望的心则根本没在任务线上，还琢磨计云雷那个乐子呢：“刚催吐完，你们也别吃太油腻，喝点儿砂锅粥什么的吧。”

魏孟寒摇头："砂锅粥要广东、福建那边的才好吃。"

徐望："……再见。"

十分钟后，吴笙和徐望终于拦到第二辆出租车。他俩一起坐进后排，车开起来之后的两三分钟里，没人说话。

吴笙在整理任务线，从头到尾把今天晚上经历的各环节、线索、NPC的台词以及全部细节捋了个遍，该划重点划重点，该标问号标问号。

全部整理完毕，他转头，发现徐望仍盯着车窗外出神。他的目光正色，神情严肃，不是一个放空状态，摆明在想事情。系统性地推敲战术或者通关任务从来都不是自家队长的主项，一般他开始认真思考，就有谁要遭殃了。

"又打什么坏主意呢？"吴笙问，语气里满是嫌弃，嘴角却勾着。

徐望回过头来，定定地看他，像终于敲下结论："齐闪认识李子近。"

"齐闪？李子近？"吴笙完全没头绪，这俩人怎么挂上钩了？

"你没发现齐闪总看李子近吗？"

"……"他还真没，他全程都在紧盯任务线，想看看NPC们怎么追爱的，能获得一些实用性的方法更好，结果一丁点儿美好爱情没看见，尽是负能量。

"算了，"徐望发现自己挑错了讨论对象，自家军师的科研方向从来都不在人心这么微妙的领域，"当我没问。"

吴笙看着徐望脸上明显的嫌弃，心中生出一股"书到用时方恨专业不对"的无力。

关于齐闪和李子近，一路上，徐望也没再琢磨出新的内情，不料回到宾馆，齐闪就坐在一楼等他们。徐望心里意外，并且有了某种预感，但脸上没表现出来："怎么没回去？"

齐闪定的宾馆不是这里，按原定路线，应该是况金鑫、钱艾先在这里下车，他再坐一段才对。

"想和你们说声对不起。"齐闪没兜圈子。

吴笙皱眉，但没说话。

徐望笑一下，淡淡的，带着某种理解："上去说。"

三人一起回了徐望和吴笙的标间，进屋之后，吴笙就坐角落里，摆明姿态，不参与沟通。虽然齐闪说是等他们两个，但徐望是队长，他要做的就是守着。

徐望给齐闪拉了一把凳子，又递给他一瓶宾馆准备的纯净水，然后才坐下。

新队友不绕弯子，徐望也就直来直去了："想退队？"

齐闪拿着水，没拧开，停顿两秒，点头。

徐望问："因为李子近？"

齐闪愣了下，有点儿不好意思地摸摸鼻子：“那么明显吗？”

“嗯，”徐望实话实说，“我一晚上都担心你扑过去。”

齐闪乐了，一直不知道怎么开口的话就这么顺顺当当坦白了出来：“他是我爱豆。”

“……”这个词，从来没追过星的徐队长需要反应一会儿。

“我粉过好几个职业电竞选手，”齐闪倒大方分享自己的追星路，“从一个墙头爬到另一个墙头，在他这里折了……三年前，他那时候才十六岁，操作巨骚，一战成名！他的天赋绝对是压倒性的，速度、意识、反应全顶尖，就是耐心差点儿，但这个可以磨炼……去年和前年是他最辉煌的时候，每场比赛我都追，热身赛我都看，还去现场应援过……”齐闪的语速越来越快，眼里的光越来越狂热，俨然一个电竞真爱粉加李子近超龄迷弟。

增员的时候，徐望只看见了齐闪阳光帅气的外表，现在他才认清这位同学的灵魂。

“那个……”徐望想说“你先克制一下，咱们得继续聊退队的问题啊”，结果对方先自动冷静下来了。

“今年年初，他退役了。”齐闪眼里的热情还没退尽，已经起了一丝惆怅，交织在一起，滋味复杂，“十九岁，正是一个电竞选手最黄金的时候。”

齐闪苦笑一下，像是心疼李子近：“我当时一直想不通原因，他没出任何事，顶多就是最近两场比赛没发挥好……”

徐望知道，他现在找到原因了，正因为找到了，才更替李子近不甘心吧。

自己辞职了，吴笙的公司一个月来再没敢接新项目，这就是鸮对现实生活的侵蚀。然而在这种侵蚀背后还有精神上的压力。无尽海上的茅七平已经完全适应了两个世界交织的生活，可谈起现实，眼里仍是浓浓的疲惫，何况是才十九岁的李子近。

短暂的安静让气氛有些沉重，徐望拉回原本的话题：“你和他们队说好了吗？”

齐闪摇头：“我得先退了队，才能去追新队伍，不然不就成劈腿了嘛。”

徐望揶揄：“你退了我们队，立刻加入他们，这叫无缝接轨，也是劈腿。”

齐闪呆愣两秒，乐了：“这话没毛病。”

“你想留在这一关，对吧？”徐望拧开自己的水喝了两口，这个季节，常温水也有些凉。

齐闪惊讶他的敏锐，他以为这个新队长就是能说会道一点儿。

“这里是需要五人队的第一关，”徐望把水瓶拿在手里，看他，“换我是你，也会选在这里等。”

除非韩步庭队一路向前，但凡退回这关以前，再过来，就要重新增员。

“我的确想留在这关，”齐闪坦诚自己的私心，“但如果你们还信得过我，明天的另外一半爱情线，我会认真走完。”

“我信你会善始善终，”徐望说，“但我怕到了下一关，就没什么落单的人和需要增员的队伍了，我们还得绑一起。”

齐闪听懂了他的意思，意外之余莞尔：“你就那么自信明天能交卷？”

徐望看吴笙一眼，认真点头：“我们队什么都缺，就不缺自信。”

一个想留在第六关，一个想尽快再找新队友培养感情，一拍即合，好聚好散。

临走的时候，齐闪从口袋里掏出一张素描送给徐望。看起来完成得很仓促，就用的A4纸和水性笔，但寥寥几下，徐望就清楚认出了哪个是自己哪个是吴笙，还有况金鑫和钱艾——一张四个人的团队素描，没齐闪。

“刚才在一楼等你们的时候随便画的，纸笔都是跟前台借的，如果觉得不好看，那是工具问题。”齐闪开玩笑地甩锅。

徐望把素描接过来，忽然感觉这像分手礼物，带着微妙的仪式感。看着素描，他问了一直想问的：“你之前的队伍呢？”

“散了，”齐闪淡淡道，“有人想回家，有人去了无尽海赚钱。”

徐望没再继续问。齐闪说得不在意，可换位思考，如果有一天吴笙、况金鑫、钱艾和他说“队长，我们不干了，我们要散”……想一下都堵得慌。

犹豫片刻，齐闪也问了最后一个问题：“今天前半程可以用文具的时候，你们为什么不问我都有什么文具？”

问文具，搭战术，这是常规操作。

徐望怔了怔，忽然有些心情复杂：“我们在等你说。”

四目相对，哑然失笑。

人与人的相遇靠缘分，但信任要靠磨合与时间。

送走齐闪，徐望直接扑进床里，身上累，心里累，脑袋还疼，快把被子蹂躏成棉球了。

迟钝如吴笙都能精准给出八字评语：“人前潇洒，人后扎心。”

“他都那么说了，我能怎么办？”徐望从被子里扭头，一脸委屈，“我能拦着人家追理想吗……”

“拦一天又不是拦一辈子。”吴笙就见不得他这个纠结样，有种想把齐闪抓回来的冲动。

“你要是遇上牛顿，变心得比他还快。”

“第一，我不可能遇上牛顿；第二，就是遇上了，我也不会退队。”一个玩笑样的比喻，吴笙的回答却一字一句特别认真。

徐望定定地看着他，莫名生出一丝期待，小声问：“为什么？”

吴笙想都不用想：“有牛顿的队，我就做不了智商担当了。”

一直到睡觉之前，徐队长的脸色都如锅底黑。

吴军师想，果然，这次增员失败带给自家队长的伤害是巨大的。

钱艾和况金鑫在这个闯关后的睡眠里都做梦了，一个梦见满世界吃东西的小人，一个梦见满世界喝茶的小人，总之在梦里把小人国幻觉又续了一遍。醒来，两个人都是一身冷汗，然后被告知，他们的新队友变心了。

金、钱在 6/23 的第二日，就这样“一个惊喜接一个惊喜”地拉开序幕，直到又一个零点到来，他俩还有点儿恍惚。

4

天旋地转的失重感后，五个小伙伴出现在 1310 房。

韩步庭队和魏孟寒队都没出现，估计还在耗那两分钟，企图和他们错开。

房间完好如初，没有密道口，没有妖魔鬼怪，油画好端端挂在墙上。五个人也是阵容完整的，只是彼此再对视，目光里多了些尴尬。

五合一的“叮”声如约而来。徐望看向手臂，果然。

花名册：“你有 5 分钟的免责时间，选择【退】或者【踢】，倒计时开始。”

昨天五人组队成功时，鸮也给了类似的提示，不过可能是第一次组五人队的缘故，提示比这个更详细，明确所有五人关卡，每次全员进入时，都有五分钟的免责时间，超过这个时间再踢人或者退队，就视为全员交卷失败。当时他们刚组了齐闪，自然没多关注，谁知道世事难料，今天就用上了。

徐望没说话，只朝齐闪指指手臂。齐闪了然，给了他们一个歉意眼神，而后点击“退队”。

世界一霎漆黑。

五个人是一起消失的，很快又一起出现在宴会厅。宾客们觥筹交错，欢声笑语依旧。散落在宴会厅内的其他闯关者只当他们才从现实里进来，有的瞥上一眼，有的头也没抬。

彼此散开的时候，“花名册”的提示音响起，嘈杂里只他们自己听得见。

四个小伙伴收到的还是那句“队伍人数不足（4/5），是否增员”，徐望下意识抬头，看已经走到那边的齐闪，对方也在低头看手臂上的提示。

齐闪的提示应该是从前孙江收到过的那句——“孤独的船永远靠不了岸。”明明挺丧的句子，齐闪的眼里却有光，有方向。

人生就是这样，有了方向，看什么都是光明。

徐望收回目光，和所有小伙伴一起点击“确认增员”，备选名单一下子拉开——

6/23 池映雪（邀请）

6/23 齐闪（邀请）

6/23 王楚铭（邀请）

……比昨天还短。

昨天是僧多粥少，今天连碗底儿都要空了。

三选一，还有两个不能选，徐望看着那个王楚铭，有种命定之子的神圣感。

“王楚铭？”吴笙分不出什么感什么感，就拿数据和事实说话，“他昨天和陈旭一起被选掉的。”

徐望：“……”让吴笙这么一提醒，好像还真是。进了队又退，这就值得琢磨了。是五分钟之内退的，还是和齐闪一样走了一遭，存了一档？总不能一个两个都遇见理想路上的灯塔了吧……

所谓无奈，就是明知道可能是坑，也得选。毕竟这个只是可能，旁边那个是显而易见的天坑。四个小伙伴简单交流之后，向王楚铭发出邀请。

十秒。

二十秒。

半分钟。

一分钟……

增员邀请石沉大海。

正疑惑，一个穿军绿色外套的年轻男人向他们走过来，步伐有力，走路带风，人没到，气场先来了。

四个小伙伴一起抬头。

男人灿烂一笑，牙齿白得能反光：“王楚铭。”

徐望明白他为什么不接邀请了：“先来个实地考察？”

“主要是让你们考察我，”王楚铭爽朗道，“觉得合适了再组，进了又退，耽误彼此时间。”

徐望听出他话里有话，索性挑明：“我们就是一群普通人，想闯关，没什么要求，你要是有，可以提前讲。”

王楚铭看了他们一会儿，明白为什么聊不到点儿上了，他以为对方能一眼看出自己的身份，但显然对方并不是鸮里的老油条。

“我是雇佣兵。”王楚铭直截了当。

徐望更蒙了：“雇佣兵？”这是介绍自己现实身份呢，还是鸮里面有什么特别的设定？

“就是拿人钱财，帮人闯关。”王楚铭说得详细些，“从这关开始，越往后，我这样的人越多。”

徐望回头看向自己的三个小伙伴，还有这种操作？

三个小伙伴的眼神同样感慨万千——真是商机满地跑，看你找不找。

相比茅七平那一张张项目单，王楚铭的报价简单明了，毕竟打工内容比较单一：“可以按次结算，一次一千，交卷成功加五千奖金，也可以包月，五万一个月买断，交卷成功的奖金不再单算。闯关和无尽海均可，过程中获得的鸮内现金奖励全部归你们。”

徐望：“……”

吴笙：“……”

钱艾：“……”

况金鑫：“……”

“我没有狮子大开口，”王楚铭被四人的沉默弄得哭笑不得，“一个现金宝箱，多则几万，少也有大几千，我这点儿打工费，分分钟出来。”

钱艾：“……”也有几百块的好吗！

“不是钱的问题，”徐望顿了顿，说，“我们还是想找队友。”

王楚铭摇摇头：“就怕你找来找去，才发现还是雇佣兵比较好用，”他顿了一下，“后面很多队伍，甚至直接就是打钱队。”

徐望同意：“人心隔肚皮，很多时候不如简单的雇佣关系有效率……”

王楚铭挑眉。

徐望半开玩笑半认真：“但是不吃大亏，就总心存幻想。”

王楚铭点点头，能理解。他在鸮里泡了一年多了，见过很多这样的队伍，一开始总是热血澎湃，但能原班人马走到最后的少之又少，这是几乎永远看不见终点的长跑，总有人中途掉队，或者干脆放弃。

发出的邀请已经超过时限，因为王楚铭没接，自动终止。王楚铭找其他需要增员的队伍聊天去了，剩四个小伙伴站在原地，有那么一丢丢凄凉。

徐望看向自家队友：“我后悔了。”

况金鑫愣神：“啊？”

徐望：“五千就五千，至少先把这一次顶过去。”

钱艾满头黑线：“那你再多留齐闪一天好不好？五千啊，你这个消费观太随意了！”

徐望：“……”他可以被批评，但是这个批评的角度……

“叮——”

花名册：“池映雪请求加入队伍，是否同意？”

四伙伴看着自己的胳膊，不约而同错愕。徐望、吴笙、钱艾同时以为自己出现幻觉，就况金鑫觉得意料之中，这很像池映雪做的事——看不懂，猜不透，感觉全是秘密。

“抱歉,我毛遂自荐了。”背后出现的声音似曾相识,可又说不上哪里带了一丝陌生,“能聊聊吗？”

四人齐刷刷转过身，只见池映雪礼貌微笑，穿得和昨天一样低调，乍看像个好的美男子。他的眉眼是偏冷的，无尽海和 3/23 的那两次，即便笑着，也是月光一样的凉，可现在他笑意和煦，像水中的月影，染着人间温暖的烟火气。

“你想怎么聊？”徐望问。

池映雪垂下眼睛，思索片刻，抬头：“我们打过交道，对吗？”

“不是，”钱艾忍不了了，“你要这么装傻就没意思了，你自己干过什么心里没数？”

池映雪一声叹息：“看来不用问了，又是阎王给我惹的祸。”

“阎王？”况金鑫挨着自家队长,仔细打量池映雪,确认模样和上次没一丝一毫的变化,但为什么整个人的感觉都变了？阎王又是谁？

池映雪轻轻深呼吸，绽开一抹无奈的笑：“我是双重人格，阎王是我的副人格。”

双重……人格？

徐望预备了无数拒绝池映雪的方式，冷嘲热讽型、实事求是型、劈头痛骂型、虚与委蛇型，结果一个都来不及操作，就被这个玄幻理由糊一脸。关键是池映雪还一点儿开玩笑的意思都没有，眉宇间都是认真，目光清澈如水。

“你这波甩锅操作太牛了……”钱艾撇开所有私人恩怨，由衷地想给对方点个赞。就这创意，光有脑洞都不行，你还得有演技。

池映雪没理他，只看徐望。

对视半晌，徐望还是选择谨慎：“我们没办法相信你。”

池映雪收敛一切情绪，目光沉静下来：“没有谁能立刻看透谁，不然你们今天就不会重新增员了。”

徐望眼底一沉：“你监视我们？”

“非要用这个词的话，可以说我在监视全场。”池映雪大方承认，“我想找一支存了档、又想换人的队伍，恰好你们符合。”

所以这人昨天没加入任何队伍，就为了等今天？

徐望：“为什么？”

“能找到存档点的队伍，实力不会弱，想换人，说明对队友也有同样严格的要求。”池映雪说，“我喜欢高标准严要求的队伍。”

徐望默默转头看三位小伙伴。

吴笙就事论事："追求效率是优点，"然后迅速拥抱本心，"人品我不评价。"

钱艾一脸快乐地可惜："很遗憾，我们非常不符合他的追求。"

况金鑫在用眼神征得队长许可后看向池映雪，分享真相："他遇见自己爱豆才退队的。"

"爱豆？"池映雪蹙眉，显然对这个词有点儿陌生。

粉圈的事儿就得找老钱："偶像，本命，真爱。"

况金鑫用力点头："你如果喜欢那种很严格的队，我们不行。"

池映雪轻轻挑眉，愿闻其详。

况金鑫一字一句，严肃认真："我们是快乐闯关队。"

"……"池映雪现在的表情，就和四位小伙伴刚听到双重人格时的表情一样。

话已至此，双方诉求都很清晰了。

"我们不知道阎王什么时候出来，如果他真存在的话，"徐望象征性地后退小半步，态度已然明了，"我们也不想冒险。"

不相信池映雪的话，那一切都不用谈了，可即便相信，这依然是个不定时炸弹。

池映雪看了四人半晌，再度开口："我也不喜欢身体被别人占着，所以一直在寻找阻止阎王出来的方法。"

他用的词是"别人"，徐望看着他的眼睛，没任何不自然的情绪。他是真的将"阎王"当成一个独立的人，而不是另一半自己。

"如果我说，现在这个方法找到了，"池映雪的声音拉回徐望的注意力，"你们愿意信我一次吗？"不是请求，是很平等的询问。

徐望发现，从始至终，池映雪都没有动摇过自己的目标，甚至在被质疑和拒绝后，他的沉静里反而多了一分坚定，就像山顶上的青松，无视风雪，我自屹立。

同样一个人，截然不同的性格，如果这是装的，徐望想亲手给他颁个影帝奖杯。

"给我们三分钟。"

放下这句话，徐队长把自家小伙伴拉到可以背后说人坏话的角落。

"一个肯定要钱，一个可能要命，"徐望把仅有的两条路都摆出来，集思广益，"你们怎么看？"

"休息一天怎么样？"钱艾跳出思维局限，给了新天地，"说不定明天一堆好男人，随便我们挑……"呃，钱艾收声，有点儿迷茫地摸摸下巴，怎么总觉得这话哪里怪怪的。

"增员任何新人都存在被坑风险，一个陌生的单一人格未必就比一个打过交道的双重人格安全。"吴笙看一眼池映雪，后者仍在不远处原地等待，"他的能力和目前展现出的态度，不是不能商量。”

徐望意外：“你想加他？”

吴笙叹口气，看徐望：“是你想加他。”不然连三秒钟的讨论都不需要。

“你想投赞成票，我跟着，但如果中途他再伤你……”吴笙顿了一秒，“或者我们其中任何一个人，直接踢没商量。”

徐望知道吴笙是个在意朋友的人，却很少见到他这么直白地表达，一阵悸动从心底划过，有点儿暖，有点儿幸福。

“行。”

钱艾也不知道是不是自己多心，总感觉吴军师那句“或者我们其中任何一个人”像是礼节性补充。但不管怎么说，他也要表达自己的立场：“我投反对票。”

两票赞成，一票反对。仨伙伴一起看况金鑫。

“说实话，我对他真挺好奇的……”况同学看着钱艾越来越黑的脸，咽了下口水，“呃，我弃权。”

钱艾磨牙：“不用考虑我。”

况金鑫认真摇头：“我投弃权也还是要加他，既然结果不变，为什么要故意让你更生气？”

钱艾：“……”这种坦白才让人生气好吗！

“行，那就这么定了，”徐望一拍手，“他负责效率，我们负责快乐。”

点击接受增员邀请的时候，池映雪并不知道自己的分工已经被单方面明确了。

“你们不打算问一下，我想到了什么阻止阎王出现的方法？”他还以为这是入队前最重要的一关。

“如果这个方法不需要我们插手，那就不必讲。”徐望看着他，把话说得很明白，“一来，我们辨别不了真假；二来，这是你的隐私，不用报备，我们只要一个稳定状态的结果。”

“叮——”

花名册：“池映雪加入队伍。”

“叮——”

花名册：“你有 5 分钟的免责时间，选择【退】或者【踢】，倒计时开始。”

除了钱艾对这最后的机会挣扎了两秒外，其余四人都没在意。

反悔倒计时不影响任务线，几秒钟后，五人就自动传回存档点，1310 房。

视野还没清晰，声音就先入耳：“他们来了！”

徐望能确定，那是李子近的声音，只是这语气……拿他们当伏地魔吗？！

“厉夏，把她拉到走廊来！”

徐望看见的第一眼景象，就是厉夏依照自家队长的指令疯狂将白衣无脸女往走廊带。墙壁上已经凿开一个大洞，没见魏孟寒他们的身影，但依稀还能听见密道深处的声音：“雷子你再爬快点儿……我听见他们的声音了……”

吴笙、钱艾、况金鑫站在原地，看天花板的看天花板，看墙的看墙，假装自己什么都不懂。池映雪也没动，只是看见韩步庭队的时候眉毛轻轻挑了一下。

徐望赶紧给新队友解释：“我们的口碑……有一些复杂。”

不料池映雪无奈笑笑：“我的口碑也不怎么样。”

“池映雪？！”李子近是队伍里殿后的，眼看一只脚已经出门了，忽然觉得声音不对，一回头，瞪大眼睛。

韩步庭和厉夏只顾着迅速离场，根本没注意徐望他们队内换人，但让李子近这么一喊，也在门外重新向屋内看过来，然后愣了，再看徐望他们，那仇恨值里就混了一点儿别的东西。

“赶紧收你们的鬼吧，”徐望赶苍蝇似的挥手，有点儿微妙的心虚，“早晚你们也得加一个我们的前队友，大家扯平。”毕竟是换了别人曾经的队友，不管是对方不要的还是自动退队的，总有点儿挖墙脚的既视感。

韩步庭、厉夏、李子近：“……”这里面可能有误会，他们混在仇恨值里的，是欣慰。

“呼啦”，天花板上燃起一簇漂亮火苗。

韩步庭三人对视一眼，“砰”地从外面关上了门，动作之整齐，之迅速，顶尖的求生欲。不起眼的房门似两个世界的分割线，火光和热度一下子没了，只剩安静的走廊和倒地的白衣无脸女。

韩步庭用道具把她收掉，说：“这里不安全，去隔壁等。”

今天和昨天不同，墙洞里只钻出了一只鬼，后续那四只根本没现身，魏孟寒队喜提密道，韩步庭队只能先解决无脸女，并抱着“那支队伍应该已经进油画了”的美好想象，准备之后再想办法召唤那四只鬼。

事实证明，一切美好都是幻觉。

不过那一队组了池映雪，这真是……让人心情愉悦啊。

“呼——”一贯内敛的韩队长进入确认安全的1309房，冲着吊灯就是一记长舒气，身心畅快，报仇雪恨了似的。至于那句早晚也得加前队友什么的，没头没尾，被选择性屏蔽。

李子近也幸灾乐祸，但更多的是想不通：“他们干吗组池映雪呢，忘了游乐园的事儿了？”

“闯关比宿怨重要。”厉夏席地而坐，清点剩下的黄符。

李子近："那也不能什么人都加吧？"

厉夏："身手比性格重要。"

"这是性格好不好的问题吗？"李子近满头黑线，"那就是个疯子啊！"

厉夏抬头，很认真地问："不符合他们队的风格吗？"

李子近愣了，丘比特、死亡凝视、毒蘑菇、催吐、原创剧本轮番在脑海里走马灯似的转……

"我没问题了。"

确认过灵魂，是彼此注定的人。

5

1310房，"‹防›让暴风雨来得更猛烈些"过后，一室狼藉。

"接下来等着油画把我们卷进去就行，"徐望跟池映雪说，"具体任务线，等下进去了我再给你讲。"

入队那一刻起，新队友就被鸮默认随着主队的任务线和存档了。

"好。"池映雪向后抹了一把被水打湿的头发，露出光洁漂亮的额头。

徐望欣赏了几秒，被自家军师拍了肩膀，果断秒变震惊，续上雨停前的话题："你把他们都咬死了？！"

池映雪呆愣两秒才跟上戏精队长的跳跃性思路，解释道："中了丧尸病毒，行动不受自主控制。"

"你一个人把他们三个都咬死了？"吴笙再次确认细节，很平静，不带任何情绪。

"是的。"池映雪回答。

吴笙点点头："身手了得。"

池映雪环起胳膊，不在意地笑笑，他听得出这话里没太多真正夸奖的意思。

徐望偷偷打量这位新队友，觉得他不是故作大方，就是真不关心。无论是吴笙的提防、钱艾显而易见的敌意，还是况金鑫蠢蠢欲动的好奇，他都看在眼里，却无一介意，也没有任何深入探究的欲望。

这个人和原本那个池映雪就像两个极端，先前那位恨不能把周边花花草草都惹个遍，快坠海了还要和他们隔空打个招呼，这一位却像个攀登者，只抬头看山顶，不在意周围是春夏还是秋冬。

热浪再起，火焰花雨。转眼，五人已身处中世纪的欧洲村庄。同昨天一样，村民们匆忙往行刑的广场赶，对他们视而不见。

“队长，文具盒能用了！”况金鑫只是习惯性地看一眼，没想到有惊喜。

小伙伴们一起点开“文具盒”，果然再没灰色，所有图标色香味俱全。

吴笙迅速比较两天情况的区别，答案很明显了：“有其他队不行，必须我们单独走任务。”

徐望忽然觉得很冤：“昨天又不是我们拉他们进来的……”

“他们昨天好像说要用什么道具，”钱艾多少有点儿印象，“爱情线的道具？”

吴笙抬头望去，小广场那边，刑架下的木柴已经快堆好了：“我们肯定遗漏了什么。”

五人轻车熟路往行刑处去，徐望没打扰自家军师思考，而是抓紧时间给新队友普及“前情提要”。当然，这一回徐队长再没使用“原创剧本”，就是把他们昨天的经历原原本本传达，一点儿枝叶都没添。

池映雪安静听完，懂了韩步庭队的光速撤退，连密道里没打照面的那队的心情，他大概也可以想象。

“这么听来，我们的任务就是对付恶灵？”他需要明确目标。

“暂时是这样，”徐望说，“但不排除后面有新的线索。”

“明白。”池映雪说着点开自己的“文具盒”，亮给徐望看，“这是我的全部文具，你们是习惯搭组合还是单用，都可以。”

池映雪的“文具盒”里一共九个文具，看两眼就能记住个大概，何况对方根本没有限时的意思，伸过来的手臂一动不动，就是随便你们看。

徐望说不上来心里是个什么感觉。惊喜肯定是有的，“文具盒”是闯关者的红线，把“文具盒”给你看，那就是亮底牌交心了。可池映雪说的话总让他有一种“我把东西给你们了，你们随便用”的微妙感，如果真拿他们当自己人，就该有商有量，我习惯什么战术，你习惯什么战术，我们该怎么磨合……

池映雪微微挑眉，目露疑惑。

徐望看着他那张脸，蓦地有点儿愧疚，觉得自己可能是个杠精：“战术问题找我们军师，”他拉过来吴笙，“他会带你学习我们的战斗体系的。”

池映雪冲吴笙点点头：“麻烦了。”

“不麻烦，”吴笙抬头看天，“但是现在恐怕不行。”

天上，淡蓝色花瓣正朝着火光冲天的刑架飞去。同昨天一样，刑架下的火焰在花瓣飞舞中慢慢弱下来，村民四散而逃。

“艾米——”

随着树下男青年的呼喊，拿着火把的姑娘再度冲过来。

"老钱，"吴笙看向自家队友，"你去盯着约克，等下他跑了，你就跟上去看看他家住哪儿！"

战术突变，钱艾有一瞬的茫然："约克？"

"就是树下那个男的。"况金鑫都记住名字了。

钱艾一肚子疑问，但眼看艾米就要作死了，也顾不上问了，直接往树下奔，否则等会儿约克就跑得比兔子都快了。钱艾刚冲到树下，艾米就烧起来了。等约克跑走，确认钱艾跟上，艾米已经成了一具焦尸。

有了前次阴影，剩下三人都尽量不去看，池映雪倒瞥了两眼，眉宇间风平浪静。

吴笙开始解释自己的想法："这里的时间流速比画外慢。"

一句话，况金鑫和池映雪还一头雾水呢，徐望就懂了："因为要留给闯关者足够的时间，在这里找爱情线道具？"

"对，"吴笙说，"距离恶灵到来至少还有四个半小时，不可能就为了让我们喝一锅毒蘑菇汤。"

徐望不想回忆这段剧情："你打算怎么做？"

"等下我们兵分两路，一路跟柯妮娜回家，一路在村庄里找线索和道具。"

"分工合理，战术科学。"

"就这样？"

"……鸮怎么就把你组给我了呢！"

吴军师心满意足，一个人就把柯妮娜从刑架上解救下来了，然后就开始咔咔聊天，走剧情。徐望好几次想插嘴，愣没插上，只好安静站在旁边，用精神力给自家军师助阵。

况金鑫本来想上前，见池映雪没动，转头一看，对方正定定地望着自家队长和军师，似笑非笑。他不明所以："怎么了？"

"一句话就基本知道对方想说什么了，"池映雪收回目光，看向况金鑫，"你们队长和军师的默契很厉害。"

"也有沟通失败的时候，我就见过两次队长黑脸……"况金鑫回应一半才觉出不对，眉头慢慢皱起来，更正，"是我们的。"

池映雪微微歪头："嗯？"

况金鑫直直看进他眼底："是我们的队长和军师。""我们的"三个字，他毫不掩饰地加重。

池映雪懂了，眉眼舒展开来，又是那种和煦的笑："接受批评，认真整改。"

况金鑫有点儿困惑地看着他，总觉得他的温暖像一层带雾的玻璃。游乐园的池映雪很危险，但情绪是看得见摸得着的，况金鑫现在都能回忆起来，那个池映雪被李子近打断战斗时的不爽、在摩天轮上莫名其妙的生气，还有被自家军师用幻具逼出心里吐槽时的懊恼和愤怒。

吴笙这一次和柯妮娜说的话就没那么程式化了，除了必要的主线剧情，其他也东拉西扯地聊，一来想探探这个 NPC 的信息储备，二来也是在等钱艾。但直到钱艾气喘吁吁回来，吴笙也没聊出什么有用的，柯妮娜被赋予的信息量极其有限，除了任务线本身相关，就只剩下一个中世纪乡村少女的基础认识。

4/23 的黑茉茉会钻规则空子，3/23 的存档 NPC 圆仔还会问一句“下一关是什么意思”，可柯妮娜连一丁点儿好奇心都没有。吴笙放弃了给她发小卡片的念头。

约克的住处已经落实，接下来就是兵分两路。

“我和吴笙在村里找线索，”徐望明确分工，“老钱，你和小况还有池映雪跟柯妮娜回家。”

钱艾还上气不接下气呢，呼哧带喘就愣了 ：“我们仨？”

徐望乐了 ：“你觉得你更适合找线索？”

钱艾 ：“那倒不是……”

“那不就结了，”徐望看向况金鑫，“看好老钱，别让他再喝蘑菇汤。”

况金鑫立刻拍胸脯 ：“包我身上！”

钱艾 ：“……”他在人民群众心目中是有多馋！

池映雪服从安排，和况金鑫前后脚跟上柯妮娜。

徐望迅速拉住落在最后的钱艾，又小声叮嘱一句 ：“看好小况。”

钱艾顺着自家队长的目光，最终找到了池映雪的背影，顿时明白了 ：“放心。”最后这一句，他说得特有使命感。

目送小伙伴们和柯妮娜远去，徐队长其实不太放心。如果可以，他跟着柯妮娜回家是最保险的，万一池映雪想弄什么幺蛾子，他肯定能比老钱察觉得更快，但让老钱出来找线索……那还不如留他防备池映雪呢。

吴笙知道徐望担心什么，正因为知道，才更疑惑 ：“我们直接带着池映雪一起找线索，把他放身边看着不就行了？”剩下老钱和小况回柯妮娜家也安心。

“那就防人防得太明显了，”徐望看他，“你都能想到，池映雪得多迟钝才会看不出来？”

“防都防了，还非得维持虚假的团结友爱？”吴笙都替他累。

“这叫彼此考察磨合期，”徐望正色起来，“能熬过去，团结友爱就是真的了。”

“池映雪也在考察我们？”

“当然。”

见吴笙还是一脸不认同，徐望也不废话了，直接总结 ：“人和人的相处是门学问，要都像你这么简单粗暴，没交心呢，全散了。”

吴笙满头黑线：“我也是有几个朋友的。”

“那就珍惜吧，”徐望转身，往找线索的第一站——树下——走去，“你省的心，全让对方补了……”

6

柯妮娜的小木屋。

“……以上，就是你全部的黑历史。”钱艾接过况金鑫递来的保温壶，将里面温热的茶水一饮而尽，讲了半天的嗓子终于得到滋润，末了还叮嘱队友：“下次可以放点儿枸杞。”

池映雪微微蹙眉：“我真的把小况推下去了？”

“不是，是你和我同归于尽。”况金鑫把保温壶装回双肩包，更正道。

池映雪脸上的不认同更深，半晌，叹息似的点点头：“是阎王的风格。”

“别以为一句不记得就完了，”钱艾认为必须提醒这位队友，“你和阎王现在就等于用一个账号，他杀了人，你照样红名。”

双重人格什么的钱艾不懂，他就认准一条，人得对自己做过的事情负责。至少，他得让池映雪知道另外一个自己做过什么，要是就这样一点儿心理负担没有地入队了，况金鑫性格好、能忍，他可看不过眼。

“我替阎王向你道歉。”池映雪看向况金鑫，收敛闲淡，认真道。

况金鑫和钱艾的想法不同，他也不知道为什么，很自然就能把阎王和池映雪分开，当成两个人对待：“和你没关系。”

池映雪以为这是气话，可看了看，发现况金鑫眼里还真没有赌气或者记恨，相反，倒带着藏不住的疑惑——这一路上，他眼里都闪着这种问号。

难得的，池映雪生出一丝好奇：“想问什么吗？”

况金鑫有很多想问的，但正好聊到摩天轮了，他就顺势问了这个：“阎王为什么要和我一起跳下去，你知道吗？”

池映雪顿了下，眼里有什么一闪而过，太快，看不真切：“我不知道，”他笑笑，无奈似的，“阎王的性格从来都不稳定，没人知道他脑子里在想什么。”

“连你都不知道？”钱艾没想到。

池映雪一声轻叹：“我只知道但凡他一出来，磨合得再好的队伍也会被他搅黄。”

“必须的啊，他那样的谁敢要。”钱艾有种找到知己的欣慰，可一想到吐槽的就是知己本人，然后知己还跟着附和，欣慰里就生出一丝诡异。

“你……讨厌阎王？”况金鑫轻声问，总担心声音太大，阎王就听见了。

池映雪静静看了他一会儿，忽然抬手轻轻抚上他的脸颊，拇指轻轻描摹他的眉骨，呢喃：“如果你永远都要和另外一个人争夺生存权，你会喜欢他吗？”

况金鑫被定住，一动不动，连呼吸都忘了。他蓦地有种感觉，池映雪看的不是自己，而是自己瞳孔中另一个池映雪的倒影。

“你干吗呢！”钱艾打掉池映雪的手，把况金鑫拉过来，一张脸皱得五官大团结了，“有事儿说事儿，恶心吧啦摸什么！”

池映雪看着自己一下子红了的手，眼神忽然变得有些恍惚，丢了三分魂儿似的。

“我就打你一下，不用这么飙演技吧……”骤来的寂静，让钱艾有点儿发毛。

池映雪忽然点开“花名册”，歪头看了几秒，而后缓缓抬眼，目光滑过钱艾，落到旁边的况金鑫脸上。

“况……金鑫？”他的语调极轻，尾音微扬，淡淡的勾人。

钱艾咽了下口水，携况金鑫一起往后蹭了蹭：“你再这么装神弄鬼我直接踢人了啊……”

池映雪弯起嘴角，眼里闪过一丝顽皮，就像小孩子想到了什么得意的恶作剧。

“小四金。”他愉快地宣布况金鑫的新名号，没一点儿征求本人意见的意思。

况金鑫愣愣地看着他，相比自己得了个昵称，他更在意池映雪，他总觉得眼前的人不一样了。他小心翼翼地问：“你……是阎王吗？”

一刹那，池映雪的笑意僵在眼睛里。下个瞬间，漂亮的眸子里忽然涌起好几种情绪，愉悦、愤怒、疑惑、了然……全是不相干的，就那样简单粗暴地混在一起，交织成一团迷幻色彩。

“滚开！”池映雪忽然大叫，眉宇间全是阴云。

谁也说不清这是吼给外人的，还是吼给身体内的另一个自己。

反正钱艾直接把况金鑫薅起来，化身“暴走闪电钱”，咻地飙到屋角。要是墙缝够宽，他都能塞进去。

“这是要变身啊……”钱艾在这一刻忽然想念恶灵，至少恶灵目标明确、手段直接，带着的小火光还能驱散黑暗呢！

池映雪腾地站起来，困兽一样四下环顾，动作看着焦灼，眼底却一片阴鸷：“衣柜，”他像在和体内的力量极度拉扯，声音沉得可怕，“有没有衣柜？”

“楼上卧室！”现在他就是要金条，钱艾都能给他冶炼去。

池映雪一个箭步蹿上楼。很快，上面传来杂乱动静，再然后，一声疑似衣柜门关上的

"咣"，世界清静了。

钱艾把况金鑫揽在胸前，久久怀抱不松。

况金鑫挣扎着仰起头，问："你是想保护我，还是自己害怕得抱个东西才有底？"

钱艾："……"

悻悻松开自家队友，钱艾跳过提问，直接颁布禁令："以后不许靠近池映雪半径一米之内！"

况金鑫知道钱艾担心，但还是有些为难："战斗的时候呢？"

"更不用了，"钱艾不假思索，"那时候就让对手去他身边，保证来一个吓死一个，来两个吓疯一双。"

况金鑫脑补了一下那个画面，乐了："阎王要是知道你这么想他，肯定会生气。"

钱艾消化了一会儿，才跟上况金鑫"池映雪、阎王自然分开"的思路，好奇他的结论："池映雪就不生气了？"

"他不会，"况金鑫说完又想了想，还是摇头，"他不在意这些。"

楼梯口传来脚步声。

钱艾挡在况金鑫身前，全副戒备。

池映雪缓缓走下来，脸色不大好，嘴唇有些白，但整个人已经平静下来了，看见他们戒备的神态惭愧一笑，半道歉半解释："刚才说了太多他的坏话，不高兴了。"

"我们说话他能听见？"钱艾震惊，忘了追究刚才被吓的事情，求知欲再一次上线。

池映雪微微点头："只要他想，就能。"

况金鑫问："然后呢，记得住吗？"

池映雪好整以暇地看他，似乎知道他要问什么："能。但是换过来，换他出面我蛰伏，我就听不见、看不见，当然也就没记忆了。"

心思被看穿并没有让况金鑫不自在，他很认真地问："为什么？"

池映雪耸耸肩："他比我霸道。"

况金鑫说："但你才是主人格。"

"正因为主人格懦弱、逃避，害怕面对痛苦，才会生出副人格。"池映雪笑了，眼底却一片冷，"主人格是最没用的。"

"蘑菇汤好了。"柯妮娜端着和昨天一样的锅热情而来。

钱艾拉着况金鑫后退一大步，光闻着味，都好像能看见小人在锅口冒出的白色热气里跳舞。

池映雪被新队友科普过蘑菇汤的故事，没有以身试险的兴趣，帮着柯妮娜把汤放好，便温和道：“我们自己来，你忙别的去吧。”

柯妮娜坚持：“我帮你们盛。”

池映雪无所谓，见她执着，便随她去了。

盛好汤，柯妮娜转身回了厨房。

香气飘满客厅，对钱艾来说简直是巨大的考验，幸亏他早有准备，自口袋掏出一个极小玻璃瓶，里面的液体翠绿通透。

醒脑神器——风油精。

小绿瓶在手，色香味全走，鼻下闻一闻，祛毒又精神。

钱同学陶醉在风油精香氛中的时候，况金鑫注意到了池映雪袖口的血迹，刚刚跑上楼的时候还没有。

“你用什么办法阻止的他？”况金鑫能确定面前这个还是池映雪，只出来一瞬间的阎王自然又被赶回去了。

池映雪正因风油精的味道蹙眉，闻言有片刻的失神。

“他害怕衣柜吗？”况金鑫问得更具体些。

“不是，”池映雪抬起头，有些好笑道，“他怕黑。”

“怕黑？”况金鑫怎么也没料到是这样的答案，自言自语地嘀咕，“好像小孩子。”

“熊孩子。”池映雪像个饱受折磨的大人，规劝没吃过苦头的小年轻，“你不会喜欢的。”

况金鑫忽然安静下来，定定地看着他的袖口。

池映雪顺着他的目光看见了那里沾染的红，沉默半晌，拉起袖子，小臂内侧赫然一道新伤，像是用钉子或者其他不那么锋利的东西硬划的，伤口粗糙。

“黑是给他的，疼是给我的，”池映雪抬眼，轻轻看过来，温柔浅笑，“这就是我的方法。”

况金鑫没问题了，安心坐回墙角。

钱艾闻着风油精，听着这堆神叨叨的对话，在烦躁中勉强安静。

池映雪坐在桌旁守着一锅毒蘑菇，单手托腮，看窗外的月光。

徐望和吴笙回来的时候，见到的就是这样的画面。

仨队友听见声音，都看向门口。况金鑫第一个起身，小狗似的扑过来，眼睛亮晶晶的，全是期待：“队长，笙哥，有发现吗？”

“全是发现。”徐望眉梢上挂着喜气，快步走到客厅中央席地而坐，自怀里小心翼翼捧出一小簇淡蓝色的花。那一簇花七八个茎，每根茎上都垂着五六朵淡蓝色的花，有的全开了，有的含苞待放，根茎缠绕在一起，或者说共用一个根，但那团根茎上没土，反而带着一小块树皮。

吴笙把柯妮娜从厨房叫出来，同自家队友一起围坐成一圈。

“就是它灭了火，救了你。”徐望对柯妮娜说。

柯妮娜望着那簇花，仍茫然：“这花长在哪里？我真的一点儿都不记得曾经见过。”

“你没见过，”徐望说，“它长在小广场的那棵树上。”

柯妮娜：“树上？”

徐望：“对，特别高的树干上，被树叶树枝挡着，我们也找了很久。”

“他踩着我肩膀找的。”从进门就安静的吴军师，第一句话是为了补充细节。

徐望没搭理他，但不妨碍使用对方的知识库：“这是附生花，依附在岩石或者树干上，不需要土壤，靠雾露、雨水就能生长。”

吴军师坚持刷存在感：“我们想把它从树上摘下来的时候，还受到了树枝的攻击。”

付出终于有回报，柯妮娜有些恐惧地看向他，声音发颤：“树……的攻击？”

“嗯，就像活了一样，甩枝条攻击我们。”吴笙说。

柯妮娜又惊又怕：“广场边的那棵树自我出生便有，从来没异象……”

“但当我们遭受攻击摔在地上之后，花又自己落下来了。”徐望说，“我想，它是希望我们带它来找你。”

柯妮娜已经听不进去什么了，整个人都是蒙的。

徐望和吴笙对视一眼，不约而同感到失望，他们还以为带着花回来能触发什么剧情，现在看，太乐观了。

钱艾和况金鑫还在消化“附生花”和“树打人”的问题，池映雪却已进一步问：“只有这些线索吗？”

徐望：“还有。”

池映雪问：“是什么？”

徐望没再急着说话。池映雪耐心等着，眼里的光只一种——专注，仿佛这一刻，他的世界里只有线索和交卷。

徐望自认看人还是有几分把握的，的确从池映雪这里看不出恶意或者其他。

“还有两件事，”徐望开口，将得来的线索分享给全体队友，“我们去找了约克……”

三个小伙伴听得认真，柯妮娜更是猛地抬头。

徐望看向后者：“约克说，他其实也喜欢你，但艾米告诉他你不喜欢他。”

“怎么可能，我还让艾米帮我表白……”柯妮娜猛地捂住嘴，明白过来似的，眼圈不可置信地泛红。

“是的，艾米不仅没有帮你表白，还告诉约克你拒绝了他。”徐望说，“而就在艾米向约克撒谎的那个晚上，她受到了花瓣的袭击……”

柯妮娜看向地上的那簇花。

“是的，就是它。”徐望叹口气，“我不知道它是男是女，或者就没性别，但显然它喜欢你。袭击完艾米它就飘走了，最后落在了你家的屋顶上。”

“我家？”

“而且很不巧，艾米偷偷跟着呢，所以她才断定你会魔法，是巫女。”

柯妮娜忽然颤抖起来，她轻轻环抱住自己，许久，才抖得没那么厉害。

徐望知道这个姑娘想到了：“是艾米向村子里告发的你。”

会魔法，或者说和魔法沾上关系，在这个时代就是必死的罪，它会让所有愚昧的人心生恐惧。

“这些事情约克都知道？”池映雪虽没经历过昨天的事，但进入剧情的速度却奇快，且反应迅速、逻辑在线，这是徐望没料到的。

“约克不知道，但村子里的一个神父知道。”徐望说，“这就是我要讲的第二件事。艾米在告发柯妮娜之后便去找神父忏悔，把一切都和神父讲了。”

况金鑫没懂：“如果艾米觉得告发巫女是对的，为什么还要去忏悔？”

“因为她骗了约克啊。”钱艾怀疑况金鑫前半节课没听讲。

徐望补完：“神父说，她的恐惧滋生在嫉妒的土壤里，她的告发，除了害怕还有私心，她清楚自己的罪。”

吴笙不言语，这个学科不属于他的领域。

池映雪“扑哧”笑出声，自入队以来第一次笑得一点儿没收敛，嘴角肆意扬着，同弯下的眼眉一起，竟有丝灿烂。

笑完了，他才看向他们，眼神就像在看一群天真无知的孩子：“恶人永远不会因为自己的恶行而忏悔。他们祷告、倾诉，只是为了心安理得地继续作恶。”

第七章 附生花

FU SHENG HUA

但愿上帝保佑你，她的爱和我一样。

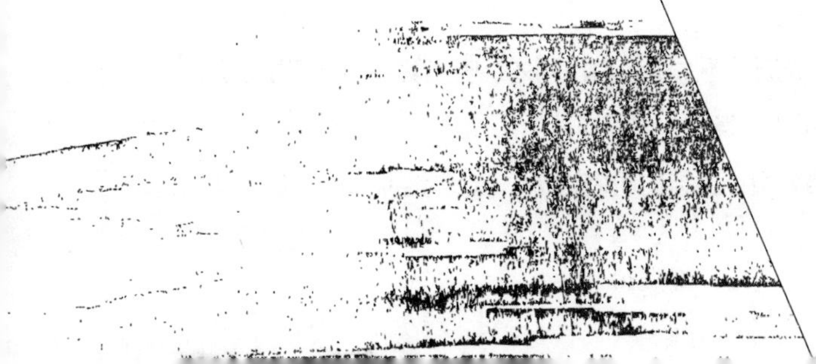

1

五个人，一个 NPC，一簇附生花。

夜沉如水，恶灵随时可能到来，留给小伙伴们谋划战术的时间并不多。

“我们找遍整个村子，再没有其他主线相关物品，基本可以确定这个附生花就是爱情线道具。”徐望从背包里翻出纸笔，递给自家军师，“但该怎么用，只能靠猜。”

接过纸笔的吴笙在上面唰唰列了四项：“主动攻击、被动防御、直接进主线剧情、延时性起效，是我暂时能想到的四个方向。”

“直接进主线剧情最棒了。”况金鑫已经开始畅想省心省力的美好未来。

“可能性不大，”徐望不是想打击他，主要是结合同行们的经验，“李子近他们拿了黄符，还是要手动驱鬼的。”

“主动攻击和被动防御都行，只要防火，我可不想再被烧一回……”钱艾要求不高，一点点安全感就好。

“延时性起效是？”池映雪伸手轻点一下白纸上的第四项。

“延时，再起效。”吴笙解释。

“……”池映雪有些困惑地皱眉，不太确定自己刚才是听见解释了，还是没有。

钱艾和况金鑫不约而同向新队友祭出心疼眼神。

“我们先用自己的能力抵挡恶灵，坚持的时间达标，道具才会启动。”徐望插话进来，帮自家军师旁白注解。

池映雪恍然，心头的愉悦驱散了"吴式解释"的淡淡阴影："这个方向我喜欢。"直接进主线剧情？太无趣了。

难以掩饰的期待让他持久和煦的气质有了一丝龟裂。徐望在那裂缝里捉到了好战的幽光。在一个竞争性的世界里，带着一个好战分子，利大还是弊大，徐望也说不准。不过转念一想，自家队伍好像一路走下来也不是靠趋利避害，主要还是看感觉，感觉到了，甭管一起遭殃还是一起 Happy，好像都可以。

不太妙，他们好像在以谈恋爱的方式经营团魂——徐队长皱眉，陷入深深忧虑。

那边吴军师继续在纸上部署："根据附生花可能起作用的四种形式，我们设定甲、乙、丙、丁四个方案……"

钱艾、况金鑫："嗯。"

吴军师的笔在各方案下面又画了箭头分支："方案都可能有意外，我另外还做了戊、己、庚、辛四个后续补丁……"

钱艾、况金鑫："好。"

几个来回，一张纸已经被吴军师部署满了，非常完整的一张思维导图，又是框，又是箭头，又是导线，又是重点符号。钱艾和况金鑫接过战术图，看得认真，背得仔细，时不时还问一下诸如"这个丙计划具体该怎么站位""这四个补丁必须和计划一一对应吗"之类的问题。

默默听完全程的池映雪："……"

况金鑫把战术领会得差不多了，才发现新队友没参与学习，抬头一找，后者倚在窗边，又欣赏月光呢。喜欢看月亮不是问题，但月亮不能帮助他们打败恶灵。况金鑫闷闷看了一会儿，还是起身，丢下仍在苦记的钱艾，悄悄来到池映雪身边。

感觉到有人靠近，池映雪回过头来，一半脸在屋内灯火里，一半脸在夜色月光里，有种奇异的融合的美。

况金鑫傻了一下才回过神，问："你不背战术吗？"

池映雪没想到他会这么直接找过来，但唇角还是勾出一抹温柔："太麻烦了。"

况金鑫不认同地摇头："你现在图省事，战斗的时候更麻烦。"

"你不觉得把每一步都算计好的战斗很无聊吗？"池映雪的声音很轻，像呢喃，像叹息。

况金鑫静静看着他，良久，说："这不是游戏。"

池映雪轻笑，反问："无论怎么战斗都死不了人，不是游戏吗？"

况金鑫不言语了。事实上他走过来问，也没打算强求池映雪爱学习，他只是好奇这人的想法，现在他明白了。

“放心，”池映雪给了小孩儿一个笃定的眼神，“我不会拖累你们的。”

况金鑫几乎是不假思索地摇头：“我们是队友，没有拖累不拖累，只有发挥好不好。”

池映雪怔了片刻，心底划过一丝异样，他分辨不出那是什么，甚至没办法断定是不是和况金鑫的态度或者言语有关。好半天，他才想起来回应：“我会发挥好的。”

况金鑫相信：“你很厉害，我知道。”

听起来，谈话好像应该就此结束，可眼前的小孩儿并没有离开的意思。池映雪好奇地挑眉，等着下文。

“我说句话你别不高兴。”况金鑫忽然来了这么一句。

池映雪更感兴趣了：“好。你说。”

“你在之前的队伍都待不久，我觉得不一定是因为阎王。”况金鑫没任何批评的意思，就是陈述自己的判断。

池映雪笑容渐淡，却莫名还想听下去。

“他们想逃离这里，想解脱，”况金鑫说，“但是你想玩。”

池映雪沉默，眼底暗下来，周身气压明显降低：“他连玩都敷衍。至少，我还想去终点看看风景。”

“你可以和阎王说话吗？”

“……嗯？”突如其来的问题，让池映雪的低压风暴停在半路。

“就是……”况金鑫努力寻找合适的比喻，“比如你闭上眼睛冥想，大脑里能和阎王连上吗？通个电话、发个微信或者语音视频都行。”

“有时候……能语音。”最后三个字，池映雪都不知道自己为什么会说出口。

没想到真能，况金鑫惊喜地瞪大眼睛，立刻说：“那你说一下他，不可以总那么任性，坑队友、坑对手，还坑自己，太傻了。”

“……”池映雪深吸口气，又慢慢呼出，“我试试帮你转达。”

况金鑫真心道：“麻烦了。”

池映雪鬼使神差地问：“我呢，你就没什么想教育我的？”

况金鑫还真没有。这位新队友有态度，有自信，有坚定的娱乐取向和目标。这样一个知道自己在干什么，也乐在其中的人，比摩天轮上那个成熟多了，他可以不认同他的某些观点，但不太好意思也自认没资格提什么“教育”“规劝”。

安静的对视里，池映雪渐渐眯起眼，没来由地不太喜欢这个现实：“真的一点儿都没有？”

况金鑫很犯愁，不懂为什么刚才说退队的原因在他都没能让他生气，这会儿倒不愉快了。

“浅色系，”况金鑫搜肠刮肚找出一个建议，真心的，“你穿浅色好看。”

池映雪蒙了一下，好半天才心情微妙道：“哦。”

况金鑫什么时候转身回去的，池映雪都没注意，走神了不知道多久，再重回注意力时，面前已经变成了徐望的一张脸。池映雪吓一跳，控制住了身体没动，可目光还是明显闪了一下。

“我是没小况可爱，也不用惊恐得这么明显吧。”徐望满头黑线，把附生花塞到池映雪手里，“拿好，等下就看你的了。”

“我？”根茎连着的树皮还带着潮气，贴着手心，凉凉的。

“你不是想自由发挥吗？”徐望说，“正好，我们也不知道这个花怎么用，你就随机应变吧。”

“这是最关键的道具。”池映雪不喜欢战术，不代表不懂战局。

“所以才要交给战斗力最强的人。”徐望理所当然道。

池映雪盯着他，想从他的脸上或者眼里找到算计：“小况说我不合群。”

但他失败了，因为徐望直截了当就点了头：“对啊。”

池映雪：“……”

“但是不合群有不合群的好处，”徐望狡黠一笑，“少了客套面子，沟通更直接。”

池映雪询问似的挑眉。

徐望拍拍他的肩膀，语重心长：“你唯一的优势就是颜值和战斗力，保护好前者，发挥好后者，你再招人烦，也会被当成战队之宝。”

池映雪：“……”

“其他战术不用管，但有一个你不愿意也必须记住，”徐望忽地郑重起来，“P 计划。”

P？

或许是还在意着况金鑫说的“你想玩”，池映雪第一个想到的就是：“P-L-A-Y？玩？”

徐望对彼此的默契有些失望：“P-A-O，跑。”

池映雪：“……”

2

接下来的一段时间，送走了新队长的池映雪什么都没想，就对着墙壁放空。阴差阳错，他最先发现了划过墙角的阴影。

“来了。”他第一时间提醒。

所有小伙伴一跃而起，全体戒备。

阴影消失在厨房，五人护着柯妮娜一起进入厨房。置物架贴着的墙壁上，一片热炭似的红。木制置物架传出烧焦的味道，边缘已变黑。

徐望回头想给池映雪使眼色，却发现后者已经单手托起附生花，正对着置物架。

池映雪的反应速度比他预想得还要快。可惜，什么都没触发。

墙壁上灼烧般的通红慢慢形成一个鬼影，遥远的不知名处传来地狱般凄厉的叫声："巫女……必须……被烧死……"鬼影呼地和墙壁脱离，飞到天花板，又俯冲下来，直奔被五人护在中间的柯妮娜！

附生花依然没反应，明显眼下是第四种情况，也就是道具延时性起效，"丁计划"自然启动。

不必再等吴笙喊，况金鑫早就点掉了"‹武›凶神恶煞"！

就在艾米鬼影扑下来的一刹那，五人头顶忽然出现一个青面獠牙的鬼魂，向上迎着艾米而去！一个火红，一个青黑，两个凶灵瞬间纠缠到一起，展开中西对决，鬼打鬼。随着打斗，艾米鬼影越燃越烈，整个厨房的温度也节节攀升，热浪灼人！

池映雪模特似的托着附生花，也不知道什么时候能有动静，本就百无聊赖，这会儿连心静自然凉都做不到了。

四下忽然起了一阵冷气。池映雪怔住，就听耳内提示："有人对你使用了‹防›冰河时代哟。"

被烤得通红的墙壁慢慢蒙上一层冰霜，霜很快被烤化，新的霜再覆上来。

池映雪看向新队友——况金鑫盯着空中，全神贯注操纵青面鬼；徐望盯着墙壁，额角已落下汗珠。

"冰河时代"延缓了厨房的升温，却没办法让其降温。"凶神恶煞"更是以肉眼可见的速度败下阵来。文具的威力，在任务线里被明显地削弱。

池映雪看着手里的花，直觉最后关头还是要靠这个，可该怎么靠？鬼知道。

花瓣已经在高温里打蔫了。池映雪叹口气，解放酸得不行的胳膊，把花换到另外一只手，继续优雅托着，等待任务线的召唤。

"辛补丁！"吴笙一声喊，拉回池映雪的神游。

青面獠牙已经没了，鬼影倒越发烈火熊熊了，墙角已经燃起火苗，冰河时代眼看也奄奄一息。

鸮："有人对你使用了 < 武 > 大风吹哟。"

鸮："有人对你使用了 < 防 > 遮风避雨哟。"

第一声提示是给恶灵的，第二声才是给五个伙伴的。

池映雪听不见第一个，却感觉得到狂风骤起，身体差点儿被卷着离地，幸亏只一瞬，五人周围的风便停了。

真正的狂风给了恶灵。那风就像一道屏障，吹得恶灵迟迟不能靠近。

池映雪挨着钱艾，清楚看见他又点掉了一个“‹武›弥撒的福音”。半空中忽然出现一本带着光芒的圣经，直接飘到凶灵面前。凶灵正被狂风包围着，不能脱身，简直像被强迫听着似的。下一刻，福音的低语弥漫整个厨房，恶灵在福音声中发出凄厉号叫，火焰般的身影扭曲变形！

鬼打鬼，冰对火，福音净化凶灵……池映雪不喜欢按部就班的战斗，但客观地说，吴笙极具针对性的部署，将文具的效用和他们四个的战斗力大幅度提高了。池映雪跟过自由发挥的队，通常都是实力不济还自我感觉良好，有时候他都想替 NPC 送他们回家。

圣经的光芒不知何时弱了下来。池映雪抬头，在刺眼的火光中微微蹙眉。

不行。文具能带给恶灵杀伤，但太有限了，无论僵持多久，最终总是恶灵占上风。

丁计划就是拖延时间，一直拖到关键道具起效。所以僵持本身就是这场战斗的目的。问题是道具什么时候起效？

战斗中的四人没催他，甚至连一个焦灼的眼神都没瞟过来，但池映雪自己急了。他有些后悔接下这个任务。没有花，他想干什么都行，现在倒好，彻底被困住了。

“小况——”钱艾忽然大叫。

池映雪不知被谁撞了下，踉跄后退一步，定睛去看，队形已经散了，况金鑫被恶灵扑倒了，他把柯妮娜护在身下，恶灵则烧着他的后背！

钱艾不知用了什么武具，手里多了一个圣杯，冲着恶灵就挥了过去。恶灵一霎离开，圣杯从况金鑫的后背上方呼啸而过，挥了个空，但好歹把况金鑫从灼烧中解救了出来。

四个人已经没什么阵型了，就用自己的文具最大限度和恶灵周旋。

池映雪是最闲适的一个。他不知道是不是因为自己举着附生花，恶灵真的一次都没找过来。

等等？如果恶灵害怕的是附生花本身，为什么不把附生花直接给柯妮娜，让它保护正主呢？池映雪瞥一眼狼狈战斗中的徐望，不敢相信对方会犯这么低级的错误。

两步来到墙角，少女正缩在那里瑟瑟发抖。池映雪把淡蓝色的花递到她面前，命令一样的口吻：“拿着。”

柯妮娜本就害怕的面色越发惊恐，快把头摇掉了：“不要！快把它拿走！”

池映雪被这反应弄愣了。

徐望这才看见新队员干吗呢，黑线道：“能给早给了，她害怕一切和魔法相关的东西！”

一簇爱上人的花，算和魔法相关吗？池映雪不知道。他只知道，这是战斗开始后自己收到的第一句沟通。

——你不是想自由发挥吗？正好，我们也不知道这个花怎么用，你就随机应变吧……

——所以才要交给战斗力最强的人……

话说得好听，结果呢，现在附生花动也不动，带着自己一起成摆设了。

池映雪在心里冷笑，可看着眼前节节败退的四个人和手里毫无动静的附生花，又烦躁得厉害。战斗无聊他都忍了，但再这么等下去，那四个人就回家了！

映着火光的眼眸慢慢暗下来，黑得像夜。

池映雪缓缓转过身，挡在柯妮娜面前，轻声唤："嘿，艾米。"

热浪的呼啸里，这一声很小。追着钱艾的恶灵却好像听到了，身形轻微地一顿。

鸮："有人对你使用了 <防> 腾云驾雾哟。"

池映雪静静听着自己的防具起效，屏息凝神，脚下慢慢聚起缭绕白雾。突然，他毫无预警地腾空，如离弦的箭，直冲恶灵而去。恶灵本能感觉到危险，想躲，速度却忽然迟缓下来，周身影影绰绰有丝线缠绕一般。

池映雪不知道这丝线是哪个伙伴的文具，总之，他很满意。

顷刻已抵达恶灵面前，池映雪毫不犹豫，把掌心托了半天的附生花狠狠招呼到恶灵脸上——如果那一双空洞所在的地方算是脸的话。

底下的四伙伴屏住呼吸。

恶灵被附生花袭击的一瞬间，忽然变成了实体——被烧焦的艾米！那胳膊已经乌黑抽缩的凶灵，在池映雪的一掌下"咣"地撞到墙上，周身缠绕的金线隐隐放光，钳制着她的反抗。池映雪收回手，附生花软软落到地上，花蕾也好，花瓣也好，都已经被拍烂。

小伙伴们错愕，包括池映雪，但他很快反应过来，点击手臂，下一秒手里多了一个泛着寒光的十字架。没等底下四人反应过来，那锋利如刀的十字架一端已被池映雪刺入焦尸心口！

艾米奋力挣扎，可池映雪握着十字架的手腕纹丝不动，几乎将她钉在墙上。

已经没人注意地上的附生花了。可它偏在这个时刻泛起淡蓝色的微光，而后悠悠飘起，竟又恢复了先前的模样，开着的花蕾散发淡淡幽香，含苞待放的花蕾则正在一点点绽放。

艾米不再挣扎，空洞的眼眶对着半空的附生花，凄厉嘶哑的声音里带着不甘的愤恨与诅咒："你护得她一时……护不住她生生世世……下一次，我会先找到她的……"

恶灵在越来越强烈的淡蓝色光芒中慢慢消失，它没有被消灭，只是暂时蛰伏，等待着日后的某天卷土重来。

池映雪发现自己的身体在慢慢透明化。他本能低头，下面的四个新队友的身体也同样渐渐透明。这是要离开油画了吗？池映雪不确定，只知道底下四个人都仰头看着自己，目光中饱含的各种直白的情绪让他很不适应。

钱艾，强烈矛盾款——我认可你的实力，但我仍然看不上你。

况金鑫，热情肯定款——你比我想象得还要厉害。

吴笙，意外之喜款——这位同学，我觉得你可以走一波智慧流。

徐望，老怀安慰款——我果然没信错人。

这是一支情感过于泛滥的队伍，非常、泛滥。

无言对视中，徐队长背过手，悄悄退出“文具盒”，仿佛从来没用过一个叫作“浩然正气金蚕丝”的防具，深藏功与名。

……

两小时之前，回柯妮娜小屋的路上。

吴笙：“你要把附生花给池映雪？”

徐望：“反正也不知道怎么用。”

吴笙：“能主动触发还好，万一需要使用者想办法呢？”

徐望：“最好是这样。”

吴笙：“你对他这么有信心？”

徐望：“一点儿都没有。”

吴笙：“……”

徐望：“他比游乐场那个池映雪还要独，这样的人，很难真正把谁当队友。”

吴笙：“那你还同意增员？”

徐望：“我舍不得他的战斗力……和脸。”

吴笙：“你把最后那两个特别小声的字再说一遍。”

徐望：“所以我还是想试试看能不能激发一下他的战友情。”

吴笙：“……”

徐望：“总要有人先交付信任。增员齐闪的时候，如果我能这么做，或许他就不会走。”

吴笙：“不可能，他对李子近是痴迷。”

徐望：“……”

“如果失败，”徐望看向自家军师，目光忽然楚楚可怜起来，“你们不能怪我。”

吴笙：“……”哪儿来的“你们”，这里只有他一个人被打感情牌好吗！

不愿意再看一张惨兮兮的脸，吴笙引导自家队长畅想美好未来：“万一成了呢？”

"成了啊……"徐望仰望星空，忽然有点儿不敢想。如果池映雪真有咬死李子近他们全队的武力值，再从心底里把队友当伙伴，也许真就无敌了。

战斗力是要凭信念支撑的。

再尽情地玩，也比不上一点点想要和伙伴并肩前行的心。

3

池映雪解除文具效果落回地面时，先一步落到地上的被拍烂了的附生花忽然化作一截烧焦的树枝。

五人都看清楚了这神奇的变化，面面相觑。离得最近的池映雪索性上前两步，弯腰去捡，半透明的手指穿过树枝，什么都没捞到。

他们之于这个世界，似乎成了虚体。

但声音还能传递，因为四伙伴很快听见况金鑫弱弱的提醒："队长，花在那边……"

所有人一起转头，就见柯妮娜不知什么时候昏过去了，靠坐在厨房一角，身旁地上，静静躺着那簇附生花。它仿佛不曾参与过战斗，甚至像刚从树上摘下来那般，通体完好无损，芬芳花瓣上还沾着露珠。

徐望看看那花，又回头看看墙根下的烧焦树枝，似有什么在脑中闪过，可又捕捉不到。

就在这时，附生花发出淡蓝色的光。那光不再幽微，而是越来越强，转瞬便将整个厨房映亮。迷幻般的色彩里，附生花慢慢地化作人形。他，或者她，看起来只有十六七岁，五官精致，目光清澈，肤色白得近乎透明，轻盈的布料随意遮着身体，介于少年与少女间的一张脸恍若森林中走出的精灵。

俯下身，它在柯妮娜额头轻轻落下一个吻，眼中满满的情感恣意倾泻。

静谧的淡蓝色里，所有人都听见了呢喃般的爱语——

我记得那美妙的一瞬，

在我的面前出现了你，

有如昙花一现的幻影，

有如纯洁之美的精灵，

……

如今灵魂已开始觉醒，

于是在我的面前又出现了你，

……

我的心狂喜地跳跃，

为了它一切又重新苏醒，

有了神往，有了灵感，

有了生命，有了眼泪，也有了爱情。

低语散去的那一刻，所有人离开油画中的幻境，重回1310房。房间里很安静，安静到让人生出耳畔仍有呢喃回荡的错觉。

墙上的密道口仍在，但再无声响，魏孟寒队应该早进了逃生线的下一环节，正在古堡酒店的旁处奋力拼搏。走廊也没了韩步庭队的声音，屋内连打斗痕迹都淡了，只墙壁上烧焦的乌黑斑驳仍鲜明。

华丽的幔帐床，墨绿色的丝绸床单上，一簇淡蓝色的花。墨绿与淡蓝，相映得极美。

“附生花最后说的那些话……”徐望看向吴笙，只抱着试试看的心理，问，“还是情诗吗？”

吴笙干净利落地点头：“还是情诗，还是普希金的，1825年，《致凯恩》。”

徐望：“你也回答得太快了吧……”碰巧知道一些经典情诗可以，他也相信吴笙有过目不忘的记忆力，但这种连检索一下都不用的提取速度……

“有段时间专门看过这方面的书，”吴笙说到这里停下，过了几秒，目光才从徐望脸上转回床中央的附生花，淡淡补完后半句，“印象比较深。”

徐望不知道是不是自己的错觉，就刚刚静默对视那几秒，吴笙好像在等着他说话或者给一些什么反应，但……他唯一能想到的反应，就是吐槽“你好端端的，看什么情诗”。自家军师确定想要这个？

“呼啦”，墨绿色的丝绸床单忽然起了一层半透明火焰，顷刻便将附生花困在其中。那火焰目的明确，不伤床单，不灼幔帐，只烧淡蓝色的花朵。

变故发生得太快，五人还没来得及反应，附生花已被烧焦。

火焰一霎消失，像爪牙急着回去向恶魔复命。可就在它离开的同时，附生花残骸变成一小截焦黑的树枝，而完好无损的附生花重又出现在树枝旁边，同不久前画中的那一幕一模一样。

迟钝如钱艾都看明白了：“附生花就是替身，1829房那个麻花辫就是柯妮娜。”

况金鑫附和：“附生花用自己欺骗恶灵，没办法脱身，只能用信表白。”

“它应该没想到柯妮娜会按照地址找过来。”吴笙冷静分析，“因为一旦柯妮娜进了古堡酒店，就有被恶灵发现的危险。”

徐望认同钱艾、况金鑫、吴笙勾勒出的爱情线，从画内的经历和种种线索，不可能再推导出第二个剧本。但他就是觉得哪里还缺点儿什么……

池映雪安静听着，心里没什么波澜，相比 NPC 的情深似海，他更关心别的："交卷任务是？"

一条任务线，总要有个终点。

"回 1829 房。"徐望放弃追寻那些虚无缥缈的感觉，小心翼翼地捧起附生花，看向所有小伙伴，"我们答应要帮她找到写情书的人，现在有答案了。"

走廊里空无一人，也不知道同行们都在哪里奋斗呢，总之五个小伙伴的归途很顺利，临到地方之前还拐了个岔路，去 1825 房瞄了一眼。

1825 年，附生花唯一亲口对柯妮娜吟过的情诗的创作时间——这一关的最初，他们就是跟着《我曾经爱过你》的 1829 年找到了麻花辫姑娘，由此才真正开启爱情线。

不过同样的套路，鸮并没有来两次，1825 房里什么都没有。

只是在他们准备离开的时候，窗外传来一声巨大的"轰隆"，震得窗户都跟着颤了一下。

五人吓一跳，立刻奔赴窗口查看，结果就看见古堡酒店的前庭草坪被炸开了一个巨大的深坑，草皮翻飞，露出深色泥土，而大坑不远处，三个闯关者正热火朝天布置新的炸药，他们的侧脸在太阳底下有一闪一闪的反光，那是勤劳的汗水。另外一边，一个人开着挖掘机，一个人在外面指挥，娴熟配合下，草坪东北角也已被挖毁，俨然有和那边大坑连成一片的趋势。

况金鑫："这五个人是一队？"

吴笙："从行动目的上看，一队无误。"

钱艾："齐心协力破坏草坪是个什么任务线？"

池映雪："……"

徐望也想不出来，只是很庆幸自己队没选这么坑爹的体力活。

再不管那些有的没的，带着附生花的五人迅速回到 1829 房。开门的是麻花辫姑娘，可当他们随着姑娘进屋，想立刻告诉她真相时，发现还有一位老人家坐在椅子上，慈眉善目，面容熟悉。

"您这是……主动上门给我们存档来了？"除此之外，徐望想不出第二个理由。

礼貌性起身的作家老者的惊讶却不比他们少："你们认识南希？"

南希，麻花辫姑娘这一世的名字。

"你们认识？"麻花辫姑娘看看五个小伙伴，再看看作家老者，也愣了。

三方对视，空气突然安静。

徐望他们压根儿没和老者说过爱情线的事，只是就着老者的作家身份问了找灵感的事，由此引出传说和存档。仅凭这些，老者没理由出现在这里。

见两边都不说话，麻花辫姑娘便担起了沟通桥梁，先向徐望他们解释："住进这里的第一天，我就在宴会厅遇见道肯先生了，我是他的忠实书迷！"又对老者说："道肯先生，他们就是我和您说过的好心帮我寻找寄信者的人。"

老者恍然，立刻露出和蔼笑容："原来帮南希的就是你们，进展如何，有线索了吗？"

五个小伙伴："……"

何止线索，答案都有了。但马上要到终点，突然多个围观群众，怎么看，都有阴谋吧！

沉静半晌，徐队长最后一次和老者确认："能存档吗？"

"不能。"

"谢谢。"

五伙伴迅速聚到屋角。

钱艾当机立断："直接告诉她真相吧。"

况金鑫同意："嗯，兵来将挡，水来土掩！"

吴笙耸肩："我以前就说过，你尽管往前冲。"

池映雪微笑："安心，大不了清场。"

徐望："……"如果没有最后这一句，他真的马上就要安心了！

拒绝细思"清场"的含义，徐望带着附生花来到麻花辫姑娘面前。深吸口气，他没做任何铺垫，简单明了给了真相："信，是它写的。"

麻花辫姑娘愣住，旁边的老者也困惑起来。

徐望正想道出来龙去脉，姑娘和老者背后的墙壁忽然映出一片暗红色的阴影。徐望心里一沉，他料到最终要和恶灵决一死战，却没料到短短几个字的真相竟然是开启恶灵复仇的咒语！

手中的附生花像有了感应，发出浓烈刺目的蓝色光芒。

"我终于……找到你了……"

阴影化作恶灵呼啸而出，凶狠扑向麻花辫姑娘。附生花却化作人形，以更快的速度从背后抱住麻花辫姑娘。恶灵扑在了附生花的身上，可那纤细单薄的后背忽然生出一层淡金色的光，恶灵被重重弹开，发出痛苦、凄厉的惨叫。

已做好被地狱之火灼烧的附生花有片刻的茫然，但围观的五个小伙伴看得清楚，那金光来自老者的拐杖。而现在，老者手中的拐杖已变成了十字架，他向恶灵举着它，整个人有了奇异的变化，就像两个身影叠在了一起，既像原本的作家，又像另外一个人。

徐望和吴笙互相看了一眼。

错不了，就是他们在村庄打探消息时，说过艾米曾向他忏悔的那个神父。

“艾米，放手吧。”还是老者的声音，却多了一份神父的沉静平和，“柯妮娜不是巫女，但你在生出害人之心的那一刻，就已经成了恶灵。”

“她用巫术操控那些花瓣……我是想救整个村子……”

老者摇摇头，不再多言，只又说了一遍：“放手吧。”

恶灵“呵呵”地笑起来，邪恶、诡异，让人头皮发麻。下个瞬间，整个房间的墙壁熊熊燃烧起来，只几秒，五个小伙伴就要扛不住了！

老者几不可闻地叹息，举着的十字架忽然迸射出极耀眼的金光。火焰一下子熄灭。恶灵痛苦扭曲起来，却连挣扎的机会都没几秒，便在光芒里彻底化为灰烬。

十字架重新变回拐杖，老者却真正成了神父模样，他收回胳膊，拐杖轻轻点地，转过身来看看仍护着麻花辫姑娘的附生花，再看看五个小伙伴，惭愧一笑：“抱歉，当年我就该这样做的。”

吴笙、钱艾、况金鑫、池映雪：“……”

徐望：“咳，来得早不如来得巧。”

敢情Boss在这儿呢。

麻花辫姑娘终于看见了护在自己身上的人。疑惑的她刚要开口，附生花却用手掌轻轻覆上她额头，麻花辫姑娘安然睡去。附生花将她抱到床上，轻轻盖好被子。

徐望看得莫名其妙，这历尽千辛万苦终于到了可以表白的关键时刻，忽然按个暂停是什么路数？作为半个爱情参与者，他赶忙提醒：“我只说了信是你写的，其他还什么都没说呢。”

附生花轻轻摇头：“再醒来的时候，她会把你说的话一起忘掉。”

徐望愣了下才领悟对方的意思，不可置信道：“你消了她的记忆？！”

附生花低头看向熟睡中的麻花辫姑娘，目光温柔：“恶灵已散，她该回归自己的生活，不必记得信，也不必记得我。”

徐望：“……你甘心吗？”

附生花眼底起了一丝迷惘，但很快便成了通透的坦然：“她连我是谁都不知道，她爱上的不是我，只是那一封封情书编织成的幻影……就像我一样。”

徐望：“……”这是什么领悟？它爱上的也不是柯妮娜，而是心中的幻影？爱情线的结局，就是告诉他们没有爱情，童话故事里都是骗人的？那真爱是什么啊！！！

附生花静静看着他，久到徐望差点儿以为对方听见他内心的咆哮了，可最终，对方只留下了一句意味不明的话：“我从来没有真正被地狱之火灼烧过。”

没等徐望继续问，附生花已回归本体，重又落进徐望掌心。

五人，一花，两个 NPC，世界清静了。

没有让人欣喜的“叮”，只有外面草坪上挖掘机持之以恒的“吭吭吭”。

徐望带着最后一丝希望，看向神父：“能交卷吗？”

神父：“不能。”

徐望：“谢谢。”

五个小伙伴面面相觑，彻底失去了奋斗方向。

况金鑫：“还没到爱情线的结局？”

钱艾：“这就有些尴尬了……”

池映雪：“需要我审问一下这个神父吗？”

吴笙：“……”

徐望：“小池，你离老人家的拐杖远点儿，我怕他抽你。”

寻了个远离窗口噪音的角落，徐望坐到地毯上静静思索。

钱艾能看出他在理这两天的头绪，便问吴笙：“你不过去帮着一起想？”

吴笙看了看他，忽然问：“附生花为什么放弃？”

钱艾挠头：“不是说了吗，姑娘爱的不是它，只是幻影。”

吴笙：“怎么判断出来的？”

钱艾：“……”

吴笙：“附生花是真爱她吗？”

钱艾：“应该吧，不然能一世又一世当替身，被火烧吗？”

吴笙：“那又为什么要说从来没有真正被地狱之火灼烧过？”

钱艾：“……”

吴笙：“……”

钱艾明白了吴军师的心情：“爱情线这么迷的东西，还是交给队长自己琢磨吧。”

吴笙：“嗯。”

钱艾：“你当初为什么要选这条线？”

吴笙：“年轻幼稚不懂事。”

钱艾：“……我代表月亮原谅你了。”

4

几分钟之后，神父变回作家老者，虽对现状茫然，但仍果断告辞，同上次一样简单粗暴得像急着回去领工资。

角落里，徐队长翻出了一封信。不是麻花辫姑娘后来给他们的那几封，是爱情线最开始时，给他们引路的那封信，信上就一首诗——《我曾经爱过你》。情诗不长，却从头到尾弥漫着悲伤，尤其最后两句“但愿上帝保佑你，另一个人也会像我一样地爱你”，读着都心酸。

徐望一度以为这就是爱情线的基调，他们即将经历一个爱而不得、只能绝望放弃的虐心故事。可现在再回头看，附生花的确放弃了，却并没有心碎，反而比爱时更豁达、更通透。即便是爱时，它给麻花辫姑娘写的那几封信也是洋溢着热烈的情感，从没有半分气馁和灰心。

徐望霍地抬头，几步之外，况金鑫和池映雪静静坐着，不知道围观他多久了。

“有发现？”况金鑫从自家队长的眼神里读出了“顿悟”，立刻期待地问。

徐望笃定道：“还有一个人。”

况金鑫一脸错愕。

池映雪托着腮，本是可听可不听，长久的安逸让他几乎犯困，徐望这结论一出，他愣是精神了：“还有一个？”轻扬的尾音里带着微妙期待，“比恶灵更难对付？”

徐望：“……还有一个爱而不得的伤心人！”

池映雪顿了顿，才给了徐望一个微笑：“哦，挺好。”

徐望发誓，自己收到了“呵呵”的表情包。

见他好像真琢磨出眉目了，远离爱情的吴军师和钱同学立刻聚过来。

吴笙就问最实际的：“依据。”

徐望拎起手中的信：“这首诗说的不是附生花，它是默默喜欢柯妮娜，但这样的喜欢让它幸福，而不是悲伤。”

吴笙：“……”

徐望：“你想想油画里，附生花亲口向柯妮娜倾诉的那首诗，它说‘我的心狂喜地跳跃’，能默默喜欢着，已经足够让它快乐了。”

吴笙：“……嗯。”

钱艾：“队长，其实军师没懂，我也没懂，但没关系，你继续。”

“从来没有真正被地狱之火灼烧过……”况金鑫喃喃自语，忽然醒悟似的瞪大眼睛，看徐望，“还有一个人在护着附生花，那个人才是真正的替身！”

徐望已经快在钱艾、吴笙、池映雪那一个比一个茫然的眼神里绝望了，现在简直想搂过来“吧唧”亲况同学脸蛋一口：“就是这样，只有会难过、会伤心、会嫉妒、会绝望，才是真正的爱情！”

况金鑫："所以附生花才没表白，而且消掉了姑娘的记忆！”

徐望："这一关走的就不是他俩的爱情线！”

况金鑫："……”

徐望："……”

两人一起醍醐灌顶："树枝！！！”

默默围听的吴笙、钱艾、池映雪："……”他们可能更适合去窗外草坪上刨地挖坑。

一面豁然开朗，一面三脸茫然。

无言对视良久，钱艾叹口气，仿佛吐了个不存在的忧郁烟圈："我们、可能、需要一个说明。”他代表另外两位伙伴举起爱情白旗。

徐望收起信,对这仨也不用分析什么诗歌之间的情绪区别了,直接塞答案还比较快:"这是树和花的爱情，植物恋。”

吴笙："……”

池映雪："……”

钱艾好累，身心俱疲："能当我没求过这个说明吗……”

"真正做了替身的是树。”况金鑫有点儿心疼小伙伴，进一步解释，"它在用自己的树枝保护附生花，所以每次地狱之火过后，被烧焦的都是树枝。”

"这就和附生花的最后一句话——从来没有真正被地狱之火灼烧过——对上了。”吴笙终于扣上了逻辑链的第一环。

徐望欣慰地看他一眼。

"树才是真正的替身，有理有据，这点我认可。”吴军师不入门则已，一入就能由点及面抓出疑点，"但怎么就能确定，它爱的是附生花，而不是柯妮娜？”

"这个……”况金鑫被问住了，有点儿为难地看徐望。他刚刚还觉得队长说得全对，现在又觉得军师说得在理。如果树爱的是柯妮娜，甘愿当替身，好像也没什么问题？

徐望绕过迷茫的况同学，直接问吴笙："我们摘花的时候，树干了什么？”

这个吴笙当然记得:"甩动树枝对我们进行了惨无人道的攻击。当然，主要是抽打你。”

"……那是因为我站在你肩膀上，更深入敌营！”徐望果断终结回忆，言归正传，"如果树爱的是柯妮娜，它阻拦我们摘花干吗？”

"它会巴不得我们把花带走，到时候它和附生花一起守护柯妮娜，双保险。”吴笙接口，终于将所有环节对上，"最后是附生花自己落下来的，树能拦住我们，拦不住花。”

吴军师不懂爱情，但只要谁给他一根小草，他能推理出整片草原。

“明白了，”钱艾“啪”地拍一下手，总结，“柯妮娜和艾米喜欢约克，约克渣男不用考虑，附生花救了被处刑的柯妮娜，间接害艾米惨死，艾米化恶灵要杀柯妮娜，附生花甘愿当替身，但树爱附生花，所以用自己当了当替身的附生花的替身。”

吴笙：“……”

池映雪：“……”

况金鑫：“钱哥……”

徐望：“不愧是经历过 2/23 红眼航班头等舱修罗场的男人。”

“我现在就剩一个问题了，”钱艾没被表扬冲昏头脑，满眼狐疑地看小况同学，“队长被树枝攻击过，你又没有，为什么你能和他一起想到树枝？”

“明明烧的是花，可每次烧完都成了树枝，很奇怪啊，”况金鑫理所当然道，“就一直很在意。”

钱艾：“也可以是附生花的障眼法吧？谁也没说过替身具体怎么操作，说不定就是用障眼法蒙骗恶灵呢？”

况金鑫一张小脸皱在一起，很认真地思考半天：“好像也有这种可能……”

钱艾扶额，所以只是单纯的没想这么多吗？！

“不过，”况金鑫摸上自己的心口，“第一次看见烧焦的树枝，这里就酸酸的，有点儿难过，也不知道为什么。”

钱艾：“……”

吴笙安慰性地拍拍队友肩膀：“第六感是一种很奢侈的东西，和财富一样，不能强求。”

钱艾：“……你这后半句更扎心。”

“我能提个问题吗？”一直安静听着的池映雪蹙起眉头，也没等几个人回应，直接抛出疑惑，“一棵树爱上自己开的花，不奇怪吗？你会爱上你的手吗？”

已经被打击得够呛的钱艾看看自己可爱的拳头，又看看池映雪：“你这是什么鬼比喻……”

徐望和况金鑫安静得很默契，十分清楚这种科普时刻该谁登场。

“附生花不是树开的花，只是恰好依附在树上，它给树带来更多的水分，树则给它提供栖息之地。”吴军师敲黑板，给新队友画重点，“它们是两种植物，恋爱自由。”

池映雪：“……谢谢。”从加入这个队就一直存在的、难以言喻的微妙心情，正一节节向上攀登。

“队长，爱情线是清楚了，但怎么才算交卷呢？”况金鑫刚舒展开的眉头重又打结。

“我也说不准，”徐望瞥向地上的附生花，“但至少得把它送回去吧？”

钱艾没转过来弯："送回哪儿？"

"树上。"徐望正气凛然地说，"这是树和花的爱情，我们拿着花不还，强迫它们分居，那不成法海了吗？"

"……"举例精准，比喻形象，钱艾有心反驳，无力回天。

还花归树，自然就要再入油画。一行人以最快速度返回1310房，然后，就没有然后了。

这个动不动就起火的房间一改先前的热情好客，冷清得像很久没人住。墙壁上的油画还在，但色泽暗淡、平平无奇，再没那呼之欲出的生动与诡异。

钱艾为难地看向自家队长："硬往里钻？"

徐望咽了下口水，脑补一下，已经感受到了咣咣撞大墙的疼："闯个关而已，也不用拿命拼……"

"想把花还给树，就只有穿回油画这一个办法吗？"况金鑫问。

徐望目前只能想到这个，但显然路子不对。

"未必。"一直沉默的吴笙开口道。

四个伙伴一起看他。他却忽然走到窗前，望着下面一片狼藉的草坪，道："你们过来看。"

四人不明所以，立刻聚拢过去，围观窗外。

吴笙指着挖掘机正步步逼近的、仅剩的一块完好草坪，问："眼熟吗？"

那块幸存草坪约一个篮球场大，栽着一棵大树，树上葱郁，树下荫凉，同别处坑坑洼洼、草木倒伏的惨状相比，简直桃花源。指向这么明显，四人要再不明白吴笙的意思，就真可以晃荡脑袋听大海了，但……

钱艾："你这个是不是有点儿牵强……"

况金鑫："笙哥，你不能看见一棵树就说是油画里那棵。"

池映雪想起先前讨论时吴笙浑身散发的智商优越感，勾起嘴角，故意模仿对方口吻："证据。"

吴笙："一，这里建造古堡之前就是村庄所在地；二，这棵树和整个前庭草坪的设计风格并不融合，有故意突出惹人关注的嫌疑；三，你们仔细看它的树枝，好几处明显稀疏，有外力折断痕迹；四，我记得它什么样。"从它甩枝条攻击徐望的那一刻起，吴笙就把这位小树同学深深烙印在脑海，化成灰都认得。

钱艾翻个白眼："你早说第四条不就完了。"

况金鑫跃跃欲试："那我们现在就下去？"

徐望克制着花式赞美的冲动，深沉地拍拍自家军师的肩膀："还不错。"

“……”池映雪看着眼前的四个人，破天荒的，脊背蹿起一丝凉意。这种毫无逻辑的盲目信任，是邪教吗？是邪教吧……

“轰隆——”

在所有人都没防备的时候，新的爆炸声再起，炸的就是仅剩的那块草坪！

由于炸点距离稍近，冲击波直接把五人面前的玻璃震裂。泛起的草皮、泥土在硝烟里漫天飞，五人心里一紧。之于你的剧情关键，或许只是人家任务线上的路人甲，那帮刨地炸坑的人才不会管哪棵树和你有渊源。

小伙伴们七手八脚把窗推开，硝烟尘土扑面而来，根本什么都看不清，只能依稀听见战斗和呼喊……战斗？

鸮：“有人对你使用了＜防＞魔豆哟。”

被防具锁定的提示音让疑惑中的小伙伴们措手不及，还没来得及想，一棵巨大的绿色豌豆芽就在窗外拔地而起，转瞬就长高到他们窗口，宽大叶片平坦而舒缓地探过来，就像邀请。

同一时间，硝烟散了大半。

那仅剩的草坪也被炸成了坑，但奇异地，唯独那树还在，连同根下一米见方的草皮，就像汪洋中的孤岛。它的树枝在阳光下疯狂摇摆，一次次击退企图靠近的闯关者。那五人已经放弃爆破流，派四人和它缠斗，剩下一人驾驶着挖掘机，贴着坑边隐秘潜行，眼看就要从侧面逼近树下了。

池映雪第一个跳上叶片，回头见队友都没动，轻轻挑眉：“不下去吗？”

徐望这才看明白：“你的文具？”下当然要下，但新队友的行动速度会不会太快了啊！

池映雪悠然一笑，跳过这显而易见的问题，直接进下一环节：“挖掘机，交给我。”简单六个字，淡淡的语气，浓浓的期待，深深的幸福。

随着最后一个小伙伴在叶片上站稳，魔豆高耸的茎忽然改变方向，枝叶朝着战场那边疯长！一眨眼的工夫，徐望他们四个已被送到树下，竟比围剿大树的四个人还要接近树干。而池映雪早跳上另一片叶子，这会儿兵分两路，同时抵达挖掘机处。落地一霎，池映雪一跃而起，压根儿不在意挖掘机的履带是否会卷到他，直接跳上挖掘机后身。

树下四伙伴甚至没看清他的动作，就听见一声玻璃碎裂的“哗啦”。而另外一队的四个人还没闹清怎么就从天而降四位，就被身后响动搅和得更蒙了，本能回头，就见驾驶挖掘机的小伙伴已经被从碎裂窗口钻进去的人控制住了。

池映雪单臂勒住对方的脖子，没用任何武器，也没恐吓威胁，就轻飘飘两个字：“停车。”

从树底下看，池映雪神情温柔得就像在和对方闹着玩，可挖掘机在他破窗而入的那一刻，的的确确停了。

“你干吗呢？！”树底下四个人急了，在他们看来，自己的伙伴根本连挣扎都没挣扎就投敌了，简直莫名其妙。

徐望他们其实也没太看懂，但对结果喜闻乐见。

只有挖掘机里的人知道，他已经快不能呼吸了。鬼魅一样的袭击者，用最小的力精准压住了他脖颈上最要害的位置，让他处于一个渐渐缺氧但又不至于死亡的可怕状态里。那一声“停车”越轻，越听得人头皮发麻，因为袭击者的眼睛在笑——不是那种克敌制胜的得意，就是单纯的让人毛骨悚然的快乐。

树下四人没等来挖掘机小伙伴的回应，恨铁不成钢，也不管了，直接面对面和徐望他们交涉：“你们吃饱了撑的，插一脚我们的任务线有意思？！”

“不是有意思，是不好意思，这也是我们的任务线。”徐望安抚性地摸摸树干，像在告诉它“我们来了”。

四人为首的那个一看就是暴脾气，当下怒不可遏：“我们辛苦一晚上了，你们过来捡现成的？！”

“捡现成？就你们挖这些坑？”徐望简直要被好奇心折磨死了，“你们到底什么线？”

“事业线，”暴脾气喘着粗气，“把草坪刨了改成一片大湖。”

徐望：“酒店前庭改大湖？！”

暴脾气：“改完这里就叫天鹅湖古堡酒店。”

徐望：“……这是什么神奇的事业线？”

暴脾气：“你问我我问谁！！！”

“咻——”

利器划破空气的声音中断了两队的沟通。

然而那声音从树下而起，却是冲着挖掘机去的！徐望只看到寒光一闪，根本顾不上去揪偷袭者，大声朝池映雪喊：“小心！”

可是他的呼喊哪儿有武具快，话音还没落，那抹寒光已经“咚”一声刺透驾驶室正面的玻璃，直直戳进池映雪勒住司机的手臂里。

一枚长钉！比他们第一次在无尽海守塔人那里遭遇的还要狰狞的长钉，几乎 4/5 钉进池映雪的手臂。

饶是如此，池映雪竟然一动没动。

这点被钳制的人最有发言权，长钉就在他眼皮底下死死钉进了勒住他的手臂，可勒着他的力道连一丝都没松，只是出于本能颤了一下，极轻微，轻微到让人心底发寒。被钳制者忽然不敢看挟持自己的人了，他甚至本能地想劝阻自己的队友，别再盲目攻击了，这人危险，比以往遇见的所有人都危险。然而他这些第一手资料，都没能传达到树下。

“你的队友想救你，”池映雪贴到他耳边，一字一句轻声低语，“那你就去死吧。”

脖颈上的力道渐渐收紧，被钳制者挣扎着抓了两下勒住自己的手臂，最后甚至用力将长钉又往深处猛按一下，可最终一切徒劳。濒临死亡之际，被钳制者终于听见了天籁——

鸮：“宝贝儿，提前放假，送你回家。”

树下八人只看见了回家者的挣扎，却没看见送人者的暴力——没激烈动作，没狰狞表情，从头到尾淡淡然，在送人回家之后放下扎着长钉的胳膊，还透过破了个小洞的玻璃微笑致意。

暴脾气四人心下骇然，尤其用长钉偷袭的那个，脚底直往上冒凉气。

就在这无言时刻，树前的大坑底下忽然传出闷响，整个酒店前庭的一片坑坑洼洼都跟着震动。徐望他们四个下意识后退，靠到树干上，寻获一点儿安全感。暴脾气四个则早在刚才的缠斗里被树枝甩到了大坑边缘，这一震，直接身形不稳，滚落坑底。

坑土松软，摔进去没什么，可还没等他们爬起，坑底忽然以极快速度陷落，顷刻就将四人卷进无底黑洞！

这还没完，仿佛传染一般，所有大坑都开始无限往下坍塌，一个连一个，最后竟将整个酒店前庭连成一个深不见底的巨大坑洞，唯二幸存的，只有徐望他们和大树所在的一小块地，还有 1310 房窗户底下正对着的魔豆扎根的那一小块地。

挖掘机早落进去没了影。

尘埃落定。

不知什么时候逃出来的池映雪踩在魔豆叶片上，拔掉手臂里的长钉，随手丢进坑里。他自然的神情和随意的动作，就像揭掉一片创可贴。

去掉碍眼的钉子，池映雪才乘着叶片稳稳落到树下。

树下四个小伙伴：“……”

刚刚那几分钟，他们是谁，他们在哪里，他们经历了什么……

最先反应过来的是吴笙，他卸下双肩包，翻出急救箱递给新队友，没多此一举问要不要帮忙。就这战斗水平，吴军师深信，他自己搞得定。

果然，池映雪动作娴熟，三两下就止血、包扎一条龙完毕，末了还用酒精棉球把非伤口处沾到的血迹擦拭干净，十分细致。

“出去了还得上医院。”徐望不放心地叮嘱一句。

池映雪点头，但是一看神情就知道他没放心上。

"你刚才用的什么？"钱艾终于从团灭对手的冲击里恢复一点点。

池映雪："‹武›天塌地陷。"

钱艾看看地上的大坑，嗯，是地陷，又抬头看看蓝天白云："天塌呢？"

池映雪歪头："你想感受一下吗？"

钱艾后背一凉："不用了！"

池映雪莞尔："这是一次性武具，用的时候没让天塌，再想体验，就得等下回了。"

钱艾："……"

看得出，新队友心情很好，好到破天荒开起玩笑。但徐望依然心疼，除了心疼队友受伤，还心疼文具："对付他们，其实不用这么毁天灭地的武具。"

池映雪看了看他，了然一笑："行，以后我会把厉害的文具都留着，用在刀刃上。"

"……"徐望一时不知道该说什么了。不好沟通的队友，他头疼，这一点就透的队友，为什么也让人不安啊！

5

重归静谧的酒店前庭，不知哪儿来一阵清风，吹得树叶沙沙作响。

徐望循着声音抬头，树影斑驳。他静下心来，小心翼翼地自怀里取出附生花，双手捧着，原物奉还似的举向大树。

树没动静，叶子的沙沙声都在这一刻停了，像一个不安的人在屏息等待，等待希望或者破灭。

终于，附生花在树枝缝隙透下的一缕阳光里，慢慢发出淡蓝色的光。

花朵在徐望手中消失，大树前多了一个蓝发的人。它轻轻走到树下，张开双臂，缓缓拥抱树干。阳光在它脸上勾勒出美好轮廓。

五个小伙伴看着它的身影渐淡，直至消失。

高高的树干上，一簇淡蓝色的花悄然附生，葱郁枝叶掩映着它，护得周全。

——"我曾经爱过你……但愿上帝保佑你，另一个人也会像我一样地爱你。"

这爱情线的第一封信，就是树对花的心，深情，绝望，却依然希望对方能够幸福。

不过，应该不需要那个"像我一样爱你"的人了。

徐望静静看向树。你的心，它懂了。

当树叶再次摇晃出温柔的沙沙声，徐望就知道爱情线圆满了。果不其然，调皮的祝贺乘着轻风款款而起——

鸮："恭喜过关，6/23顺利交……"

五个小伙伴，有徐望这样预料到的，也有钱艾这样提示音来了才喜出望外的，但无一例外，都在恭喜声里长舒口气。结果这一口气，随着戛然而止的断句卡住了。

顺利交？卷呢？还有固定的"亲，明天见哟"呢？！

每个人都下意识看队友，然后发现不是自己一个人在茫然。这算交卷了吗？应该不算吧，否则他们就该回现实了。可凭什么不算交卷啊？明明已经完成了任务线！

"文具。"最先反应过来的是池映雪，或者说，是他敏锐的战斗直觉。

话音刚落，像印证似的，被攻击的提示懒洋洋来迟——

鸮："有人对你们使用了＜幻＞暂停键哟。"

巨大的阴影随着这声音一同降临。五人后退几步，抬头，就见一个载着五个人的飞盘悬停在大树上方的半空中。那盘子就是平日里盛菜的浅口白瓷盘，不过被放大了数十倍，五位同行乘坐其上，或盘腿，或半躺，自家沙发上似的惬意悠闲。

徐望看见飞盘的一刹那就很自然地断定，幻具是他们用的，可当看见盘中人一个个慵懒的样子，又犹豫了——这不是一个要准备开战的状态。

"我们不做任务不交卷，也没闲心送你们回家，不用这么紧张。"先开口的不速之客是飞盘里最没坐姿的一位，二十七八岁，头发乱糟糟的像刚起床，神情也困倦不醒，说着话就打了个哈欠，半躺在那儿，一点儿也看不出居然是负责外联交涉的。

徐望想，也可能这位真是被临时拉来顶班的，否则没办法解释这种拉仇恨的开场白。至少，他这个"被沟通者"一点儿尊重都没感觉到。

"你想太多了，我们不紧张。"徐望气定神闲地看他，面色没一点儿波动，"至于我们会不会生气，取决于你们的解释。"

这话其实有点儿针锋相对的意思，但盘子里的人像没听出来似的，随意扫了旁边伙伴一眼，而后再看向他们，更随意地给了句解释："找点儿东西。"

结合先前的"我们不做任务不交卷"，徐望觉得对方想表达的应该是"找点儿东西，找完就把幻具解除，你们继续交卷"，可话从对方嘴里出来就是极简模式，从神情到语调都透着敷衍。

飞盘忽地降到紧贴树冠的位置。刚被乱糟糟扫一眼的那位队友一改慵懒，选了一根稍粗的树枝做落脚点，干净利落地跳到树上，身手敏捷凌厉，站稳后立即拨动枝丫，开始专注寻找。

还真是找点儿东西。

徐望抿紧嘴唇，这帮人的确不是找他们麻烦的，不，应该说对方根本就懒得找他们麻烦。

从始至终，对方都跟春游似的从容。不是因为目的不冲突，事实上目的不冲突，他们也可能损人不利己地捣乱。从容惬意的根本，是自己的队伍还不够格入人家的法眼，人家连撒谎防备一下都不屑。

“请告诉我，刚刚那种被蔑视的羞辱感是幻觉。”钱艾看着高处的五位不速之客，胸膛隐隐起伏。

徐望一声叹息：“队长做不到。”

“他们到底在找什么？”况金鑫很困惑，“树上只有附生花啊，可他们好像看都不看。”

“不管是什么，都确确实实和任务线无关，”吴笙眯起眼，目光锐利，“否则这么大阵仗，早该触发剧情了。”

“也许他们找错地方了呢，或者剧情就是和平友好找找找。”一只脚都迈过终点线了，另一只却生生被人抱住，实在让钱艾煎熬。

“徽章。”池映雪压低声音，不是怕被人听见的那种压低，更像是在刻意压抑着自身的某种情绪，“他们在找徽章。”

四伙伴愣住，徐望第一时间点出“文具盒”隐藏栏，把迷宫徽章亮给池映雪：“这个？”

“嗯。”池映雪淡淡应完，才看清徐望的隐藏物品栏里就一个图标。他立刻在这冷冷清清的界面里，明白了新队伍的信息进度，不等问，直接道：“每一关都会有几枚隐藏徽章，分散在不同角落，找到一枚就行。”

“找？”徐望意外，“徽章不是单关破纪录才有的奖励？”

池映雪：“那是随机碰运气的，一般都在关卡里找。”

徐望：“怎么找？”

池映雪：“有徽章的地方会不定时闪烁微光，一心想找的队伍就能发现。”

吴笙问：“都找到了会怎样？”

“不清楚，”池映雪歪头想想，终于从断断续续的记忆里打捞出些许信息，“好像和13/23以后的关卡有关。”

13/23以后？！

这答案对于徐望他们四个的冲击可太大了。

茅七平可是说过，成绩最好的队伍也只到了第十三关，而“交卷速度榜”唯一开启那次，记录也只到12/23，这说明还没人13/23交卷呢，和茅七平的说辞也是能印证上的。那这些从来没冲破过13/23的人，凭什么就能说徽章和后面的关卡有关？还是他们得到过“小抄纸”的秘密提示？

四双眼睛唰唰唰唰全聚到池映雪脸上。

池映雪对这种炽烈眼神是最不适应的，立刻澄清："我只知道这么多，不信的话，你们可以用幻具拷问我。"

徐望、吴笙、钱艾、况金鑫："……"

审问神父，拷问自己……为什么每次新队友的提议都像个反派！！！

"你们要吗？"池映雪忽然问。

四伙伴愣住，一时没听懂。

"虽然不清楚徽章的具体用途，但一定是有用的。"池映雪微微前倾，靠近四个伙伴，声音和嘴角一起微微上扬，先前被压抑着的某种情绪，在他眼底泛出幽暗的、期待的光，"想要的话，我可以帮你们去抢。"他的声音极温柔，像魔鬼在诱拐良善。

徐望问："你有这一关的徽章吗？"

池映雪怔了下，摇头："没有。"

钱艾无语："那这就叫'我们一起去抢'，懂吗？"

"……"池映雪不懂，为什么这些人那么执着于是"我们"还是"你们"，重要吗？

"你不就是想找个由头动手吗，"徐望挑眉看他，"想把那盘子掀了，把那帮人灭了。"

池映雪愣住，这次是真意外了。

况金鑫看着他，叹息摇头："你的杀气太有辨识度。"

钱艾斜眼瞥他："一想干架就兴奋，我都摸着规律了。"

徐望拍拍他的肩膀，露出信任微笑："你的申请，我许可了。"

转过身来，徐望问吴笙："还能坚持多久？"

吴军师耸耸肩："直到你们打赢。"

池映雪在这个"一切尽在掌握"的神情里窥见了蛛丝马迹："你在用文具？"

难怪对方搜寻到现在一无所获。其实一旦锁定范围，徽章并不算太难找，刚刚请战的时候，他还担心来不及开打，对方就已经得手。

"他们想找东西，就可以对我们用幻具，阻止我们交卷，"吴笙抬眼看树上忙碌的身影，"回个防具不过分。"

池映雪有些纳闷："他没听见中防具的提示？"

吴笙："当然是套树上的，<防>一无所有。"

池映雪："……"战术什么的，还是留给心细的人吧。

"你们到底商量好怎么打没？"乱糟糟趴在盘子边，双手托脸，满眼不耐烦，"防具都扔了，还有什么可磨蹭的。"

五伙伴一霎错愕。他们之间既有水平距离还有垂直高度，刚刚那种蚊子声一样的私下交谈，不可能传过去的，那乱糟糟怎么知道的防具？

正蒙着，五人脚下的草皮中忽然飞起一张绿色便笺纸，和草皮完全融为一体的绿，飘飘摇摇飞回盘子里一个头发卷卷的青年手中。

“‹防›窃听便利贴，”乱糟糟公布答案，不紧不慢地坐起来，咧嘴一笑，“防人之心不可无。”

“大川，别找了，”刚收了便利贴的卷卷发提醒树梢上的队友，“套着防具呢。”

累得腰酸背疼的江大川闻言怒了：“谁没事儿找事儿！”

王断然，也就是卷卷发朝对面一努下巴：“就最帅的那个。”

江大川愤而低头，一眼锁定吴笙：“你吃饱了撑的？急着回家？”

吴笙：“……”

徐望、况金鑫、池映雪：“……”

钱艾：“你们这个认人方式……”

“有问题？”卷卷发一脸被质疑的不高兴，伸手指吴笙，“最帅的，”指池映雪，“最美的，”指况金鑫，“最可爱的，”指徐望，“最狡猾的”，指钱艾，“最壮的。”

“很方便啊。”末了，他还给个总结。

“……”五个同样沉默的小伙伴，截然不同的两种心情。

江大川坐到树杈上，也不干活了，直接催盘子里的队友：“速战速决。”

陈关，也就是乱糟糟伸了个懒腰，坐正。卷卷发王断然没动，但目光是放到徐望他们这里的。至于剩下那二位，该看天看天，该吹风吹风，眼皮都没抬一下。

徐望咽了下口水，全身下意识绷紧，第一次感觉到了“等级差”的存在。那是在鸮里奋战了近五十天所磨炼出的对危险的直觉。

“轰隆隆”，仿佛山崩地裂一样的巨响在五人头顶炸开。顷刻间，整个天以肉眼可见的速度变黑，并伴随着巨大的落石！

五人脚下唯一的草坪也开始剧烈震动，并出现裂缝。池映雪召来魔豆，叶片一下子将五个人都托到半空。刚腾空，唯一的草坪便陷落，只剩树干粗的一小圈，堪堪留住树。

这一系列变故发生在短短几秒内，徐望他们甚至没看清用文具的是谁。

鸮：“有人对你使用了 <武> 天塌地陷哟。”

播报终于来了。

熟悉的名字让五人一愣，他们才刚用这个文具送走了一队，现世报也来得太快了吧！

最后一丝光亮消失，天彻底黑下来，染了墨一样。谁也看不见谁的黑暗中，忽然响起池映雪的声音：“不对。”

徐望连忙问："什么不对？"

池映雪："天塌地陷，魔豆还怎么扎根？"

徐望："……"

吴笙："……"

钱艾："……"

况金鑫："……"

脚下叶片忽然失去承托力，五个小伙伴随着魔豆一起跌入黑暗深渊！

6

天塌地陷，让整个古堡酒店笼罩在幽深的黑暗里。个别亮着灯的酒店房间，成了这墨色里唯一幸存的微弱光亮。

1024 房里，韩步庭、厉夏站在窗前，李子近则直接探头出去张望，奈何战场已伸手不见五指。

对于韩步庭队来说，今天的运气实在糟糕了点儿，加上自身磨合问题，早早损失掉两名队友，提前进入"养老期"。本以为剩下的时间就会在总结经验教训与消磨时光中度过，结果一不留神，外面已经日月无光。

"那一队到底要找什么？还有，现在文具战都搞这么大了吗？"短短几分钟，前后两次天塌地陷，李子近这个向来用文具大手大脚的都想冲过去让他们冷静一点儿。这种杀伤力的文具，能得到都是运气，眼睛不眨就用掉了？有没有考虑他们这些文具贫困户的心情！

"也算不上'战'，"厉夏纠正，和自家队友说话也是阴沉淡漠风，"两次都是秒杀。"

李子近已经习惯了，要是哪天厉夏热情起来，想想都瘆得慌："是啊，"他有些泄气地叹，"总有人比你厉害。"

池映雪那队秒杀了挖掘机队，然后又被盘子队秒杀。如果联系游乐场的对战和昨天油画里的被坑，他应该给盘子队拍手叫好，可就是高兴不起来，甚至还有点儿丧。被团灭的是战胜过自己队的队伍，就算不考虑那几位的骚操作，单论硬实力也不差的，就这么轻松被人一招秒了……

如果遇上盘子队的是自己队，结果会有什么不同吗？

不会。

"队长，"李子近看向一直沉默的韩步庭，"还记得刚入队时你问过我的问题吗，你说都是不眠不休打游戏，狂热爱好者和职业选手有什么区别。"

"你当时瞪了我一眼，并表示懒得和我解释。"韩步庭不只记得，还大概能猜到李子近想说什么了。

窗外塌下来的天重又慢慢升高，乌云散去，日光重现。飞盘上的四人气定神闲，树杈上的一人优哉惬意。

前庭的大坑更深了，深不见底，就像永恒黑洞。李子近看着再没人影的深坑，静静道："这就是业余和职业的区别。"

同一时间，1639房。

一样提前失去交卷资格，一样围在窗前，不过幸存战友——魏孟寒、邹珺、冯让、朱墨——比韩步庭队多出一位。

"没戏，不是一个段位的。"邹珺把窗台上的花瓶里的花翻来覆去摆弄，一会儿弄成扇形，一会儿弄成高低错落形，但总是不够满意。

冯让被他忙活得闹心："行了，就那么几枝儿，你能摆弄出埃及艳后来？"

魏孟寒摸着下巴，眼睛一眨不眨地盯着重新迎来日光的战场，疑惑自语："要是被秒杀了，徽章的闪光为什么还没出现？"从那队出现时没直接动手，而是和徐望他们谈判，魏孟寒就猜出他们目的不在交卷，在徽章。

朱墨把窗扇完全打开，视野愈加开阔。拂面凉风里，他的声音染上淡淡笑意："魏老师，我有点儿期待接下来的剧情了。"

树旁，飞盘里。

头发乱糟糟的陈关打着哈欠，退出"文具盒"。他知道周围窗户里一定有眼睛在盯着战场，不过无所谓，越多人看才越好呢，最好能清清楚楚记住他们五个的脸，以后远远看见就绕着走，别像地底下那队似的，皆大欢喜的路不走，非把到手的交卷弄没了——这就叫自己作。

王断然使劲抓抓自己的卷毛，结果没用，还是跟着陈关打了哈欠，无比郁闷："你白天能不能好好睡觉？打哈欠会传染的。"

"你早让我动手不就结了，"陈关擦一下眼角的哈欠湿气，咕哝，"越等越困。"

"一看就是新人，目的又不冲突，欺负那么狠没意思。"王断然说。

陈关懒洋洋挑眉："那怎么又改变主意了？"

王断然扯扯嘴角："有自知之明的菜鸟才可爱。"

一直躺着玩手机的孔立泽闻言乐了，手上没停，嘴上搭茬儿："你也就能和新人装装相，上次遇见范佩阳，你怎么不让我们打？"

王断然眯起眼睛，轻轻瞥过去："不想要新手机了，是吧？"

孔立泽立刻闭嘴，安静得像个路人甲。

“金钱是魔鬼啊。”顾念莞尔，拿起刚刚因为天黑被迫放下的书，重新读起来。

孔立泽一个手滑，屏幕上的小人血条见底，正准备迁怒顾念，忽然有东西在脑海中闪过。他维持着举手机的姿势，疑惑闭眼，探寻某种感应……

几秒钟后，孔立泽睁开眼睛，沉声道：“‘暂停键’还在生效。”

刚刚起身重又开始找闪光的江大川闻言顿住，扶着自己酸疼的老腰，不可置信地看过来：“你说什么？”

陈关和王断然也跟着看孔立泽。

套在对方身上的幻具还在生效，说明中招者并没有被弹回现实。这个道理大家都懂，正因为懂，才不可思议。

孔立泽也很意外，但作为“‹幻›暂停键”的使用者，文具传回的感应是铁证：“他们还在这里。”

陈关眯起眼，困倦的眸子今夜第一次掠过精光：“哪里？”

孔立泽：“‘地陷’里。”

“咕咚”，类似水泡的声音从看不见底的坑中传来。

起先只是一声，遥远缥缈，然后——

咕咚咚。

咕咚咚。

哗啦。

咕咚哗啦啦……

五人眼见着坑底慢慢涌出水，从深坑变小水洼，再到大水坑，最后水面竟然同整个大坑的边缘平齐。一切只发生在顷刻间，酒店前厅就成了一片汪洋！

“扑腾腾腾——”小马达一样的破水前行声由远及近。

五人循声望去，遥远的水平面上，一组熟悉的人马正风尘仆仆涉水而来。

同样呆滞的还有窗口围观的两队——

1024房韩步庭：“把坑变成海，再浮出水面，这招不错。”

1639房魏孟寒：“天塌地陷里，还能选对合适的脱险文具，这份冷静不简单。”

1024房：“……”

1639房：“……”

1024房、1639房：“就不能本本分分划船吗！！！”

第八章 苦战

KU ZHAN

池美人双人战斗，吴军师早有胜招。

1

“海平面”上，徐望小分队卷浪重来，他们昂首挺胸，意气风发，他们踏浪破水，各显神通！

徐望，葫芦当船，铁拐当桨，朴素踏实。

吴笙，长剑当舟，滑行水面，如履平地，潇洒仙气。

况金鑫，端坐花篮，激流勇进，童真童趣。

池映雪，脚踏横笛，翩然飘逸，水进笛孔，古音绕梁。

钱艾，倒骑毛驴，怡然自得，偶有浪起，小蹄飞扬。

一行人在距离树下十米左右停住，海面霎时风平浪静，清晰映出古堡倒影。

“幸亏‘天塌地陷’是一次性文具，”徐望搂着葫芦腰，心有余悸地仰头，“也谢谢你们看不起我们，没补第二招。”

陈关撩起额前乱糟糟的头发，像是想让视野更清晰些，观望两秒，声音微挑：“‹武›大海啊全是水？”

徐望点头：“不愧是上过总成绩榜的队伍。”

一句话，让飞盘上四个加树上一个都有点儿意外。连顾念都放下书瞥过来，第一次正眼看下面的“新手”，结果看一眼就忘了上一秒身份被识破的惊讶，全身心都让底下几位的“航行工具”雷到了。

“陈关，顾念，江大川，孔立泽，王断然。”吴笙站在长剑上，把记忆中的一串人名复述，“五十天内最好成绩，TOP3，10/23。”

“希望你们近期没换过人，还是最强阵容，”徐望真心道，“不然我们胜之不武。”

王断然被气笑了，有种特别滑稽的感觉，转头刚要给陈关下指令，却被后者抢了先：“交给我。”

王断然：“我知道，我是想说……”

“不用加钱，”陈关再次打断他，目光紧紧锁在徐望身上，再无一丝慵懒，“不只不用加钱，今天一晚上出工都不用计，我给你免单。”

天底下没有白吃的午餐，王断然皱眉：“条件？”

陈关再重复一遍：“把他们交给我，谁也不许插手。”

王断然：“……”

天底下没有白吃的午餐，除非陈关生气了。

“‘暂停键’是你的吗？”徐望嘴上问着，手上却暗暗点掉一个文具。

孔立泽垂下眼睛瞥他：“我的，有意见？”

徐望特别诚恳地看着他：“那你可千万要保护好自己，别让幻具失效。”

孔立泽：“……”

“至少坚持到我们拿完徽章。”徐望微笑颔首，情真意切，“拜托了！”

孔立泽深吸口气，克制自己捏碎手机屏的冲动，缓缓看向乱糟糟：“陈关，你要再不动手，朋友没得做。”

陈关已经忍得想跳盘肉搏了，如果不是为了问最后一个问题：“什么文具？”

没头没尾四个字，偏偏徐队长善解人意，秒懂：“‹防›八仙过海。”

陈关：“……”

徐望：“有没有很惊喜？可惜我们只有五个人，不能把所有过海法器用全了……”

鸮：“有人对你使用了 < 武 > 海神的愤怒哟。”

这是陈关的回答。

镜一样的海面上忽然掀起惊涛骇浪，五个小伙伴无论乘着什么法器，都一视同仁被拍进海里！咸涩的海水封住小伙伴们的眼耳口鼻，坚持了快十秒，五个人影才重新被法器托出海面。但下一个巨浪又灭顶而来。

徐望先前点掉的文具，终于找到了最合适的启动时机——

鸮：“有人对你使用了 < 武 > 万里冰封哟。”

他就知道汪洋大海上不安全！

极寒一瞬间传遍了整片水域，席卷而来的巨浪一下子被冻结在半空，同时结冰的还有五人身下的水面，那各显神通的行水工具亦被冻在冰中。

“小况——”冰封万里中，徐望大声喊。

况金鑫没费时回应，直接点掉防具。

鸮：“有人对你使用了 < 防 > 气球屋哟。”

提示音响起的一刻，五个小伙伴头顶忽然出现一座绑着巨大氢气球的小木屋，众人一跃而起爬上木屋，氢气球迅速上升，将众人抬至和飞盘同样的高度，从“海战”到“空战”的转移行云流水。

然而1639房里，邹珺和冯让却一起拍窗台，懊恼得仿佛出昏招的是他们自己：“这不找死吗！”

“八仙过海”好歹还可以机动灵活，说散就散，这聚到一个脆弱的气球屋里，又飞这么高，等着当活靶子，让人一锅端呢？！

陈关在气球屋出来那一刻就乐了，优哉游哉等到气球屋飞到致命高度，才送出致命武具。

鸮：“有人对你使用了 < 武 > 万箭齐发哟。”

徐望他们刚松口气，天空中就有无数利箭飞来。

“快躲开！”钱艾大叫。

况金鑫更急：“我知道！”他闭眼，用力冥想，以最快速度移动气球屋。

氢气球在利箭赶到的最后一刻终于险险移开，离得最近的尖尖几乎贴到了气球的边。可还没等小伙伴们放下心，忽然觉得后面有声音，五人一齐回头，已经错过的利箭竟然拐了弯又回来了！

这一次，再避无可避。

所有利箭悉数戳入氢气球，还有一小部分“咚咚”戳上了小木屋，氢气球“砰”地爆炸，小木屋以极快的速度下坠。

钱艾要疯：“下面是冰！！！”

徐望当然知道，千钧一发之际解除“‹武›万里冰封”。

“扑通”，气球屋沉沉落水，溅起巨大浪花。可还没等第一朵浪花落下，整个水面重又结成厚厚的冰。

世界一瞬间就安静了。

“不是只有你们才有‘万里冰封’。”陈关对着明亮冰面悠悠叹口气，转头看纯围观的孔立泽和顾念，微微皱眉，“我好像高估他们了。”

顾念不置可否。

孔立泽闭一下眼，再睁开："不好意思，'暂停键'还在生效。"

陈关愣住："……"

孔立泽不忍看他，只得转向顾念："我现在明白《白雪公主》里魔镜的心情了。"

顾念轻声叹息："一次次告诉王后最美丽的人不是你，确实挺残忍。"

陈关半边脸黑下来："喂——"

鸦："有人对你使用了<幻>海市蜃楼哟。"

耳内突来的提示让飞盘上的四个人怔住，他们下意识回头，只见坐树观虎斗的江大川也一脸错愕，显然也听见了提示。

这幻具，套了他们五个人。

可是，为什么是"海市蜃楼"？陈关在孔立泽说"暂停键"还生效时，就立刻做了迎接那几个家伙破冰而出的准备。"海市蜃楼"能破冰？

鸦："有人对你们使用了<幻>破釜沉舟哟。"

王断然五人面面相觑，这和"海市蜃楼"一样，都是他们没得过的文具。想一下子准确预测新文具的用途其实并不容易，尤其一些文具命名，本身就是坑！

还有更重要的一个问题，那帮家伙到底在哪儿？

疑问尚未厘清，陈关忽然一掌拍到飞盘上，手掌和瓷盘击出闷响，一看就是往死里拍。

"你干什么？"王断然莫名其妙。

还没等陈关回答，那头孔立泽也"啪"一下直接把手机拍到了瓷盘上。瓷片磕出裂纹，手机屏则直接碎了。

"我才刚买一礼拜！"孔立泽心疼得无法呼吸。

王断然要被他们气死了，可刚要骂人，乘坐的飞盘忽然以极快速度下坠！

"顾念？！"王断然错愕，飞盘是顾念在操纵，这位可是从不开玩笑的。

"幻具在操控我的意识……"顾念眉头皱起，冷静道，"它想要让飞盘坠毁。"

王断然："……"

陈关："……"

孔立泽："……"

江大川："……"

破釜沉舟——把锅打破，把船凿沉，不留退路，背水一战。

问题是他们并没有想砸碎飞盘背水一战的意思，这个幻具对于自身含义的理解是不是有什么偏差！！

这时候没人再管陈关说的“交给他自己”了，江大川直接出手——‹防›软着陆。防具终于赶在飞盘落地的前一刻生效，飞盘像落在一层海绵上，晃了晃，停稳。

鸮：“有人对你使用了 < 幻 > 周而复生哟。”

文具的提示音简直就是卡着点来的。

这时候要再认识不到那帮家伙藏在暗处，那他们这些关就白闯了。

可当务之急是，一、他们在哪儿；二、周而复生……是什么？为什么那帮人的文具都是……四字成语？

“啪——”

“咣——”

陈关狠狠拍了飞盘第二掌。孔立泽也拿起手机残骸，毫不留情又磕了第二下，飞盘裂缝瞬间明显。

顾念了然：“这个幻具会让人重复前一刻的动作。”

王断然立刻抬头看树：“大川，解幻！”

江大川不能离开树，以免真被人钻了空子，正有力气没处使，立刻精准执行。

鸮：“有人对你使用了 < 幻 > 一语惊醒梦中人哟。”

“破釜沉舟”“周而复生”的效果一齐消失，陈关手掌已经拍青了，孔立泽的手机已经碎成了渣，看一眼都心绞痛。

半空中，原本飞盘悬停的位置后方，一座完好无损的气球屋缓缓现身。

“海市蜃楼”也破了。

陈关终于明白过来，被万箭齐发的、坠入深海的、万里冰封的，不过都是幻影。

“不好意思，”看不见一个人影的小木屋，终于从门缝探出徐队长的脑袋，“浪费了你们的万箭、冰封。”

陈关很久没这样生气了。而且他的生气，王断然、顾念和孔立泽都是能清晰感觉到的——向来话多的陈关话少了，那就是不高兴了，要是直接沉默，那就是彻底怒了。

作为队友，这种时候不太想惹陈关。结果气球屋里那几位，非常漂亮地继续火上浇油——

鸮：“有人对你使用了 < 武 > 生灵涂炭哟。”

冰上四人，脚下一瞬成了泥沼，淤泥像锁链一样困得他们双脚动弹不得，与此同时，冰面上火焰四起！

陈关解除“万里冰封”，在泥沼和火焰被海水吞没的瞬间启动“‹防›纸飞机”。巨大的折纸飞机横空而来，驮起四人回到高空——极高，看小木屋都是一个点的高空。

“他们想拖延时间。”孔立泽一针见血，“拖到‘暂停键’失效就赢了。”

王断然：“他们还要拿徽章。”

孔立泽：“呵，他们说你就信啊。怎么拿？就这么无脑堆文具？”

顾念：“挺有趣的队伍。”

陈关：“你什么意思？”

顾念：“他们最近用的三个文具是什么？”

“破釜沉舟，周而复生，生灵涂炭？”王断然不确定地回答完，忽然懂了，头上每一根卷卷毛都变成黑线，“他们有病吧……”

遇上一支拿文具玩成语接龙的队伍，心情复杂到难以形容。

1639房，窗前。

朱墨：“他们到底在等什么呢？”

邹珺：“啊？不是吭哧吭哧苦战吗？”

朱墨：“那些文具不可能真的克敌制胜，他们应该清楚的。”

冯让：“想拖到幻具失效吧，能暂停交卷的幻具可挺不了太长时间。”

朱墨：“我总觉得还有其他……”

魏孟寒：“你们就没人反思‘海市蜃楼’吗？”

邹珺：“他们让气球屋消失用的是‘海市蜃楼’？”

魏孟寒：“还不够明显？”

“海市蜃楼”，幻具，可隐藏自身，并在敌人面前形成视觉幻影。但幻影的一切内容都是隐藏在暗处的本体的实况直播。而魏孟寒队曾在某一关卡时用过此文具，因演技太拙劣，被对手识破。

魏老师的反问，让整个1639房的气氛陷入微妙的沉重。

四人的脑海中不约而同回放起刚刚徐望小分队使用“海市蜃楼”的场景——利箭飞来，钱艾大叫“快躲开”，声嘶力竭地变了调；操纵气球屋的况金鑫急切回应“我知道”，额头每一滴汗都渗透着焦灼；气球屋被刺破下坠，钱艾惊恐万分，喊着“下面是冰”；木屋落水，最后定格的画面是五张绝望的脸……

回顾结束。

四个小伙伴：“……”

戏精的确是实力的一种，所以昨天他们也和对方飙戏，互相欺骗任务线。但不用为演技燃烧生命吧！！！

2

高空，纸飞机上。

“说了不用你们插手，我自己来。”陈关把最后四个字刻意放缓，重音。

已经准备动手的孔立泽和顾念闻言，一个白眼翻上云霄，一个用眼神询问王断然。

“先拿徽章。”王断然看向陈关，“拿完了，随便你怎么耍。”

陈关静默几秒，直接问顾念：“能破防吗？”

顾念知道这位同事冷静下来了。

吃人嘴软，拿人手短，对于雇佣兵，王断然这位小爷绝对是很厚道的老板了，只要不耽误正事儿，平时也懒得管你怎么玩儿。老板厚道，员工也不能太任性不是？

“‘‹防›一无所有’的效果是消失，而非隐藏，我们手上没有能克制的文具。”顾念沉着分析道，“不过时效应该快到了。”

“不等了，”陈关道，“直接解决用文具的人。”

顾念同意：“可以。”

“那就开始吧，”孔立泽看着下面已成小绿点的树，活动活动肩膀作为热身，“大川估计等得想踹树了。”

“哗啦——”

没等四人行动，天降一大盆水将他们从头到脚淋得透透的。受影响最大的是王断然，卷卷毛都贴头皮上，再没先前萌萌哒的蓬松。

鸦：“有人对你使用了<武>湿身诱惑哟。”

王断然、陈关、孔立泽、顾念：“……”入鸮至今，他们第一次觉得这语调极度拉仇恨的提示音，像使用者原声。

1024房。

韩步庭眼底微微沉下来：“那一队要认真了。”

“那也未必有绝对的胜算，”厉夏看向气球屋，“那帮家伙比在游乐场的时候更厉害了。”

韩步庭摇头：“真打团战，他们必输无疑。”

厉夏歪头琢磨一下，懂了：“五打五都得拼点儿运气，四打五的确渺茫。”

“四打五？”李子近莫名其妙，“池映雪他们队没少人啊。”

“有池映雪在，就等于少个人。”厉夏淡漠的陈述语气没任何情感偏向，“他的战斗力，单挑一支弱队没问题，但真遇上需要默契配合的团队战就悬了。”

“……”李子近终于领悟，竟无言以对。何止悬，不坑队友就谢天谢地了。他现在都记得前队友在摩天轮上的“脚滑失足”——如果说后面的感染发疯是病毒不可抗力，那一看就是抱着对手“同归于尽”的操作简直让人绝望。

“这就不是一个能打团队战的人。”韩步庭看向即将大肆火拼的战场，忽然对昔日的对手有了一丝同情。另外四个人的战斗力和默契以让人惊叹的速度增长，第五位队友都不用锦上添花，中规中矩就行，可惜选来选去选了个我行我素的。

窗外战场弥漫着压抑的宁静，这是即将大肆火拼的前兆，就像暴风雨来临前积厚的乌云。

这气氛忽然让李子近生出一丝熟悉和怀念。以前打联赛的时候，遇见强敌，临战前的队内也是这个氛围。

同怀念一起涌上的还有记忆，来得突然，却鲜明。

“我们战队以前有个替补，”李子近望着窗外战场，眼前浮现的却是曾经一场场游戏地图上的厮杀，“从来不管赛前布置的战术，一打就疯，一疯了就不管不顾，有时候一人就能定胜局，但更多时候像卧底，再好的局面也能让他拖累到妈都不认……后来战队不想要他，正好另外一个俱乐部想挖人，我老板价都没抬，半买半送就让他转会了……”

“之后呢？”韩步庭这时候要再听不出来自家队友想说什么，就别当队长了，“到了新队突然洗心革面？”

“怎么可能，”李子近乐了，可笑意刚起便又散了，“后来他在新战队也配合不好，又成了替补，再后来就退役了。”

韩步庭以为会等来一个神转折，谁料还真就这么平淡无奇地结尾了。

李子近也不知道自己想表达什么，他只知道一对一的时候，几乎没人是那个人的对手，对方有着让他都很羡慕的犀利操作，可就是一点点黯淡下去了。如果遇上一个会用他的队伍，结局会不同吗？李子近不知道，也没时间再去想——窗外，开打了。

中了“湿身诱惑”的不只王断然四个，还有他们脚下的纸飞机。庞大的折纸被湿透，立刻蔫了，摇摇晃晃往下掉。但他们在中招那一刻便猜到了对方意图，直接一个“‹防›七彩祥云”，纸飞机立刻被飘过来的祥云挤走，四人稳稳落入云朵之中。

此时，四人已在气球屋上方，伸手就能摸到气球的那种。王断然用力甩甩卷毛，在心里默念几句“莫生气”，以免被“仇恨值”冲昏头脑。陈关则是在落入云朵的瞬间，便点掉一个“‹武›抬头见喜”。顷刻，锋利的“刀子雨”直直朝气球屋落下！

“有本事再用一次‘海市蜃楼’。”陈关看着下方气球屋里探出的那张脸，轻声慢语。

徐队长只看见口型，没听清声音。因为下一秒，气球就被无数刀子同时穿透，“砰”的一声炸成碎片！

四人看着气球屋垂直下坠，心情舒畅少许，但“盲目自信”这块石头，他们不会再绊第二回。

鸮：“有人对你使用了 < 武 > 毒气弹哟。”

鸮：“有人对你使用了 < 防 > 一块花布哟。”

风水轮流转，连续文具终于落到徐望小分队头上。

毒气弹直接砸破屋顶，落进室内，还没等小伙伴们执行对策，一块巨大花布从天而降，将整个小木屋牢牢包住，就像一个网兜。木屋一下子黑了，无论是站在门口的徐望还是躲在屋内的小伙伴，都看不见彼此，只能凭声音交流。

“都别呼吸！”吴笙第一时间提醒。

徐望捂住口鼻大声问：“到了吗？”

不用点名，使用着“‹防›一双慧眼”的钱艾自动播报：“已经就位！”

终于不用再拖延的徐队长直接点掉自己的一个防具，同时喊：“小况，P 计划！”

况金鑫：“明白！”

正疑惑，极速坠落的、被花布包裹的木屋忽然在花布外生出一对巨大羽翼，就像花布小屋成了天使。翅膀用力向上扇，扇动的巨大气流竟渐渐缓住了木屋的下落。

祥云上四人盯着这诡异的图景，在出手与观望间犹疑。

孔立泽：“出手吗？”

顾念：“密封环境下，毒气弹在一分钟内就可以送他们回家，现在出手，很可能把已经密封的毒气环境打破。”

陈关：“他们不知道毒气弹在释放？就算摔不死，也一样被毒死。”

王断然：“你们不觉得这一对翅膀扇得……有点儿吃力？”

翅膀是宽大的，目测有两米，两边呼啦啦一展开，扑啦啦一飞，花布蒙住的木屋立刻成了长翅膀的花布袋，挺童趣。唯一的问题是，翅膀扇动的频率毫无章法，堪堪将木屋稳住，后面任凭它各种扇、花样扇，木屋都停留在原地，而且有以极缓速度继续下降的趋势。

孔立泽：“这是什么垃圾防具？”

顾念：“插翅……难飞？”

陈关、孔立泽、王断然：“……”

说话间，又过去十几秒。四人在心中默默读秒，距离一分钟还剩下三十秒、二十秒、十五秒……

“嘶啦——”

“嘶啦——”

接二连三的布料撕裂声猝不及防响起，且频繁密集。包着木屋的花布在这声响里破了好几处，每一处口子都伸出来一个黑黑尖尖的像是某种鸟类的喙的东西。

“不好，”顾念反应过来，“P计划，P-A-O，他们要跑！”

仨伙伴还没来得及消化这神一般的推理，几只通体雪白的大鸟已从破口钻出。每一只上都坐着一个人，整个小分队乘着坐骑，以纵列之姿直上云霄。

孔立泽：“他们就不能有点儿正常文具吗？这又是什么？！”

顾念：“一行白鹭……上青天？”

陈关：“……”

王断然：“顾念，你对他们的了解让我很慌……”

顾念没听见雇主的吐槽，因为他发现了一个问题——天上的白鹭只有四只。

陈关、孔立泽、王断然比他发现得晚，但也只是半秒之差，四人心中几乎是同时浮出四个字——声东击西！难怪他们只有一人从小屋里冒头出来说话，难怪被毒气困住，也生生拖了半分钟才走。在“海市蜃楼”幻象被破除，气球屋重新现身的那一刻，他们之中已经有一个人用了隐身文具，偷偷潜行到了别处。

树。

江大川已经挪了好几根树杈，屁股还是不可避免地坐麻了，所幸终于看见队友有点儿认真的架势了——摘叶飞花+一块花布+毒气弹，三连击。

早就应该这么做，都开打了，还废什么话。不过对手也没他想得那么弱，破了花布，骑着大白鸟上天，还是有点儿气势的。虽然这在他看来，也不过是早回家一分钟或者晚回家一分钟的事。江大川没数白鹭的数量，见四个队友都认真了，就特别放心地进入了“观战都不带脑”的模式。

然而战斗的直觉还在，何况背后的杀气重得几乎没有半点儿掩饰。蛇一样的胳膊自脖后勒过来的瞬间，江大川一把抓住对方的手腕，将人拉近，抬臂就是一个肘击。看不见？无所谓。他百分百确定，狠狠击中了对方的胸口。

“隐身偷袭？”江大川冷笑，“那是我玩儿剩下的。”语毕，他松开抓着的手腕用力一推。

“扑通”，隐身中的人落到树下海水之中，几秒钟后再冒头，隐身效果已解除。

池映雪咽下口中的咸涩海水，在波浪里仰头，望着江大川的眼神慢慢带上一丝诡异的兴奋和期待：“别让我失望。”他淡淡说了一句，然后极速沉入水中，再没动静。

树杈上的江大川：“……”这是什么临走狠话，正常不是应该说“你给我等着”吗？！

正无语，江大川的余光里，忽然有某种闪烁一掠而过。

徽章！

江大川猛地抬头，果不其然，距离头顶约两米左右的茂密树杈里，属于徽章的闪光微弱却清晰。

使用防具的人没回家，还骑着白鸟逃窜呢。那就只剩下一个原因——防具过了时效。

这真是一个悲伤的故事。

江大川万分同情殊死抵抗到现在的对手，他利落起身，一跃抱住大树主干，身手矫健地往上爬。可刚爬两下，脚腕忽然一沉，他抱住树干，皱眉低头，下一秒心脏骤停——一个披头散发的阿姨，脸白得像墙，眼圈黑得像洞，不，就是洞，因为她根本没眼睛，嘴巴血红，咧开笑着，露出参差不齐的牙！

鸮：“有人对你使用了 < 武 > 鬼抓脚哟。”

“么。”笑容灿烂的阿姨还给了他一个飞吻。

江大川：“……”做这个文具的你出来，我保证不格式化你！！！

“沙沙”，头顶传来树叶摩擦声。江大川暗叫不好，立刻抬头，果然，池映雪已经跑到他上面了，那个高度，伸手就能拿到徽章。

江大川脚下踹鬼，手上抓池，忙得这叫一个热火朝天。奈何鬼阿姨也不知道相中他什么了，死不撒手。江大川往旁边一跳，单臂勾住树杈，单腿挂着鬼阿姨，另一只手飞快点掉文具——‹武›移花接木！

池映雪的目标不是徽章，谁知道一爬上来，徽章闪光就出现了。不过底下反应也快，一个文具甩过来，带着徽章的枝条就移到了更高的地方。显然，底下人暂时拿不到，也不准备让他捡这个便宜。

“咚——”巨大的撞击闷响从二人头顶传来，确切地说，是大树的上方，动静极大，树都跟着震了一下。

江大川和池映雪一起抬头，一朵托着四个人的七彩祥云不知撞到了什么透明阻隔，停在距离树顶约半米的上空。云上四个人，三个黑脸，一个皱眉。

四只白鹭在他们旁边不远处按大小个排成一排，为首的徐望抬抬胳膊，友情提示：“‹防›玻璃保险柜，我劝你们别硬撞，你们不心疼自己，也心疼心疼祥云。”

“本来看徽章出现，已经打算放过你们了，”陈关忍着胳膊肘的疼——刚刚撞玻璃罩撞的——磨牙看四个鸟人，“你们是非得上赶着送人头啊。”

“认真起来，我们胜算的确不高，”吴军师一向就事论事，“但拖到‘暂停键’到时效，好像也不太难。”

徐望凑过来，煞有介事地问：“应该快到了吧？”

吴笙用力点头：“嗯，同类威力的幻具时效都不长，也就这一两分钟的事儿。”

陈关、顾念、孔立泽：“……”

王断然：“你俩配合还能再浮夸一点儿吗……”

鸮：“有人对你使用了 <幻> 暂停键哟。”

似曾相识的提示重又在徐望小分队耳内响起，骑着白鹭的四人一愣。

孔立泽也学徐望扬扬手臂：“不好意思，时效的确要到了，所以我再补一个。”

“T——”徐望忽然大声道。

祥云四人下意识防备，却见四只白鹭同时扑腾起翅膀，急速后退。

王、陈、孔、顾：“……”这么明显的行动还用什么代号，直接喊“退”不行吗！

退到安全距离，徐望正色起来，冲对面大声道：“现在的情况是，你们进不去玻璃保险柜，也不可能让我们进去，那就看树上的结果了，一对一，谁拿到徽……”

话还没说完，半空中忽然出现一颗巨大钻石，在阳光下闪着耀眼的光。徐望的放话戛然而止。

钻石“咣当”一声撞到透明玻璃罩上，然后开始用最尖锐的部分向下划。原本什么都看不见的“玻璃保鲜柜”上出现清晰划痕，并且划痕不是直线，而是弧线划了一圈。眨眼工夫，一块圆形玻璃就被切割下来，“扑通”落进海里！

“谁告诉你我们进不去？谁跟你一对一，还拿徽章……”陈关越说越想揍人，挑音都扬到天上去了，“嘿，我就好奇了，你们之前遇见的对手战斗力到底有多渣，才让你们建立起这种神奇的自信？”

1024 房：“……”

1639 房：“……”

“帮吗？”冯让问魏孟寒。虽然没有绝对要帮的理由，但一面说他们是“渣”，一面是曾经把酒言欢的“潜在理财客户”，孰近孰远，冯顾问心里还是很分明的。

“套着防具呢。”回答他的是朱墨，他随手取了桌上的鹅毛笔扔出去，飞到一半，撞上什么似的颓然落下。

冯让和邹珺都很意外，没想到找徽章队还来了这么一手。

“战斗一开始就套上了，”魏孟寒说，“他们早早就断了被人黄雀在后的可能。”

冯让和邹珺沉默下来。原来打从最开始，就是妥妥的一对一了，一队对一队。

3

窗外树旁，祥云已从容进入破开圆洞的“玻璃保险柜”。

远处的四只白鹭没动，可就在祥云飘入的一瞬间，忽然又原路返回，离开玻璃罩，并且速度不停，继续往上蹿！

鸮："有人对你使用了 < 武 > 拔地而起哟。"

王断然、孔立泽、顾念："……"

陈关："我现在已经快不知道这些成语的本意了……"

"大川可能降不住他。"顾念在急速上升中，还抽空往下看了一眼，"那个最美的很厉害。"

树上，自家队友已经和最美的在树杈之间纠缠成一团，最美的紧抓着江大川的手臂，再没给他用文具的机会，江大川同样反制，两个人一时难分上下。但仔细看就会发现，江大川的眼神是陷入困境中才有的艰难，而最美的眼睛却比先前还要明亮，熠熠放光。

祥云还在上升。王断然直接抬臂，锁定树上的人，点掉一个武具。

树上，池映雪已经完全占据主动，把江大川压到主干上，单手扣住对方喉咙，眼看就要直接送对方回家，心口忽然针扎一样疼。他可以忍住身体上的疼，可心尖上这种疼带着某种精神刺激，让人一瞬闪神。

江大川准确捕捉到了这一机会，迅速脱身，一跃跳到旁边的树杈上。

池映雪想追，可心口很快又疼起来，他从没遇见过这样的疼法，身体能忍，神经却忍不住。

鸮："有人对你使用了 < 幻 > 心如针扎哟。"

池映雪一手扶住树干，一手捂着胸口，轻轻喘息，额头罕见地出了汗。

江大川知道肯定是队友在帮忙，顾不上斩草除根，直接往上爬。

徽章第一！

可是脚踝再次被抓住。江大川简直要疯，一个鬼用不用这么执着！恨恨低头，江大川到了嘴边的骂顿住——抓着他的是池映雪，脸色、嘴唇都煞白的人，双手却紧紧拉住他的脚。

"你……"江大川不知道该说什么了。自己的队友可不是手下留情的人，这文具用得绝对是椎心刺骨的。疼成这样还拖着自己，这是给多少薪水能这么卖命啊！

半空中，终于用文具克掉"拔地而起"的祥云下降回原本的高度。

数米外，就是一字排开的白鹭。

徐望他们没敢贸然挪地方，往上穷追猛打没胜算，向下支援池映雪容易被脱离"拔地而起"的祥云从背后偷袭，所以他们坚定执行原计划，一个"拖"，一个"挡"——拖出时间给池映雪战斗，挡住祥云清外围。

但就这样，还是没防住，负责盯池映雪的况金鑫第一个汇报："队长，他情况不太对！"

四人一起低头，正看见江大川向上爬，池映雪在底下抓着他的脚，但神情明显是忍着极大的疼痛。

祥云就是在这时降到和白鹭同样的高度。

“看出来你们是铁了心不让我们靠近树了，那我们就不强求了。”陈关耸耸肩，无所谓的样子，“但你们不会天真到以为，不接近就不能攻击吧？”

“池映雪，”徐望压根儿没搭理这种挑衅，直接问下面队友，“文具名——”

没回应。

狂化中的新队友早屏蔽外界一切了，现在他的整个世界里就一个江大川，你不死，我不休！

徐望心情复杂，遇上一个状态一来就暴走爱谁谁的队友，太艰辛了。不知道文具名，他们四个就是想远程协防，也无从下手啊。

“看着像扎心，”钱艾神助攻，“这个我有经验，扎完都是这个表情！”

徐望：“……”

鸮：“有人对你使用了＜防＞郎心如铁哟。”

池映雪心头的刺痛，随着提示音缓缓消失。他轻轻吸口气，冲着上面的江大川莞尔一笑。

江大川一只脚在人家手里呢，当然全程低头紧盯，于是在这一笑里，毛骨悚然。

会输。江大川有了某种清晰预感。他遭遇过那么多个对手，近身肉搏战不知打了多少场，却是第一次在一个对手身上感受到了“可怕”。这可怕不是武力值多么逆天，而是骨子里带的那种不像人的东西。

脚踝被缓过来的人用力一扯，江大川直接被从树干上拽了下来。他反手给了池映雪一拳，稳准狠地正中对方下巴。池映雪被打得头微微偏开，但脚下一个狠踹，正中江大川小腿，力道大得几乎能把脆弱的人直接踹骨折！江大川直接趴下去，在滑落的最后一刻，双手环抱住树杈才勉强挂住，没有落海。

池映雪微微蹙眉，似乎对没有一击致命很不满意。

江大川做好了被掰手指或者踩踏手指的准备，但这招其实很 Low（低水平）——不是姿态好不好看，而是太多破绽，只要池映雪敢靠近，他有信心能把对方先扯下去。

“你想太多了，”池映雪忽然开口，声音里带着某种愉悦快乐，一如他熠熠发光的眼眸，“我对你的手指头没兴趣。”他轻巧跳到临近树杈上，然后看向挂着江大川的树杈根部，眼睛微眯，抬腿就踹。

江大川倒吸口气。对方是不踹他，对方要踹折掉的是整根树枝，他毫不怀疑对方有这个力道。

鸮："有人对你使用了<幻>孟婆汤哟。"

就在池映雪的脚几乎要碰到树杈根的时候，耳内听见提示。然后，池映雪就愣住了，维持着要踹不踹的姿势怔在那儿，看看树，看看自己的脚，再看看江大川，一脸茫然。

1639房。

邹珺："什么情况？"

朱墨："被迫热爱和平或者失忆的文具吧。"

冯让："当什么别当前锋，这能被玩死啊……"

魏孟寒："……"

朱墨："魏老师？"

魏孟寒："胜负已分。不过能坚持到现在，他们已经很厉害了。"

朱墨明白自家队长的意思，精神控制型幻具，除非撞大运，恰好就有那唯一或者唯二与之相克的文具，否则几乎就是无解。他抬头看白鹭上的几个人，从队长到队员，眼中都或多或少有一丝慌，看得出他们的确拿这个幻具没辙，但……

朱墨的目光落在那张唯一镇定的脸上。他不知道他的名字，但如果没记错，这位应该是军师，而现在，他在他眼里看见了让人惊叹的沉稳和胸有成竹。

"未必会输，"朱墨顿了下，又摇头，"不，他们会赢。"

半空中。

徐望下了某种决心似的看向吴笙，后者却轻轻摇了摇头。

实在情势不妙，徐望没忍住，一着急脱口而出："还等？"

吴笙不语，态度却明确。

徐望焦灼地看下面，江大川眼看就要爬上树杈了，现在的池映雪就是一个傻白甜，都不用武力，直接一推就掉下去了啊！他们手握王牌却拖到现在，要还是功亏一篑，能吐血三斤！

"我们解不了幻。"反正事实都明显了，徐望也不怕被对手听去，当务之急是提醒自家军师。

"我知道。"吴笙也关注着下面，现在开始，每一分每一秒都可能影响战局，"但你别忘了，他不是一个人在战斗。"

徐望一瞬间明白了他的意图，不可思议道："你在这种时候赌这个？"

"不是赌，是挖掘变量的最大可能。"吴笙看向徐望，一字一句，"如果你真想把他磨合成我们战斗体系的一部分的话。"

徐望看着自家军师，终于定下心来，不再摇摆："行，听你的。"

况金鑫："……"

钱艾："……"领导们都交流了些什么？他们怎么听不懂啊！

对面祥云上。

孔立泽："人家……"

顾念："在用我们……"

陈关："磨合？"

"大川！"王断然忽然出声，带着担心和一丝不可思议的惊讶。

其余人等立刻低头，可为时晚矣。

刚刚因为对手失忆而得以重新爬上树杈的江大川，连着他那根树杈一起跌落大海，跌落下去的瞬间，依然满脸不可置信。

而原本茫然的池映雪已到了更高处，看也不看被自己弄断的树杈，仿佛料定江大川回天乏术，他悠然扬手，轻松摘下那枚漂亮的闪光。

鸮："恭喜寻获 6/23 古堡徽章一枚！"

一切都发生在电光石火间，快到江大川来不及防备，快到祥云上的四人来不及料想。

就连况金鑫和钱艾都一脸蒙，只吴笙朝着徐望摊摊手："我说过，会改进。"

徐望想带着白鹭一起扑他："你怎么能这么帅！"

4

一小时前，从油画中平安归来，去往 1829 房告诉麻花辫姑娘真相的路上，某队领导层秘密交谈。

徐望："池映雪不会配合我们那些战术的，他喜欢自由。"

吴笙："一点儿希望都没有？"

徐望："对。"

吴笙："明白了，我会改进的。"

徐望："你改进？"

吴笙："一个成熟的作战体系，必须能够承载任何变量，如果还能促成变量效用最大化，成熟就会走向完美。"

徐望："呃，也别太难为自己，要是真完美了，人生还有什么追求。"

吴笙："神级。"

徐望："……去吧，奋斗吧，你开心就好。"

王断然不想听对手内部互相恭维，也不能接受这个战果。他不相信地看着下面的池映雪：“你什么时候解的幻？”

池映雪拨开挡着视线的烦人枝丫，无辜地看着他：“没中为什么要解？”

不只王断然，云上四人都愣了。

池映雪轻叹口气，语重心长地说：“下次再往我身上套控制系文具，麻烦双人份。”说着，他的目光从四人的脸上转移到四人穿的衣服上，眉头渐渐皱起，“你们的品位和战斗力比也差太多了，这真是我见过最丑的四件外套。”

王断然、陈关、顾念、孔立泽：“……”

“嘶——”池映雪倒吸口冷气，像是刚知道疼似的，低头看看自己缠着纱布的胳膊，又拉开领口看看瘀青的胸口，再抬手摸摸酸疼的下巴，每多发现一处伤，眉头就皱起一分，眼底倒不是痛苦，而是一种单纯的不开心。

——“你的任务就一个，徽章。”

脑海里又回荡起吴笙给的任务。应该是叫吴笙吧？整个战斗过程里，这任务像烙印一样被那家伙翻来覆去在心里过，洗脑似的，他不想听都不行。

池映雪低下头，静静看自己的心口，仿佛透过那里能看见另一个人。他和他好多年没合作过了，尤其近两年快要水火不容，怎么也不会想到，再度合作竟然是为了一支刚加入几个小时的队伍。

至少近期内，应该不会被踢了吧？池映雪不是太肯定地想。

祥云上，四双眼睛都沉下来了，连全程平静的顾念都燃起淡淡杀气。徐望能感觉到，甚至围观的韩步庭、魏孟寒他们也感觉得到。

1024房。

“他们认真了。”韩步庭低声道。

李子近不懂：“先前不认真吗？”

韩步庭摇摇头，不再说话。何止不认真，从头到尾，祥云上那几个人其实都没太把对面当回事。一如曾经，自己队在游乐场埋伏的时候，也是觉得会手到擒来，结果就和今天的祥云队一样。

这种根本上的心态就像一个天花板，无形中便对自身战斗力的发挥起了限制。哪怕刚刚他们被缠得烦躁了，被阻碍得闹心了，仍然觉得在自己可掌控的范围内。这种“轻视”就是他们失去徽章的最大原因。

反倒是现在，一切目的都消失了，祥云上那几位才开始展现真正的战斗气场。

祥云上。

陈关盯着徐望四人，像是生怕对方跑了，头也不转地问队友：“‘暂停键’还有多久？”

孔立泽回答：“六分钟。”

陈关点点头：“足够了。”

徐望皱眉：“都没徽章了，你们还要打？”

王断然：“从你们招惹我们的那一刻起，就该做好提前回家的准备。”

徐望无语：“是你们先招惹我们的！”

王断然：“但是你们最终拿到了徽章。”

徐望：“……那倒是。”

被怒气冲的，王断然卷卷毛都快干了：“既然拿了徽章，就别交卷了，不然好处都让你们得了，哪儿有那么快乐的事儿。”

徐望叹口气，骑着白鹭稍让开一些。

吴军师放下衣袖，悠然上前，云淡风轻：“你们可能还不知道，我们队的宗旨就是快乐闯关。”

鸮：“有人对你使用了 < 幻 > 时光飞逝哟。”

祥云四人愕然呆愣，一晚上遭受的冲击都没这一刻来得重。

怎么可能？怎么会？拿着这样的幻具和他们打了这么久，消耗了这么多文具，图什么？！

还没来得及问出口，所有人——无论是战斗还是围观——都听见了属于自己的提示音。

鸮：“宝贝儿，提前放假，送你回家。”

鸮：“恭喜过关，6/23 顺利交卷！亲，明天见哟。”

后面这句，是徐望小分队迟来的幸福。

5

安阳市极偏僻的一处荒郊，乌云遮住了月色，一片漆黑里，寂静骇人。

杂草丛生的地上本就站着一个浑身湿透、一脸郁闷的人，没一会儿又凭空多出来九个。其中一个出现的位置离他比较近，剩下八个则在不远处，四四相对，分列左右，相隔数米。

江大川攒了一肚子气，正愁没地方撒，罪魁祸首倒送上门来。他甚至没去细想为什么战斗结束得这么快，直接弯腰一把抓住池映雪的领子，生生把人薅了起来。

打击报复的铁拳刚要挥，江大川忽然顿住了。不久前才把自己折磨得够呛的家伙，这会儿双目紧闭，眉头紧锁，额头已经冒了一层汗，嘴里还神叨叨念着什么“滚开”“还我”“不是你的”……

江大川咽了下口水，头皮发麻。这比那个鬼抓脚还吓人好不好！

“喂，你、你别以为装神弄鬼就能混过去……”

“放开那个青年！”旁边忽然传来一声正义之吼。

江大川还没反应过来，拎着的人就被钱艾夺了过去。

钱艾转身，把池映雪交给一同过来的况金鑫，然后掏出手机，一边掂量一边恐吓:“都回到法治社会了，你还想动手？信不信我给你来个现场直播？”

江大川：“……”

另一端，王断然四个人没再动手，但被人虐了，总要死个明白:“为什么一开始不用？”

既然有“时光飞逝”，在中了“暂停键”的时候直接用这个幻具，立即就能交卷，哪儿还用后面的纠缠苦战。

“最初是打算用的，可惜你们态度不好，”徐望看向吴笙，一声叹息，“我们军师只能调整作战计划了。”

吴军师微微仰头，以赏明月的目光望向乌云，怅然若失：“其实我从没想过双喜临门，都是被命运逼着往前走。”

王断然、陈关、孔立泽：“……”这反人类的台词，这拉仇恨的姿态！

顾念：“交换个姓名吧。”

徐望、吴笙：“再见。”

……

不远处，草丛里。

匍匐隐藏着的魏孟寒队看着徐望、吴笙转身和另外两个队友会合，捞起昏迷中的第五位队友，肩并肩，大步流星帅气离开，然后越走越快越走越快，以充满求生欲的速度消失在茫茫夜色。

剩下那队也没有停留太久，最终沉默地朝着相反方向离开。

回市区应该都是一个方向，祥云队选择另一端，不走寻常路的原因耐人寻味。

“就是怕控制不住斗殴吧。”邹珺看得通透，一针见血。

“不过，换谁输得这么彻底，也会丧吧。”冯让有点儿心疼祥云队，“这场仗，从一开始那边就稳赢的，只要情况不对，随时可以交卷。”

朱墨轻轻叹息，像感慨，像赞叹：“但他们最终还是搏到了徽章。”

魏孟寒一个翻身，成大字形，仰望苍穹，晦暗的夜幕就像他此刻的心情：“月光迷宫遇见的时候，我们还倚老卖老给人传授经验呢。”

朱墨拍拍他的肩膀，宽慰：“不管怎么说，他们的确是一支新人队伍。”

魏孟寒摇摇头，不再说话。

新人不假，但这哪儿是菜鸟，分明就是一群小凤凰！等到经验丰富，羽翼丰满，彻底成了一群不死鸟，谁遇上都得被烧成灰啊。

很久之后，某个土坡后面。

“队长？”厉夏有些担心地看韩步庭，后者从出来就一直沉默，如今所有闯关者基本都散了，只他们队还留在这荒郊野岭。

“没事，”韩步庭揉揉太阳穴，转头问厉夏和李子近，“你们怎么看？”

李子近撇撇嘴，不情愿地咕哝：“还能怎么看？如果今天换我们，三分钟就会被秒成渣。”

韩步庭问：“把我们换成哪队？”

李子近沉默一下，说：“换成哪队都一样。”

“他们和在 3/23 的时候不一样了，”厉夏看向自家队长，“我们还在原地，不，更差了。”

“是啊，”韩步庭向后拢一下前额的头发，呼出口气，“我们要想继续前进，就不能再这么晃荡下去了。”

厉夏和李子近清楚，自家队长一这样，就是有打算了。

“第一步，固定队友。”沉静夜色里，韩步庭带着自家队友重新站上起跑线。

清晨七点，安阳市，某酒店豪华套房。

这是一间宽敞到能开个小型 Party 的套房，七小时前，王断然队五个人还在这里优哉游哉地聊着，古堡徽章到手后要不要挑一个看得顺眼的队伍帮助他们交卷，好提前结束回来休息。

那时候的五人怎么也不会想到，他们会在身心俱疲的郁闷里迎接日出。

阳光最先晒着的就是躺在窗边沙发里的江大川，他烦躁地遮住眼睛，过了会儿还是觉得晒，一拍沙发，腾地坐起来，终于彻底爆发：“如果我们一开始就全力以赴，绝对能赢！”

孔立泽躺靠在不远处的懒人沙发上，玩着备用手机，目不转睛：“能让人轻敌，也是实力的一种。”

江大川满头黑线，如果让对手轻敌也是一种战术，那“八仙过海”那个神经病的造型绝对功不可没……不行，脑海闪回的画面引起不适，他想举报！

顾念合上一直没看进去的侦探小说，抬起头。他很少有想不通的事，可这一早上，萦绕在眉宇间的困惑就没散：“那个最美的究竟是怎么破的‘孟婆汤’呢……”

同一时间，安阳市，某普通宾馆双人标间。

池映雪终于睡着了，在况金鑫尝试性地塞给他第二个枕头之后。

明明是和吴笙差不多的一八七、一八八的身高，蜷缩起来睡着竟没占多少地方。他枕着一个枕头，抱着一个枕头，神情安逸，甚至带了点儿疲惫后的慵懒，可身体就是没一丝放松，像是恨不得将自己蜷缩成一个谁也看不见的小点儿。

毫无防备的睡颜和极度防备的睡姿，形成鲜明而奇异的反差。

蹲在床前的四伙伴互相看看，于无声中眼波交流。

徐望轻点一下头——这回应该是真睡了。

况金鑫微微舒口气——嗯。

吴笙好奇挑眉——你怎么想到要再给他一个枕头?

况金鑫微微歪头，双手合十垫到脸颊下面——抱着东西睡有安全感。

钱艾瞪眼——你们到底在说啥？！

自打从鸮里出来，池映雪就处于意识混乱中——说昏迷，却还喃喃自语，说清醒，那胡言乱语根本听不懂。四个小伙伴也不知道他头一天晚上住哪里，只得抬回自己住的宾馆。

吴军师给小伙伴们分析了造成这种情况的原因——“孟婆汤”导致的单人格失忆导致的第二人格切换与“孟婆汤”解除导致的第一人格恢复导致的双人格竞争。

小伙伴们认真听完，沉默地消化了半分钟。

从回宾馆，四人就守在床边，寸步没离。池映雪折腾，他们也跟着揪心忙活，此刻总算能放下一点儿心，歇一口气。

天什么时候亮的，他们毫无所觉，这会儿看窗外，已经是阳光明媚。

“嗡——”手机的震动声在静谧的房间内响起。

四伙伴吓一跳，你看我我看你，全一脸无辜，循声去找，发现源头在床上，新队友的被子底下。

刚睡着的池映雪又不安稳起来，似被这声音扰得厌烦，眉头皱起，枕头抱得更紧。

震动声终于停了，可还没等四伙伴放下心，那“嗡”声再度袭来，简直锲而不舍。

“唔——”池映雪不舒服地哼一声，眼睛仍闭着，一只手却像有自主意识似的松开枕头，从裤子口袋里摸索出手机，直接丢了出去。

床边四个小伙伴完全没料到这波操作，本能闪避，险险躲开被手机拍脸的命运。可怜的手机“咚”一声落地毯上，还震呢。

四伙伴：“……”无形败家最致命！

这边池映雪舒坦了，翻个身继续睡。那边徐望赶紧过去把无辜手机捡起来，虽有地毯，但先着地的屏角还是碎了一小块。

手机上两个未接来电——池卓临。

“嗡——”

很好，第三通又来了。

徐望在接听还是静音中纠结徘徊，床上的池映雪忽然睁开眼，清明的眼神里再没一点儿混乱与疲惫，和上一秒那个贪恋抱枕的家伙判若两人。守床四伙伴猝不及防，一时不知道该怎么打招呼。

池映雪坐起来，看一眼床前，再看一眼徐望及其手中眼熟的手机，就明白怎么回事了。

“把你们折腾得不轻吧？”他歉意笑笑，镇定、和煦，“我回来了。”淡淡四个字，却有种宣示主权的意味。

先前折腾的时候，四伙伴还真的讨论过，如果等下苏醒的是另一个人格，他们是不是还要再“迎新”一次，抑或者掰扯一下“游乐场的积怨”和“摘徽章的新功”。如今看来，这些环节都用不上了。

苏醒的依然是增员时的池映雪，和游乐场那位大冷天穿沙滩度假风的池映雪气场差异鲜明，想认错都难。

徐望连忙把手机还给他，本想解释一下屏幕是你自己祸害的，但第四通电话又来了。

池映雪接过手机，看也没看碎掉的屏幕角，一边点接听，一边掀开被子下床。

“你是不是又把手机摔了？”电话刚通，听筒里就传出这么一句，带着前面几个电话没通的不快和对事实的神推测。

“池卓临，是我。”池映雪把手机贴到耳朵上，听筒里的声音就再听不真切，“对……河南……挺好的……谁知道呢……”

随着池映雪进入卫生间，关上门，这通电话被彻底隔绝。小伙伴们从头到尾只听见电话那头的一句，可池映雪这边的五句更是让人一头雾水。

“池卓临？”吴笙重复刚刚听到的名字。

“嗯，卓越的卓，降临的临。”徐望是唯一看过那几个字怎么写的人。

况金鑫：“都姓池，家里人吗？”

钱艾皱眉：“这么往死里打电话的架势，更像讨债的。”

八卦没几句，池映雪就结束通话，从卫生间里出来了。不等小伙伴们问，他直接说明：“池卓临，”停顿一下，又补两个字，“我哥。”

四伙伴：“……哦。”

猜到是亲人了，队友又直接坦白，除了点头，好像也没什么可回应的。

“没什么事，我这天天在外地跑，例行询问。”池映雪把手机揣回口袋。

这进一步解释打消了四人这边所有疑问，本就是私事，基本沟通到位就可以了。

“你住哪里？”徐望问，“是回去休息，还是退房换过来和我们一起？”

池映雪沉吟一下，从这话里听出了战果，意外挑眉：“交卷了？”

“对啊，”徐望刚想说“你该不会还失忆呢吧”，忽然反应过来，摘徽章那一刻不是眼前这位，连忙改口道，“徽章、交卷双丰收。”

找一个双人格战友，好用是好用，就是有点儿累心……

池映雪微微歪头，带着点儿意外的目光依次打量四个小伙伴：“那几个实力不差的，你们可以啊。”他知道自己能摘下徽章，哪怕需要那家伙顶上，但没想到剩下四个还能交卷。

来自新队友的认可，让笙、望、金、钱陷入一言难尽的静默。

良久，吴笙拍拍自家队长的肩膀：“算了。”

徐望点头：“团队归属感的培养需要时间。”

钱艾自我洗脑：“看战斗力就好，嗯，战斗力。”

况金鑫放弃似的摇摇头，转而看向池映雪手臂上已经微微渗红的纱布：“换个药吧。”

“……”池映雪总觉得这些人的话翻译过来都是同一句——来日方长，我现在不和你一般见识。

6

最终池映雪也没换药，直接回了自己的酒店，幸好还是稍微有那么一丁点儿的团队意识，说收拾好东西就退房过来，以便晚上和四人一起进入鸮。

目送池映雪上了出租车，钱艾还是没忍住，咕哝：“他是不是就不知道疼？”

没人说话。

这问题除了池映雪本人，谁也给不出答案。

回到房间，四伙伴各自补眠。

吴笙几乎是躺下就睡着了，这一晚上的战斗，一晚顶三晚，现在的他是一根指头都不想动了，连同大脑一起进入充电中。

徐望也困，也累，也躺在床上不想动，可就是睡不着，先前担心池映雪，还没工夫想别的，这会儿静下来，盘踞在心底的那几封信又飘飘而起，撩得他抓心挠肝。

他现在最后悔的事情就是没把那几封信带在身上。几张纸能有多重？藏家里能生利息吗！！！如果能用文具，他立刻一个“‹幻›灵魂出窍”奔回北京。可现实是，小伙伴们都展望着明天的奖励、后天的新关呢，他总不能突然说想回北京吧？

当然如果有正当理由，他相信队友们肯定不介意陪他回去一次。但他能说吗？说我觉得十年前可能有段暗号没破译，现在想回去再看看研究研究？

吴笙在下午醒来，睁开眼就看见隔床的自家队长对着自己这边侧身睡着，眉头锁得紧紧的，被子抓得紧紧的，一脸气愤，像在梦中和什么人搏斗。他觉得对方应该是梦到闯关了，静静看了会儿，还是没忍住，伸手过去轻轻抚平自家队长的眉心。

直到徐望眉间舒展，吴笙才心满意足地起身，神清气爽地去卫生间洗漱，开启新的一天。

傍晚，彻底会合的五个小伙伴在宾馆附近吃了阵容整齐后的第一顿饭。

席间，徐望代表全队对新队友池同学进行了热烈友好的欢迎。后者好像不太习惯这样的团建氛围，最初还有一点儿不适应，等到后来钱艾开了直播，其他伙伴自然分开，给主播腾出单人镜头，并在"感谢这位大哥送的游艇""什么？是大姐啊哈哈"中泰然自若继续吃喝后，池映雪就没什么适应不适应的了……

就像昨夜的"海市蜃楼计划"一样，不要细想，随波逐流就好。

又一个午夜来临，已经不需要闯关的小分队照旧刷新在宴会厅。刚一站定，他们便收到了奖励提示——

徐望"文具盒"：获得‹防›手滑了、‹武›扎小人、‹幻›不想长大。

吴笙"文具盒"：获得‹防›百毒不侵、‹武›旅行锤、‹幻›我真怕。

钱艾"文具盒"：获得‹防›神出鬼没隐身衣、‹武›双子跳楼机、‹幻›啊，钱掉了。

况金鑫"文具盒"：获得‹防›五里雾中、‹武›穿过你的黑发谁的手、‹幻›华佗再世。

池映雪"文具盒"：获得‹防›中环十三郎、‹武›浪漫下午茶、‹幻›我劝你善良。

五伙伴寻了个隐蔽角落才查看奖励，并且很自然地彼此分享——

徐望："老钱，你这个'钱掉了'的幻具不会反噬到队友身上吧？"

钱艾："作为队长，你是不是应该先担心一下使用者我？！"

况金鑫："笙哥，你这个幻具'我真怕'什么意思啊？"

吴笙："等我参悟了就告诉你。"

钱艾："哎哟，小雪，你这个'中环十三郎'我熟！"

池映雪："小……雪？"

鸮："有人对你使用了 < 幻 > 华佗再世哟。"

池映雪刚因为新昵称酝酿的危险眼神，在突如其来的提示音里散了个干净。

手臂纱布下的长钉伤也好，身体各处和江大川肉搏的跌打伤也好，一刹那痊愈如初。那些他不在意但真实存在的疼痛，再不见踪影。

只有他自己能听见这提示，吴笙、徐望、钱艾还在讨论新文具的用途，剩下况金鑫定定地看着他，像在等待效果。

四目相对，使用者不太确定地问："好了吗？"

池映雪淡淡点头："嗯，满状态。"

况金鑫松了口气，神情似乎在说"那就好"。

池映雪笑一下，很浅："其实不用。"

况金鑫问："他也不怕疼吗？"

池映雪怔住，半晌，才明白过来问的是谁，乐了。"自作多情"之于他，是一种非常新奇的体验，不舒服，但有趣："怕，他怕疼怕得要死。"上扬的语调，带着愉悦和幸灾乐祸。

况金鑫微微蹙眉，总觉得这回答里带着一点儿故意的挑衅。

"喂，"池映雪忽然凑得极近，嘴角挂着笑，眼底却一片冰冷，"你这幻具到底是给我用的，还是给他用的？"

况金鑫不闪不躲，直直看进他眼底："给我队友。"

"叮——"

第二次响起的提示音打断了那边的讨论，也打断了这边的对视。

五伙伴一齐看手臂，这一次给的是7/23的坐标。

"重庆。"思索几秒，吴笙便将地点对上了号。

"火锅、串串、酸辣粉、小面……"已经闻到浓郁香气的钱艾，在无尽畅想中心驰神往。

"还有空中轻轨！"况金鑫看过视频，轻轨列车从山城高空穿楼而过，魔幻又酷炫。

"重庆啊……"一心惦记着回北京的徐队长，心情有些微妙。

池映雪看着瞬间判断出地点的吴笙和立刻对其判断深信不疑的另外三人，心情更微妙……他是错过了什么用文具校对地点的环节吗？

随着时间流逝，大部分想闯关的已经集齐人马，离开宴会厅，剩下的要么是他们这样无须闯关的，要么是凑不齐人或者找不到队伍的。

况金鑫到餐桌那儿取了几块长得很好吃的蛋糕，回来给小伙伴们分，分到池映雪那儿又碰了壁。

"我讨厌甜的。"池映雪的拒绝简单直接。

"哦。"人各有爱，况金鑫尊重，然后把原本要给池映雪的那块给了眼巴巴的钱艾。

钱同学两口一块，四口两块，吃完了一抹嘴，教育况金鑫："下次记住了，再好的东西，你得给会欣赏的人。"

况金鑫用心记下了："以后再有好吃的，都给你双份儿。"

钱艾很是欣慰地摸摸他的头。

池映雪懒得看他俩队友情深，垂下眼睛拆自己手臂上的纱布，结果动作太粗鲁，把纱布弄成了死结。他越拆越烦躁，一用力，生生把纱布扯了下来，刚满状态痊愈的胳膊又磨出几道红印。

低气压中，一块颜色淡淡的小方块糕点被人递到面前。

池映雪皱眉抬头。

况金鑫一脸认真："我尝了，这个不甜。"

池映雪："……"

隔壁又伸来魔鬼之手。碍眼。

"啪——"

钱艾偷糕点不成，手背肿了，捂着被打的手一脸痛心："用不用这么狠啊，你这是和战友打闹呢，还是报血海深仇呢！"

池映雪没听见似的拿过小方块，丢进嘴里。的确不甜，淡淡的黄油味和一点儿不知道什么水果的清香。

轻舔一下拇指上沾的糕点屑，池映雪有些意犹未尽，忽然想和况金鑫再说说话，不料抬起眼皮，面前已换上徐队长和吴军师的两张脸，一个笑容灿烂，露出两排白牙，一个目光清明睿智，隐隐含着"我觉得我们可以坐下来搞个研究"的愉悦和期待。

况金鑫则已被钱艾拉到长餐桌那边，幸福徜徉在杯子蛋糕、甜甜圈、水果沙拉、三明治的海洋了。

不着痕迹地把目光从长餐桌那边收回来，池映雪对着两位询问式挑眉："嗯？"

徐望温柔开场："小雪……"

池映雪微笑："说、事、情。"

发现卖萌不太适合新队友，徐队长立刻换上正气之色："想再和你聊聊徽章。"

池映雪一听就明白了，不等徐望再问，直接道："我现在有五枚徽章，除了古堡徽章之外，还有一、三、四、八关的徽章。除了 8/23，其余的你们想搜集，我都可以带路。"

徐望惊讶于他的坦白，吴笙则更在意答案中暗含的信息："每一关徽章的隐藏地点永恒不变？"

池映雪还真没想过这个问题，被这样一问，目光渐渐飘向不知名处，陷入回忆。

"说不准，"良久，池映雪摇摇头，给出他所能给的最真实的信息，"三、四、六、八关的徽章，我也只找到过一次，只有第一关的徽章找到过三次，都是跟着不同的队伍，第一次和第三次的徽章位置一样，第二次换了地方。”

徐望：“你之前说徽章和 13/23 以后的关卡有关……”

“曾经跟过的一支找徽章的队伍无意中说漏嘴的。”池映雪半玩笑半认真地叹口气，有些可惜似的，“早知道今天能用上，我就应该认真偷听。”

徐望随口调侃：“到底是人家说漏嘴的，还是你特意偷听的？”

池映雪乐了，像想起了有意思的事：“我觉得是前者，但对方坚定认为是后者。”

“……”一个对新人严防死守的队伍，一个压根儿不想融入新队伍的新人，这种注定的悲剧，徐望实在不知道该怎么评论。

至此，信息明朗，新队友能提供的只有“与 13/23 以后有关”和“四枚徽章的地点信息”，后者还不一定仍然有效。

吴笙陷入深深思索，徐望则在沉吟片刻后灵活更换方案 B，放眼搜寻整个宴会厅，果然在人群里捕捉到了熟悉面孔。

池映雪从谈话最初就等着徐望问某个问题，结果等到现在，眼看对方要起身了，实在按捺不住，主动提了：“8/23，不问一下吗？”

徐望重新看向他。

“除了 8/23，其余的你们想搜集，我都可以带路。”这是新队友的原话，其中的意思已经很明显了。徐望还以为这种心照不宣的事情，你懂我也懂呢，现在看，果然还需要勤沟通。

“找那枚徽章的时候不是你。”徐望单纯陈述事实，对此并没有过多的感情倾向。

池映雪不是第一次向新队伍坦白自己的双重人格，却是第一次碰见这么淡定的队长，忽然来了好奇：“如果有一天我不见了，换了他出来，你会踢人吗？”

徐望还真想过这个问题：“如果你在昨天问我，我可能会犹豫，毕竟游乐场的记忆不太美好。”

池映雪收敛笑意，淡淡问：“现在改主意了？”

“昨晚的徽章是你们两个配合拿到的，”徐望的声音缓而真诚，定定地看着池映雪的眼睛，像要透过眼底对视上另一个灵魂，“从他出手那一刻开始，就已经是这个队的一员了。”

池映雪眯起眼，观察半晌，悟了：“他还没醒，你说话他听不见。”

“你不早说。”徐望埋怨似的白他一眼，刚才那个深情队长仿佛是幻觉。

池映雪：“……”他不是第一次向加入的队伍坦白双重人格，却是第一次遇见这么未雨绸缪的队长，当着他的面，已经开始隔空拉拢另一个……

“你们先聊，我去去就回。”眼看锁定的人和另外一支残队聊得欢，大有加入之势，徐望再等不了，撂下这么一句便立刻起身，以防想问的事情还没问，对方就随新队伍消失进入关卡了。

池映雪看着他三步并作两步，走向那个叫作王楚铭的雇佣兵，琢磨一下，大概想到他的目的了。收回目光，他看向仍留在自己面前的吴笙，一时想不通和这位有什么可“你们先聊”的。

吴笙已经把徽章的线索厘清，终于可以暂时关闭这件事，开启第二线程：“你更擅长近战搏斗还是远程攻击？”

池映雪：“嗯？”

吴军师自顾自继续：“我看你不太喜欢频繁用文具，能具体说一下你的文具倾向吗？”

池映雪：“倾向？”

吴笙：“喜欢防具、武具，还是幻具？喜欢攻击系还是操纵系？”

池映雪：“……”

吴笙：“不用担心，我不会给你制定什么复杂战术。充分了解你的喜好，是为了给你更大的发挥空间。”

池映雪：“……”

“你还有什么顾虑呢？”吴笙不理解对方的沉默，“昨晚找徽章的任务，你完成得非常出色。”他拍拍对方的肩膀，竭力用坚定的目光传递让人心安的力量，“再接再厉，我会满足你对战斗的一切幻想。”

池映雪：“……”

7

北京时间 01：46。

徐望结束和王楚铭的秘密交谈，回来把所有小伙伴招呼到安全角落，第一时间分享情报。

“徽章手册？”连同池映雪在内，所有人都是第一次听说这东西。

徐望点头，前后左右看看，确定隔墙没耳后，才低声道：“对，这个手册里有 1-13 关的徽章地点提示。”

“我就说嘛，”钱艾心中的疑惑终于解开，“在那么大的关卡里找一枚小徽章，就算能闪光，也得搜对地方才行，哪儿就那么容易一找一个准儿。”

吴笙问：“怎么才能得到这个手册？”

徐望："买。"

况金鑫、钱艾："买？"

徐望："在鸮里任一关卡的任一商铺都可以买。"

钱艾："花人民币？"

徐望："对。"

钱艾："多少？"

徐望："十万。"

钱艾："……其实大海捞针也挺好，真的。"

"队长，"况金鑫想起来另外一个问题，"这么机密的事情，你问，王楚铭就答了？"

"我要和你们检讨，情况特殊，所以我用了公款。"徐望说，"情报费，两万。"

钱艾："两万？！"

徐望："他好一阵子没开张了，指着这两条消息过年呢。"

池映雪："两条？"

徐望停顿一下，再次确认周围没偷听的，才缓缓道出第二条情报："十三枚徽章，是开启 13/23 之后关卡的钥匙。"

况金鑫："可是还没有队伍到过 13/23 后面啊。"

徐望摇头："不是没有人，而是我们现在的榜单只显示 1-13 关。"

钱艾和况金鑫两头雾水。

池映雪隐约明白一点儿，但还不够透。

一直安静着的吴笙开口了："高中和大学。"

"对，"徐望就知道自家军师能秒懂，"前十三关和后十关就像两所完全不同的学校，成绩单当然也是彼此独立的，而且闯过了 13/23 的队伍，再没有退回来的。"

"这就说得通为什么交卷速度榜上那么多陌生姓名了。"吴笙终于解开了这个困扰他多时的疑惑，"那些刷新了纪录的队伍，当然有可能后来放弃，但更大的可能，是闯进了更高的关卡。"

"如果没有退回来的，"钱艾纳闷，"王楚铭哪里得来的信息？"

"无尽海收的，"徐望叹口气，"据说买入价不菲。"

钱艾："肯定不菲，黑了我们两万呢。"

徐望："他要价五万。"

钱艾："队长，我就知道相信你没错的。"

池映雪："……"

来龙去脉清楚了，吴笙看向徐望，直接寻求重点："商铺？付款？"

"当然问了，"徐望给了他一个"我办事你放心"的眼神，"这一关里有商铺，就在宴会厅下面，付款方式是现金，但有自动存取款机。"

况金鑫："这里可以取钱？"

徐望："如果王楚铭没说谎的话。"

钱艾："他要敢拿了这么多钱还给假情报，我追杀他到天涯海角……"

没一会儿，五人就来到王楚铭说的通向地下一层的楼梯口，那是一扇很不起眼的小门，推开之后，楼梯在昏暗光线里向下延伸。

徐望、吴笙打头，钱艾、况金鑫居中，池映雪走在最后。

下楼梯的时候池映雪还在思索，徐望是怎么从吴笙那简单的"商铺、付款"四个字里，瞬间提取出问题全貌的。这样的事已经不止一次了，除了随身携带一个被动触发的"〈幻〉灵魂默契"，他想不出别的解释……

三分钟后，一行人下到楼梯尽头，迎接他们的是一间极简易的杂货店，就像菜市场随处可见的摊位，杂七杂八摆着一些东西，一个笑眯眯的阿婆坐在里面，从他们出现在楼梯口，就一路用慈祥的目光迎他们下来。

这所谓的"地下一层"其实就巴掌大一块地，放了杂货店，放个自动存取款机，再让他们五个一站，基本就没富余地方了。

"想要什么？"阿婆和蔼地询问，"糖？水果？面包？"

徐望上前一步，一字一句清晰道："我想买徽章手册。"

阿婆仍笑得慈祥："二十万，请付现金。"

徐望、钱艾："……不是十万吗？！"

阿婆茫然："嗯？"

小伙伴们不约而同地看向自家队长。

徐队长压力很大："王楚铭千真万确说的是十万，而且就是在这一关买的，不过是半年前的事了，物价飞涨也是有可能的……"

钱艾满头黑线："这个涨幅是不是有点儿丧心病狂……"

吴笙叹口气，问了个最实际的问题："公共账户里还有多少？"

徐望叹得比他还重："刚花了两万，还剩十四万。"

他们在无尽海忙活一个月，公共账户里也就攒了这些，本以为不大手大脚，怎么也能滋润一阵子，这下好，一夜负债。

"咱们再凑凑吧，"钱艾的小心心已经被扎得千疮百孔，"反正都要买，早买早止损。"

再拖下去，继续涨价，他怕以后每次看见手册都心绞痛到提前回家。

徐望："只能这样了。"

好在无尽海的现金宝箱没全充公，还有一部分归了开箱的小伙伴，眼下这情况，只好量力而凑。

徐望把公共账户的银行卡送向自动存取款机，准备先把这部分取出来。卡刚送出去，一只手从天而降，挡住了插卡口。

徐望顺着胳膊寻到了主人池同学那张好看的脸："怎么了？"

池映雪眼里是淡淡的疑问："公共账户？"

徐望只和新队友谈了感情，想着等关系彻底稳定了再谈钱，否则今天交钱明天散伙，还要牵扯到退款，多尴尬。但眼下新队友主动问了，他也正好顺势科普："嗯，我们 AA 建了一个队内公共账户，负责一切团队开销。"

池映雪想了想，又确认一遍："现在账户里只剩十四万？"

"对。"聊到这儿了，徐望自然没什么可隐瞒的。

池映雪从口袋里掏出钱包，取出一张卡塞进自动存取款机："情报我占了，手册我也分享，没道理不交钱。"

徐望第一次见取钱这么利索的，本来还想说什么，结果人家开始按密码了。

四个小伙伴本能向后转，以免看到不该看的。

于是接下来几分钟，四人就听背后机器"唰唰唰"数钱、"咔咔咔"出钱了。终于等到重归安静，小伙伴们转过身来，就见池映雪抱着一捧钞票，那叫一个壮观。

"你这是……四万？"钱艾用力眨眨眼，总觉得自己对钱的体积认知有点儿模糊。

"十万。"池映雪道。

徐望扶额，新队友的算术水平太堪忧了："就算加上先前两万，公共账户也是十六万，一人四万，你拿十万干吗？"

池映雪："四万学费，六万转学赞助费。"

况金鑫："转学？"

钱艾："赞助？"

徐望心情复杂地看着新队友："我就想问一个问题，你这么金光闪闪的同学，是怎么沦落到没有学校收的？"

池映雪淡淡勾起嘴角："可能他们还是觉得钱没有命重要。"

徐望、吴笙、钱艾、况金鑫："……"这是午夜凶钞吗！！！

"行了，既然进了我们队，你就是家里有矿，也得按我们的规矩来，"徐望说，"徽章手册的钱，大家 AA。”

队长一锤定音，不许抗议。

池映雪在队友监督下将多余钞票重新存入。听着机器数钱的时候，他怀疑自己是这台机器“存款功能”的第一个客户。

二十万现金送过去，阿婆仔仔细细清点，点完最后一张，所有钱突然消失。

与此同时，五人都听见了一声“叮”，“文具盒”内存放徽章的隐藏物品格界面，右下角多出一个“小册子”的图标，点开，1-13 关的徽章隐藏提示一目了然——

1/23：熊爪。

2/23：爱欲弥漫之地。

3/23：8 排 9 号。

4/23：上弦月。

5/23：壁中鬼。

6/23：睡莲。

7/23：……

吴笙：“4/23 和 6/23 的提示，与我们找到徽章的方式、地点不相符。”

徐望：“王楚铭说过，这些提示会随着相应徽章被寻获，不定期改变。”

钱艾：“我能不能申请永久跳过第五关……”

况金鑫：“钱哥，你不是爱看恐怖片吗，国产欧美日韩印泰？”

钱艾：“喜欢看，不等于喜欢凿壁找鬼……”

“都收到手册了吗？”琳琅杂货后面传来阿婆关心的问候。

人均四万啊！徐望回给老人家一个肉疼但不失礼貌的微笑：“嗯，收到了。”

“收到了就好，”阿婆安心下来，伸手去摸放在旁边的欧式铸铁摇铃，“接下来是赠品。”

五伙伴：“……赠品？”

“叮铃”，摇铃发出古朴声响，五个小伙伴只觉得眼前一暗，身体一轻，再睁眼，已站在熟悉的欧式庄园前。

“叮——”

小抄纸：“欢迎来到【飞行贵宾休息室】。”

“叮——”

小抄纸：“客人您好，我是这里的管家小飞岛！下面由我为您带路，一定让您在下次午夜到来之前元气满满哟。”

“队长！”况金鑫惊喜地看向徐望，“这是飞行岛的休息室！”

钱艾情不自禁地拍自家队长的肩膀："机票省了啊，哈哈！"

吴笙也很满意："可以专心设计战术了。"

池映雪对吃住行感觉都不大，但能以逸待劳，自然好过风尘仆仆。

所有小伙伴里，只徐队长静静望天。他想回北京啊，这"咻"一下到了更远的重庆是什么恶魔赠品！

第九章 互 坑

HUKENG

四讲述者相拉扯，四剧情员叹奈何。

1

二十二小时后，北京时间 23：59。

难得的长久休息让小伙伴们前所未有的精气神全满，连郁闷的徐队长也在一个懒觉之后看开了，反正十年都等了，不差这一日半日。

关于 7/23 这一关卡，池映雪给出的信息简单明了——桌游。没地图，没新世界，没任务线，就是每队选出一个代表，在一个只有一张圆桌的房间内进行一场桌游对战。

至于桌游内容，以及过程中是否还会有其他乱入的故事线或者任务，池映雪一无所知——唯一进入 7/23 那次，刚目送本队代表进入对战室，他的身体就换人了。

午夜零点，庄园的落地钟指针重合，发出洪亮厚重的声响。

有了经验的小伙伴们这一次早早放下了红茶，背好包，整理好衣衫，从容迎接新的战场。强光一闪，五人已置身一间密室。

约半个教室大的空间，四面都是灰白色的墙壁，天花板和地面也是同色系，没有窗，没有门，也没有任何陈设，整个空间就像一个灰白色的盒子。这样的空间让人本能焦虑，幸好，没过几秒便陆续来了同行。

最先出现的是一支“五彩冲锋队”，从天花板上突然出现的紫色漩涡掉落进来。五个闯关者都穿着同款冲锋衣，但颜色各异，雅灰、天蓝、酒红、深紫、明橙，没有最闪亮，只有更闪亮。

徐望小分队和他们互相看看，在彼此眼中捕捉到防备后便默契地跳过寒暄，各自挑了密室一角安顿下来，静待后续。不过徐队长还是没忍住，在靠墙坐下后小声跟自己的队友推理："那个穿雅灰的应该是他们的队长。"

四伙伴深以为然——同样一款冲锋衣，其他人只能选广场舞色，他就能选酷雅风，除了队长特权，实在找不出别的解释。

两队刚静下来，屋中央地板就出现紫色漩涡，转瞬送上来五个人。他们先对身处的空间愣了几秒，显然是第一次来到这关，对大面积灰白色的冲击毫无准备，而后才看见左右角落里的两支队伍。

看见五彩冲锋队时，他们的反应很正常，沉默、戒备。看见徐望小分队时，他们的神情一下子就生动了。

徐望、吴笙、钱艾、况金鑫看见这几位，也瞪大眼睛。

密闭空间里，八个小伙伴不约而同发出"喜悦的呐喊"——

笙、望、金、钱："高帅瘦白？！"

高、帅、瘦、白："我——去！"

剩下池映雪和对方的第五人两脸茫然。

五彩冲锋队众人则纷纷皱眉，一时不能断定两队关系。要是看徐望那边，四脸喜悦仿佛"基友重逢"，要是看高帅瘦白那边，四脸黑线怎么瞧怎么像"冤家路窄"。

"呃，"最先插话的是高帅瘦白队的第五人，他和大高个说，"队长，我可能需要一个前情提要。"

大高个的神情变得十分微妙，这不是一个适合给新队友科普的好故事。

就在这时，第四队出现——徐望他们对面的墙壁上开了一个紫色漩涡，五人像进门一样鱼贯而入，优哉游哉。

为首的是个笑容洋溢的小帅哥，二十七八岁，双手插在卫衣口袋里，目光灵动，一进来就把角落1里的徐望队、角落2里的五彩冲锋队和屋中央的高帅瘦白队都看了个遍，末了，冲着所有人挥挥手："Hi。"

跟在他后面的是一个戴眼镜的男人，同样二十七八岁，但眉宇间多了一抹稳重，镜片后的眼睛看起来无害，可不经意间就会闪过一抹睿智精光。

剩下三个队友几乎同时进来，一个身材颀长，皮肤白皙，五官清秀，但神情和目光都很冷，冰美人似的；一个元气满满，运动阳光，笑容比为首的那位还灿烂明朗；一个高大健硕，比队伍里的其他人都高出半个头，刚毅的五官天然带着威严感，不用拧眉瞪眼，就给人以压迫力。

五彩冲锋队沉默观望。高帅瘦白队收拢阵型，警惕皱眉。就徐望小分队四队友好奇打量，徐队长微笑回应：“Hi。”

“……”高帅瘦白看看这边，再看看那边，终于知道那种奇异的违和感来自哪里了。这两队撞画风了好吗，撞得死死的！

“叮——”

“叮——”

“二十合一”的提示音在密闭空间里自带回音效果，尤其是连续响两次。

四支队伍同时查看手臂。

花名册：“你有5分钟的免责时间，选择【退】或者【踢】，倒计时开始。”

小抄纸：“距离7/23正式开启还有15分钟，逾期不候，倒计时开始。”

第一条各队都熟悉，因为6/23初组五人队时就有过提示了，只要是五人关卡，阵容完整的队伍进来之后都会先收到这样一条提示，方便想调整的队伍直接换人。

至于这第二条，则和6/23截然不同。上一关的时候，处于宴会厅的队伍不管什么时候增员完成，都可以中途进入古堡，开启闯关。

根据池映雪的“剧透”，这一条应该和本关的对战性质有关——既然是桌游，肯定要各队同时开始对战，有队伍先来，有队伍后加入，那就没法玩了，所以无论是想要增员的残队，还是想要换人的队伍，都要在这十五分钟内完成阵容调整，超过时限，即便队伍组齐了人，也不能进入关卡，只能等明天。

“那三队都是第一次来这里。”吴笙收回偷偷打量的目光，压低声音道。

徐望点头：“嗯，但能来这里的队伍都不是善茬儿，我们不能掉以轻心。”

钱艾的眉头纠结成一团：“你们怎么知道他们都是第一次来？”

池映雪淡淡道：“他们还在看提示，这个阅读时长符合消化理解陌生规则的表现。”

钱艾：“……”

况金鑫安慰道：“钱哥，我也没看出来。”

钱艾摸摸他的头：“但你运气好啊……”

要么狡黠，要么智慧，要么武力爆表，要么给全队幸运Buff（通常指给某一角色增加可以增强自身能力的效果）……在自己身上没发现任何优势的钱同学陷入了随时会被踢出队伍的深深焦虑。

十五分钟过后，密室里还是这四队——竟然再没有任何新队伍进来。

越往后的关卡，队伍数量越少，这一点徐望想到了，却是第一次有了真实的感受。

鸮：“7/23正式开启，不要紧张，只是一局桌游战哟。”

2

“叮——”

小抄纸：“请选择参战人员。池映雪 / 况金鑫 / 钱艾 / 吴笙 / 徐望？”

四伙伴抬头，一致看向已定下的人选——吴军师。

吴笙缓而稳重地点了一下头，目光中尽是成竹在胸。

四伙伴耳边再度回荡起白天庄园里讨论谁去对战时自家军师的竞选发言：“狼人杀、三国杀、杀人游戏，飞行棋、五子棋、四国跳棋，策略类、对战类、逻辑推理类……只有我不想赢，没有我赢不了。”

稳稳的胜算里，五人共同按下选择。吴笙的身影随即闪烁，尔后彻底消失。

密室的一面墙上忽然出现直播影像，吴笙已出现在另外一间房间——一张华丽圆桌，四把金色座椅，吴笙坐在其中一把上。

很快，另外三队也选择完毕，游戏间的圆桌终于满座。

高帅瘦白队选的是大高个，五彩冲锋队选的是雅灰男，目测都是队长。

可最后进来的那支队伍选的是戴眼镜的稳重男，落座的一瞬间，他轻轻推了下眼镜。

就这一下，对面的吴笙似乎感觉到了某种同类气场，抬眼望过去。眼镜青年礼貌点头，说了句什么。吴笙也笑了下，回了一句什么。

观战室的小伙伴们这才发现，直播只有影没有声！

“侃侃？哈喽——”眼镜青年队的领头人似乎不死心，又对着直播墙呼唤一声。

“队长，”单纯阳光小帅哥叹口气，“赵哥说过很多次了，他拒绝这个昵称。”

被唤作队长的还没发话，又高又壮的那个已经满头黑线了：“小董，赵哥还说过，不要随便透露姓名。”

小董可怜巴巴看他：“崎哥，你刚刚把我的姓也给透了。”

又高又壮的伏崎：“……”

天真无邪的董晞：“……”

“从现在开始，你俩都给我禁言！”全队姓名已经快被自爆一半的乐醒乐队长，濒临崩溃。

一直安静的井静林将凉凉的目光扫过徐望队和高帅瘦白队，一声叹息：“明明是同一个游戏，我们却不能互相通姓名。”

高帅瘦白：“……”

徐望一言难尽地看向自家队友：“你们有没有一种熟悉的感觉……”

钱艾、况金鑫："好像在看当初的自己……"

池映雪："低配版。"

"要开始了。"高帅瘦白里的冷白脸看着直播墙，低声道。

游戏间里，圆桌中央浮现出一个猫头鹰的光影，而后光影散开，整个圆桌桌面忽然透明起来，已经就位的吴笙、赵昱侃、雅灰男、大高个眼前的透明桌面上，则出现了相同的影像——二十张扣着的牌。

对战中的四人都没贸然上手去碰。虽然全是第一次来到这关，但能到 7/23，就一定是吃过各种苦头的，深知不要轻举妄动的道理。

果然，游戏间和观战间同时响起一个类似鸮，但更加沉稳的声音。这一次不是耳内了，而是来自天花板，就像两个房间安了同步扩音器似的："下面宣布游戏内容……"

连同徐望小分队在内，所有人都竖起耳朵。

"这是一局故事接龙。每个参战者面前都有二十张牌，其中十五张故事牌、三张打断牌、一张交换牌、一张结局牌。参战者需要以自己的故事牌上的关键字讲述、接龙故事，并最终引导故事走向自己的结局牌。

"具体规则如下：四位参战者中，进入这里时间最短的人第一个讲故事，每用掉一张故事牌上的关键字，便可将相应的故事牌打出。如果讲述中发生以下三种情况，则讲述权转移：1、故事进行不下去，可指定下一位接龙续讲者；2、触碰到其他人故事牌上的关键字，则拥有该故事牌的人直接出掉该张故事牌，并接龙续讲；3、被其他人用打断牌直接打断，由使用打断牌的人接龙续讲。

"交换牌只能在拥有讲述权的时候使用，使用者可以用自己手中的任意一张牌去随机交换一张其他人的同类牌；打断牌不可以对已经出掉十五张故事牌的人使用。率先出完十五张故事牌和一张结局牌的，即获胜。

"友情提示：1、讲述者的故事极度不合理，会被强制中断；2、两张故事牌中间铺垫过长，会被强制中断。"

游戏间内，四人面前各自的二十张牌缓缓翻开，他们看自己的牌一目了然，看别人的桌面却一片透明。

观战室内，十六个小伙伴看不见任何圆桌上的影像了，只能看见四个人低头看自己桌面的神情，专注，认真。

此时的徐望小分队，心情十分复杂——

钱艾："故事接龙……算策略、对战还是逻辑推理？"

徐望："语言表达。"

况金鑫："笙哥……行吗？"

徐望望向直播墙，心如死灰。

行吗？连况金鑫都发出这样的疑问，那肯定就是不行啊！！！

"抱歉，"池映雪幽幽叹口气，"我上次应该听完内容和规则，再把身体让出去的。"

"叮——"

观战室里，"叮"声又响。

这个提示，十六个小伙伴都没心理准备，毕竟对战都要开始了，还提示什么呢？而且看直播影像，游戏间四个参战者显然并没有收到这一声提示。

小抄纸："请选择剧情人员。池映雪／况金鑫／钱艾／徐望？"

剧情人员？

徐望小分队抬起头，发现另外三个队伍也一样茫然。十六个小伙伴你看我我看你，整个灰白色密室慢慢笼罩上一层叫作"不祥预感"的阴影……

"选我。"徐望没想太久。这种摆明是大坑的时候，队长不上谁上？

况金鑫有点儿担心："队长……"

"也许你应该选个战斗力高的。"池映雪中肯建议。

徐望左手拍况金鑫肩膀："放心吧。"右手拍池映雪肩膀，"交卷 NPC 很可能就在剧情里，万一你前面打得太嗨……"

池映雪思索片刻，承认："那我的确保证不了他的安全。"

钱艾："……"疯起来连交卷 NPC 都打吗？！

"叮——"

剧情人员选定，徐望手臂上出现新的提示。仨伙伴凑过来一起看。

小抄纸："你已获选剧情人员。请注意，以下行为会被判定为交卷失败：1、未完整执行故事剧情；2、不属于剧情需要的跨队攻击。"

池映雪："……"

况金鑫："真的要走接龙故事线啊……"

钱艾："我对咱队长的演技很放心，但对咱军师的脑洞……"

"你们就祈祷他别让我编代码吧。"徐队长幽幽看向直播墙，已将一切交给了命运。

另外三队也陆续选出剧情人员，分别是乐醒、冷白脸、小酒红。

大家性格不同，但读完规则后都本能地看向直播墙，或大或小的眼里全是对前路的深深忧虑。

游戏间的四位同学还在专心构建故事牌的逻辑关系，并不知道队友的命运已经和他们的脑洞绑定在了一起。

终于，两个房间再次传出那道沉稳的声音："准备时间结束。1号讲述者，请开始你的故事。"

吴笙看着自己的"2号"，面色如常，心里却还是有一丝波动。

"进入这里时间最短的人第一个讲故事"，这规则明显是想让新手起头，以弥补对战经验的不足，他还以为这个"最强新手"会是自己。入鸮49天，成绩7/23，虽然在无尽海泡了一个多月，但中途没有任何后退，第五关还直接跳过，这样的闯关速度竟然不是新手队里最快的？

"那我就先来了。"顶着"1号"的赵昱侃冲三位小伙伴礼貌笑笑，镜片后的目光冷静沉稳，"有一个高中生，我们姑且称他为忧郁的少年A，性格内向，长期遭受校园暴力……"

赵昱侃：故事牌1，忧郁的少年A。

"这天放学，少年A再次被欺负。当欺负他的人扬长而去，少年A在操场上捡到一封诅咒信，信上写着'你必须将这封信转给下一个人，否则就会死'。"

赵昱侃：故事牌2，诅咒信。

"捡到信的少年A决定将这封信转给欺负他最狠的那个同学……"

"打断牌！"雅灰男看着自己一片正能量的故事牌，听着对手越来越滑向诡异深渊的故事，简直心在滴血。

赵昱侃耸耸肩，让出故事讲述权。

吴笙、大高个仍在观望，洗耳恭听。

"少年A准备把诅咒信给欺负他的同学是吧？"雅灰男深吸口气，铿锵续接，"就在少年A准备塞诅咒信的时候，同班的热血体育生D出现在教室门口，大喝一声：'你在干什么！'"

雅灰男：故事牌1，热血体育生D。

"少年A将真相告诉了体育生D。体育生D完全不赞同他的报复行为，他告诉少年A，真正想对恶势力说不，就要自己先强壮起来，作为同学，他可以带领少年A锻炼身体……"

雅灰男：故事牌2，锻炼。

"打断！"大高个也不忍了，眼看残酷青春变热血校园，再等下去，鬼知道画风会偏到哪里去，"呃，锻炼，对，体育生D说干就干，直接拉着少年A就在操场跑起步来。因为一直奔跑，少年A再没找到机会送出那封信，他很害怕，担心死亡诅咒会应验到自己身上，于是趁体育生D不注意，将这封信塞进了对方的书包。第二天，体育生D死了……"

吴笙："……"

赵昱侃："……"

雅灰男："你把我家体育生都弄死了，故事牌呢？！"

"急什么，马上就来了……警察来调查体育生的死亡，没发现可疑，最后认定为心脏停搏。但有一个人坚信体育生的死有蹊跷，他就是体育生D的同班同学，高中生侦探C……"

大高个：故事牌1，高中生侦探C。

吴笙、赵昱侃、雅灰男："……"

很好，柯南来了。现在别说死一个，就是死一串，他们也只能选择原谅。

"高中生侦探C觉得体育生D死得很蹊跷，决心深入调查。少年A害人心虚，怕自己暴露，于是先下手为强，一不做二不休，给高中生侦探C下毒……"

大高个：故事牌2，下毒。

"打断。"游戏间里，终于第一次响起吴军师的声音。

大高个正在兴头上，被这一张打断牌弄得郁闷。

赵昱侃、雅灰男等待多时，想看看这位稳坐如钟的对手到底是个什么路数。

"少年A下毒的全过程，被乐观的同学B尽收眼底……"

吴笙：故事牌1，乐观的同学B。

"乐观的同学B与高中生侦探C是好朋友，B发现A下毒，B报警，A被警方带走……"

吴笙：故事牌2，好朋友。

"C坚持调查D的死因，怀疑A，但想不通手法。B说'我陪你'，侦探C说会危险，B说'我心甘情愿'。"

吴笙：故事牌3，心甘情愿。

"等等，"大高个不行了，"怎么忽然就1.5倍速了？"

雅灰男也脑袋嗡嗡的："你能不能把故事再丰满一下？"

吴笙无辜摊手："逻辑很清晰啊。"

大高个、雅灰男："但是叙述太骨感！！！"

吴笙叹口气，考虑到万一两个人都抗议，鸮再来个惩罚措施就得不偿失了，于是努力回忆自家队长平日里是如何语言表达的……短暂思索后，吴军师试探性地给自己的大纲添枝加叶："乐观的同学B和高中生侦探C既是同班同学，也是非常好的好朋友。乐观的同学B经常偷偷看高中生侦探C，上课看，下课看，C不在，他就看对方的座位。这么全天候看下来，就发现了A往C座位上的水杯里下毒。乐观的同学B当即报警，警察很快赶来，带走了忧郁的少年A……

"侦探C知道了自己被少年A下毒的事情，怀疑他就是杀害热血体育生D的凶手，但体育生D是死于心脏停搏。侦探C想不通少年A能用什么手法办到这件事。他觉得有隐情，想继续查下去。乐观的同学B预感到会有危险，他不能让自己最重要的朋友C一个人去冒险，所以他和侦探C说‘我陪你一起去查’……侦探C也很重视乐观的同学B，不希望对方和自己一起涉险，于是劝阻。但是乐观的同学B说‘为了你，我心甘情愿’……”

吴笙说得口干舌燥，缓口气，皱眉看另外三位小伙伴：“这样细节够丰满了吗？”

大高个：“足够了……”

雅灰男：“嗯，我们已经充分认识到了故事微妙的走向和取向……”

吴笙看向一直没说话的赵昱侃。

赵同学摘下眼镜，轻轻擦拭：“1.5倍速骨感逻辑文其实挺好。”真心实意给完自己的意见，他戴回眼镜，重归淡定，“打断。”

吴笙预料到了，不再言语，静待下文。

赵昱侃：“就在高中生侦探C决定查下去的当天晚上，少年A在警察局上吊自杀了，他的鬼魂和热血体育生D的鬼魂一同给高中生侦探C托梦，告诉他：‘你不要查下去了，不然连你也会有危险的……’”

赵昱侃：故事牌3，托梦。

“两个鬼魂的话还没说完，侦探C就感觉到自己身上如有千斤重，一个压在他被子上的鬼慢慢显形，侦探C意识到自己被鬼压床了……”

赵昱侃：故事牌4，鬼压床。

“少年A的鬼魂、体育生D的鬼魂、高中生侦探C，两鬼一人联手击退了厉鬼，但……”

“叮——”

“四合一”的提示突兀响起。正在讲述的赵昱侃也好，正在聆听或者谋划自己故事线的吴笙、雅灰男、大高个也好，都愣住了。

小抄纸：“请讲述者暂停讲述，5分钟休息时间过后，游戏继续。”

大高个和雅灰男纠结皱眉，总觉得这个突然出现的休息很怪，但又说不出哪里奇怪。赵昱侃微微歪头，两分钟后，眼里闪过一抹了然的光。

吴笙低头盯着自己的故事牌，过了会儿，目光定在“乐观的同学B”上，与此同时，另外三人出过的故事牌里，代表人物的三张也依次划过脑海——忧郁的少年A、高中生侦探C、热血体育生D。

一人一张人物牌……不，吴笙极快地眯一下眼，是一队一张人物牌。而现在，剧情进展到A、C、D三人同鬼搏斗，然后五分钟的休息就出现了。

吴笙轻轻舒口气，乐观的同学B一切安好，就够了。

3

7/23 剧情线空间，候场小黑屋。

在被吴笙一张“乐观的同学 B”拉进剧情线后，徐望就离开观战室，进入了一个谜一样的剧情空间，随着自家军师的讲述，走着不知道通往何方的故事线。

他没想到，剧情线的空间里还有这样一个小黑屋，供已经进了剧情线但暂时又不用上场的剧情人员休息。在赵昱侃用“打断牌”中断吴笙的故事线后，他就从和侦探 C 对话的教室瞬移到了这里。

这里有两面影像墙，一块直播剧情间，一块直播游戏间。

剧情直播墙上，已经从教室转场到 C 的卧室，少年 A · 乐醒、体育生 D · 酒红冲锋衣、侦探 C · 冷白脸正和压床恶鬼激烈战斗，道具扔得眼花缭乱，小酒红和冷白脸还在战斗间隙时不时控诉乐醒：“你们队的讲述者是不是有病？！”

不怪他俩生气，走剧情的时候是可以实时听见讲述者的故事的，明明是别队在讲述，结果自己被拉来一起完成故事线，是个人都能郁闷吐血。

“乐观的同学 B，”徐望看向游戏间直播墙上的自家军师，不吝表扬，“你选的这个人设牌非常好……”

没那么阴郁，没那么热血，没那么渴望探求真相，简直省心。如果非要挑毛病，就一点——乐观的同学 B 经常偷偷看高中生侦探 C，上课看，下课看，C 不在，他就看对方的座位。

为什么要给他加这种痴汉设定！！！

小黑屋的剧情直播墙上，少年 A · 乐醒、体育生 D · 酒红冲锋衣、侦探 C · 冷白脸终于战胜了压床厉鬼，历时四分半钟。

乐观同学 B 徐小望双手枕在头后，望着剧情直播墙上三张生无可恋的脸，虽然不能冲锋陷阵，但精神和“剧组伙伴”同在：“我真不是故意偷懒，实在是剧情用不上我……”

倒计时开始前，讲述者赵昱侃的原话是：“少年 A 的鬼魂、体育生 D 的鬼魂、高中生侦探 C，两鬼一人联手击退了厉鬼，但……”但什么？乐观同学徐小望对这个后续转折充满“看好戏”的期待啊。

“叮——”

游戏间直播墙里传来倒计时结束的提示音。

吴笙、大高个和雅灰男不约而同去看赵昱侃，等着他接续自己的“但”。

赵昱侃的目光在镜片后一闪，和缓开口，如果说先前的语气还有一点儿摸索、试探的生硬，现在则温柔流畅多了：“A、D、C 联手击退厉鬼，但也付出了代价，少年 A 魂飞魄散……”

赵昱侃：故事牌 5，魂飞魄散。

“你自己的人物牌，不用这么虐吧……”雅灰男都替少年 A 心酸，“被欺负，自杀，都成鬼了还再毁灭第二次？”

“这不是虐不虐的问题，是故事合理性问题。”大高个提出质疑，“都是鬼魂，凭什么一场战斗下来，少年 A 鬼魂飞魄散，体育生 D 鬼什么事儿没有？”

赵昱侃从容看他：“体育生 D 生前爱运动，身体素质好，魂魄质量高。”

大高个：“……”竟然觉得好有道理，并生出一种回家就开始锻炼的冲动是什么鬼！

徐望看着直播墙上大高个无语扶额，有点儿心疼这位“对手”。其实规则已经说得很明白了，如果故事进行得极度不合理，鸮会强行打断的，既然鸮都没出声，说明是认可赵昱侃的故事线的，与其质疑，不如仔细想想该怎么用自己的故事牌去接。

正替讲述者们操心呢，小黑屋里忽然刷出第二个人——乐醒，魂飞魄散的忧郁少年 A，回来了。

“你这运气，就是享福的命啊。”徐望往旁边挪一挪，给这位杀青的剧组同僚腾出休息地方，真心羡慕。这才几张牌啊，就直接魂飞魄散了，以后不管剧情怎么走，都和他没关系，既不用执行剧情，也没有交卷失败的风险。

如果说这一关需要“讲述者”和“剧情人员”双赢，那乐醒这 50% 已经提前拿下了。

“没办法，我家侃侃天赋都点智商上了。”乐醒躺下来，也和徐望姿势差不多，头枕手，彻底放松地舒口气，“祈祷你家讲述者也早点儿悟到吧。”

徐望愣住。他刚才没多想，单纯就是觉得乐醒运气好，摊上了个忧郁的少年 A，一看就是要早早领盒饭那种，但现在听乐醒这话音，再细一琢磨……

徐望霍地睁大眼睛，看向游戏间直播墙上的赵昱侃，终于明白过来，这家伙是故意的！

赵昱侃猜到了那突兀的“五分钟休息”背后隐藏的“第二战场”，就算不是百分百准，方向也一定是对的，所以用剧情让少年 A 彻底下线，解放自己的“人物故事牌”的同时，也占了获胜先机。

看完赵昱侃，再看吴笙，徐队长就再难淡定了。拼别的就算了，拼智商啊！他把全部目光都锁定在吴笙身上，恨不能用意念隔空传音——醒一醒，有人在你面前装相了！！！

游戏间。

吴笙的耳朵莫名痒了一下，他抬手按了按才缓解。

赵昱侃还在继续自己的故事：“A 魂飞魄散后，体育生 D 的鬼魂告诉侦探 C 自己是死于一封诅咒信，但在他死之后，那封信就消失了……”

"等一下，"大高个再次打断，"人鬼大战这么大动静，还是发生在侦探C的卧室，他父母就没一点儿反应？"

"你哪那么多问题？"雅灰男不乐意了，"两次了，刚来点儿气氛你就质疑，好好的故事让你搅和得稀碎。"

大高个无语："大哥，你还真在享受桌游啊，你是来对战的！"

"……"雅灰男语塞，忽然意识到自己的立场好像是有点儿跑偏。

相比雅灰男，真正被质疑的赵昱侃反而心情不错。游戏也好，对战也好，一帆风顺毫无挑战性就没意思了。

"侦探C不和父母住。他父母，"赵昱侃简单想了一下，便有了解释，"他父母常年在国外。"

"……"吴笙默默仰头，看天花板。自己加设定和在别人的设定里中枪，心情有微妙的差异。

"哦——"那边听完解释的大高个拖长尾音，露出神秘微笑。

赵昱侃镜片后的目光一顿，隐约有了某种预感。

"不好意思，你撞了我的关键词。"大高个翻出自己的第三张故事牌。

大高个：故事牌3，父母。

"你这说'撞'太牵强了吧？"雅灰男有点儿看不过去，"你先提的父母，人家1号给你解释，当然会用这个词。"

大高个摊手："规则说碰到其他人故事牌的关键词，讲述权就换到拥有故事牌的人手里，好像没说不能'钓鱼引诱'吧？"

雅灰男："……"

"合理利用规则，有点儿意思。"赵昱侃嘴角上扬，露出进入游戏间后第一个满意的笑，"请继续讲，千万别让我失望。"

"那你听好了。"大高个自然早准备好故事下文，"虽然诅咒信消失了，但体育生D还记得信的内容，所以复述给了侦探C，而这封信的落款不是寄信人，是一个地址，××高中操场西边第二棵树下……"

大高个：故事牌4，第二棵树。

"××高中就是A、B、C、D所在的高中。侦探C第二天上学后，第一件事就是去操场西边的第二棵树下开始挖……"

"如果我没记错，乐观的同学B好像承诺过，要陪着C一起追查真相？"赵昱侃温和提醒，一派团结友爱。

“……”大高个思索再三，缓缓磨牙，“那就乐观的同学B陪着侦探C一起挖。”

他不想妥协，但按剧情主线走，C到操场挖树，同班的B不可能视而不见，他俩之间还黏黏糊糊说不清道不明的，硬说C自己来挖，是有一点点不合理。可是……乐观的同学B是2号队的人设啊，1号努力帮2号队保持人设不崩，这是什么动机？单纯就爱看双男主剧情？！

大高个胡思乱想的时候，吴笙的目光已扫过赵昱侃，后者回了一个微笑。

果然。吴笙垂下眼，看着自己的故事牌，重新调整剧情——对手已经发招了，自然没有不接的道理。魂飞魄散就安全了？嘁，天真。

候场小黑屋里，乐醒笑容洋溢地挥手，送别即将去挖树的徐望：“祝好运。”

徐望飞快扯一下嘴角，给对方一个标准假笑。

临消失前，他看了游戏间直播墙最后一眼。圆桌旁，吴笙又很久没说话了。自家军师不是话痨，但也不是高冷，不知道为什么，徐望总觉得自从进了这一关，吴笙静得反常。不过此刻，那双英俊的眼睛里总算泛起一抹潇洒的算计之光。

游戏间。

“打断。”雅灰男用了第二张打断牌。打断牌一共才三张，他也知道要慎重，但就眼下这剧情走向，再不往回扯一扯，自己的故事牌真就没机会出了。

“行，锹给你，继续挖吧。”大高个让出讲述权，倒要看看对手怎么往下接。

“同学B和C开始挖树，对吧？这个时候被教导主任发现了，主任大喝——”雅灰男一拍桌子，“你们两个小子在干什么！”

雅灰男：故事牌3，教导主任。

吴笙：“……”

赵昱侃：“……”

大高个：“你敢不敢换一句台词！”体育生D一声吼，教导主任也一声吼，关键是吼得还没一点儿创意。

雅灰男才不管，仍在Cos（Costume play，角色扮演）自家主任：“破坏操场树木，罚五十个俯卧撑，做不完不许停！”

雅灰男：故事牌4，五十个俯卧撑。

“他俩做完之后……”

“叮——”

小抄纸：“请讲述者暂停讲述，5 分钟休息时间过后，游戏继续。”

雅灰男的讲述被打断，戛然而止。他莫名其妙看手臂：“又休息？”

赵昱侃、吴笙不语，神情自然。大高个皱眉，努力去破译这种怪异感，仍不得头绪。

五分钟后，休息时间到。

雅灰男继续：“他俩做完俯卧撑之后，就被要求回去上课，上的是体育课……”

讲述声响彻剧情线的操场上空。气喘吁吁的乐观同学 B · 徐望和一头汗的侦探 C · 冷白脸对视一眼，绝望。刚五十个俯卧撑，又要去上体育课？这剧情还有没有点儿人性？！

游戏间里，雅灰男毫无心理负担地出掉自己的牌。

雅灰男：故事牌 5，体育课。

吴笙和赵昱侃一起皱眉，连大高个都不乐意了。雅灰男一连出了三张牌，“教导主任”“五十个俯卧撑”“体育课”，但剧情明显还在原地打转，这算故事接龙？

大高个刚要抗议，四人头顶先响起了一声刺耳的“嘟”——

“警告……”还是那道沉稳的声音，但多了一丝严厉，“3 号讲述者，连续三张故事牌没有进展主线剧情，警告一次，讲述权转移至剩余故事牌最多的人。注意，即刻起，任意讲述者若再次触发警告，视为交卷失败，提前回家。”

还有隐藏规则？！四人心里一惊，但细一品，这规则又的确有道理。如果每个讲述者都为出牌而出牌，东拉西扯，那故事线就不用进行了。

大高个原本还想吐槽雅灰男强行出牌，但现在后者已被官方制裁，那一脸蒙的模样让人不免生出几丝同情：“往好的方面想，不管怎么说，还是出了三张牌，对吧？”

雅灰男重重叹口气。他也知道自己这么接龙不讲究，他也想尊重大家构建的悬疑惊悚故事线，但谁又懂拿了一手热血青春牌的酸楚啊！

“2 号讲述者，请续接你的故事。”

截至目前，吴笙出牌最少，自动成为下一个讲述者。

剧情线操场上，正在“上体育课”的徐队长听见终于轮到自家军师讲了，简直想哭。人家 1 号侃侃都把自家少年 A 拉进绝对安全领域了，他现在跪求吴笙觉醒，就算不觉醒，让自己走点儿不需要体力的剧情线也好啊！

“同学 B 和侦探 C 决定趁晚上没人再来挖树……”

游戏间和剧情线上，同时响起吴笙简单明了的叙述。

剧情线上的徐望和冷白脸松口气，看着天一下子暗下来。

游戏间三人聚精会神，这位 2 号一个字顶别人十个字，听漏一个就容易连不上剧情。

“这个晚上，”吴笙轻皱的眉宇间，忽然温柔舒展，“月色很美……”

吴笙：故事牌 4，月色很美。

赵昱侃、大高个、雅灰男："……"怎么一到这位，气氛就陡然生变……

"二人在树下挖出铁盒，盒内有一本十年前的日记，内容是一个饱受校园暴力的学生的血泪控诉。日记最后，他诅咒所有人去死，B 和 C 相信是他的怨念化为诅咒信……"

吴笙：故事牌 5，铁盒。

赵昱侃、大高个、雅灰男不约而同正色起来。故事圆上了！虽然这位总夹带一点儿奇奇怪怪的东西，但不能否认，故事到他这里才真正有了眉目。

"乐观 B 一向善良，读完日记心里难过，C 安慰他，他感动……"吴笙停一下，想了想，有些不确定地道，"也可能不是感动，是月色太美吧，他想抱住 C，C 没准备，害怕，推开了他……"他顿住，极轻地呼气，再开口，低缓下的声音像呢喃，"一时害怕，换来了一直后悔。"

雅灰男发现自己竟然跟得上对方的故事节奏了，要命的是，这一跟上，就迫切想知道后续："然后呢？"

"然后啊……"吴笙歪头，像是看自己的故事牌，又像在看别的什么，"乐观 B 就生气了，骂一句'我要和你绝交'，丢下 C 跑掉了。"他眉眼带上笑意，仿佛被剧情里的乐观同学 B 给可爱到了。

吴笙：故事牌 6，绝交。

雅灰男："B 也太脆弱了吧？他不是心甘情愿陪 C 查案吗？这才被推一下，就绝交了？"

大高个："你要不要追得这么真情实感……"

"操场上剩下侦探 C 一个，火烧日记，烧不掉，重新翻看，发现最末页日记主人和魔鬼交易的咒语……C 念出咒语，用自己的鲜血和魔鬼交易，重新聚拢忧郁少年 A 散掉的鬼魂，再召来体育生 D 的鬼魂，将二鬼一起绑定，成为自己的守护魂，彻底毁掉日记之前，不能说分手……"

吴笙：故事牌 7，不能说分手。

雅灰男："那跑掉的 B 呢？C 就不管 B 了？万一 B 有危险呢？他已经牵扯进来了！"

大高个："你清醒一点儿！他两分钟不到，甩了四张牌啊！"要不是够不着，他能抓住雅灰男的肩膀用力摇。

"打断！"大高个祭出第二张打断牌。他怕再犹豫，对手能一口气给个大结局。

1 号赵昱侃淡淡看着吴笙，眼底深处，从开局就一直带着的从容被前所未有的认真取代。

他有机会打断，也有机会阻止对方扯回乐醒，也就是少年 A，但对方还有一半的牌，自己能扯回一次，对方总有办法拉回去第二次，治标不治本。

这场接龙，有得玩了。

4

7/23剧情线空间，候场小黑屋。

跑掉的乐观同学B·徐望暂时下线返回，迎接他的是已经爬起来做热身运动的乐醒。

“魂飞魄散都能再招回去，你们队讲述者可以啊。”乐醒虽不甘心，但也不得不承认这段剧情续得漂亮。

出了四张牌，走了大段主线，发展出逻辑极合理的新情节，还下线了自家队友，硬拉回对手剧情人员，一段剧情能达到的最大效果，也就如此了。乐醒认真看一眼直播墙上的吴笙，确定这位也已经意识到桌游战的真正玩法了。

从直播墙上收回目光，乐醒才后知后觉，返回的乐观同学B根本没搭理自己。确切地说，从回到小黑屋，这位同学就一直呈呆愣状，看着像受到了什么巨大冲击。乐醒很好奇，但还没来得及问，就化身为“侦探C的守护魂”一霎消失，奔赴剧情线。

徐望一脸蒙地坐到地上，静静坐了好半天，还是蒙。

拿一段真实的经历稍微改改用在故事接龙里，省时高效，这没问题。乐观的同学B扔下一句“我要和你绝交”更是超级爽，他举双手拥护这个情节！但什么叫“一时害怕，换来了一直后悔”？这和主线剧情有关系吗？如果没关系，吴笙在说给谁听？

“烦死了啊啊啊啊——”

乐观的同学B，心态崩了。

大高个的“打断牌”出得痛快，但打断完了得继续接龙，就没那么快乐了。

眼下故事进展到乐观B跑掉，侦探C决定带着自己绑定的双守护魂忧郁A和热血D，踏上摧毁日记之旅。而大高个剩下的十一张故事牌是“暴风雪”“无人生还”“我作证”“最后的晚餐”“呼救”“法不容情”“钥匙”“无辜”“天真的残忍”“功亏一篑”“碗”，结局牌是“真相永远只有一个”。

就这么十二张牌，好好走探案，他能发挥出一百个刑侦小故事，为什么现在就非要在“鬼日记”这种封建迷信的故事线上一去不复返啊！怀着复杂的心情，大高个终于缓缓开口：“C清楚地知道，毁鬼日记这种事九死一生，所以C决定……”停顿片刻，他的语调忽然轻快，“先把随身携带的面包吃了，就当最后的晚餐！”

大高个：故事牌5，最后的晚餐。

吴笙：“……”

赵昱侃：“……”

雅灰男：“4 号，你这样很破坏听众的情绪……”

大高个心知肚明这张牌对主线剧情根本没有推动，所以只能假装什么都没听见：“刚要吃，他突然听见已经跑掉的 B 的呼救……”

大高个：故事牌 6，呼救。

吴笙、赵昱侃、雅灰男终于保持了统一的沉默，静静看大高个怎么吭哧瘪肚往下编。

大高个额头已经出了一层汗，他现在感觉剩下的九张牌成了贪食蛇，正一口口吞噬掉自己的脑细胞。第三张牌必须和主线有关，如果硬生生扯出新支线，比如什么“突降暴风雪”或者“捡到奇怪的钥匙”这种，绝对会喜提“第二次警告”，然后直接出局。

所以下面必须接着 B 在呼救走。

B 为什么呼救、在哪里呼救、该怎么救人，都是可行的发展，但重点是没有一个发展能靠上他的故事牌啊，总不能让 B 在“碗”里呼救吧！

两张牌间隔时间过长，是会被强制打断的。大高个不折磨自己了，直接出掉唯一一张交换牌。

“我要换你一张牌。”他看向吴笙，目标明确。

选择和这位 2 号换，是大高个深思熟虑的结果。一来，B 和 C 的感情线已经被这位铺垫发展得差不多了，抛开微妙性不谈，至少顺着这个线往下进行故事没问题，而他手里拿着的故事牌，很大概率都是言情风，换过来自然较容易出掉。二来，2 号已经出掉七张牌了，领先所有人，换给他一张风马牛不相及的牌也能给他制造些障碍。

吴笙轻轻挑一下眉，看不出被选中的懊恼，倒好像对故事牌即将出现的新变化有所期待。

“我要换给你的是……”大高个浏览一遍自己所剩的故事牌，选了一张实在不知道该怎么用的，“这个。”

随着大高个做出选择，吴笙原有的八张故事牌中，“穿越”扣了过去，顷刻再翻开，就变成了“天真的残忍”。——“穿越”被交换牌拿走，是随机中奖；“天真的残忍”被送过来，则是交换牌使用者自主的选择。

“我是真的对这个词理解不了，只能辛苦你了。”大高个貌似愧疚。

吴军师微微一笑，是真的愉悦那种，克制不住地嘴角往上：“不辛苦。”他看着那张牌，悠然一叹，“于你抓耳挠腮，于我妙不可言。”

只有交换双方才看得见换的什么牌，所以一无所知的雅灰男和赵昱侃只能通过大高个和吴笙的神情，去揣测这次交换的结果。按理说，换走不想要的牌的大高个一脸满意没问题。但现在的情况是，被莫名其妙换走一张牌、又被塞进来一张别人不愿意要的牌的2号也一脸满意，不，那神情比大高个还幸福——大高个只是“解了燃眉之急”的放松，2号同学却是“又延伸出了更美的后续故事”的满足。

智慧如赵昱侃、好奇如雅灰男，都没读懂这局面。这种交换还能两全其美？那张被大高个嫌弃又被2号无比欢迎的故事牌，究竟写的什么啊！

大高个虽然不能确定吴笙的表态是真情实感还是兵不厌诈，但至少这张换来的牌，他是十分满意的，灵感的闸门立刻打开缝隙：“B的呼救声是从日记里面传出来的。C正束手无策，日记忽然发出幽光，将C和A、D一起吸进了日记中，也就是说，一人两鬼集体穿越了……”

大高个：故事牌7，穿越。

“日记中的世界仍是这所学校，但样子却像荒废已久，操场上长满杂草，教学楼的爬山虎都枯萎了。一人两鬼顺着呼救声进了教学楼，楼里当然也没老师没学生啦，最终他们发现B被困在一个地下室里……地下室的门锁着，砸也砸不开，后来侦探C灵机一动，回到操场第二棵树下挖，同样挖出一个铁盒，但铁盒里不再是日记，而是地下室的钥匙……”

大高个：故事牌8，钥匙。

赵昱侃：“你还是没解释为什么B会被困在日记里。”

雅灰男：“而且忽然从悬疑言情流变成了密室逃脱流……”

“……嗯。”话都让对手说全了，吴军师只能极简附和。

“急什么，慢慢来啊。”大高个缓口气，整理一下严重透支受损的脑细胞，“刚才说到哪儿了？哦对，找到钥匙了，于是一人两鬼立刻回到地下室打开门，A、B、C、D终于在这个日记的世界里重逢了……”说到这里，他郑重看向雅灰男，“你来继续。”

雅灰男完全没心理准备，还脑补大高个能怎么圆剧情呢，忽然被点名，蒙了：“我？”

“嗯，就你，说不下去的不是可以直接指定下一个续接人吗，我选你。”大高个已经不在乎坦白自己的创作瓶颈了，就这剧情，谁爱来谁来吧，他的脑袋反正是已经要爆炸了。

雅灰男：“……”他终于懂了，大高个那句“急什么，慢慢来”是简略叙述，完整版是“急什么，我解释不了还有下一个讲述者呢，慢慢来”。

至于大高个为什么指定自己，他也明白。眼下谁都看得清楚，故事已经朝1、2号的牌系走了，一个封建迷信，牢牢把握主线，一个真爱无敌，一到B、C就文思泉涌，要再把讲述的机会还给他俩，这游戏就别玩了。而给自己就不同了，自己拿了一手热血青春牌，打好了扭转乾坤，打不好自己出局，哪种结果，大高个都喜闻乐见。

局势分析得再精准，没用，雅灰男看着自己剩下的十张故事牌，和大高个一样脑细胞濒临阵亡——“永不放弃”“犯规”“朋友一生一起走”“运动会”“护腕”“隔壁班”“体能测试”“梦想”“带伤上阵”“渺小”。

游戏线，日记中的荒废学校，地下室。

徐望、小酒红、冷白脸、乐醒四位“同班同学”，终于 ABCD 一家人整整齐齐。不管游戏间里如何血雨腥风，作为剧情人员，四个小伙伴彼此看看，总有一分“同是天涯命苦人”的亲切。

截至目前，徐望戏份最少，而且大多是和侦探 C 同学的对手戏，所以还没正式和另外两位自我介绍过。正好趁着雅灰男还在思索剧情，他朝 AD 组合露出友善笑容：“在下乐观的同学 B。”

“热血的体育生 D。”穿着酒红色冲锋衣的青年半死不活地叹口气。经过鬼压床的大战，这位同学现在周身疲惫的负能量和人设反差极大，简直闻者伤心，见者心疼。

同样反差的还有乐醒，这位忧郁的少年 A 从头到脚没一丝忧郁，比徐望这个乐观的同学 B 看起来更阳光灿烂。

“我就不用自我介绍了吧？”乐醒先看向小酒红，“我杀了你。”又看向冷白脸，“我帮你打鬼压床。”最后看向徐望，“我俩小黑屋，嘿嘿嘿。”

小酒红：“……”

冷白脸：“……”

徐望：“我俩只是在小黑屋进行了短暂的聊天……”

作为侦探 C 的冷白脸从头到尾懒得说话。他也不用自我介绍，如果要在这场故事接龙里找一个男一号，人设里都带“C”的自己妥妥 C 位出道，和哪一个剧情人员都有交集，场场戏不落，不光有文戏，有武戏，还有月光下差点儿抱上的亲热戏……天知道他只想当个死跑龙套的啊！

气氛正朝着融洽的方向发展，地下室天花板上传来雅灰男的讲述声：“乐观的同学 B 问侦探 C：‘你为什么要来这里？这里很危险的你知不知道！’侦探 C 说：‘我知道，但我还是要进来，因为我们是朋友啊，朋友一生一起走！’”

雅灰男：故事牌 6，朋友一生一起走。

徐望：“这只是一个故事接龙……”

乐醒：“不用每次都情绪饱满地进行配音……”

冷白脸：“而且为什么又进感情线了？”

小酒红：“……”队长，你克制一下，不要太入戏啊！

这厢徐望和冷白脸说着“朋友一生一起走”的热血台词，那边雅灰男可能真听见了自家队友的呼吁，于是天花板再响起他的声音时，热血稍退：“四人正准备离开地下室，忽然发现地上有一个染血的护腕。护腕上有日记主人，也就是十年前被校园暴力致死的少年的名字……小王！”

雅灰男：故事牌7，护腕。

游戏间、剧情线全体小伙伴：“……”

就不能起个小F统一画风吗！！！

“4号，你继续。”雅灰男也实在编不下去了，重新指回大高个。

不料刚说完，沉稳声音便起：“注意，讲述权不可以在同样两个讲述者之间重复转移。”

雅灰男心脏停一拍，差点儿以为要直接回家了，直到听清是“注意”不是“第二次警告”，才逃过一劫似的长长松口气。

不能指定大高个，那就剩1号和2号了，2号已经出了七张故事牌，这是一个拿到机会就风一样出牌的男子；1号才出了五张，但就这五张，已将故事线牢牢锁定在了灵异恐怖风上。两个都不是善茬儿……

“1号。”雅灰男最终做了选择。

才出了五张牌的1号有可能是运筹帷幄，但也有可能是过于保守才迟迟没动；而2号，不只出牌如风,其故事线还有某种“引人入胜”的神力,两相比较,还是1号危险系数低点儿。

地下室里，已经捡起护腕的四人等待着“命运的接龙”。

很快，天花板传来赵昱侃不紧不慢的声音：“忧郁少年A告诉B、C、D自己好像在哪里见过这个护腕，但一时想不起来。同时，两人两鬼都听见外面好像有动静，他们担心被邪恶力量困在地下室，决定先上去再说。B、C、D先走出地下室，A在想护腕的事，所以落在最后，还没等他上去，地下室的门忽然被B、C、D从外面关上了……”

赵昱侃：故事牌6，邪恶力量。

“原来这不是什么日记中的世界，日记只是一个入口，十年前含恨而死的少年……呃，小王，用自己的怨念将两人两鬼真正拖进了阴间。阴间就像是阳间的逆世界，比如阳间的这里是学校，阴间的这里也是，但老师和学生当然就没有了，有的只有游荡的幽魂……先一步上去的B、C、D看见了已经聚拢过来的大量幽魂，因为幽魂发现了有阳寿未尽之人闯入了这里，它们要吸阳寿，重新续命，重返阳间……”

赵昱侃：故事牌7，阳寿未尽。

“B、C、D关好地下室的门，让A躲在里面别出来，他们三个来应战。经过一番苦战，他们战胜了无数幽魂……”

徐望B、冷白脸C、小酒红D：“……”

战胜无数幽魂？！还敢不敢再坑一点儿啊！！！

“……”徐望仰望头顶，心里已经跑过一万匹草泥马，每匹马上都骑着吴笙！你不是已经知道剧情在真实进行了吗？你家队长都快让人坑死了，你心里到底有没有数啊！

“两个问题……”像回应般，上方还真传来吴笙的质疑，“一、A已经是C的守护魂了，怎么能离开C？二、三人对付大量厉鬼，然后还赢了，不合逻辑。”

徐望想给自家军师鼓掌！

可赵昱侃的回应更快，仍是一贯的自信从容：“按规则，鸮没有质疑我，那我的续接就是合理的，不过大家都在一张桌子上玩，你既然问了，那就让你心服口服……第一，A绑定成C的守护魂是在人间的约定，这里是阴间，阳世契约不适用。退一步讲，就算适用，这是C要求A留在地下室的，A遵从雇主，合情合理……第二，你偷换概念了，不是大量厉鬼，而是幽魂，厉鬼不好斗，但幽魂嘛，弱得很。何况人怕鬼三分，鬼怕人七分，还有热血的体育生D，靠着他的一身正气横扫获胜，应该问题不大。”

闻言，徐望和冷白脸缓缓转头看热血的体育生D·小酒红。小酒红仰头，隔空控诉始作俑者：“谁给你的自信啊！！！”

“叮——”

随着五分钟倒计时开始，游戏间休息，剧情线开战。徐望、冷白脸、小酒红所站的教学楼一层走廊，立刻涌入潮水般的幽魂大军！

地下室里，忧郁少年A·乐醒贴门听着上面的动静，真的有点儿忧郁了：“侃侃，你这么拉仇恨地玩儿，如果这波送不走同学B，你家队长我估计也没好日子了……”

幽魂大军顷刻已到眼前，虽然赵昱侃在吴笙的提问下补充了“幽魂不是厉鬼，弱得很”的设定，但当数量铺天盖地，那幽魂的战斗力就算是蚂蚁，也足以呼啸而过，片甲不留。

冷白脸和小酒红立刻各自套上防具，徐望没套防具，而是点掉了第四关“月光迷宫”交卷时的奖励武具。得到这武具的时候，他就知道“走近科学”后继有人了，连6/23面对恶灵的时候都没舍得点，等的就是这样能够“横扫千军”的时刻！

鸮：“有人对你使用了<武>金刚降魔杖哟。”

提示音如约而至，徐望手中立刻多了一柄降魔禅杖。他用力将禅杖往地上一杵，铿锵有声，铁环叮当。

扑面而来的幽魂大军忽地集体一震，像被降魔杖的气势所震慑。徐望立刻有了底气，大喝一声：“放着我来！”语毕，拎着降魔杖向前一冲，边冲边用禅杖横扫，正所谓棍扫一大片，所到之处幽魂破灭!

眨眼间，他就已经擦着冷白脸和小酒红的肩冲到了二人前头。后二者原本没寄希望于这位对手，但眼见为实，徐望那挥舞着降魔禅杖的英姿颇有地狱不空誓不成佛的气势。

徐望一口气冲到走廊尽头，一通挥着禅杖，幽魂基本消散。等到他停步转过身，发现还有四条漏网之魂围着冷白脸和小酒红，而这四条幽魂中，有两个的脑袋已经缺了一块，肯定是被降魔禅杖扫到了，却竟然可以幸存下来。

冷白脸不知用的什么防具，已经给自己周身套了一层佛经，对着四幽魂无所畏惧。但小酒红护体的摆明是物理性防具，能破封建迷信的早在“鬼压床之战”时用完了。那四个幽魂也分辨得出强弱，一起冲小酒红凌厉而去!

徐望想再冲过去已经来不及了。

小酒红欲哭无泪:“不是‘放着你来’吗？”他也不是真控诉乐观的同学B,大家是对手，谁都没义务替谁挡煞，只是自己要回家了，人之将死，总要吼上一嗓子，留下“我来了，我走了，我爱过”的证据。

四个幽魂几乎就要贴上小酒红。

就在这危急关头，天上忽然洒下一片鹅黄色的暖光，莫名带着某种“慈祥感”，一瞬笼罩住四个幽魂。四鬼影忽然一歪，竟在小酒红面前左右分开，两个扑他左手边墙壁，两个扑他右手边垃圾桶，完美错过小酒红本人。

小酒红一脸错愕，难道真是自己的“热血体育生D”自带“正气驱魔”属性？那鬼压床的时候怎么没触发……

“还愣着干什么，跑啊！”徐望真服了，头回见还没彻底死里逃生就原地回味的。

小酒红循声而望，就见徐望正拎着降魔禅杖狂奔而来。再迟钝，他也知道自己被人救了，一边往走廊的另一头跑，一边羡慕嫉妒恨：“你怎么那么多除魔文具？”

“除什么魔啊，‹防›老眼昏花！”

公布完套在四幽魂上的防具，徐望也已经来到小酒红先前站的地方，一顿禅杖乱扫狂捶，搞定。

他舒口气，降魔杖往地上一杵，转头冲小酒红帅气一笑：“不要迷上我。”

“……”小酒红一肚子感谢词胎死腹中。一个会突发奇想到对幽魂用“老眼昏花”的男人，他为什么要迷上!

“你比2/23的时候厉害多了。”冷白脸走出安全角落，归队，但可能考虑到安全性，周身佛经仍在。

徐望满头黑线：“你这个口气，不知道的还以为2/23交卷成功的是你们……”他和这位冷白脸同学通过大量对手戏已经算彼此熟悉了，所以说起话来也不太讲究虚伪的客套。

乐观同学 B 和高中侦探 C“互相伤害”没两句，五分钟倒计时便结束了。走廊上空传来吴笙的声音：“打断。”

眼下的讲述者是赵昱侃，已经出了七张牌，和吴笙、雅灰男持平，而大高个则已出八张牌。吴笙这一打断，等于抢了赵昱侃的讲述权。

轮到自家军师讲述，徐望理应松口气，可一想到这已经是吴笙用的第二张打断牌了，他就有些忧心。赵昱侃的打断牌才用了一张，如果临到战局尾声，赵昱侃的打断牌还是比吴笙多一张，那胜负的主动权就掌握在赵昱侃手里了！

“少年 A 的鬼魂终于想起来，是在操场主席台下的体育器材贮藏室里见过这个染血的护腕……”吴军师在用过打断牌后很快续接上故事，声音仍旧沉静，显然并没接收到自家队长的担心，“A、B、C、D 离开教学楼，来到操场主席台下的贮藏室。门虚掩，里面传来痛苦叫声，A、B、C、D 偷看，见到六个学生在欺负一个学生。通过六学生的嬉笑声，A、B、C、D 发现被欺负的就是当年的……小王。”

几不可闻的叹息。

显然，这个最终 Boss 的命名给每一个讲述者都带来了或多或少的精神伤害。

“乐观同学 B 不管这是过往重现还是真实发生，总之要救人。侦探 C 说：‘你在外面等，我和 AD 进去救人就可以。’于是 B 在外面等，A、C、D 合力打跑六人，救下小王……”

小酒红和冷白脸简直想冲上去踹醒自家讲述者，能不能看清局势，别让每次战斗都有自家队友的姓名！

已重新归队的乐醒则直接仰头，隔空向自家讲述者痛心疾首地呼吁：“你和他坑来坑去干吗，先把那两个还没看懂玩法的送走啊！”

冷白脸：“……”

小酒红：“我俩还在这儿呢……”

“等一下。”头顶终于传来赵昱侃的声音，不过不是因为乐醒，而是他对吴笙的剧情也有话说，“A、B、C、D 都冲进去救人，胜算更大吧？在这么危险的地方，却选择主动削弱自己的战斗力，不科学。而且你说了这么多，却还没打一张牌。”

已经来到贮藏室门前的四人停下脚步，静静听上面游戏间内的交锋。毕竟上面的每一句，都可能改变剧情和战局。

“为什么都到这种时候了，C 还要保护 B？”吴笙重复赵昱侃的问题，声音带着温柔笑意，“你这个问题，A 和 D 正好也问了，C 给出的回答是‘我就要保护他’。至于为什么……”

头顶上的声音停下，静待片刻，他幽幽叹息：“是爱情啊……”

吴笙：故事牌 8，是爱情啊。

冷白脸、小酒红、乐醒缓缓转头看向徐望，神情复杂。

徐望："……"自家军师拿的这手牌，简直要人命。

被爱情之神守护的徐小望安心留在门外把风，乐醒、冷白脸和小酒红顺着虚掩的门鱼贯而入。很快，里面原本的嬉笑和哭喊就被打斗声取代。

徐望百无聊赖，闲得开始听声辨战局。其实还挺容易的，清脆的"咣当"就是跳山羊倒了，"咚咚"闷响带着一丝灰尘气，那铁定是人摔到仰卧起坐垫子上了……

"叮——"

五分钟的"执行剧情"时间转瞬即逝，贮藏室也恢复宁静。

很快，门打开，乐醒带着一个满身是伤的少年出来，身后再无一人。

"小王？"徐望猜测着问。

乐醒点头，玩笑似的一眨眼："小心点儿，说不定什么时候就变身，毕竟是终极 Boss 候选人。"

徐望又往贮藏室里看了看，黑漆漆的，不像再有人的样子。欺负人的六少年能出现在这里应该也已经是鬼了，跑得无声无息很正常，但……

"侦探 C 和体育生 D 呢？"

"哦，"乐醒耸耸肩，笑意淡去，神情平静，"那六个人把他们送回家了。"

徐望怔住，对这突来的变故猝不及防。作为剧情人员，他们的任务是执行剧情，眼下的剧情是"打败六少年，救出小王"，乐醒完成了，没问题，他的确没有义务救冷白脸和小酒红……

"注意！"上方传来那道沉稳的声音，"由于 3、4 号讲述者交卷失败，接下来的故事中，高中生侦探 C 和热血体育生 D 将不再登场，请 1、2 号据此调整续接内容。"

游戏间里，大高个和雅灰男两脸茫然。

随着沉稳声音散去，大高个忽然醍醐灌顶，他猛地看向吴笙和赵昱侃，前者看不出情绪，后者却是欣然送别的神情。

"剧情……都是真的。"最后四个字，他几乎是咬牙切齿。

赵昱侃气定神闲："下次来你就是前辈了，可以虐新人。"

技不如人，大高个输得没脾气。虽然脸被打得很痛，但山水有相逢，这样一想，他忽然笑了，没说什么"你给我等着"的反派标准台词，只认真记下了赵昱侃的脸。同场竞争，谁把自己赢了都行，但赢完了再来踩上一脚的人，他必须记清楚。

鸮："宝贝儿，提前放假，送你回家。"

5

踏上回城列车时，大高个内心已然平静。

但雅灰男没有。第一，他到现在也没搞清楚大高个那句“剧情是真的”到底什么意思，而自己怎么好端端就交卷失败了。第二，故事听到一半被强制离场，还有没有人性？你哪怕给个烂尾结局也行啊！

赵昱侃静静看着那两个座位空下来，而后将目光移到吴笙身上：“其实上一轮走廊战幽魂的时候，就可以让他们两个提前回家了。”他轻轻朝吴笙摇头，遗憾似的，“你的剧情人员白白浪费一次机会。”

“用什么策略赢，是我的事。”吴笙敛下眼眸，看自己剩下的牌，“我的剧情人员只需要玩得开心。”

闲谈结束，故事继续。

两支队伍的离去不影响吴笙续接的主线：“六少年的鬼魂被打跑，侦探 C 和体育生 D 一人一鬼都死亡，但侦探 C 给乐观同学 B 留下了自己的三根秀发，一旦 B 有危险，吹走一根秀发，便可解燃眉之急……”

吴笙：故事牌 9，秀发。

操场上，捏着三根头发丝的徐队长：“……”他上一秒刚被那句“玩得开心”感动，下一秒就收到三根秀发，如今看着捏着的头发丝儿在风中凌乱，心情复杂到一言难尽。

“小王这时变成厉鬼，质问 B 当年为何没人救他，现在来救，晚了。C 和 D 已消失，A 也已是鬼，你既然和 C 要好，C 都死了，你也跟着殉情吧……”

吴笙：故事牌 10，殉情。

“小王扑来，B 吹走一根头发，立刻刮起大风，将 A 和 B 卷到操场第二棵树下，暂时脱离危险。刚刚被打跑的六少年的鬼魂也在树下，见到他们来，痛哭说他们当年欺负小王，只是觉得有趣，没想到对小王伤害那么深，而小王埋完日记之后就吊死在了这棵树上，怨气渗透进了树的年轮，烧掉这棵树，就烧掉了日记……”

吴笙：故事牌 11，年轮。

“打断。”赵昱侃终于等到出牌的机会，不，应该说这个机会比他预想得还要顺，还要舒适，“如果不是只有一支队伍能交卷，我还真以为你这剧情是为我的牌铺垫的。”他点开自己的第八张故事牌，从容不迫地续接，“想烧树，普通的火不行，必须用归西烛……”

赵昱侃：故事牌 8，归西烛。

（第二部正文完）

番外 月光森林

YUE GUANG SEN LIN

条条大路通罗马，一扇直门去森林。

上

月光森林从来没有白天。

草木依靠着月光、露水、清风长出茂盛枝干，长出宽大叶子，彼此簇拥着，遮蔽着，使这里更幽深、更静谧。

森林深处，一座巨石迷宫。

曲折交错的迷宫里，某段不起眼的笔直迷宫路上，一个黄衣青年踩着滑板来回滑行。他的速度很快，路却不长，所以总是速度尚未飙起便到了尽头转角，于是他只能凌空一个后转身，轻盈落地，再原路滑回。

为什么非要死磕在这一条路上，转个弯继续往前不行吗？这样的疑问从来不会在小黄的心里出现。

滑得有些累了，气喘吁吁的小黄靠着转角迷宫壁坐下来歇息。胸膛随着急促的呼吸而起伏，可他的内心很宁静。他能听见露水，闻见草香，这让他很舒服。

“迷路者啊，你怎么还不出现……”他望着月亮，幽幽地叹。

如果非要给这样完美的时光挑瑕疵，那就是这个。

对迷路者进行考验是他的任务。通过考验的，他会指路；通不过的，他会送走。这是他最喜欢做的事情，比滑板还要喜欢。

可什么时候才会遇见迷路者呢，他不知道。他只知道，他们一定会来。

此刻，是北京时间 22：30。

但小黄不知道。

月光迷宫里没有时间。

不经意地，他看见远处地上好像有东西。小黄很自然地起身，走过去弯腰捡起来。

一张小卡片，上面密密麻麻都是字。

小黄皱眉，喃喃念出声：“一，你为什么会在这里？二，在这里是你的工作……还是你的使命？三，你有想过外面的世界是什么样吗……”

小黄对于这些问题没有任何探究的欲望，相反，倒更好奇卡片哪里来的。他守卫的这片地界不应该存在这么个东西。但最终，他也没想出个所以然来。

“什么鬼。”小黄很快放弃，随手把卡片放进口袋里。

下一秒,他怔住了,仍在口袋里的手猛然又摸了两下,末了从口袋里把卡片又拿了出来。

两张。

他的口袋里，竟然也有一张卡片。

小黄把两张小卡片并排举起来，借着月光，正面反面侧面能对比的都对比了，折腾好一阵，确认它们一模一样。

“不是吧……”

鸡皮疙瘩起一身，脑海里隐约闪过许多恐怖电影画面——他不记得哪里看的，但清楚知道一件事，自己怕鬼啊。凭空出现一张卡片，然后自己口袋里也恰好有一张，卡片上还都印着奇怪问题，这不就是恐怖片开头吗！

窸窸窣窣。

窸窸窣窣。

耳边传来奇怪声响，就像虫子在爬，或者……鬼怪在飘。

很好，音效也顶上来了。

小黄想哭的心都有了，他耗尽全部勇气，终于将僵硬的脖子稍稍往旁边转了一点点。

几根粗壮的藤蔓正沿着迷宫墙壁爬行。它们像是从转角那边疯长过来的，一路侵袭，这会儿已到了他这里。

小黄对于植物没什么恐惧，哪怕是像怪物的植物，于是没那么害怕了，反而隐隐有了一些兴奋。

卡片、藤蔓，这是迷路者在用文具探路进行“战前试探”？

正想着，藤蔓植物像感应到了什么，原本贴在迷宫壁上的藤蔓末端忽然一抬，凌厉袭向小黄。

小黄一惊，本能后退。

藤蔓扑了个空，却没缩回去，而是左右晃两下，像探路似的，下一刻重又锁定小黄，极速而来。

“你当我怕你！”小黄被惹恼了，把卡片往兜里一塞，伸手就抓住藤蔓用力一挽，待到将藤蔓牢牢缠绕在手臂，奋力向后扯。

如果藤蔓尽头扎根在地上，他就将之连根拔起，如果尽头是个迷路者，他倒要把人薅到眼前看看！这样一想，他更用力起来。

藤蔓也不示弱，用自身和他较劲。

焦灼中，他没注意一根藤蔓正沿着另外一侧迷宫壁的底部悄悄而来。直到抵达他脚下的藤蔓忽地跃起，牢牢缠住他的腰，小黄只觉得身体一轻，整个人已被藤蔓卷着腾空。

天旋地转间，藤蔓开始极速回缩，就像扯到极致的橡皮筋忽然松了力，裹挟着小黄瞬间就经过转角到了下一条路，再转角，再下一条路。

“你放开——咳咳咳——我——”小黄暴怒大喝，可藤蔓回缩的速度风驰电掣，一张嘴，就被极速气流呛了一口风，再后来，被风灌满的嗓子眼再发不出声音。

可是他不能离开自己的路啊！

一切发生得太快太诡异，到了这时，他才想起用文具，可刚选中能让风成刀刃的武具还没使用，藤蔓忽然停下了，一松，他“扑通”落地上，摔了个结结实实。

七荤八素间，他听见一道活泼清脆的声音：“你怎么在我的藤蔓上？”活泼是活泼，清脆是清脆，就是充满嫌弃。

小黄循声抬头，就见一个穿白色公主裙的少女坐在一株高大植物的叶片上，脸蛋粉雕玉琢，唇红齿白，尤其一双乌黑的大眼睛明艳灵动。小黄心跳漏了一拍，忘了起身，就着跌坐的姿势，愣愣地问：“姑娘，你叫什么名字？”

“是我先问你的。”少女不满意地皱起小脸。

“小黄。”坐地上的青年几乎是光速报上自己的名字。

“谁要问你名字！”少女莫名其妙，“我问的是你为什么在我的藤蔓上！”

“哦，”小黄总算回过神，讷讷道，“是它把我卷来的。”一路上酝酿的怒气早没影了，现在的小黄战斗力为零，心里全是爱与和平。

“怎么可能！”少女直接给否了，“我让藤蔓去追被风吹走的东西，怎么会卷到你？”

小黄一愣，过了会儿，从口袋里掏出两张卡片：“你要追的是这个？”

托着少女的叶片忽然低垂下来，少女轻巧一滑，落到小黄面前，一把拿过两张卡片，左看看，右看看，茫然道：“怎么变两张了？”

“有一张是我的。”小黄解释道。

少女狐疑看他：“你为什么会有？”

小黄叹口气：“我也想知道。”

少女诧异：“你也不知道？”

“……”小黄总觉得他和对方的对话哪里怪怪的。到底谁知道谁不知道？还是谁都不知道？怎么这么乱……

“算了，先不管这个。”少女自己留下一张，把另一张还给小黄，然后向后一跳，重新坐上叶片，升到半空，“开始吧。”

小黄犹犹豫豫没动，第一次有这种不想和迷路者交手的念头。他还没问出名字呢！

百转千回间，他下意识左右环顾，忽然意识到这里并不是自己应该守护的地方！

终于有了名正言顺不用交手的理由，这让小黄喜出望外，他立刻抬头，想跟对方讲和，却发现少女手里多了一把洋伞。

洋伞可爱又复古，衬得少女更像一个娃娃。

小黄情不自禁道：“你好可爱。”

少女怔怔眨了下眼，脸蛋更粉扑扑了，并没有扭捏的羞涩，而是大大方方看着他，问：“真的？”

小黄用力点头，特别诚恳：“真的。”

少女开心地笑起来，眉眼弯弯像月牙：“我叫小白。”

小黄在这笑容里失了神：“那个，其实我有个滑板，”他有些局促地组织语言，“就在我的路里，滑起来特别有趣，你、你可以用藤蔓把我送回去，我取过来教你……”

“不打了，”叶子上的少女显然根本没听他讲话，高兴完就发出了邀请，“小白心情好，我们来玩游戏！”

小黄一时呆愣：“嗯？”

刚一个疑问音，视野就闪了强光。小黄下意识闭眼，再睁开，就到了一间奇怪的卧室，满屋子都是洋娃娃。

一个洋娃娃，如小白那样的，赏心悦目；铺天盖地洋娃娃，小黄感觉自己要窒息。

不，不对，小黄摸上自己的喉咙，感觉那里越来越紧……他是真的在窒息！

视野逐渐模糊，小黄痛苦地蹲下来，头也开始神经性地疼，大粒汗珠往外冒。他有一种强烈的感觉，这里不是他该来的地方，就像鱼不能上岸、鸟不能沉到水里一样。

“欢迎……来到……小白的……房间……”

他隐约听见小白的声音，但遥远而模糊，听在耳中几近破碎。小黄大口呼吸，却抵不过胸腔越来越闷……

“小……黄？”小白似乎发现了异样，遥远的声音变得疑惑起来。

“放我……出去……”

小黄用尽全身力气才挤出这几个字，然而声音小得可怜。

胸口闷得像要炸开，头也疼得椎心刺骨，小黄抱住自己脑袋，用力吼：“啊啊啊——”

娃娃屋猛然震动起来，娃娃们噼里啪啦往下掉。小白吓了一跳，她不仅看见了小黄的异样、娃娃屋的震动，她还感受到了一股剧烈的、从未有过的力量正冲击着她的全身、她的心脏、她的大脑。

她和自己的植物沟通时也有过类似这样感应的震动，但那些都很微弱，就像两个人在低声交谈，而现在，她清晰感受到了小黄的混乱、痛苦，她甚至听见对方在自己的大脑里喊——放我出去！

小白微微闭眼，娃娃屋一瞬消失。

小黄蹲在地上，辛苦喘息。疼痛感已走，但造成的伤害需要时间平复。

小白有些过意不去，她选择和他玩游戏，就是不想动手伤害他，可怎么会这样？

“你好奇怪，”小白有点儿过意不去，又有点儿不解，她滑下绿叶，无声来到他身边，陪着一起蹲下，小声咕哝，“其他人都没事。”

小黄有些艰难地转头看她，委屈道：“你才奇怪，其他迷路者都用文具，你用什么娃娃……”

小白有点儿蒙地歪头，纠正：“我不是迷路者。”

小黄猝不及防，傻了：“啊？”

小白不高兴地嘟起嘴，游戏没玩成，娃娃屋还被人嫌弃，这真是糟糕的一天。她站起来，气鼓鼓后退两步，也不上叶片了，面对面冲小黄宣战：“你已经丧失玩游戏的资格了，想让我指路，就放马过来吧！”

小黄茫然：“我为什么要让你指路？”

小白瞪他，第一次见到说话这么费劲的人：“你是迷路者啊，你不是要找路吗？”

小黄摇头：“我也不是迷路者。”

小白大脑彻底空白了，很久才问：“那你是谁？”

小黄站起来：“守路者。”

小白愣愣道：“我也是。”

无言对望，有错愕，有震惊，还有一点点开心。

他们一直以为自己是这里唯一的守路人，从来不知道还有同伴。

中

月光迷宫深处有一条路的墙壁上都是暗门，随便打开其中一扇，就可以穿越迷宫壁，进到隔壁路上。

隔壁路的尽头，一团小小风旋托着一个熟睡中的黑斗篷少女。少女静静侧卧在风上，和衣而眠，睡颜安详。忽然，她平静的眉宇间起了一丝变化，先是轻蹙一下，又展开，可没过多久，再次蹙起，眉头便越锁越深了。

终于，她睁开眼坐起来，疑惑地望向直路尽头。那是去往下一条路的拐角，有些很奇怪的震动正沿着那里清晰而来。

黑斗篷少女轻轻眨眼，风便托着她到了路尽头，转头去看，一条新的直路。

少女再没有移动。第一，她不应该走进这条路；第二，这条路里也没有任何异样，震动是从更遥远的地方传来的，很可能经历了无数的左转右转，才飘飘摇摇到了自己这里。

飘摇，却还是很清晰，清晰到她可以基本确定，这样的震动她第一次见。

基本，是因为她对自己的记忆还有那么1%的不放心。

她记得很多事——她是守路人，她在这里就是给迷路者以考验，通过的放行，失败的离开。这些记忆有序而稳固。

可她总觉得自己还忘记了许多事，但又忘得不彻底，于是脑袋里留下很多碎片，而这些碎片都没有画面，只有声音，通常是一些很奇怪的话，诸如“我有月光，就够了”“这个女人太难对付了”“这是关底Boss吧”“外面，有森林”……这些声音模糊得厉害，她甚至没办法分清哪些是自己说的，哪些是别人说的。

不过她也就是随意想想。这些沉淀在记忆中的小小斑点，并不会让她平静的内心起太多波澜。

震动弱下来了，开始变得断断续续，或许再过一会儿就要消失了。少女静默片刻，闭上眼。

迷宫壁上忽然生出长长藤蔓，下一秒，“‹幻›条条大路通罗马”释放。藤蔓先转了弯，然后那条路就被缓缓掰直，藤蔓则沿着变直后的迷宫壁前行，循着震动传来的方向转到下一个弯，于是新的路再被掰直，藤蔓则继续前进……

同一时间，迷宫某处。

小白有些慌乱地闭上眼，收回娃娃屋。

困在其中的小黄回到迷宫路上，抱头蹲着，痛苦喘息。

“你好奇怪，其他人都没事。”

“你才奇怪……”

“那你是谁？”

“守护者。”

“我也是。”

大眼瞪小眼半天，小白先开了口，声音里带着不可思议和一点点雀跃：“你守哪里的？我怎么从来没见过你？”

一句话把小黄问住了，自己守路的位置要怎么形容？

“很远。”他只能模棱两可给个答案。

小白不满意：“有多远？”

小黄无奈看她：“你让藤蔓疯长了多远，我就守在多远的地方。”

小白有些苦恼地皱起眉毛：“我只顾着追卡片，没记路。”

“你没记路？”小黄晴天霹雳，“那我怎么回去？”

小白可爱一笑，梨涡甜甜：“那就别回去了呗，留在这里陪我玩。”

“……”小黄不争气地对这个提议有点儿心动。

窸窸窣窣。

窸窸窣窣。

熟悉的声响卷土重来，小黄条件反射地一激灵，抬头一看，果然，迷宫壁上爬过来深绿色藤蔓。

想起曾经被缠绕支配的恐惧，小黄疲惫扶额，字字真切：“我人都在这儿了，卡片也给你了，能不能收了夺命藤？”

“不要乱起名字，人家叫‘珊瑚藤’……不对呀，”小白走近迷宫壁，仔细看上面的藤蔓植物，“这不是我的珊瑚藤。”

像是感知到了旁边有人，藤蔓忽然停下来，静静趴在迷宫壁上不动了。

小黄也跟着凑近端详，但实在没看出这和先前“欺负”自己的植物有什么区别：“不是一样嘛。”

“哪里一样，你看叶子边缘，珊瑚藤是光滑的，它是锯齿的，还有这个叶脉……”

“……”隔行如隔山，小黄虽然依旧没看出区别，但莫名就觉得很厉害。

于是问题来了。

“如果不是你，那这藤蔓是谁弄出来的？”

小黄的话音还没落，脚下忽然震动起来。他心里一惊，看小白，小白也一脸茫然和诧异。

下一刻，整条迷宫路竟然在震动中缓缓移动起来！

小白不自觉靠到小黄身边，小黄稳如泰山地护住她……并没有，咳，实际情况是小黄同样靠到小白身边，两个刚认识的小伙伴就这样肩膀贴着肩膀，一起在突变中忐忑。

迷宫路终于停下来，可是前方的转角已经没了，他们所在的这段路变得很长很长，长得看不到尽头。

“这是怎么了？”小白看不懂这情况了。

“路好像……变直了？”小黄也蒙头蒙脑。

“要过去吗？”小白问。

小黄：“再观望观望。”

路尽头吹来一阵风，淡淡的，微微凉。

小黄眼底浮起防备，将小白拉到自己身后。

很快，一个娇小的黑色身影在远处出现。她乘着风，不疾不徐而来，越近，那风里的凉意越明显。终于，她在距离他们三四米处停下，静静打量他们，神情淡然。

“这个迷路者肯定很厉害，”小黄向身后的小伙伴道，“你一个人恐怕应付不来，我帮你。”

身后的回应，是一声叹气。

“你的脑子还不如我房间里的洋娃娃，”小白没好气地拍他后背一下，“都闹过一次误会了，就不能先问一下？”

说完，她也不用小黄，直接侧身探出头，望着黑斗篷少女问：“你是迷路者吗？”

黑斗篷少女摇头：“不是。”

小白又问：“你是守路者吗？”

黑斗篷少女点头：“是。”

小白又拍小黄一下，这次带着骄傲：“你看吧。”

小黄还没来得及心塞，就听见黑斗篷少女问：“你们是谁？”

她的声音和她的风一样，浅浅的凉。可这会儿小白和小黄再听，就觉得这凉也是十分让人舒服的。

他们一个笑得灿烂，一个昂首挺胸，异口同声：“我们也是守路者！”

“你们也是？”黑斗篷少女淡然的眸子里第一次出现明显的诧异。

“对，”小黄一指小白，“这里是她守的路，我的路……”话说到一半，他忽然停住，抬头眺望了一下遥远的路的尽头，改口，“呃，这里可能也不全是她守的路了……”他有点儿担忧地看向黑斗篷少女，“你该不会把我的路也变直了吧？”

黑斗篷少女回头望一下，诚实摇头：“我不知道。”

“不知道？”小黄对这个答案没准备，“不是你把路变直的吗？”

“是，”黑斗篷少女说，“但我不知道里面有没有你的路。”

“那你为什么会来这里？”小黄不懂，引自己过来的是卡片，可卡片并没有再次飞出去，那引对方的是什么？

“我感觉到了震动。”黑斗篷少女说，“很奇怪的震动。”

小黄被对方勾起了好奇心：“怎么个奇怪法？”

黑斗篷少女静静地看着他和小白，片刻后，像是锁定了“震动源”，故而没答，反问：“你们刚刚在做什么？”

做什么？

小黄看看自己，再看看小白，给了个特别诚恳的答案：“说话。”

小白翻个白眼，想用珊瑚藤绑到他脑袋上，看能不能开点儿窍。

“我想和他玩游戏，”她看向黑斗篷少女，“但他一进去就整个人都不对劲，所以我又把他放出来了。”

黑斗篷少女微微歪头：“不对劲？”

“嗯，”刚发生的事情小白当然记得很清楚，“他好像很难受，然后大喊大叫，娃娃屋就开始震。你感觉到的是不是这个？”

黑斗篷少女想了想，说：“我不知道。”

小白和小黄互相看一眼，也爱莫能助了。一连发生了好多奇妙的事情，他们连自己这边的卡片都还没弄清楚，实在没办法帮别人解答。

三人彼此看着，气氛突然陷入安静。

风沿着笔直的迷宫路吹，吹向很远很远。

“我叫小白。”活泼的白裙少女先释放善意，然后好奇的眼睛一个劲儿朝黑斗篷少女身后望，“你是怎么把这些路都变直的？”

黑斗篷少女简单道：“幻具。”似乎在她看来，这没什么值得炫耀的。

“我叫黑茉茉。”名字赶在思绪抵达之前就先出口了，说完，黑茉茉自己都怔了下。

“我叫小黄。”喜欢热闹的黄头发青年对于又多了一个同伴，举滑板欢迎。

对啊，滑板！心中灵光一闪，小黄立刻闭目冥神，隔空感应自己的滑板，使其动起来。他甚至能听见滑板滑动的声音……

“哗——”

“咚！”

好吧，撞上了拐角，黑茉茉变直的路里果然没有他守护的那条。

小白是个好奇宝宝，围着黑茉茉一下下跳着，尝试看看能不能跳上人家的风——失败。

黑茉茉看着她，眉眉间的冷淡化开，染上似有若无的浅淡笑意。她轻轻往上一抬手，一小团风就把小白托了起来。

小白高兴得在风上转圈圈，好几次差点儿把自己转掉地上，终于开心完了，才想起什么似的问黑茉茉："你想过外面的世界是什么样吗？"

黑茉茉怔住，看着小白，目露疑惑："为什么问这个？"

小白刚要掏卡片，站在地上的小黄已经先一步把自己那张递过来了："我和小白身上都有一张这样的卡片，小白问的就是卡片上的问题。"

黑茉茉接过卡片，认真地看。

小白见状奇怪道："你没有这样的卡片吗？"她有，小黄也有，她还以为所有守路者都应该有。

"没有，从来没见过，"黑茉茉将卡片还给小黄，然后看向小白，"但我知道，外面有森林。"

小白："森林？"

小黄："你去过？"

"没有。"黑茉茉微微仰头，看月光，"只是好像……有人和我说过。"

"那这样，我们先在娃娃屋玩游戏，然后一起去森林好不好？"小白迫不及待地发出邀请，一双眼睛里全是期待的光芒。

黑茉茉还没说话，小黄先制止了："拜托，你的娃娃屋会死人的！"

小白吹头发瞪眼睛："那是你笨！"

"这和笨不笨有什么关系……"小黄冤死了。

斗嘴间，迷宫壁上忽然出现一扇门，还没等他俩反应过来，门就"吱呀"一声开了。门外草木茂盛，夜色清幽。

小黄和小白不可置信地看向黑茉茉，瞪大眼睛的模样如出一辙。

黑茉茉莞尔："一起出去？"

迷路者若是通过了考验，并给了她更多的惊喜，她就会开出这样一扇门，直接送他们离开迷宫，可这扇门她从来没想过要用在自己身上。其实就算现在，她对外面也没什么向往，但她想和他们两个待得久一点儿。

下

遮天蔽日的大树、低矮繁茂的灌木、沾着露水的青草、偶尔从草尖上跳过的小虫，勾勒出一幅美丽静谧的月光森林图。

三个小伙伴走在其中，不知方向，不知前路，只由着性子往前走。一路叽叽喳喳，当然主要是小白和小黄；一路惊奇不已，嗯，还是小白和小黄；一路自由快乐，这就是三个小伙伴共同的感受了。原来世界不只有迷宫路，还有森林，有鸟兽，有松软的泥土，有广阔的天幕……

小黄从前只是闻着青草香，现在他就踩在青草地上。

“你干脆趴到地上闻好啦。”小白看着他走走停停蹲蹲的样子，开他玩笑。

小黄心情好，被调侃也开心，只是有个盘旋在心中多时的疑惑，这会儿喃喃自语道：“奇怪，为什么都不是？”

黑茉茉停下来，有点儿看出端倪了，问：“你在找什么？”

“味道。”小黄说着，又俯身凑近一簇草丛中的小黄花，闻一闻，眼里再次划过失望。他直起身，看向两个小伙伴：“你们没闻到吗，一路都有甜甜的香气，但是我闻了路过的花花草草，都不是这个味道。”

黑茉茉看着他，似乎想笑，但忍住了。

旁边的小白无语地摘下一直别在耳朵上的不起眼的小花：“你闻到的是这个啦！”

“……”小黄茫然地看着对方手里淡粉色的小花，终于明白为什么“一路有香”了。

黑茉茉再忍不住，轻笑出声。

小黄有点儿羞赧地挠挠头。

小白叹口气，摊开手掌，静静凝望几秒，掌心又出现两朵一模一样的小花。她把一朵别到黑茉茉耳后，一朵别到小黄耳后，欣赏片刻，很满意自己的杰作。

“这叫夜萝花，花香清甜，但不能持久，再走上一段路，味道就没了。”小白知道黑茉茉懂，因为对方也能操纵植物嘛，所以这讲解主要是给小黄的。

小黄摸着耳朵上的小花，一想到过会儿香气就没了，有点儿舍不得。

“你要是真喜欢，我就送你一些夜萝花汁。”小白又道，“你可以把夜萝花汁染在任何东西上，香气就可以保存很久很久很久了——”她连拖长尾音带伸展开胳膊，生怕小黄感受不到很久有多久。

小黄嘴角不住往上。他不只感受到了“很久”，还已经闻到了那更甜的夜萝花汁，一直甜到心里。

三人正欲继续前行，森林里忽然起了疾风，毫无预警的大风吹得三个小伙伴脸颊生疼。与此同时，三人心里都响起一个声音——要回去。这声音起得突兀，却坚定，仿佛它一直沉睡在那里，只等时间一到，敲响警钟。

“该回去了。”黑茉茉第一个出声，又恢复了淡淡的语调，只是再没有疏冷。

小白也知道应该回去了，没有理由，就是应该这样做，但……

"我舍不得。"舍不得这片森林，舍不得和这两个小伙伴分开，守了这么久的迷宫路，她第一次有这样的感觉。

"小白，你现在能做出夜萝花汁吗？"小黄忽然问。

"能，可是你要它做什么？"小白不解地问。

小黄看看她，再看看黑茉茉，笑开来，露出白白的牙："我们做个约定。"

北京时间 05：00，鸮时间不详。

月光迷宫里没有时间。

黑茉茉坐在半空，抬头看月光，心里很安宁。她刚刚经历一场战斗，战况很激烈，打得她有些疲惫，不过最终，那些迷路者还是没有通过考验。其实她觉得自己可以更轻易地胜出，如果不是之前走了太远的路，耗费了太多体力。

咦？黑茉茉漂亮的眉头轻轻蹙起，奇怪自己怎么会这样想。之前走了太远的路？这是哪里来的说法？为什么会走远路？在哪里走了远路？和谁一起走的？她怎么都没了印象？

如水月光下，她闻到了甜甜的芬芳。那香气时有时无，若隐若现。黑茉茉低头，看下面地上，绿植和碎石的狼藉里一抹淡淡的粉，抬手一扫，路面恢复光洁，只剩下那朵被踩烂了的粉红色小花。黑茉茉落到地上，捡起它，放在掌心，轻轻吹掉泥土。

夜萝花，一种香气很甜的小花，黑茉茉认得。

但是……

黑茉茉凑近小花，又认真闻了闻，果然，花已经没有味道了。可缭绕着自己的香气并没有消失，依然是隐约的、羞涩的，仿佛藏在哪里不愿意出来。

"不是你，会是谁？"黑茉茉低声对小花说，就像对方能听懂似的。

小花静静躺在手心，没有回应。

黑茉茉想随手把花丢掉，可手刚刚动的那个刹那，心里就倏地划过一丝不舍。她停下来，静默片刻，将小花放进了斗篷里的秘密口袋。可下一秒，指尖在口袋里被扎了一下。

黑茉茉愣住，将那个扎到自己的东西摸出来——一张被撕了一半的卡片，扎到自己的正是稍微有些硬的卡片一角。

甜甜芬芳忽然变得直接了，几乎是扑面而来。黑茉茉瞪大眼睛，将卡片贴近鼻尖，轻轻闻。没错，就是卡片上的味道！

她好奇地举起卡片，借着月光，看上面的字——

1. 你为什么会在

2. 在这里是你的

3. 你有想过外面

撕得太齐了，于是所有的话都只留下了整齐的前半部分。

黑茉茉没来由地有些低落，可忽然又把卡片举得更高，月光映照下，卡片背面的字隐隐透了过来。她忙把卡片翻过来，相比正面字迹的工整，背面的简直潦草到飞起。那是用夜萝花汁写的字，密密麻麻，大小不一，你拥着我，我挤着你，要仔细分辨才能把它们一个个分开。

——黑茉茉、小黄、小白约定，当迷路者消失之际，再次一起去森林里玩。黑茉茉和小黄不要乱动，小白的珊瑚藤会顺着夜萝花汁的香气找到你们哟。

窸窸窣窣。

黑茉茉闻声望去，路尽头，珊瑚藤已爬过转角，正朝着自己这边生机勃勃而来。

②/night owl 子夜鸮

作者
颜凉雨

封面绘图
弦得凰

封面设计
杨小娟

内文版式
周沫

图片总监
杨小娟

责任编辑
徐慧

责任发行
周冬梅

出版社
中国致公出版社

总出品
湖北知音动漫有限公司

制作出品
知音动漫图书·漫客小说绘

官方微博
https://weibo.com/xiaoshuohui

平台支持

图书在版编目（CIP）数据

子夜鸮. 2 / 颜凉雨著. -- 北京 : 中国致公出版社,
2020

ISBN 978-7-5145-1573-2

Ⅰ. ①子… Ⅱ. ①颜… Ⅲ. ①长篇小说－中国－当代
Ⅳ. ①I247.5

中国版本图书馆CIP数据核字(2020)第024711号

子夜鸮.2 颜凉雨 著

出　　版	中国致公出版社 （北京市朝阳区八里庄西里 100 号住邦 2000 大厦 1 号楼西区 21 层）
出　　品	湖北知音动漫有限公司 （武汉市东湖路 179 号）
发　　行	中国致公出版社（010-66121708）
作品企划	知音动漫图书・漫客小说绘
责任编辑	徐 慧
装帧设计	杨小娟 周 沫
印　　刷	武汉市新华印刷有限责任公司
版　　次	2020 年 9 月第 1 版
印　　次	2020 年 9 月第 1 次印刷
开　　本	787mm×1092mm　1/16
印　　张	18.5
字　　数	350 千字
书　　号	ISBN 978-7-5145-1573-2
定　　价	39.80 元